I0770177

LEÓN TOLSTOI

EL DIABLO, LA MUERTE DE IVÁN ILICH Y OTROS CUENTOS

El Diablo, La muerte de Iván Ilich y otros cuentos
León Tolstoi

©Astria Ediciones
Diseño de portada: Andrea Rodríguez—Lilyana Gálvez
Supervisión Editorial: Óscar Flores López
Administración: Tesla Rodas y Jessica Cordero
Levantamiento de texto: Zona Creativa
Director Ejecutivo: José Azcona Bocock

Primera edición
Tegucigalpa, Honduras—Julio de 2024

ÍNDICE

¿CUÁNTA TIERRA NECESITA EL HOMBRE?

1

La hermana mayor, casada con un comerciante y establecida en la ciudad, fue a la aldea para visitar a su hermana menor, la esposa de un campesino. Mientras compartían el té, la mayor no paraba de elogiar la vida en la urbe; residía allí con sus hijos en una casa pulcra y espaciosa, comía dulces, bebía lo que le apetecía y acostumbraba a ir de paseo y asistir a los teatros.

La hermana menor, algo dolida, comenzó a desairar la vida de los comerciantes, realzando la de los campesinos.

—Nunca cambiaría mi vida por la suya. Nuestra existencia es monótona, pero desconocemos el miedo. Es cierto que vosotros vivís mejor; pero si en ocasiones vendéis mucho, en otras os exponéis a la ruina. Como dice el refrán: "Las pérdidas y las ganancias son hermanas gemelas". A veces puede suceder que uno sea rico hoy y mañana se vea obligado a mendigar. La vida de un campesino es más segura; no seremos nunca ricos, pero siempre tendremos para comer.

—¡Pero de qué manera! ¡Acompañados de cerdos y terneros! Vivís sin comodidades, y por más que se esfuerce un hombre, terminaréis muriendo entre el estiércol que os rodea. Y vuestros hijos tampoco podrán disfrutar otra cosa —replicó la hermana mayor.

—¡Qué le vamos a hacer! Lo exige nuestro trabajo. A cambio, no tenemos que doblegarnos ante nadie y no tememos a nadie. En la ciudad vivís rodeados de tentaciones. Hoy os encontráis bien, pero tal vez mañana el diablo tiente a tu marido con los juegos de cartas, la bebida o cualquier otra cosa por el estilo. Entonces todo irá mal. ¿No suceden acaso cosas así?

Pajom, el marido de la hermana menor, sentado sobre la estufa, estaba escuchando la conversación de las mujeres.

—Es la pura verdad —exclamó—. Cuando uno está acostumbrado desde pequeño a trabajar la madre tierra, no hay tontería que pueda sorberle el seso. El único inconveniente es que tengamos escasas tierras. Si pudiésemos tener todas las que queremos, no temeríamos ni al mismo diablo.

Tras tomar el té, las mujeres hablaron de moda, recogieron la vajilla y se acostaron.

El diablo se encontraba detrás de la estufa y oyó la conversación. Se alegró de que la mujer del campesino indujera al mismo a jactarse de que, de tener tierras, no temería al diablo.

Pensó: "Me parece bien. Te proporcionaré mucha tierra y así podré apoderarme de ti".

2

Una propietaria, dueña de ciento veinte desiatinas[1], vivía junto a los campesinos.

Los trataba bien y nunca los había perjudicado. Pero cierto día contrató como administrador a un soldado retirado que comenzó a ponerles multas una y otra vez. Por más cuidado que Pajom tuviera, siempre se metía algún caballo en un campo de avena, alguna vaca entraba en el huerto o las terneras se adentraban en los prados, y se veía constantemente obligado a pagar multas.

Pajom las abonaba, pero luego reñía y pegaba a los suyos. Sufrió mucho aquel verano a causa del administrador. Cuando llegó la época de encerrar el ganado, sintió un intenso alivio a pesar de que debía proporcionarles el pienso. Ese invierno se dispersó el rumor de que la propietaria pretendía vender sus tierras y que las quería comprar el posadero del camino real. Los mujiks[2] al enterarse de todo ello se desanimaron: "El posadero acabará con nosotros a fuerza de multas. Estaremos aún peor que con nuestra ama. No podremos vivir sin esta tierra", comentaron. Así pues, fueron a ver a la propietaria para suplicarle que no le vendiese la tierra al posadero, asegurándole que estaban dispuestos a pagar un mayor precio por ellas. La propietaria accedió. Los campesinos se reunieron en consejo para intentar comprar la tierra entre todos, pero no llegaron a un acuerdo.

Era como si el diablo interviniese; no había forma alguna de llevar el asunto a buen puerto. Entonces tomaron la decisión de comprar parcelas por separado y que cada uno comprase la extensión de terreno que pudiera. La propietaria también accedió a ello. Pajom se enteró de que su vecino había adquirido veinte desiatinas, que había abonado la mitad y se había comprometido a pagar la otra mitad en varios años, lo

---

[1] En aquellos tiempos, la medida de superficie rusa equivalente a una hectárea.

[2] Así se llamaba a los campesinos rusos que no poseían propiedades.

que le llenó de envidia. "Van a comprar toda la tierra y me quedaré sin una sola parcela", pensó. Entonces le dijo a su mujer:

—Todos están comprando tierras. Nosotros también deberíamos comprar unas cuantas desiatinas. No podemos continuar así. El administrador nos destruirá a base de multas.

Estuvieron meditando sobre la forma de comprar las tierras. Tenían ahorrados cien rublos, vendieron un potrillo y la mitad de sus colmenas, pusieron a trabajar como obrero a su hijo y pidieron prestada una cantidad de dinero a su cuñado. Así reunieron la mitad del dinero que necesitaban.

Entonces Pajom fue a examinar las tierras y eligió quince desiatinas que incluían una parte de bosque, y se fue a ver a la propietaria. Tras discutir sobre el precio, llegaron a un acuerdo y Pajom le entregó una señal. Entonces fueron a la ciudad con el fin de firmar el contrato de venta. Pajom le entregó la mitad del dinero, y se comprometió a pagar la otra mitad en el plazo de dos años.

Y así fue como compró aquella tierra. Compró grano y lo sembró. Obtuvo una buena cosecha, tan buena que en un año pudo pagar las deudas a la propietaria y a su cuñado. Desde ese momento se hizo propietario. Araba, sembraba, segaba, talaba los árboles y llevaba a pastar a sus animales en sus propias tierras. Cuando salía a pasear por los prados, se quedaba deslumbrado. Hasta la hierba y las flores le parecían diferentes en su tierra. Antes, al pasar por aquellos parajes, le parecía que no tenía nada de extraordinario.

Ahora, en cambio, se le antojaban con cualidades asombrosas.

3

Pajom estaba muy contento con su vida. Todo habría sido perfecto si no hubiese sido porque los campesinos comenzaron a hollar de mieses sus campos y sus prados. Pajom les pidió que no lo hicieran, pero no le hicieron caso; los pastores bien dejaban entrar sus vacas en los prados, bien dejaban a los caballos pisotear los sembrados. En un principio, Pajom los echaba de allí y luego perdonaba a los campesinos, pero llegó un día en que se hartó y fue a dar sus quejas a las autoridades de la aldea. Pajom sabía que los mujiks no actuaban así intencionadamente, sino por una falta material de espacio. A pesar de todo ello se decía: "No es posible dejarlos. Me echarían a perder toda la cosecha. Debemos darles una lección".

Dio sus quejas una vez tras otra, y pusieron multas a algunos campesinos. Los vecinos comenzaron a aborrecerlo y, en ocasiones, hollaban a propósito sus campos sembrados. Una vez, uno le robó diez tilos para utilizar su corteza. Mientras paseaba por el bosque, Pajom advirtió que en el suelo algo blanqueaba y había unos troncos en el suelo.

¡Si al menos hubiesen talado los tilos de los extremos, dejando unos cuantos aquí y allá! Pero no, ¡los habían talado todos seguidos! Pajom se enfadó mucho. "Si logro enterarme de quién ha sido, me vengaré con todas mis armas", pensó. Después de darle muchas vueltas, decidió que solo podía ser Siomka. Se dirigió a su corral, pero no encontró pruebas, y lo único que logró fue pelearse con él y así se convenció aún más de su culpabilidad. Presento una denuncia. Enjuiciaron a Siomka, pero lo absolvieron al no haber pruebas en contra.

Entonces Pajom se enfadó aún más y riñó con los jueces y con el starshiná[3]. "Estáis de acuerdo con los ladrones. Si fueseis honrados, no podríais absolverlos". Desde entonces Pajom vivía en la tierra más holgadamente, pero con más estrecheces en el mundo. Por aquellos días, corrió el rumor de que los campesinos emigraban con el fin de instalarse en nuevos lugares. "No tengo por qué abandonar mis tierras, pero si unos cuantos vecinos se fueran de aquí, tendríamos más espacio. Compraría sus tierras y viviríamos mejor. De otra manera, estaremos con estrecheces", pensó.

Cierto día que se encontraba en su hogar, entró un viajero. Pajom le ofreció comida y una cama para pasar la noche. Intercambiaron algunas palabras y Pajom le preguntó de dónde venía. El viajero le contestó que regresaba de más allá del Volga, donde había estado trabajando. Aseguró que algunos campesinos habían acudido a establecerse allí. "Se han inscrito en el ayuntamiento y les han dado diez desiatinas de tierra a cada uno. Es una tierra tan fértil que el centeno crece altísimo; no se podría ver a un caballo de pie; y es tan grueso que con cinco puñados se puede formar un haz. Uno de los campesinos que era extremadamente pobre al llegar, ahora posee seis caballos y dos vacas", acabó diciendo el viajero.

Pajom sintió cómo se le llenaba de gozo el corazón. "¿Por qué debo pasarlo aquí mal, con estrecheces, si puedo vivir a gusto en otro sitio? Venderé mis tierras y todos mis animales, y con el dinero me construiré una casa y formaré una granja. Es un pecado vivir con estos agobios. Debo enterarme personalmente de todo esto", pensó.

---

[3] Autoridad militar local.

Preparó todas sus cosas y, al principio del verano, emprendió el camino. Se dirigió a Samara por el Volga en un vapor, y recorrió después cuatrocientas verstas[4] a pie. Cuando llegó, comprobó que todo lo que le había dicho el viajante era cierto. Los campesinos vivían con holgura, cada uno poseía sus diez desiatinas de tierra y el ayuntamiento acogía a los nuevos con alegría. Si alguno de ellos tenía dinero podía comprar, además de la parcela asignada, la cantidad de tierra que quisiera con derecho a perpetuidad. Las mejores tierras costaban tres rublos la desiatina y podían comprar toda la que deseasen.

Enterado de todo ello, Pajom regresó a su casa a principios del otoño. Vendió sus tierras y obtuvo un beneficio, vendió los animales, pidió la baja en el ayuntamiento y, al llegar la primavera, se trasladó junto con su familia al nuevo lugar.

4

Una vez allí, se inscribió en el ayuntamiento de una buena aldea. Obsequió a los ancianos con unas copitas y arregló sus documentos. Para las cinco personas de su familia le asignaron cincuenta desiatinas de tierra en diferentes campos, más unos terrenos para pasto. Pajom se construyó una casa y compró animales. Solo con esas tierras concedidas ya tenía tres veces más que antes. Además, era una tierra muy fértil. Su vida en la nueva aldea era diez veces mejor que la anterior. Podía mantener a todos los animales que quisiese.

En un principio, mientras construía la casa y se instalaba en ella, estaba pletórico. Pero no tardó en sentirse incómodo también allí. Durante el primer año sembró trigo en la tierra concedida y tuvo una buena cosecha. Le habría gustado sembrar una cantidad mayor, pero las tierras que servían para ello eran escasas. Allí se siembra el trigo en una determinada tierra, que se cultiva un par de años, y luego se la deja descansar con el fin de que esté en condiciones para producir una cosecha nueva. Son muchos los aldeanos que quieren tener esas tierras, pero no hay suficientes para todos. Por ello surgen disputas.

Los más ricos las cultivan, pero los pobres las alquilan a los comerciantes para poder pagar las contribuciones. Pajom alquiló las tierras por un año. La cosecha le fue bien, pero el campo se encontraba muy lejos de la aldea, a unas quince verstas. Se dio cuenta de que en

---

[4] Se refiere a la antigua unidad de longitud rusa equivalente a 1066,8 metros.

aquella región los campesinos y los comerciantes vivían en granjas, y que se enriquecían. "Me vendría muy bien adquirir aquí una parcela de terreno a perpetuidad y construir una casita de campo", pensó. Desde aquel momento no hizo más que pensar en la manera de comprar una parcela de tierra a perpetuidad.

Así vivió durante tres años. Tuvo unas cosechas de trigo magníficas y así ganó dinero. Pero no le gustaba tener que arrendar las tierras, porque a cualquier lugar donde hubiese una buena parcela también acudían otros campesinos, y si no acudía a tiempo, se quedaba sin ella. Así pues, al tercer año adquirió unos prados a medias con un comerciante, pero cuando ya los había labrado, tuvieron un juicio y perdió todo su trabajo. Entonces Pajom pensó: "Si la tierra fuese mía, no debería rebajarme ante nadie ni tendría más disgustos".

Intentando informarse de dónde podía comprar tierras a perpetuidad, se encontró con un mujik que vendía quinientas desiatinas a un precio muy asequible, pues se acababa de arruinar. Entró en tratos con el mujik. Tras un amplio regateo, llegaron a un acuerdo de mil quinientos rublos, mitad al contado y mitad a plazos.

Cierto día, un comerciante se detuvo en casa de Pajom para dar pienso a sus caballos. Le ofreció té y empezaron a charlar. El comerciante le contó que venía del territorio de los bashkirios, donde acababa de comprar cinco mil desiatinas de tierra por solo mil rublos. Pajom le hizo un montón de preguntas. El comerciante le dijo:

—Lo único que he hecho ha sido halagar a los ancianos. Les he regalado vestidos, alfombras y té por un total de cien rublos, y he obsequiado con un buen vino a los bebedores.

Así pude comprar los terrenos a razón de veinte kópeks[5] la desiatina.

Le enseño a Pajom el contrato de venta.

—La tierra está situada a lo largo de un riachuelo y es de las fértiles.

Pajom siguió preguntando y el comerciante concluyó:

—No es posible recorrer todo ese territorio en un solo año. Pertenece a los bashkirios, que son tan inocentes como los corderitos. Sus tierras se pueden comprar por muy poco dinero.

"¿Por qué gastar mil quinientos rublos en quinientas desiatinas y contraer una deuda cuando allí, por la misma cantidad, podrías ser el dueño de no sé cuánta tierra?", pensó Pajom.

---

[5] Unidad monetaria rusa.

Después de averiguar el camino para ir a aquellas tierras, Pajom se dispuso a viajar allí. Dejó su casa en manos de su mujer y se marchó, en compañía de un peón. Al pasar por la ciudad, compró una caja de té, buen vino y todo lo que el comerciante le había recomendado. Recorrieron quinientas verstas, y tras siete días llegaron al campamento de los bashkirios. Allí todo era como el comerciante le había contado. Los bashkirios vivían en plena estepa, a lo largo de un riachuelo, en tiendas de campaña de fieltro. Ni cultivaban la tierra ni comían pan. Su ganado pastaba en las estepas. Los potros se ataban junto a las tiendas de campaña y un par de veces al día llevaban a las yeguas allí para ordeñarlas, y preparar kumys[6] con su leche. Las mujeres elaboraban quesos y los hombres no hacían más que beber kumys y tés, comer cordero y tocar la flauta. Todos se mostraban sanos y alegres y se pasaban todo el verano en una fiesta continua. Los bashkirios eran muy ignorantes y no hablaban ruso, pero eran muy acogedores con los forasteros.

En cuanto vieron a Pajom, salieron de sus tiendas a recibirlo. Tenían un intérprete. Pajom le dijo que quería comprar tierras. Los bashkirios se alegraron bastante. Condujeron a Pajom a una tienda muy confortable donde lo invitaron a sentarse entre alfombras y cojines de plumas. Mientras se instalaba le ofrecieron té y kumys. También le dieron carne de oveja. Pajom sacó entonces los regalos que había llevado en el carro y los repartió entre ellos. Muy contentos, ellos hablaron entre sí y ordenaron después a su intérprete que tradujera sus palabras.

—Me piden que te diga que te han tomado cariño y que nuestra costumbre es darles a los huéspedes lo que le plazca y devolverle regalo por regalo —dijo—. Tú nos trajiste regalos; ahora debes decirnos lo que te gustaría tener para que podamos ofrecértelo.

—Lo que de verdad me gusta es vuestra tierra —respondió entonces Pajom—. En nuestro país no tenemos espacio y, además, la tierra se encuentra agotada. En cambio, vosotros poseéis enormes extensiones de buena tierra. Jamás vi nada igual.

El intérprete tradujo las palabras de Pajom. Los bashkirios discutieron entre ellos.

---

[6] Bebida fermentada de leche de yegua.

Pajom no entendía lo que decían, pero entendió que estaban contentos por sus gritos y risas. Finalmente se quedaron observando a Pajom mientras le decía el intérprete:

—Me piden que te comunique que, por todos tus regalos, te darán con mucho gusto la tierra que quieras. No tienes más que señalar con el dedo la tierra que te guste para que sea de tu propiedad.

Los bashkirios volvieron a hablar entre ellos y Pajom preguntó al intérprete qué decían.

—Unos están diciendo que es necesario consultar al starshiná; creen que no es posible tomar la decisión sin su consentimiento. En cambio, otros opinan que se puede hacer —le explicó el intérprete.

6

Los bashkirios se encontraban en plena discusión cuando de repente apareció un hombre con un gorro de piel de zorro. Todos se callaron y se pusieron en pie.

—Es el starshiná —dijo el intérprete.

Pajom cogió el mejor vestido que traía y cinco libras de té para ofrecérselas al starshiná. Este aceptó los regalos y se colocó en el asiento de la presidencia. A continuación los bashkirios comenzaron a hablar con él. Tras escucharlos un largo rato, el starshiná realizó un movimiento de cabeza para que se callaran y, dirigiéndose a Pajom, pronunció las siguientes palabras en ruso:

—Puedes coger toda la tierra que te agrade; poseemos mucha.

"¿Cómo hacerlo? Es necesario cerrar un trato porque si no, tal vez alguien pueda reprocharme un día que la tierra no es mía y me la quiten", pensó Pajom.

—Les agradezco sus buenas palabras. Ustedes tienen muchas tierras y yo no necesito más que una parcela. Me gustaría saber cuál será la mía y para eso es preciso delimitarla y cerrar un trato en la forma debida. Porque nuestras vidas no dependen de nosotros, sino de Dios. Ustedes sin duda son buenas personas, y me dan esa tierra, pero podría ser que sus hijos decidan quitármela.

—Tienes razón —contestó el starshiná.

—Oí hablar que les visitó un comerciante y que ustedes le vendieron tierras firmando un contrato. Me gustaría hacer lo mismo —les dijo Pajom.

El starshiná lo comprendió.

—Podemos hacerlo. Tenemos un escribiente. Iremos a la ciudad para levantar un acta de venta y ponerle los sellos necesarios.

—¿Cuál será el precio? —le preguntó Pajom.

—Nuestro precio es único: mil rublos por jornada.

—¿Qué medida es esa? ¿Cuántas desiatinas tiene? —Preguntó Pajom, que no lo había entendido.

—No sabríamos hacer el cálculo. Nosotros vendemos por jornadas. El terreno que puedas recorrer en una jornada será tuyo, y su precio será de mil rublos.

—Se puede recorrer mucha tierra en un día —exclamó Pajom con sorpresa.

—Pues será toda tuya —replicó entre risas el starshiná—. Pero con una condición; si no vuelves al punto de partida ese mismo día, perderás el dinero.

—¿Cómo marcaremos los lugares por donde paso? —preguntó Pajom.

—Nos colocaremos en el lugar que elijas como punto de partida y allí permaneceremos mientras des la vuelta. Además te llevarás una azada para hacer señales donde quieras. En los extremos colocarás unos jalones, y luego trazaremos con los arados un surco de uno a otro. Puedes dar la vuelta que quieras; pero debes llegar al punto de partida antes de que se ponga el sol. Todo lo que logres abarcar será tuyo.

Pajom se alegró mucho al oír aquello. Se decidió que partiera al amanecer. Después de hablar unos instantes, bebieron kumys, comieron cordero y volvieron a tomar té.

Acomodaron a Pajom una vez anochecido entre cojines de plumón y se dispersaron. Acordaron que se reunirían de madrugada para llegar antes de que saliera el sol al lugar señalado.

7

Pajom se tendió sobre unos cojines de plumas, pero fue incapaz de conciliar el sueño, pensando en la tierra sin cesar. "Recorreré una extensión enorme. Posiblemente cincuenta verstas en una jornada, pues en esta estación el día es tan largo como la noche. Cincuenta verstas es mucha tierra. Arrendaré la peor parte a los otros campesinos y cultivaré el resto con mis propias manos. Compraré dos yuntas de bueyes y contrataré a dos mozos. Sembraré cincuenta desiatinas y dejaré para pastos el resto", se decía.

No pudo pegar ojo durante toda la noche. Pero se quedó adormecido antes del amanecer. Soñó que estaba acostado en la tienda de los bashkirios y que oía a alguien riendo desde el exterior. Quiso comprobar quién reía así. Cuando salió fuera vio al starshiná de los bashkirios que, mientras se sujetaba con ambas manos la barriga, lanzaba unas carcajadas estruendosas. Pajom se apartó de él preguntándole:

—¿De qué te ríes?

Entonces se percató que el starshiná era el mismo negociante que había ido a su casa y le había hablado de aquellas tierras. Pero en cuanto le preguntó: "¿Hace mucho que estás aquí?", se dio cuenta que no era él, sino el primer mujik que venía de más allá del Volga. Al final advirtió que tampoco era este, sino el propio diablo en persona, con sus cuernos y las patas de macho cabrío. Estaba sentado, riendo a carcajadas ante un hombre muerto que yacía sin zapatos y en mangas de camisa.

Pajom examinó minuciosamente al hombre muerto y vio que era él mismo. Se despertó entonces horrorizado. "¡Menudas cosas se sueñan!", se dijo. Vio que comenzaba a clarear a través de la puerta abierta. "Debemos despertar a las gentes, pues ya es hora de ponerse en camino", pensó. Se levantó, despertó a su peón, que estaba durmiendo en el carro, le ordenó que enganchara y luego se encaminó a despertar a los bashkirios.

—Es hora ya de que marchemos a la estepa a medir la tierra —les dijo.

Los bashkirios se reunieron para esperar al starshiná. Cuando llegó, se pusieron todos a beber kumys y le ofrecieron a Pajom un té, pero este no quiso perder el tiempo.

—Si nos hemos de ir, hagámoslo enseguida, ya es hora —dijo.

8

Los bashkirios se reunieron. Unos se montaron a caballo, otros en carromatos, y partieron. Pajom se instaló en su propio carro con su peón, armados con un azadón.

Llegaron a la estepa al iniciarse la aurora. Subieron a una colina, se bajaron de los carros, descabalgaron y se agruparon.

El starshiná se acercó a Pajom y, señalándole la tierra con su mano, le dijo:

—Toda esta tierra que puedes abarcar con tu vista es nuestra, de nuestra propiedad.

Elige la parte que quieras.

Brillaron los ojos de Pajom. Toda aquella tierra era fértil, llana como la palma de una mano y negra como semilla de adormidera. Los valles se encontraban cubiertos de hierba de muchas clases que llegaba hasta el pecho.

—Esta será la señal del punto de partida —dijo el starshiná, quitándose la gorra para colocarla en el lugar determinado—. Partirás desde este punto y volverás al mismo sitio. La tierra que abarques en tu recorrido será de tu propiedad.

Pajom sacó su dinero, lo metió en la gorra del starshiná y después se quitó el caftán. Solo conservó la podiovka[7], se ciñó bien el cinturón, colgó de él una bolsita de pan y una botella de agua, se arregló las botas, y cogiendo el azadón de manos del peón se dispuso a marcharse. Durante un buen rato estuvo pensando en la dirección que debía tomar. Pero como aquella tierra era buena en su totalidad, creyó que daba igual y decidió ir hacia levante. Se colocó de cara al lugar donde debía de salir el sol, y esperó a que apareciera. Pensó que no debía perder un solo minuto. Sería sin duda más fácil caminar con la fresca. En cuanto salió el sol, Pajom emprendió su camino con el azadón al hombro.

Comenzó a andar con un paso uniforme, ni lento ni rápido. Cuando recorrió una versta se detuvo, cavó un agujerito, colocó allí los jalones de manera que se pudieran ver bien y continuó su camino. Animado, aceleró su paso. Tras recorrer un buen trecho, cavó un nuevo hoyo.

Luego volvió la cabeza y pudo ver perfectamente la colina iluminada por el sol, y en ella a los bashkirios al lado de sus carros, cuyas ruedas lanzaban intensos destellos. Calculó que ya había recorrido unas cinco verstas. Sintió calor, se quitó la podiovka y, echándosela al hombro, continuó su camino. Recorrió otras cinco verstas. Apretaba el calor. Al mirar al sol, Pajom se percató que ya era la hora del almuerzo.

"Ya ha transcurrido la cuarta parte de la jornada y aún es pronto para dar la vuelta. Me voy a descalzar", se dijo. Se sentó y se quitó las botas, las colgó de su cinturón y reemprendió la marcha. Podía así caminar más ligero. "Recorreré otras cinco verstas más y torceré luego a la izquierda. Este es un lugar magnífico; me da lástima abandonarlo. Cuanto más avanzo, mejor me parece", pensó. Y continuó su camino andando en línea recta. Al volver la cabeza, apenas pudo ver el cerro. Los hombres

---

[7] Prenda plisada ceñida a la cintura.

que en él estaban semejaban hormigas y el brillo de las ruedas ya era imperceptible.

"Ya he recorrido bastante por este lado, ahora debo torcer. Además, estoy cansado y tengo sed", se dijo Pajom. Y, deteniéndose, cavó un hoyo algo más grande y colocó los jalones. Luego, quitándose la botella que llevaba al cinto, bebió algo de agua y se encaminó hacia la izquierda. Después de andar un buen rato, llegó a un sitio cubierto de una hierba muy alta. Hacía mucho calor.

Empezó a sentirse fatigado. Miró al sol y se percató de que era la hora de comer.

"Debo descansar", se dijo. Se sentó, comió algo de pan y bebió agua; pero no se atrevió a acostarse por miedo a quedarse dormido. Pasado un ratito, reemprendió la marcha. En un principio caminó a buen paso. La comida le devolvió las fuerzas. Pero apretaba el calor y tenía sueño. Sin embargo, siguió andando. Pensaba que se trataban de unas horas de sufrimiento a cambio de muchos años de una buena vida.

Ya había recorrido mucho espacio en aquella dirección y se disponía a girar de nuevo hacia la izquierda cuando de repente divisó un valle y sintió lástima de abandonarlo.

"Aquí se dará el lino estupendamente", pensó continuando en línea recta. Una vez que rodeó el valle, cavó un agujero y giró de nuevo, estableciendo así la segunda esquina. Al volver la cabeza, vio el cerro envuelto en la niebla y pudo difícilmente vislumbrar a los bashkirios que se habían quedado en él. Debía estar separado de aquel lugar unas quince verstas. "Los dos lados que he recorrido son demasiado largos y tendré que acortar el tercero", se dijo. Nada más emprender esa nueva dirección, aceleró el paso. Miró cómo el sol estaba declinando. Tan solo había recorrido dos verstas del tercer lado, y la meta se encontraba a quince. "Aunque mi finca sea irregular, es necesario que realice una línea recta, no sea que me extienda demasiado. De todas formas, me bastará con esta tierra", se dijo. Se apresuró a cavar un nuevo hoyo y se fue derecho hacia el cerro.

Sentía mucho cansancio. Se encontraba sofocado, tenía doloridos los pies por caminar descalzo y le flaqueaban las piernas. Le habría gustado poder descansar, pero no podía hacerlo porque entonces no llegaría a la meta antes de la puesta de sol. Y el sol no esperaba, seguía bajando a cada momento. "Dios mío, ¿no me habré equivocado? Tal vez haya intentado abarcar demasiado espacio. ¿Qué futuro tendré si no llego a tiempo?". Volvió la vista hacia el cerro y miró al sol otra vez. Todavía faltaba mucho para llegar a la meta y el sol se encontraba ya cerca del horizonte.

Aunque estaba cansadísimo continuó avanzando y cada vez aceleraba más su paso.

Finalmente, viendo que todavía estaba lejos de la meta, optó por comenzar a correr.

Tiró la podiovka, las botas, la botella de agua y la gorra, conservando solo el azadón. "¡Ay! ¡He sido demasiado ambicioso! Lo he echado todo a perder; no voy a poder llegar antes de que se ponga el sol", pensó. Y del miedo se le cortó el aliento. Su ropa, empapada de sudor, se le pegó a la piel, se le secó la boca. El pecho se le dilató como un fuelle de fragua; el corazón le golpeaba cual martillo; no sentía sus propias piernas. Sintió miedo. "No vaya a morirme de cansancio", pensó. Tuvo miedo de caerse muerto, pero no era capaz de detenerse. "Si no me paro ahora, después de todo lo que he recorrido, me dirán que soy bobo". Continuó corriendo, y cuando ya se encontraba muy cerca, oyó silbar y gritar a los bashkirios, enardeciéndose. Reunió sus últimas fuerzas para continuar con su carrera mientras el sol descendía al horizonte, volviéndose rojizo y grande. No tardaría en desaparecer. Pero Pajom ya estaba muy cerca de su meta. Ya podía ver a los hombres animándole y haciéndole gestos. Ya podía divisar el gorro de piel de zorro y el dinero que había puesto encima, y ya podía ver al starshiná que, sentado en el suelo, sostenía su barriga entre las manos. En aquel preciso momento recordó el sueño que había tenido. "He logrado mucha tierra pero no sé si Dios me dejará vivir en ella. ¡Ay! Creo que todo está perdido nunca podré llegar", se lamentó.

Observó que el sol ya había llegado al horizonte y uno de sus bordes ya empezaba a desaparecer. Acopió todas sus fuerzas y corrió tan deprisa que las piernas apenas le obedecían. Cuando llegó al cerro se percató que de pronto había oscurecido. Volvió la cabeza para ver como el sol ya se había ocultado. Se horrorizó. "Todos mis esfuerzos no han valido para nada", pensó.

Estaba dispuesto a detenerse, pero pudo ver que los bashkirios lo animaban con silbidos. Entonces llegó a comprender que, aunque no pudiese ver el sol desde abajo, aún era visible desde el cerro. Tomó aliento y siguió subiendo. Era aún de día allí. Lo primero que pudo ver fue el gorro. Junto a él estaba sentado el starshiná, que reía mientras se sujetaba la barriga. Pajom recordó el sueño que había tenido y su horror fue tal que le flaquearon las piernas. Cayó de bruces y alcanzó el gorro con las manos.

—¡Eres un valiente! ¡Menuda cantidad de tierra lograste! —exclamó el starshiná.

El criado fue corriendo para levantarlo, pero Pajom sangraba por la boca: había muerto.

Los bashkirios chasquearon las lenguas para demostrar que sentían la muerte de Pajom. Su peón cavó una fosa de tres arshines, la longitud aproximada del cadáver, y enterró a su amo.

LOS DOS HERMANOS

Éranse dos hermanos que viajaban juntos; al mediodía decidieron tumbarse bajo unos árboles del bosque para descansar.

Cuando se despertaron, vieron cerca de ellos una piedra sobre la que se podía leer esta inscripción:

Que quien se encuentre esta piedra camine por el bosque en dirección al Oriente; en el camino encontrará un río que deberá atravesar; a la otra orilla del río verá a una osa con sus ositos; deberá coger a esos ositos y subir a la montaña sin volverse. Allí encontrará una casa en la que encontrará la felicidad.

El hermano menor le dijo entonces al mayor:

—Vayamos juntos; tal vez podamos atravesar el río, coger los oseznos, llevarlos a la casa y encontrar la felicidad los dos.

El mayor le respondió:

—Yo no iré en busca de los osos y te aconsejo que tú no lo hagas. En primer lugar porque no puede saberse de dónde procede esta inscripción, que puede ser una trampa para los viajeros. En segundo lugar porque es muy probable que la hayamos leído mal y, en tercer lugar porque, aun admitiendo que todo sea verdad, pasaremos la noche en el bosque, no seremos capaces de hallar el río y nos perderemos. Y aun cuando lo hallásemos, ¿podríamos atravesarlo? Quizá sea demasiado ancho y la corriente muy rápida. Pero imagina que logremos pasarlo, ¿crees que será sencillo apoderarse de los ositos? La madre nos devorará. Por otra parte, aunque fuésemos capaces de apoderarnos de los oseznos, no nos sería posible escapar sin un descanso para escalar después la montaña. Por último, aquí no se especifica qué clase de dicha es la que podemos encontrar en aquella casa; puede ser una dicha inútil.

El otro hermano replicó:

—No soy de tu misma opinión. Eso no se escribió en la piedra sin un objeto, y el sentido de esa inscripción está muy claro y preciso. Y no correremos un gran peligro. Si no vamos nosotros, otro descubrirá la piedra y encontrará la felicidad que se nos brinda a nosotros ahora. Por otra parte, lo fácil no es agradable. Y yo no quiero pasar por un cobarde.

Entonces habló el hermano mayor:

—Conoces el proverbio —le dijo—, aquel que advierte: Quien todo lo quiere, todo lo pierde. O el otro que dice: Más vale pájaro en mano que ciento volando.

El menor le replicó:

—Y yo he oído decir: Quien teme a la hoja, no tendrá madera. Y aún más claro:

Bajo la piedra inmóvil, no corre el agua. Pero ya es tarde y debo partir.

El hermano menor se marchó y el mayor no quiso seguirlo.

Un poco más lejos, en medio del bosque, el menor encontró el río, lo atravesó y junto a la orilla del otro lado vio a una osa que dormía; cogió a sus oseznos y echó a correr enseguida, sin detenerse, en dirección a la montaña.

Nada más llegar a la cima, una multitud de personas salió a su encuentro, y lo llevó a la ciudad, donde fue proclamado zar.

Reinó durante cinco años. Al sexto, otro soberano más fuerte que él le declaró la guerra, conquistó su ciudad y lo expulsó de allí.

Entonces el hermano menor anduvo por los caminos de nuevo hasta llegar a la casa de su hermano mayor.

Este vivía pacíficamente en el campo, sin ninguna riqueza, pero sin que nada le faltara.

Ambos fueron muy dichosos mientras se contaban sus vidas.

—Ya ves —dijo el mayor— que estaba en lo cierto. Por mi parte, vivo y he vivido siempre sin preocupaciones. Tú, aunque fuiste zar, mira lo que te ha ocurrido.

El menor le respondió:

No lamento mis aventuras en el bosque, ni haber sido zar, ni siquiera haber sido destronado. Es cierto que ahora estoy mal, pero para embellecer mi vejez tengo un corazón lleno de recuerdos hermosos, mientras que tú no cuentas con nada.

LO QUE MUEVE A LOS HOMBRES
(MIJAÍL, APRENDIZ DE ZAPATERO)

1

En cierta aldea vivía hace muchos años un zapatero con su mujer y sus hijos. Tenía alquilada una habitación en la casa de un mujik, pues no poseía hogar ni tierras y apenas ganaba lo suficiente para mantener a su familia. El pan no era barato y el trabajo estaba mal remunerado; la comida ya se llevaba todo lo que podía ganar y solo poseía, para él y su mujer, una chaqueta muy raída. Llevaba dos años buscando dinero para poder adquirir unas pieles de carnero con que hacerse una nueva chaqueta.

Cuando llegó el otoño del segundo año ya había reunido tres rublos que su mujer guardaba en un cofre. Además, en una aldea vecina, le adeudaban cinco rublos y veinte kópecs. Cierta mañana el zapatero decidió ir a comprar las pieles. Se puso la chaqueta de su esposa y una túnica de paño encima y guardó los tres rublos en el bolsillo, cogió el bastón y se fue tras desayunar.

"Cobraré esos cinco rublos que los mujiks me deben —pensó—. Los sumaré a los tres que ya tengo y compraré las pieles para la chaqueta".

Cuando llegó a la aldea se acercó a la casa de un mujik, pero no se encontraba en ella. La mujer del mujik dijo que su marido le llevaría el dinero esa misma semana; pero no le pagó ni un solo kópek.

En otra de las casas le aseguraron que carecían de dinero para pagarle y tan solo le dieron veinte kópeks por un arreglo. El zapatero tomó la decisión de comprar las pieles a crédito, pero el comerciante no quiso fiarle.

—Cuando me traigas el dinero podrás llevarte lo que quieras —le dijo—. Ya sabemos lo que luego cuesta cobrar.

El pobre zapatero no logró nada. Aparte de esos veinte kópeks, solo le dieron un par de botas para remendar. Desilusionado, marchó a la taberna y se gastó los veinte kópeks en bebida, y sin poder comprar las pieles inició el camino de regreso a casa. Por la mañana había sentido frío, pero después de tanta bebida, entró en calor sin necesidad de chaqueta alguna. Caminaba deprisa, golpeando la tierra endurecida por la helada con su bastón. Se sentía contento y murmuraba mientras les daba vueltas a las botas de fieltro: "Tengo calor sin la chaqueta; seguro que es porque he bebido un poco, tengo la barriga llena de vino. ¿De qué me serviría una chaqueta nueva? Estaré bien si me olvido de mi miseria. ¡Estoy hecho un mozalbete! ¿Qué importa el resto? Puedo subsistir perfectamente sin la chaqueta; voy a pasarme sin ella toda mi vida. Pero mi mujer se pondrá muy triste y con motivo. Uno trabaja todo el día para ellos, corre, sufre, y además tiene que escuchar: ′¿No has traído dinero? ¡Pues vete al demonio!′. ¿Qué se puede hacer con veinte kópeks? Gastarlos en vino en la taberna, nada más.

Y luego te dicen: ′¡La miseria!′ ¡Allá ellos con su miseria! ¿Qué puedo hacer yo con la mía? Ellos poseen una casa, animales y todo lo necesario. ¿Y yo? Tan solo me tengo a mí mismo. Ellos pueden comerse el pan que sus tierras le producen; yo tengo que comprarlo. No me queda otra que reunir tres rublos cada semana. Y al llegar a casa… ya se han comido el pan y debo gastar otro rublo y medio. ¡Si al menos me pagaran lo que me deben!".

Y así llegó el zapatero a la pequeña iglesia situada en un recodo del camino y detrás de ella le pareció ver algo blanco Ya anochecía y no pudo distinguir bien.

"¿Qué hay allí? En este lugar no había ninguna piedra blanca. ¿Será acaso una vaca? No, no me parece una vaca. A juzgar por su cabeza, se podría decir que se trata de un hombre. Pero, ¿por qué es tan blanco? Y, ¿por qué iba a estar ahí?".

Semión se acercó hasta distinguir con claridad lo que era. ¡Sorprendente! En efecto, sí era un hombre. ¿Vivo o muerto? Estaba sentado completamente desnudo, inmóvil, apoyado en el muro de la iglesia. El zapatero sintió miedo.

"Lo han matado, le han quitado sus ropas y lo han abandonado aquí —pensó—. Si me encuentran al lado suyo, no veré nunca el fin de mis penas".

El zapatero se alejó con rapidez, dejando la iglesia atrás. Ya no podía ver al hombre. Pero, pasado un rato, no pudo evitar volver la cabeza; el hombre ya no estaba apoyado en el muro, se movía y le pareció que lo miraba fijamente.

Cada vez más asustado, el zapatero se persignó pensando si debía volver allí o huir.

"Si me acerco, puede ocurrirme algo malo —pensó—. ¿Quién sabrá de qué clase de hombre se trata? Es sospechoso haberlo encontrado aquí; tal vez se me eche encima y no sea capaz de escaparme. Aunque no me matase, podría hacérmelas pasar canutas. Pero ¿cómo dejar a un hombre desnudo? Aun así no puedo quitarme la ropa para vestirlo. ¡Darle mi única ropa! ¡Dios me libre!".

El zapatero se puso a andar más deprisa. Pero se detuvo de repente, recriminándose:

"Semión, ¿qué haces? Un hombre puede morir abandonado y tú tienes miedo y huyes. ¿Acaso te has enriquecido? ¿Tienes miedo de que te quitan tus tesoros? ¡Venga, Semión, eso no está bien!".

<h2 style="text-align:center">2</h2>

Volvió sobre sus pasos inmediatamente y se encaminó directamente hacia aquel hombre.

Una vez a su lado, comenzó a examinarlo. Era un hombre joven y fuerte; su cuerpo no tenía señales de golpes ni de heridas; pero estaba muerto de frío y asustado. Seguía apoyado sobre el muro de la iglesia y no miraba a Semión. Se encontraba tan débil que no encontró fuerza para levantar los párpados.

Semión se inclinó ante él, y aquel hombre se reanimó de repente, abriendo sus ojos volvió la cabeza y lo miró. En cuanto vio aquella mirada, el zapatero sintió cierto amor por aquel desconocido. Se quitó las botas, el cinturón y la túnica.

—¡Vamos! —exclamó—. No perdamos el tiempo hablando. ¡Vístete enseguida!

Cogió al desdichado en brazos, lo puso en pie y miró su cuerpo, que era delicado y blanquecino, mientras su rostro conservaba una dulce expresión.

Le puso la túnica sobre los hombros, pero el joven no sabía ponerse las mangas.

Semión se las puso y le abrochó la túnica, ciñéndosela con el cinturón. Después se quitó su vieja gorra para cubrirlo…, pero sintió frío en la cabeza. «Estoy totalmente calvo; él en cambio posee una larga y rizada cabellera», pensó y se cubrió de nuevo.

"Será mejor que le ponga las botas", pensó. Y, arrodillándose ante el desconocido, se las calzó.

—Ya estamos preparados, hermano —dijo Semión—, pero muévete un poco y así podrás entrar en calor. Nada tenemos que hacer aquí. Ya podemos marcharnos.

Pero el desconocido permaneció inmóvil y en silencio, mientras miraba a Semión con una dulce expresión.

—¿Qué te ocurre? ¿Por qué no me hablas? No podemos pasar el invierno aquí. Debemos volver a casa. Coge mi bastón y apóyate en él si no tienes fuerzas. ¡Venga, vámonos!

El desconocido caminó sin problemas, sin quedarse detrás. Iban los dos juntos, y, de repente, Semión le preguntó:

—¿De dónde eres?

—No soy de aquí.

—Lo supongo. ¿Qué hacías allí, al lado de la iglesia?

—No puedo decírtelo.

—¿Alguien te asaltó?

—No, no me ha asaltado nadie. Dios me castigó.

—Ya se sabe que todo viene de Dios. ¿Dónde ibas?

—Iba a cualquier lugar; me da lo mismo.

Semión estaba bastante sorprendido. «No parece un mal hombre y tiene una dulce voz. Pero no me cuenta nada de sí mismo. ¡Cuántas cosas incomprensibles!», pensó.

—Bien, vas a acompañarme y, al menos, podrás calentarte en mi casa.

Semión siguió camino adelante y su compañero caminaba a su lado con paso uniforme. Se levantó un ligero vientecillo que atravesaba la camisa de Semión. Como ya había pasado el efecto del vino, empezó a sentir algo de frío. Apretó el paso y resopló.

"¡Me las he arreglado muy bien! Salí para comprar las pieles de una chaqueta y vuelvo sin una mísera túnica. Y además vuelvo con un hombre desnudo. Matriona no va a alegrarse mucho, sin duda", pensaba. Al acordarse de su mujer, se irritó.

Pero cuando se volvió de nuevo hacia el hombre, recordó su mirada cuando se encontraba junto a la iglesia y su corazón se inundó de alegría.

3

La mujer de Semión había terminado sus quehaceres pronto. Había encendido el fuego de la chimenea, llevado el agua necesaria, dado la comida a sus niños y había comido ella también. Luego se quedó sumida en sus pensamientos. Pensaba si resultaría mejor cocer el pan ese mismo día o el día siguiente. En el armario aún quedaba una barra de pan y, suponiendo que Semión hubiese comido en la aldea y no fuese a cenar aquella noche, habría suficiente para el siguiente día. Observó el pan.

"No, hoy amasaré. Además me queda poca harina y lo mejor será que lleguemos así al viernes", tomó la decisión.

Después de guardar el pan, se sentó junto a la mesa para coser una camisa de su esposo. Pensaba en Semión mientras cosía. "Con tal de que no lo engañe el mercader… ¡Es tan inocente el pobre…! Es incapaz de engañar a nadie; en cambio, hasta un niño podría engañarlo a él. ¡Ocho rublos! ¡Es una respetable cantidad! Con ese dinero se puede comprar una buena chaqueta. No será de primera calidad, pero sí será una buena chaqueta. ¡Sufrimos tanto por el frío el pasado invierno! No puede ir una a lavar al río si no está bien abrigada. Semión se ha puesto toda la ropa de invierno de que disponemos, incluso mi chaqueta. No puedo salir de casa en estas condiciones… ¡Cuánto tarda! Ya debería haber vuelto. ¿No habrá entrado en la taberna?".

Apenas pronunció esas palabras, escuchó los pasos de su marido en la entrada. Dejó su costura y salió enseguida. Llegaban dos hombres: Semión y un joven descubierto calzado con botas de fieltro.

Por el aliento de su esposo, Matriona se percató de que había bebido.

"Me lo temía", murmuró. Pero al fijarse de que llegaba sin túnica, con las manos vacías, callado y lleno de miedo, sintió cómo se le encogía de angustia el corazón. "Se debe haber gastado todo el dinero en bebida. Habrá recogido en la taberna a ese despojo y, por si no fuera suficiente, me lo trae a casa. ¡Lo que nos faltaba!".

Matriona permitió que los dos hombres pasaran y los siguió sin decir una palabra.

El desconocido era un chico joven, pálido y delgado, que llevaba una túnica sobre su desnudo pecho. Estaba en silencio, inmóvil y la mirada baja.

"Es un mal hombre, pero está atemorizado", pensó la mujer. Y se encaminó a la estufa en espera de ver en qué acababa todo.

Semión se quitó la gorra y se sentó junto a la mesa.

—Matriona, ¿no piensas darnos de cenar? Estoy aún en ayunas —dijo.

Sin volverse, la mujer gruñó entre dientes. Escondida tras la estufa, observaba a veces a Semión, a veces al desconocido, moviendo la cabeza significativamente.

El zapatero se percató de que su mujer estaba enfadada. Pero, ¡qué iba a hacer! Sin darle la menor importancia, cogió por el brazo al chico y le dijo:

—Siéntate hermano. Vamos a cenar.

El forastero le obedeció sin decir palabra.

—Mujer, ¿no has preparado la cena para esta noche?

—¡Desde luego que sí! —replicó enfadada Matriona—. Pero no para ti. Ya tienes suficiente con lo que has bebido. ¿Conque ibas a comprar una chaqueta y vuelves sin túnica! Y por si no fuera suficiente, ¡me traes a un vagabundo desnudo! No, no tengo comida para vosotros, ¡borrachos!

—¡Es suficiente, Matriona! No hay que mover la lengua tanto para no decir nada agradable. Sería mejor que me preguntaras por la identidad de este hombre.

—Antes dime dónde has perdido el dinero —contestó su mujer. Semión se metió la mano en el bolsillo y sacó los tres rublos.

—Aquí lo tienes. Trifonov no me pagó, pero prometió hacerlo mañana.

Matriona se encabritó aún más. ¡Sin chaqueta nueva y la túnica vieja la lleva un vagabundo que, para colmo, has traído a nuestra casa! Y cogió el dinero para guardarlo en un lugar seguro.

—No tengo comida —gritó—. No puedo preparar comida para todos los vagabundos.

—¡Contén esa lengua y escúchame, Matriona!

—¿Yo? ¿Cómo quieres que escuche las tonterías de un estúpido que está borracho? ¡Qué razón tenía cuando no quería casarme contigo! Mi madre me proporcionó ropas y tú las has vendido para beber. Tenías que comprarte una chaqueta, pero te has gastado el dinero en vodka.

Semión trató en vano de explicar que tan solo se había gastado veinte kópeks en bebida y la manera en que había encontrado a aquel vagabundo. Matriona no le dejó decir una sola palabra. Cada vez que intentaba decir algo, ella le decía dos palabras. Le echó en cara cosas que habían sucedido hacía más de diez años. Habló, habló, habló y, al final, comenzó a gritar tirándole de la manga.

—¡Devuélveme mi chaqueta! Es la única que tengo y me la has quitado, perro sarnoso. ¡Que te lleve el diablo!

Semión iba a quitarse la chaqueta, pero su mujer le dio un tirón y las costuras se rompieron. Cuando Matriona se apoderó de ella, se la puso por encima de la cabeza y se marchó hacia la puerta. Pero se detuvo de repente, atacada por un acceso de rabia. Sintió la necesidad de desahogarse y de saber quién era aquel desconocido.

—Si este hombre fuese bueno, no iría completamente desnudo; al menos llevaría una camisa. Y si hubieras cometido una buena acción al traerlo, me habrías dicho ya dónde lo encontraste.

—¡Pues hace rato ya que quería decírtelo! Cuando pasé delante de la iglesia vi completamente desnudo a este muchacho. Se estaba congelando. No estamos en verano. Dios me ha puesto en su camino. Si no me lo hubiese encontrado, habría fallecido esta noche. ¿Qué quieres que hiciera? Lo he vestido como he podido y me lo he traído a casa. Tranquila, Matriona; ponerse así es un pecado. Todos tenemos que morir.

Matriona intentó replicar. Miró de pronto al desconocido y no fue capaz de decir nada. El chico permanecía inmóvil, sentado en su banco. Su pecho se agitó. Era como si intentara no ahogarse con grandes esfuerzos. Tenía cruzadas las manos sobre las rodillas, la cabeza gacha y los ojos cerrados.

Semión preguntó con dulzura:

—Matriona, ¿es que Dios no está presente en tu corazón?

Cuando oyó estas palabras, la mujer miró al desconocido, que alzó los ojos hacia ella y se emocionó. Entonces fue hasta la estufa para preparar la cena. En la mesa puso una vasija, bebida y el último pan.

—Come —dijo.

Semión condujo al chico hasta la mesa.

—Acércate, hermano.

El desconocido cortó un trocito de pan, lo mojó y empezó a comer.

Matriona se sentó al otro lado de la mesa y, apoyando la barbilla en las manos, se quedó contemplando al forastero. La invadía una compasión desmesurada y se dio cuenta de que lo amaba. De inmediato el desconocido se puso más contento y comenzó a sonreír, mirando a la pobre mujer. Cuando terminó de comer, Matriona quitó la mesa y le preguntó:

—¿De dónde eres?

—No soy de aquí.

—¿Qué hacías al lado de la iglesia?

—No puedo decirlo.

—¿Quién te quitó la ropa?

—Me castigó Dios.

—¿Estabas desnudo del todo?

—Sí, y me estaba congelando. Semión me encontró y tuvo compasión de mí. Me puso la túnica y me pidió que viniera con él. Tú también te has apiadado de mi miseria; me diste de comer y de beber. ¡Que Dios os bendiga!

Matriona se levantó y abrió el cofre y sacó una camisa vieja que acababa de remendar para que Semión se la pusiese el día siguiente. Cogió también unos viejos calzones y dio ambos al forastero diciéndole dulcemente:

—Veo que careces de camisa, ponte esta. Puedes acostarte donde quieras, en el banco o sobre la estufa.

Tras quitarse la túnica, el desconocido se puso los calzones y la camisa, y se acostó en el banco. Matriona apagó la vela y, tras coger la túnica, se acostó en la estufa junto a Semión. Se arropó con la túnica, pero fue incapaz de conciliar el sueño. Estaba muy preocupada por el desconocido. También pensaba que se había comido todo el pan que les haría falta al día siguiente y que se había quedado los calzones y la camisa de Semión. Se encontraba triste e inquieta. Pero cuando recordó la sonrisa del desconocido, se estremeció de la alegría. No pudo dormirse durante mucho tiempo. Semión tampoco podía.

—Semión —dijo su mujer tirando de la túnica.

—¿Qué?

—Nos hemos comido todo el pan. Hoy no he amasado. ¿Qué vamos a hacer mañana? ¿Tendré que pedirle a Melania prestado?

—Nos arreglaremos. No nos faltará comida. Se hizo el silencio.

—Parece un buen hombre, ¿por qué no nos dice quién es?

—Se lo han prohibido con seguridad.

—¡Semión!

—¿Qué?

—Nosotros damos, pero nunca nos da nadie. El zapatero no fue capaz de contestar.

—¡No hables más! —exclamó mientras se volvía al otro lado. Al rato, Matriona y Semión se quedaron dormidos.

5

Semión se despertó pronto. Los niños aún dormían y Matriona salió a pedir pan a la vecina. El forastero permanecía sentado en el banco, con los ojos fijos en las alturas., con una mirada más serena que en la víspera.

Bien, hermano. La barriga exige pan y el cuerpo vestidos. Hay que alimentarse y ganarse el sustento. ¿Sabes trabajar? —le dijo Semión.

—No sé hacer nada de nada.

Muy asombrado, Semión abrió los ojos desmesuradamente.

—Se puede aprender cualquier cosa con buena voluntad —dijo.

—Todo el mundo trabaja. Yo haré lo mismo.

—¿Cómo te llamas?

—Mijaíl.

—¡Pues bien, Mijaíl! Nada sabes hacer; eso es un tema tuyo. Pero hay que vivir. Si haces todo lo que te mande, te daré de comer.

—¡Qué Dios te lo pague! Enséñame cómo trabajar.

—Semión cogió cáñamo y comenzó a retorcer un hilo.

—Fíjate bien, no es muy difícil.

Mijaíl observó con mucha atención y, cogiendo el cáñamo, empezó a retorcer hilos. Aprendió enseguida todo lo que le enseñó Semión: cortar, coser, usar el punzón, poner las suelas, marcar las costuras… Al cabo de tres días, Mijaíl era capaz de hacer cualquier trabajo con tal destreza que se podría decir que llevaba cien años haciendo zapatos. Apenas comía y no perdía un minuto. Cuando finalizaba su faena, permanecía inmóvil en un rincón, en silencio y con la mirada perdida en lo alto. Hablaba generalmente poco, ni reía ni salía nunca. Tan solo le vio sonreír una vez; justo el primer día, cuando la mujer le dio de cenar.

6

Día tras día, semana tras semana, pasó un año entero. Mijaíl siguió viviendo en casa de Semión y trabajaba con él. Llegó a hacerse famoso; nadie hacía unas botas tan buenas como Mijaíl, el ayudante de Semión. Era conocido en veinte leguas a la redonda. Semión comenzó a ganar dinero.

Cierto día de invierno, Semión y su ayudante se encontraban trabajando cuando un coche empujado por tres hermosos caballos que hacían sonar sus cascabeles con alegría se paraba ante la casa. Un criado se apeó del pescante y abrió la portezuela. Cubierto por una magnífica chaqueta, un caballero bajó del coche y subió los peldaños de la escalera.

Matriona le abrió la puerta y el señor tuvo que agacharse para entrar. Tocaba casi el techo con la cabeza. Asombrado, Semión lo saludó. Nunca había visto a un hombre semejante. Semión era gordo, Mijaíl delgado, y

Matriona parecía un viejo tronco seco. Parecía pertenecer a otro mundo. Observando aquel rostro grueso y rojizo, y ese cuello de toro, se podía decir que estaba fundido en bronce.

Respirando con profundidad, el señor se quitó la chaqueta y se sentó en un banco.

—¿Cuál de vosotros es el maestro?

—Yo soy, excelencia —respondió mientras se acercaba Semión. El señor llamó a su criado:

—Fedia; tráeme el cuero.

El criado trajo un paquete que puso encima de la mesa.

—¡Ábrelo!

El criado no tardó en obedecer.

—¿Lo ves, zapatero? —exclamó el señor mientras le enseñaba el cuero.

—Sí, excelencia.

—¿Sabes qué tipo de género es?

—De primera calidad —declaró después de examinar el cuero Semión.

—¡Claro que lo es! ¿Qué sería si no, estúpido? No has visto en tu vida otro semejante. Es cuero alemán, ¿comprendes? Cuesta veinte rublos.

—¿Cómo quiere que haya visto algo semejante, señor?

—repitió intimidado Semión.

—¿Puedes hacerme unas botas con este cuero?

—Claro que sí, excelencia.

—Dices que sí, pero ¿te has dado cuenta de para quién vas a trabajar y con qué género? Quiero unas botas que me duren un año y que, tras haberlas utilizado un año entero, no se rompan ni deformen. Si eres capaz de hacerlas de esa manera, toma el cuero y empieza a cortarlo; si no, deja el asunto. Pero óyeme bien. Te advierto que si las botas se estropean antes de un año, te mandaré a prisión; en cambio, si me duran un año, te pagaré diez rublos.

Semión vaciló, asustado. No sabía qué hacer. Miró a Mijaíl y lo interrogó con la mirada. Como no le hacía caso, le dio un codazo y le dijo en voz baja:

—¿Lo acepto?

Mijaíl hizo un gesto afirmativo y el zapatero adquirió el compromiso de confeccionar unas botas que no se rompieran ni se deformaran antes de un año.

Entonces, el señor llamó a su lacayo y le mandó que le descalzase el pie. Luego, se lo tendió a Semión y dijo:

—Tómame las medidas.

El pie de aquel señor era tan grande que Semión se vio obligado a cortar otra hoja de papel, pese a que la primera era enorme. Tomó las medidas de la planta del pie, del tobillo, y al ir a medir la pantorrilla, el papel no alcanzó para dar la vuelta completa: su pantorrilla era tan gruesa como una viga.

Mientras Semión tomaba las medidas, el señor reparó en Mijaíl.

—¿Quién es? —le preguntó.

—Es mi oficial, el que va a hacer las botas.

—Ten mucho cuidado, ¿eh? Deben durar un año.

Semión miró a Mijaíl y se percató de que no le prestaba mucha atención al señor. Su mirada apuntaba más arriba, por encima de él, como si viese algo, y… de repente, sonrió dulcemente.

—¿De qué te estás riendo, majadero? —exclamó el señor—. Sería mejor que te preocuparas de que mis botas estén para la fecha que las quiero.

—Sus botas estarán para cuando las necesite —respondió Mijaíl.

—Eso espero —exclamó el señor poniéndose la chaqueta.

Y se fue hacia la puerta. Pero, olvidando que debía agacharse, dio con la cabeza contra una viga y abandonó la casa restregándose su frente, enfurecido, mientras lanzaba juramentos.

—Es tan fuerte como un roble —exclamó Semión nada más salir el señor—. Ha roto una viga y ni siquiera lo ha sentido.

—Es normal que sea tan fuerte, con la vida que tiene. Parece de bronce y a la muerte le costará poder sorprenderle.

7

—Hemos aceptado el encargo. Dios quiera que no nos suponga un disgusto. El cuero es muy caro y el carácter del señor es muy violento —le dijo Semión a Mijaíl—. ¡Con tal que no nos equivoquemos! Tu vista es mejor que la mía y tu pulso más firme. Aquí están las medidas. Corta las botas y yo las coseré.

Mijaíl obedeció. Cogió el cuero, lo desenrolló y empezó a cortar las botas. Matriona lo observaba; y, como conocía bien el oficio, se dio cuenta de que Mijaíl cortaba de manera distinta a como lo debía hacer.

Aquello la sorprendió, pero no dijo palabra.

—Es posible que no haya comprendido bien qué tipo de botas ha encargado ese señor. Mijaíl sabe muy bien lo que hace; no debo entrometerme.

El chico preparó el calzado y lo cosió a modo de sandalias. La mujer del zapatero se sorprendió aún más que antes y a punto estuvo de decírselo, pero no lo hizo. Y llegó la hora de la comida. Al levantarse, Semión vio que Mijaíl, que nunca se había equivocado, había hecho unas sandalias en lugar de unas botas.

—Has estropeado el cuero —exclamó muy enfadado—. ¿Qué le diré a ese señor? ¿Dónde encontraré un cuero igual a este? ¿Qué has hecho? ¡Ay! ¡Amigo mío, me acabas de arruinar por completo, me has arruinado! Ese señor me ha encargado unas botas, y ¿qué has hecho?

En ese mismo momento se oyeron unos fuertes golpes en la puerta de la casa.

A través de la ventana vieron al criado del señor atando su caballo a la argolla de la puerta. Semión le abrió. El criado venía muerto de cansancio.

—Buenas noches, maestro —exclamó jadeando.

—Buenas noches. ¿Qué desea?

—Mi señora me manda a buscar las botas.

—¿Las botas?

—Sí. El señor no las necesitará para nada. Ya no necesitará más botas. Ha muerto.

—¡Cómo dice!

—Ni siquiera pudo volver a casa. Falleció en el camino. Cuando llegamos, abrí la portezuela del coche y lo vi tendido en el fondo, rígido completamente. ¡Qué trabajo nos costó sacarlo de allí! La señora me ha dicho: "Ve a casa del zapatero para pedirle que haga unas sandalias de difunto en lugar de las botas que el señor le encargó. Que se dé prisa para que te las puedas traer".

Cogiendo las sandalias y los recortes de cuero que habían sobrado, Mijaíl lo envolvió todo y le entregó el paquete al criado.

—¡Adiós! ¡Que Dios os proteja!

8

Transcurría un año tras otro. Ya hacía seis años que Mijaíl vivía en casa de Semión. Su existencia siempre era la misma; nunca salía, casi no hablaba y solo había sonreído en dos ocasiones: cuando la mujer del zapatero decidió darle de cenar y durante la visita del señor. Semión no encontraba palabras de alabanza para su ayudante. No le preguntaba ya de dónde procedía.

Tan solo temía que Mijaíl se fuera.

Cierto día se encontraban todos reunidos. Los niños estaban jugando encaramándose a los bancos para observar por las ventanas; Matriona calentaba su plancha para planchar la ropa, Semión arreglaba unos zapatos y Mijaíl daba el punto final a un tacón. Uno de los niños se apoyó en un hombro del oficial, que estaba cerca de la ventana y, mirando a la calle, le dijo:

—Mira, tío Mijaíl; viene una señora con sus dos niñas. Y vienen aquí. Una de ellas es coja.

Al oír estas palabras, Mijaíl abandonó su trabajo y se levantó para observar a través de la ventana. Semión se sorprendió sobremanera. El chico nunca había mirado fuera; pero estaba pegado a los cristales en aquel momento. El zapatero también se acercó a la ventana. Así era, se acercaba una señora bien vestida, con dos niñas que llevaban sus abriguitos de piel y unos pañuelos de lana en la cabeza. Las niñas se parecían tanto entre sí que habría sido imposible distinguirlas a no ser porque una de ellas cojeaba, arrastrando su pierna.

La señora se detuvo ante la casa del zapatero. Abrió la puerta y dejó pasar delante a sus dos niñas.

—Buenos días.

—Buenos días. ¿Qué desea?

La mujer se sentó y las dos niñas se arrimaron a ella, algo intimidadas ante aquellos desconocidos.

—Necesito unos zapatos para mis hijas.

—Nunca hemos fabricado zapatos para niños; pero uno puede hacer lo que quiera con buena voluntad. ¿Les hacemos unos zapatos o unas botitas con vuelta? ¿Qué prefiere? Mi oficial es muy hábil.

El zapatero se percató de que Mijaíl no dejaba de mirar fijamente a las niñas. Eso lo asombró. Es bien cierto que las dos niñas eran bonitas, tenían los ojos negros y sonrosadas las mejillas, y sus abrigos y pañuelos eran bastante graciosos. Pero resultaba raro que Mijaíl las mirase como si ya las conociera.

Semión habló con la mujer y comenzó a tomar las medidas a las niñas.

—Toma las medidas de esta. Harás un zapato para el pie cojo y tres para el otro. Al ser mellizas, los tienen iguales —dijo la señora poniendo en sus rodillas a la cojita.

—¿Por qué está coja? ¿Es de nacimiento? —le preguntó el zapatero.

—No. Su madre le produjo la cojera.

—¿No son suyas las niñas? ¿Usted no es su madre?

—preguntó Matriona interviniendo en la conversación, presa de la curiosidad.

—No. Yo no soy su madre y ni siquiera soy de su familia. Las he adoptado.

—Las quiere mucho aunque no sean de su propia sangre.

—¿Cómo no iba a quererlas? Las he criado con mi propia leche. Yo también tenía un hijito, pero Dios me lo arrebató. Aunque no lo quería tanto como a estas.

—¿Quién era su madre?

9

La mujer nos contó lo siguiente: "Desde hace seis años son huérfanas. Enterraron al padre un martes y su madre murió el viernes siguiente. Al nacer ya eran huérfanas de padre, y la madre tan solo vivió un día a su nacimiento. Mi marido y yo vivíamos entonces en su misma aldea. Eran nuestros vecinos; nuestras casas estaban una junto a la otra. Su padre trabajaba en un bosque y le cayó encima un árbol con tan mala fortuna que, volviendo a su casa, falleció.

Tres días después su mujer dio a luz. La pobre se encontraba sola, sin una comadrona ni nadie que la ayudara. Por la mañana fui a visitarla y me la encontré fría.

¡Pobre! Al morir cayó encima de esta pequeña y le lesionó el pie. Llegaron los demás vecinos, la amortajaron, le hicieron un ataúd y le dieron sepultura. Todos los vecinos eran buena gente. Las criaturas se quedaron solas. ¿Qué podíamos hacer? Yo era la única mujer que estaba criando a un niño en la aldea. Mi hijo había nacido ocho semanas antes. Decidí hacerme cargo de las niñas.

Los mujiks se reunieron. Discutieron el caso y me dijeron: 'María, puedes llevarte a las pequeñas y críalas mientras tomamos la decisión de qué hacer con ellas'. Ya le había dado el pecho a una, pero no a la cojita, pues creía que no iba a sobrevivir. Pero luego me lo reproché. La pobre gemía y sentí lástima. ¿Por qué dejar sufrir a aquel angelito? Le di también el pecho y decidí criar a los tres. Yo era joven y fuerte. Me alimentaba bien y tenía leche en abundancia. Y el Señor decidió aumentármela. Solía dar el pecho a dos a la vez; cuando uno de ellos se hartaba, cogía el tercero. Dios me permitió que crecieran fuertes y sanos.

Pasados dos años, mi hijo murió y el Señor no me ha dado más. Pero, de todos modos, la suerte nos acompañó. Compramos algunos bienes y acudimos a establecernos aquí. Ahora vivimos en el molino, el del comerciante. Nos ganamos bien el sustento. La vida nos sonríe…, pero no volví a tener hijos. ¿Qué hubiese hecho sin estos angelitos? ¡Estaría tan sola! ¿Cómo podría no quererlas? ¡Son mi único tesoro, mi única posesión!".

La mujer estrechó contra su pecho a las niñas, cubrió a la cojita de besos y se enjugó los ojos inundados de lágrimas.

—Se puede vivir sin padre ni madre, pero no sin Dios, como dice un proverbio ruso".

Tras hablar de esa manera, la mujer se despidió. Semión y su esposa la acompañaron a la puerta. Cuando volvieron, se encontraron a Mijaíl inmóvil, con los brazos cruzados, los ojos fijos en lo alto y una sonrisa en sus labios.

10

—¿Qué estás haciendo, Mijaíl? —preguntó el zapatero mientras se acercaba.

El chico se levantó y, tras quitarse el mandil e inclinarse ante los dueños de la casa,

—Perdón, mis amados bienhechores. Dios me ha perdonado. Perdonadme también vosotros.

Entonces el zapatero y su mujer vieron como una luz resplandeciente irradiaba del propio Mijaíl.

—Veo que tú no eres un hombre como el resto —le dijo Semión inclinándose ante él—. No tengo derecho a preguntarte ni a retenerte a mi lado. Pero te suplico que me digas algo. ¿Por qué te encontrabas tan sombrío, tan atemorizado, cuando te encontré y te traje a mi hogar? ¿Por qué te calmaste cuando Matriona te ofreció la comida? En ese momento sonreíste y te tranquilizaste. Luego, cuando llegó aquel señor a encargar las botas, sonreíste una segunda vez y te serenaste aún más. Y ahora que ha venido esa mujer con sus niñas, has vuelto a sonreír y resplandecer.

Dime Mijaíl, ¿por qué esa luz irradia de ti y por qué has sonreído tres veces?

—Mi cuerpo resplandece porque he expiado mi culpa —respondió Mijaíl—. Dios me había castigado y me perdona ahora. Sonreí en tres ocasiones porque debía conocer tres palabras divinas. Conocí la primera cuando tu esposa se compadeció de mi desnudez y miseria. Sonreí entonces por primera vez. Cuando aquel señor vino a encargar las botas, sonreí una segunda vez porque entonces se me reveló la segunda palabra. Y ahora, al ver a esas niñas, me he enterado de la tercera y he vuelto a sonreír de nuevo.

—Dinos por qué Dios te había castigado y qué palabras son las que debías conocer, para que nosotros también las sepamos —le suplicó Semión.

—El Señor me castigó por ser desobediente. Yo antes era un ángel del cielo y le desobedecí. El Señor me envió a la Tierra a buscar un alma, el alma de una mujer. Descendí a la tierra y vi a una mujer enferma que yacía en su cama. Acababa de parir dos niñas. Las dos pequeñas lloraban al lado de su madre, que estaba demasiado débil para amamantarlas. Cuando me vio, la mujer se dio cuenta de que Dios reclamaba su alma. Entonces comenzó a llorar y me suplicó: "Ángel de Dios, mi esposo murió hace tres días porque un árbol le cayó encima mientras trabajaba en el bosque. No tengo ni madre ni hermanas, ni ningún familiar. Mis hijitas solo me tienen a mí. No te lleves mi alma desdichada. Permíteme que pueda criar a mis hijitas; déjame que las vea crecer. Estas niñas no pueden criarse sin una madre…".

Me apiadé de aquella mujer y la obedecí. Puse a una de las niñas junto a su seno y a la otra entre sus brazos. Subí al cielo, y cuando pude estar en presencia del Señor, le dije:

"No te he podido traer el alma de la mujer que acaba de dar a luz. El padre de las niñas ha muerto. Esa mujer tiene dos mellizas y me ha suplicado que le permitiese vivir el tiempo necesario para criarlas. No podrán vivir sin su padre y sin su madre. No he sido capaz de traer su alma".

"Ve a buscar el alma de esa madre", me ordenó el Señor. "Un día llegarás a conocer tres palabras divinas. Entonces conocerás lo que hay en los hombres, lo qué no les es dado y aquello que los mueve. Cuando conozcas esas tres palabras regresarás al cielo".

Bajé a la tierra y me tuve que llevar el alma de aquella desgraciada mujer. Las niñas se desprendieron de ella, su cadáver cayó hacia la izquierda y le magulló el pie a una de ellas. Cuando sobrevolaba la aldea llevándome el alma de aquella mujer, un torbellino me sorprendió, sentí que un gran peso me doblaba las alas y mientras su alma ascendía al cielo, yo caí en la tierra y me quedé tendido junto a un camino, ya sin fuerzas.

11

El zapatero y su esposa entonces comprendieron quién era aquel desconocido al que habían dado de comer y acogido en su hogar. Se pusieron a llorar de alegría y de emoción.

—Me encontraba solo en el camino. Solo y desnudo. Hasta el momento no había conocido miseria humana alguna, ni el frío ni el hambre. Pero me acababa de transformar en un hombre y sentí hambre y frío e ignoraba qué debía hacer. Vi entonces una iglesia consagrada a Dios y quise refugiarme en ella, pero su puerta estaba cerrada. Me senté en el umbral para refugiarme del viento. La noche se acercaba. Padecía mucho por el hambre y temblaba de pies a cabeza por el frío. Todo el cuerpo me dolía. De repente oí unos pasos por el camino. Llegaba un hombre con unas botas en la mano. Estaba hablando solo. Era la primera vez que yo veía el rostro de un hombre mortal desde que yo también era hombre, y aquella cara me llenó de terror. Volví la cabeza. Oí como decía: "¿Cómo podré alimentar a mi mujer y a mis hijos? ¿Cómo proteger en invierno del frío nuestros miembros ateridos? Y pensé: «Perezco de frío y hambre y aquí está este hombre que tan solo piensa en sus necesidades. Pasa junto a mí y no se le ocurre ayudarme". El hombre me vio y, frunciendo el entrecejo, adoptó una terrible expresión y pasó de largo… Me sentí desesperado. De repente oí que regresaba. Lo miré y no me parecía el mismo. La muerte estaba antes reflejada en su rostro, y ahora tenía una faz reluciente y en ella descubrí la imagen de Dios. Se me acercó y, tras vestirme, me cogió de la mano para llevarme a su casa. Su mujer se encontraba en el umbral de la puerta y empezó a hablar. Era mucho peor que el hombre.

Sus labios emitieron un hálito mortal que me privó de respiración… Me sentí desfallecer. Aquella mujer pretendía echarme al frío de nuevo, a la muerte y a la agonía. Comprendí que si lo conseguía, ella también moriría. Pero su marido de repente le habló de Dios. Y a continuación la mujer se transformó. Me dio de comer y, como me observaba, alcé mis ojos para mirarla; la muerte se había transformado en un ser vivo y reconocí el rostro de Dios.

Entonces recordé las palabras del Señor: "Sabrás lo que hay en los hombres", y me di cuenta de que lo que hay en los hombres es amor. Por mi dicha con la revelación de una de las tres palabras divinas, sonreí por primera vez. Pero aún no había conseguido enterarme de todas; aún no sabía lo que nos es dado a los hombres ni aquello que los hace vivir.

Pasé todo un año a vuestro lado. Aquel señor vino a encargar unas botas que durasen todo un año sin romperse ni deformarse. Lo miré y a su lado pude ver a uno de mis compañeros: el ángel de la muerte. Nadie pudo verlo salvo yo. Lo conocía bien y me constaba que, antes de ponerse el sol, se llevaría su alma. Pensé:

"Ese hombre se provee para un año, pues ignora que va a fallecer antes de la noche". Fue entonces cuando me percaté de la segunda palabra de Dios: "Sabrás lo que no es dado a los hombres".

Ya sabía lo que hay en los hombres y en aquel mismo momento me enteré de lo que no les es dado: no saben lo que necesitan realmente. Y sonreí una segunda ocasión.

Pero aún ignoraba lo que mueve a los hombres. Y he vivido a vuestro lado esperando día a día la revelación del Señor, la tercera palabra divina. Seis años después vino la mujer de las mellizas. Entonces las reconocí y supe cómo habían sobrevivido. Pensé: "La madre me suplicó que no me llevara su alma, preocupada por las niñitas, y yo la obedecí pensando que esas huérfanas se morirían de hambre. Pero una persona extraña las recogió y las mantiene".

Cuando esa mujer lloró enternecida, acariciando a aquellas niñas que había recogido, vi la imagen de Dios en ella. Y así comprendí lo que mueve a los hombres. Comprendí entonces que el Señor acababa de revelarme la tercera palabra y que así me concedía su perdón. Y sonreí una tercera ocasión.

12

El ángel se despojó de su terrena envoltura y se llenó de luz. Ojo humano alguno era capaz de soportar su esplendor. Elevando una voz que no parecía salir de él, sino del cielo, aquel ángel pronunció las siguientes palabras:

—Comprendí que el hombre no vive de sus propias necesidades. Vive por el amor.

No le fue dado a una madre saber lo que haría vivir a sus hijos; al señor no le fue dado saber lo que necesitaba; a ningún ser humano le es dado saber si vivirá y si le harán falta unas botas por la noche o si fallecerá y necesitará unas sandalias.

En lo referente a mí, cuando bajé a la tierra convertido en un hombre, no seguí viviendo para cuidar mi cuerpo, sino porque hubo amor en un hombre y una mujer. Se compadecieron de mí y me amaron. Esas dos huerfanitas no subsistieron porque se pensara en ellas, sino porque una mujer tenía el corazón lleno de amor. Los hombres no viven porque se preocupen de sí mismos, sino porque en su corazón hay amor.

Antes ya conocía que Dios era quien daba la vida a los hombres y que quería que viviesen. Pero ahora sé que no quiere que vivan solos, y por ello oculta a cada cual lo que les hace falta. Pretende que cada uno viva para los demás y le revela tanto lo que es útil para él como para sus semejantes. Así comprendí que los hombres, que creen que viven gracias a sus propios cuidados, viven en realidad solo por el amor. Aquel que vive en el amor vive en Dios y Dios también vive en él, ya que Dios es amor".

Entonces el ángel cantó alabanzas al Señor y la casa se estremeció; el techo se abrió y una columna de fuego se elevó desde la tierra al cielo.

El zapatero, su mujer y sus hijos se arrodillaron. El ángel subió al cielo batiendo sus alas.

Cuando Semión volvió en sí, la casa había recobrado su aspecto habitual y tan solo quedaban en ella él y los suyos.

EL PRISIONERO DEL CÁUCASO

1

Un oficial de nombre Jilin estaba destinado en el Cáucaso. Cierto día recibió una carta de su casa. Su anciana madre le decía:

"Querido hijo, he envejecido mucho últimamente y me gustaría volver a verte antes de morir. Ven para despedirte de mí. Tras mi muerte, podrás volver al servicio. Te he buscado una novia; es una chica buena e inteligente y posee una dote. Si te gusta, puedes casarte con ella y quedarte para siempre aquí".

Jilin empezó a pensar: "Así es, mi madre ya es muy mayor. Tal vez no encuentre otra ocasión para poder verla. Lo mejor es que vaya ahora. Además, si me satisface esa novia que me ha encontrado, me casaré con ella".

Fue a ver a su coronel para pedirle un permiso. Se despidió de sus compañeros, invitó a vodka a sus soldados y se preparó para partir.

En aquellos momentos había una guerra en el Cáucaso. No se podía transitar por los caminos ni de día ni de noche. Apenas un ruso se alejaba de la fortaleza, los tártaros lo mataban o se lo llevaban a las montañas prisionero.

Dos veces a la semana, los soldados que ejercían de guías escoltaban a la gente que hacía el trayecto de una fortaleza a otra.

Era verano. Por la madrugada se habían reunido algunos carros al abrigo de la fortaleza, y se pusieron en camino en cuanto llegaron los soldados. Jilin montaba a caballo, y sus cosas iban en uno de los carros que formaban el convoy.

Debían recorrer veinticinco verstas. El convoy avanzaba despacio; tan pronto se paraban los soldados como se rompía el eje de una de las ruedas o se detenía un caballo, y tenían que esperar.

Ya era mediodía y el convoy solo había recorrido la mitad del camino. Se levantaban columnas de polvo, hacía mucho calor y el sol abrasaba. No había lugar dónde refugiarse.

Atravesaban un camino en la estepa desierta, sin árboles ni arbustos.

Jilin se había adelantado y se detuvo para esperar el grueso del convoy. Oyó el sonido de la corneta; el convoy se volvía a parar. Y entonces pensó: "Estoy tentado de irme solo. Tengo un buen caballo. Si los tártaros me atacaran, podría huir. ¿O tal vez no deba hacerlo?".

Mientras tanto se le acercó, montado en su caballo, el oficial Kostylin, que llevaba un fusil.

—Vámonos los dos solos, Jilin. No puedo más. Tengo hambre y hace un calor insoportable. Mi camisa ya está empapada de sudor —dijo.

Era un hombre alto, grueso y estaba muy colorado.

—¿Está tu fusil cargado? —le preguntó Jilin tras pensar unos segundos.

—Sí.

—Bueno, pues vámonos entonces. Pero no debemos separarnos por ningún motivo.

Cabalgaron a lo largo del camino. Mientras atravesaban la estepa, charlaban mirando a ambos lados. Cuando llegaron al extremo, el camino desembocó en un desfiladero.

—Debemos subir a esa montaña para otear, no vayan a sorprendernos —dijo Jilin.

—¿Para qué? Sigamos adelante —le respondió Kostylin. Pero su compañero no estuvo de acuerdo.

—No, espérame aquí. Subiré un momento a otear.

Azuzando a su caballo, Jilin se encaminó hacia la izquierda de la montaña. El caballo que montaba era de raza —había pagado cien rublos por él cuando todavía era un potro y él mismo se había encargado de domarlo—. Condujo a la cumbre de la montaña a Jilin como si fuese sobre alas. Desde ese punto Jilin divisó a la distancia de una desiatina a unos treinta tártaros montados a caballo. Volvió grupas, pero los tártaros ya lo habían visto y se lanzaron tras él, sacando los fusiles de sus fundas. Jilin llegó hasta el pie de la montaña a galope tendido y le gritó a Kostylin:

—Prepara tu fusil.

Mientras tanto, Jilin se dirigió mentalmente a su caballo: "Amigo mío, sácame de este aprieto. Si tropiezas, estoy perdido. Si logro llegar hasta donde está Kostylin, no me rendiré".

Pero en vez de esperar a su compañero, al ver a los tártaros, Kostylin emprendió una veloz carrera hacia la fortaleza. Azotaba sin cesar los flancos de su caballo. Tan solo se podía ver la cola de este, que se agitaba en medio de una nube de polvo.

Jilin comprendió que la cosa era seria. Kostylin se había llevado el fusil y él no podía defenderse con su sable. Entonces espoleó el caballo para reunirse con los soldados. Pero entonces salieron media docena de tártaros para cortarle el paso. El caballo de Jilin era bueno, pero los de los tártaros aún eran mejores y además sus jinetes cabalgaban con la intención de rodearlo. Quiso frenar su caballo y volver atrás, pero no le fue posible; se había desbocado y avanzaba en dirección a los tártaros. Uno de ellos, de barba roja, que montaba sobre un corcel gris, iba hacia él lanzando gritos de guerra, rechinando los dientes y con su fusil en la mano.

"Conozco bien a esos demonios; si me cogen me meterán en un calabozo y me azotarán. No debo rendirme con vida…", pensó Jilin.

No era corpulento, pero sí muy audaz. Desenvainó su sable y fue a caballo en dirección al tártaro de la barba roja. "Lo aplastaré bajo los cascos de mi montura o lo atravesaré con mi sable", pensó.

Pero antes de recorrer diez pasos, los tártaros dispararon desde atrás e hirieron a su caballo, que se desplomó de golpe, aplastando una de las piernas de Jilin.

Cuando quiso levantarse, dos apestosos tártaros habían llegado ya y, agarrándolo por los brazos, se los torcieron a su espalda. Jilin se soltó, pero de inmediato otros tres que acababan de descabalgar le golpearon en la cabeza con la culata de sus fusiles. La vista se le nubló y se mareó. Tras atarle las manos a la espalda lo arrastraron hasta sus monturas. Le quitaron el gorro, las botas, el dinero y el reloj, y le rompieron el uniforme. Jilin giró la cabeza. Su pobre montura se había tendido sobre un costado, tal y como había caído, y agitaba sus patas sin poder incorporarse. De su cabeza manaba un manantial de sangre que cubrió aquel polvoriento lugar formando una mancha enorme.

Uno de aquellos tártaros se acercó al caballo para quitarle la silla. Como seguía pataleando, desenvainó su cuchillo y lo degolló. El caballo emitió un sonido gutural y, tras estremecerse, dejó esta vida.

Los tártaros se llevaron la silla y los arreos. El de la barba roja montó; colocaron a Jilin en la grupa de su montura, atándolo mediante una correa a la cintura de aquel tártaro, y emprendieron la marcha hacia las montañas.

Jilin iba sentado detrás del tártaro, y cada vez que daban un tumbo, restregaba su rostro contra su apestosa espalda. Lo único que era capaz de ver era aquella espalda robusta, el cuello surcado por las venas y la nuca afeitada de aquel jinete. Jilin tenía una herida en la cabeza y la sangre coagulada en la frente, pero le resultaba imposible colocarse en una postura más cómoda y no podía secarse la sangre. Tenía tan fuertemente atados los brazos a la espalda que hasta las clavículas le dolían.

Cabalgaron mucho tiempo, hasta llegar a las montañas. Vadearon un río, desembocaron en un camino y se internaron en un desfiladero.

Jilin hubiese deseado ver el camino que seguían, pero tenía los ojos llenos de sangre y no podía volver la cabeza.

Comenzaba a hacerse de noche. Vadearon un río más y emprendieron el ascenso hacia una pedregosa montaña. Se percibía un olor a humo y se escucharon ladridos. Tiempo después llegaron a una aldea y los tártaros se apearon de los caballos; un grupo de niños rodeó a Jilin y, mientras lanzaban alegres gritos, comenzaron a arrojarle piedras.

Uno de los tártaros disolvió a la chiquillería y, tras bajar a Jilin del caballo, llamó a uno de los sirvientes. Se trataba de un nogái[8]. Poseía unos pómulos salientes y una camisa destrozada que dejaba su pecho al descubierto. El tártaro pronunció unas palabras y, poco después, el sirviente trajo unos grilletes. Tras desatar a Jilin, le ajustaron los grilletes y se lo llevaron a una cuadra, donde lo metieron a la fuerza y lo encerraron con llave. Jilin cayó sobre un montón de estiércol.

Permaneció durante un rato en la misma postura en que cayó y luego, a tientas, buscó en medio de la oscuridad un lugar más blando para tenderse.

2

Se pasó casi toda la noche sin pegar ojo. Las noches eran cortas en esa época. Cuando advirtió a través de una rendija que empezaba a amanecer, se levantó y, tras agrandarla un poco, empezó a mirar al exterior.

Por aquella rendija pudo ver el camino que descendía desde la montaña. A su derecha había una chocita tártara y dos árboles junto a ella. En el umbral estaba echado un perro negro y una cabra deambulaba alrededor con sus cabritillos. Una joven tártara vestida con una blusa de color, pantalones y botas, llevaba sobre su cabeza, cubierta con un pañuelo, un cántaro metálico repleto de agua. Se mecía mientras andaba y, de vez en cuando, se inclinaba hacia un chiquillo con la cabeza rapada, vestido solo con una camisita, al que llevaba cogido de la mano.

La chica entró en la choza y, al poco tiempo, de allí salió el tártaro de la barba roja del día anterior, con un blusón de seda, un puñal de plata en el cinturón y unas babuchas en sus pies desnudos. Se cubría con un

---

[8] Nombre genérico de los mongoles del Cáucaso.

gorro alto, de piel de cordero negra y echado hacia atrás. Se desperezó acariciándose la barba. Tras un ratito dijo unas palabras al sirviente que allí se encontraba, y se fue.

Luego, dos chicos montados a caballo fueron hacia el abrevadero. Sus caballos tenían los hocicos mojados. Varios chiquillos con las cabezas rapadas y que solo vestían con una camisita, se agruparon junto a la cuadra entreteniéndose mientras metían unas ramitas secas por la rendija. Jilin les gritó. Asustados, los chicos echaron a correr mientras chillaban, y Jilin no pudo ver más que sus desnudas piernecitas.

Jilin estaba sediento y sentía la garganta totalmente reseca. "Si al menos alguien viniese a verme…", se dijo. De repente oyó cómo abrían la puerta de la cuadra. Era el tártaro de la barba roja, acompañado de otro algo más bajito, moreno, de ojos radiantes negros, buen color y una pequeña barba. Su sonriente rostro emanaba alegría. Iba vestido mejor que su compañero. Llevaba un blusón de seda azul con bordados, un enorme puñal de plata al cinto, y calzaba unas babuchas de piel rojiza bordadas en plata. Sobre ellas llevaba otras babuchas de una piel más gruesa. Iba cubierto con un gorro alto de piel de cordero blanca.

Al entrar, el tártaro de la barba roja dijo unas palabras como regañando, se apoyó en el quicio de la puerta y, mientras jugaba con el puñal, lanzó de reojo a Jilin una mirada de lobo. Mientras, el moreno —un hombre de rápidos y toscos movimientos que parecía andar sobre unos resortes— se acercó a Jilin y, de cuclillas, le dio unas palmaditas en el hombro. Dejando sus dientes al descubierto, empezó a balbucear algo en su idioma. Guiñaba los ojos, chascaba su lengua y repetía: "Ruso bueno, ruso bueno".

Jilin no le entendió.

—Beber, dadme agua —dijo.

—Ruso bueno —repitió el tártaro mientras reía, y continuó luego hablando en su propia lengua.

Jilin hizo unas señas con los labios y las manos para pedir algo de beber. El tártaro moreno lo comprendió, se puso a reír y, asomándose a la puerta, gritó:

—¡Dina!

—Acudió corriendo una chica delgada, de unos trece años, muy parecida al tártaro moreno. Parecía su hija. Tenía también los ojos negros y radiantes, y era muy guapa.

Llevaba una blusa azul y suelta, de anchas mangas, con unos lazos rojos en el escote, las bocamangas y el bajo, pantalones y, sobre las babuchas, otras babuchas más de tacón alto. En el cuello llevaba un collar de monedas rusas. Estaba descubierta y, del extremo de una negra trenza, le colgaba una cinta con plaquitas metálicas y un rublo de plata.

El tártaro pronunció unas palabras y la chica salió corriendo para regresar con una jarra metálica. Se la ofreció a Jilin y se sentó en cuclillas, tan encorvada que sus hombros quedaron por debajo de sus rodillas. Observó a Jilin mientras bebía como si estuviese contemplando a una fiera.

Cuando Jilin le devolvió la jarrita, la chica saltó hacia atrás, como si fuera una cabra montesa. Hasta su padre se echó a reír. Después dijo algo y la muchacha se marchó con la jarra. Volvió tras un rato con un pan sin levadura en una tablita redondeada, y se sentó en cuclillas a mirar a Jilin, igual que había hecho antes.

Al cabo de un rato se fueron los tártaros cerrando la puerta con llave. Poco después llegó el criado y le dijo a Jilin:

—¡Aida, amo Aida!

Él tampoco sabía hablar ruso. Jilin entendió que lo invitaba a ir a algún sitio.

Siguió al sirviente. Cojeaba por los grilletes. Al salir pudo ver una aldea tártara de unas diez casas y una mezquita con su alminar. En la entrada de una de las casas había tres caballos ensillados que unos chicos sujetaban por las bridas. El tártaro moreno salió a la puerta de la casa e hizo señas para que condujesen allí a Jilin. Sin parar de reír y hablar en su idioma, volvió a entrar. El sirviente llevó a Jilin al interior de la casa. Estaba muy bien acondicionado con las paredes, muy lisas, recubiertas de arcilla. En la del fondo había unos cojines multicolores y en las de los lados colgaban tapices valiosos, fusiles, pistolas y sables en vainas de plata sobre ellos. Una de las paredes tenía una estufa muy bajita, a ras de suelo, que estaba tan liso como una era. En el rincón del fondo había unas alfombras de fieltro y, sobre ellas, tapices y cojines. Allí, reclinándose en unos cojines, estaban sentados varios tártaros que calzaban babuchas. Eran el moreno, el de la barba roja y otros tres invitados más. Ante sí tenían una tablita redonda llena de tortas, un tazón con mantequilla derretida y una jarra de cerveza tártara. Comían con las manos, por las que la grasa les chorreaba.

El tártaro moreno se puso en pie de un salto y ordenó que sentaran a un lado a Jilin en el suelo raso, no en la alfombra. Volvió a su sitio y continuó obsequiando a sus invitados con tortas y cerveza. Después de ordenar a Jilin que se sentara, el sirviente se sacudió las babuchas, las coloció al lado de otras que estaban junto a la puerta y tomó su asiento en la alfombra de fieltro, cerca de su amo. Se le caía la baba mientras lo veía comer.

Cuando terminaron, entró una mujer con una blusa igual que la de la muchacha, pantalones y un pañuelo en la cabeza. Se llevó el tazón y las tortas para traer una cubeta y una jarra de cuello estrecho llena de agua. Los tártaros se lavaron las manos, se pusieron en cuclillas y leyeron unas plegarias. Después conversaron en su lengua y, al final, uno de los invitados se volvió hacia Jilin y en ruso le dijo:

—Kasi—Mohamed —dijo el de la barba roja— te ha hecho prisionero y te ha entregado a Abdul—Murat —señalando al moreno— y este último ahora es tu dueño.

Jilin guardó silencio. Abdul—Murat se echó a reír y señalando a Jilin, le repitió:

—Soldado ruso, ruso bueno.

—Abdul—Murat te ordena que escribas una carta a tu hogar para que envíen el dinero del rescate. En cuanto lo recibamos, te pondré en libertad —dijo un intérprete.

—¿Cuánto dinero? —preguntó Jilin tras reflexionar unos segundos. Los tártaros hablaron entre sí y el intérprete tradujo:

—Tres mil monedas.

—No pueden pagar tal cantidad —dijo Jilin.

Abdul—Murat se levantó de un salto y, entre gestos, dijo a Jilin unas palabras figurándose que las entendía. El intérprete tradujo:

—¿Qué cantidad puedes ofrecerle?

—Quinientos rublos —contestó Jilin tras pensárselo.

Los tártaros comenzaron a hablar a toda prisa, todos a la vez. Dirigiéndose al de la barba roja, Abdul gritaba tan excitado que salpicó con saliva a su interlocutor. Este frunció sus cejas y chasqueó la lengua.

—El amo asegura que quinientos rublos no son suficientes —explicó el intérprete cuando todos hubieron callado—. Acaba de pagar doscientos por ti. Te han entregado como parte de una deuda. No te pondrá en libertad por menos de tres mil rublos. Si te niegas a escribir esa carta, te encerrarán y te azotarán.

"Si me dejo intimidar ante ellos la cosa empeorará", pensó Jilin, y poniéndose de un salto en pie, exclamó:

—Dile a ese perro que si me quiere asustar no escribiré a mi casa ni le daré un solo kópek. No os he temido nunca y no pienso hacerlo ahora, ¡perros!

Cuando el intérprete tradujo aquello los tártaros comenzaron a hablar todos a la vez.

Tras una larga discusión, el tártaro moreno se acercó a Jilin y le dijo:

—Ruso djiguit, ruso djiguit.

Esa palabra significa "valiente" en tártaro. El tártaro moreno se volvió a echar a reír y dijo unas palabras en su lengua que el intérprete tradujo:

—Que sean mil rublos.

—No pienso dar más de quinientos. Y si me matáis, os quedaréis sin nada —respondió Jilin manteniéndose firme.

Los tártaros platicaron entre sí y mandaron después al sirviente a alguna parte. Mientras esperaban, dirigían miradas a la puerta o a Jilin. El sirviente regresó, seguido de un tipo alto y grueso que iba descalzo y vestido con harapos.

Llevaba también grilletes.

Jilin dejó escapar un "¡ah!" al reconocer a Kostylin. También había sido capturado. Colocaron a ambos prisioneros juntos y permanecieron mirándolos en silencio. Jilin contó lo que le había pasado; Kostylin dijo que su caballo se negó a seguir avanzando, que el fusil se le había encasquillado y que Abdul lo había hecho prisionero.

Este se puso en pie y dijo algo mientras señalaba a Kostylin. El intérprete explicó que ambos pertenecían ahora al mismo dueño, y que el que primero le diera el dinero del rescate obtendría antes su libertad.

Tú tienes mal genio; por el contrario, tu compañero está tranquilo y ya ha escrito una carta a su casa para que le manden cinco mil monedas. Ahora le daremos buenos alimentos y lo trataremos bien.

—Mi compañero puede hacer lo que le venga en gana. Puede que sea rico. Yo no —respondió Jilin—. Mantendré mi palabra. Podéis matarme si queréis, aunque no sacaréis con ello ningún provecho. No pienso pedir más de quinientos rublos.

Todos se mantuvieron callados por un rato. De repente, Abdul cogió un pequeño cofre y, sacando de él una pluma, un trozo de papel y un frasquito de tinta, dio a Jilin una palmada en el hombro y le hizo señas para que escribiera. Aceptaba sus quinientos rublos.

—Dile que nos dé buena comida, que nos vista y nos calce como es menester, que nos permita estar juntos para que estemos más a gusto, y que nos quite estos grilletes —le dijo al intérprete Jilin.

Tras pronunciar estas palabras, se quedó mirando al amo y se puso a reír. Este también rio, escuchó al intérprete y respondió:

—Les proporcionaré las mejores ropas y unas buenas botas como si fueran a contraer matrimonio. Los alimentaré como a príncipes. Pueden vivir juntos en la cuadra si quieren. Pero no les podemos quitar esos grilletes porque entonces se escaparían. Se los quitaremos de noche—. Y acercándose a Jilin le dio unas palmaditas en el hombro y le dijo—: Si tú bueno, yo bueno también.

Jilin escribió la carta, pero puso mal las señas para que no llegara a su destino. "Me escaparé", pensaba.

Llevaron a la cuadra a los prisioneros, les pusieron hojas de maíz secas, les dieron agua en una jarra, pan, dos chaquetas y dos pares de botas usadas. Sin duda se las habían quitado a soldados muertos. De noche les quitaron los grilletes y cerraron con llave la puerta de la cuadra.

3

Jilin y su acompañante vivieron así durante un mes. El amo no paraba de reírse.

—Tú, bueno, Iván. Yo, Abdul, bueno.

Los alimentaban tan solo con pan de harina de mijo, sin levadura, cocido como si fueran tortas y, en ocasiones, con la masa sin cocer.

Kostylin volvió a escribir a su casa. Esperaba con gran impaciencia recibir el dinero y se encontraba muy triste. Se pasaba el día entero sentado en la cuadra contando el tiempo que faltaba para recibir la contestación o, a veces, dormía. Por el contrario, Jilin sabía que su carta nunca llegaría y no volvió a escribir.

"¿De dónde sacaría mi madre tanto dinero para poder rescatarme? Vive tan solo con lo que yo le mando. Para reunir quinientos rublos se arruinaría hasta el fin de su existencia. Me lograré escapar con la ayuda de Dios", se decía.

Y tan solo podía pensar en la forma de huir.

Paseaba silbando por la aldea o permanecía sentado en cualquier rincón. Hacía labores manuales: modelaba muñecos de barro y trenzaba cestos de mimbre. Era un maestro en cualquier clase de tarea manual.

En cierta ocasión hizo un muñeco vestido con un blusón tártaro y lo colocó en el tejado de la cuadra. Cuando las mujeres iban por agua, la hijita del amo, que se llamaba Dinka, lo vio y llamó a sus amigas. Todas dejaron sus jarras en el suelo y contemplaron riendo el muñeco. Jilin lo bajó del tejado y se lo ofreció. No se atrevieron a cogerlo pese a que continuaban riendo. Jilin entonces lo dejó allí y se volvió a la cuadra para esperar a ver qué sucedía.

Dinka se acercó, miro a su alrededor y, tras agarrar el muñeco, se echó a correr.

A la mañana siguiente, Jilin pudo ver cómo Dinka salía de su casa con el muñeco en los brazos. Estaba adornado con cintas rojas y le estaba cantando una nana mientras lo mecía como a una criatura. La madre salió poco después, la riñó y, quitándole el muñeco, lo hizo trizas y la mandó al trabajo.

Jilin confeccionó otro muñeco aún mejor para entregárselo a Dinka. En cierta ocasión, ella le llevó una jarrita que dejó en el suelo. Se sentó después a su lado y, entre risas, miró a Jilin señalando la jarrita.

"¿Por qué se reirá de esa manera?", se preguntaba Jilin. Cogió la jarra y se puso a beber pensando que era agua, como de costumbre. Pero Dinka le había traído leche.

—Está muy buena— le dijo tras bebérsela.

La muchacha se puso muy contenta y, poniéndose de un salto de pie, comenzó a palmear.

—Bueno, Iván, bueno —dijo. Le quitó a Jilin la jarra de las manos y salió corriendo.

Desde aquel día Dinka le traía a diario una jarrita de leche a escondidas. Los tártaros suelen elaborar un queso de leche de cabra, que secan sobre los tejados de las casas. La niña cogió la costumbre de llevarle también a Jilin un queso de esos de vez en cuando. Una vez en que el amo acababa de degollar un cordero, Dinka ocultó un trocito en una de sus mangas y se lo entregó al prisionero. Tenía la costumbre de dejarle las cosas que le traía y ponerse después a correr de inmediato.

Un día se produjo una fuerte tormenta y, durante una hora, llovió a cántaros. Los riachuelos se desbordaron. En los vados el agua subió más de dos metros y la corriente arrastró piedras enormes. Los arroyos discurrían por todas partes. Los truenos retumbaban entre los montes. Tras amainar la tormenta, por la aldea quedaron varios arroyos. Después de insistir mucho, Jilin consiguió que su amo le proporcionase un cuchillo. Construyó un mecanismo con unas tablitas, con un eje y una rueda, y con unos trocitos de tela que le habían proporcionado las niñas, logró vestir a dos muñecos —hombre y mujer— que aseguró a ambos lados de la rueda. Puso el mecanismo en un arroyo. La corriente provocó el giro de la rueda, con lo que los muñecos comenzaron a dar saltos. Toda la aldea fue a contemplarlo: niños, mujeres y hasta hombres. Todos chascaban sus lenguas y decían:

—¡Menudo ruso! ¡Menudo ruso!

Abdul poseía un reloj estropeado. Llamó a Jilin y, tras mostrárselo, chascó su lengua.

—Déjamelo. Puedo arreglarlo —dijo Jilin.

Cogió el reloj, lo desmontó con el cuchillo y, tras repararlo, se lo devolvió al tártaro.

Andaba igual que antes. Abdul, loco de alegría, le regaló a Jilin una vieja y destrozada casaca. Jilin la aceptó. ¿Qué otra cosa podía hacer? Al menos se taparía con ella por las noches.

Desde aquel momento, Jilin se hizo fama de buen artesano. Empezaron a llegar gentes de aldeas cercanas, trayéndole pistolas, fusiles y relojes, para que los arreglara. El amo le proporcionó todo tipo de herramientas.

Cierto día, el tártaro cayó enfermo y llamaron a Jilin para que lo curara. No tenía ni la más remota idea de lo que debía hacer. Lo examinó y se dijo: "Puede que se cure solo". Regresó a la cuadra y cogió algo de agua mezclada con arena. Así, en presencia de los tártaros, pronunció unas palabras ante la jarra de agua para entregársela a Abdul y que bebiera. Por fortuna para él, Abdul se curó.

Jilin comenzaba a entender la lengua tártara. Algunos se fueron acostumbrando a él. Cuando era necesario, solían gritar: «¡Iván, Iván!» Pero otros lo miraban de reojo como si fuera una fiera.

Al tártaro de la barba roja no le gustaba Jilin. Fruncía el ceño en cuanto se lo encontraba y le volvía la mirada, o lo llenaba de insultos.

Había un viejecito que vivía al pie de la montaña y solía visitar la aldea. Jilin tan solo lo veía cuando iba a rezar a la mezquita. Era bajito de estatura y llevaba una toalla en forma de turbante sobre su gorro. Poseía una barba y bigotes blancos y cortos como el plumón, la tez de color ladrillo y surcada por las arrugas, la nariz ganchuda como la de un buitre, unos ojos grises con expresión cruel y la boca desdentada, que dejaba asomar dos colmillos. Andaba apoyado en un bastón y miraba a su alrededor como si fuera un lobo. En cuanto veía a Jilin, comenzaba a lanzar gruñidos y le volvía la mirada.

En una ocasión Jilin se encaminó al pie de la montaña para ver dónde vivía el viejo.

Al final de un sendero, vio un jardín cercado por una tapia lleno de cerezos y melocotoneros y, en medio de todos ellos, una chocita con el tejado plano. Jilin se acercó y observó unas colmenas de paja a cuyo alrededor revoloteaban y zumbaban enjambres de abejas. El viejo se encontraba de rodillas ante una de las colmenas. Mientras se subía a la tapia para poder ver mejor, Jilin hizo ruido con sus grilletes. El viejo se percató, lanzó un grito, sacó la pistola que llevaba en el cinto, y disparó a quemarropa. Jilin tan solo pudo ocultarse detrás de una de las piedras.

El viejo fue a dar las quejas al amo de Jilin. Abdul lo llamó y le preguntó sonriendo:

—¿Para qué fuiste a casa del viejo?

—No quería hacerle daño alguno. Solo quería ver cómo vivía.

El amo tradujo al viejo las palabras de Jilin, y este, encolerizado, dijo algo, dejando ver sus colmillos. Jilin no lo comprendió todo, pero pudo deducir que exigía que Abdul matara a los rusos en lugar de tenerlos en la aldea. Cuando el viejo se fue, Jilin le preguntó al amo quién era aquel sujeto.

—¡Se trata de un hombre importante! —exclamó el amo—. Fue el primer djiguit del lugar. Ha matado a muchos rusos. En su época fue muy rico: tuvo tres mujeres y ocho hijos. Todos vivían en la misma aldea. Llegaron los rusos, destruyeron su aldea, y mataron a siete de sus ocho hijos. El que sobrevivió se entregó a los rusos y el viejo hizo lo mismo. Vivió entre ellos tres meses y, cuando encontró a su hijo, lo mató y consiguió huir. Desde entonces no ha vuelto a pelear y ha marchado a orar a la Meca; por eso lleva el turbante. No le gustan los rusos. Me ha exigido que te mate, pero no puedo hacerlo, porque ya he pagado dinero por ti y, además, porque te tengo afecto. No soy capaz de matarte y ni siquiera te proporcionaría la libertad si no hubiese empeñado mi palabra en hacerlo —concluyó riendo. Después añadió en ruso—: Tú, Iván, bueno, y yo, Abdul, también bueno.

4

Jilin vivió de esa manera durante un mes. De día paseaba por la aldea o hacía labores manuales, pero en cuanto llegaba la noche y se recogían los aldeanos, se ponía a cavar un agujero en la cuadra. Le costaba mucho esfuerzo hacerlo porque estaba lleno de piedras que debía cortar con una sierra. Al final consiguió hacer un agujero debajo del muro lo suficientemente grande para poder salir por él. "Necesito examinar muy bien el lugar para ver la dirección que debo tomar. Porque no me la dirá ningún tártaro", pensó.

Para hacerlo eligió un día en que el amo había salido de viaje. Tras comer, salió de la aldea con la intención de subir a una montaña. Desde su cumbre quería observar los alrededores. Pero el amo, al marcharse, había dado la orden a su hijo de que siguiera a Jilin sin perderlo de vista un solo segundo. El chico corrió tras Jilin y le gritó:

—¡No te vayas! Papá me ha ordenado que no salgas de aquí. Si no me obedeces, llamaré a los de la aldea.

—No pienso ir muy lejos; tan solo pretendo subir a esa montaña para buscar unas hierbas que necesito para poder curar a los enfermos. Ven conmigo, no podré escaparme con los grilletes. Mañana te construiré un arco y unas flechas —terminó Jilin.

El chico aceptó y se marcharon juntos. Parecía, a simple vista, que la montaña estaba cerca, pero no fue fácil llegar a ella con los grilletes puestos. Jilin anduvo largo tiempo y apenas pudo llegar a la cumbre. Se sentó y empezó a estudiar el lugar. Hacia el sur, más allá de la cuadra, se divisaba un barranco donde pastaba una manada de caballos y, aún más allá, otra aldea. Al otro lado de la aldea se elevaba una montaña muy escarpada y, poco después, otra más. Entre las dos montañas se extendía un bosque y, a lo lejos, una cadena de montañas, más elevadas a medida que se alejaban, cubiertas todas de una nieve blanca como el azúcar. Entre todas las montañas nevadas sobresalía una. Por oriente y occidente también se divisaban montes y, por todos lados, columnas de humo provenientes de las aldeas localizadas en los valles. "Toda esa región debe ser de su propiedad", pensó Jilin. Y empezó a observar la parte de los rusos.

Había un riachuelo al pie de la montaña y una aldea toda rodeada de huertos. En las orillas del río las mujeres, que semejaban muñecos por la distancia, lavaban la ropa. Entre las dos últimas montañas discurría un valle en el que se distinguía, muy lejos, una columna de humo. Para poder orientarse, Jilin intentó recordar el sitio por el que salía el sol y dónde se ponía mientras vivía en la fortaleza. Y le pareció que la fortaleza estaba en aquel valle. Tenía que dirigirse hacia aquellas dos montañas.

El sol comenzó a declinar. Las montañas, cubiertas de la blanca nieve, se tiñeron de rojo. Los montes, ya oscuros, se ensombrecieron todavía más. El valle sobre el que se levantaba la columna de humo y aquel en el que debía estar la fortaleza rusa se iluminaron con los rayos del sol poniente. Jilin observó atentamente y divisó unas humaredas, lo cual confirmó sus suposiciones. Se hacía tarde. Se oyó la llamada del muecín. Los rebaños empezaron a recogerse y se oía mugir a las vacas por todas partes. El chico insistió en que debían volver, pero Jilin no quería irse de allí.

Al regresar, Jilin pensó: "Ahora que ya conozco los alrededores, llegó el momento de escaparme". Estaba dispuesto a la fuga esa misma noche. Era una noche muy oscura, sin luna. Por desgracia, al anochecer volvieron los tártaros. Habitualmente volvían con ganado y muy contentos, pero en esta ocasión no habían capturado animal alguno y, en cambio, portaban un cadáver atado a una de las sillas: era el hermano del tártaro de la barba roja.

Todos estaban muy excitados y se juntaron para enterrar el cadáver. Jilin salió para poder ver lo que hacían. Envolvieron al fallecido en un lienzo blanco y lo condujeron al extremo de la aldea, depositándolo en la hierba, al pie de unos plátanos. Llegó el muecín, los viejos se reunieron, se colocaron unas toallas sobre sus gorros a manera de turbante y, tras descalzarse, se sentaron ante el cadáver en cuclillas.

El muecín estaba al frente de todos ellos. Tras él había tres viejos con turbante y después un grupo de tártaros. Todos estuvieron en silencio con las cabezas inclinadas durante largo rato. De repente, el muecín levantó la cabeza para decir:

—Alá.

Tras pronunciar esta palabra, bajó la cabeza y todos se sumieron otra vez en un profundo silencio mientras permanecían inmóviles.

El muecín volvió a levantar la cabeza y dijo:

—Alá.

Todos repitieron "¡Alá!" y guardaron silencio de nuevo. Los tártaros estaban tan inmóviles como el cadáver. Tan solo se oía el rumor de las hojas que agitaba el viento. Después el muecín recitó una plegaria y todos se pusieron en pie. Levantaron el cadáver y se lo llevaron. Llegaron a un lugar donde había una fosa cavada como si fuera un subterráneo. Cogiendo por debajo de los brazos el cadáver, lo bajaron poco a poco a la fosa, donde lo colocaron sentado cruzándole las manos sobre el vientre. Un sirviente llevó cañas verdes para tapar la fosa con ellas, cubriéndola de tierra y colocando una piedra en la cabecera de la tumba. Tras apisonar bien la tierra, se sentaron todos ante la tumba y permanecieron en silencio durante mucho tiempo.

—¡Alá! ¡Alá! ¡Alá! —exclamaron por fin mientras se levantaban.

El tártaro de la barba roja repartió dinero entre los ancianos y, tras coger un látigo, se dio tres latigazos en la frente y se marchó a su casa.

A la mañana siguiente Jilin observó cómo el tártaro de la barba roja se marchaba con una yegua y, seguido de otros tres tártaros. Nada más salir de la aldea, el de la barba roja se quitó el casacón, se remangó la camisa dejando sus robustos brazos al aire y sacó un cuchillo, que afiló en una piedra de amolar. Los tártaros levantaron la cabeza a la yegua, el de la barba roja la degolló y, tras echarla al suelo, comenzó a desollarla y descuartizarla.

Acudieron las mujeres y las niñas para lavar los intestinos y el vientre del animal. Después se llevaron la yegua ya descuartizada a la choza del tártaro de la barba roja, donde se reunieron todos los habitantes de la aldea para poder honrar la memoria del difunto.

Comieron la carne de la yegua y bebieron cerveza durante tres días. Ningún tártaro salió de la casa. Al cuarto día Jilin observó que se disponían a salir a la hora de comer.

Ensillaron sus caballos, y una vez que todos ya estuvieron vestidos, unos diez hombres incluyendo al de la barba roja, emprendieron la marcha. El único que se quedó en la aldea fue Abdul. La luna estaba en cuarto creciente y las noches continuaban siendo oscuras.

"Necesito huir hoy", pensó Jim. Se lo dijo a su compañero. Pero este tuvo miedo.

—¿Cómo podremos huir si no conocemos el camino?

—Lo conozco.

—Además, no lograremos llegar en una noche.

—Si no llegamos, acamparemos en el bosque. He reunido unos cuantos panes. ¿Qué lograrás quedándote? Si te mandan el dinero, perfecto. Pero, ¿y si no lo pueden reunir? Los tártaros están rabiosos porque los rusos han matado a uno de ellos. Se están poniendo de acuerdo entre todos para matarnos.

Tras reflexionar unos instantes, Kostylin aceptó.

—¡Vayámonos!

5

Jilin se introdujo en el agujero y cavando lo ensanchó un poco más para que Kostylin pudiese pasar. Luego se sentaron a esperar a que los habitantes de la aldea se fueran a dormir. En cuento reinó el silencio, Jilín salió a la calle atravesando el subterráneo.

"Ven ahora", susurró. Al meterse en el túnel Kostylin se tropezó con una piedra e hizo algo de ruido. El amo tenía un perro que vigilaba a los prisioneros. Se llamaba Uliashin y era bastante fiero. Jilín se había preocupado de darle comida antes. Al oír el ruido avanzó hacia la cuadra ladrando, seguido por otros perros. Jilín lanzó un leve sonido y le arrojó un pedazo de pan, movió el rabo y dejó de ladrar en cuanto lo reconoció.

El amo oyó cómo ladraba el perro y le gritó desde su choza:

—¡Calla, Uliashin, calla!

Mientras tanto, Jilin le rascaba detrás de las orejas. El can se calló y mientras se frotaba contra las piernas de Jilin siguió meneando el rabo.

Ambos amigos permanecieron sentados detrás de la cuadra durante un rato. Se hizo el silencio; solo se oían los balidos de los carneros y los arroyos al discurrir entre las piedras. Era una noche oscura. En lo más alto del firmamento se veían las estrellas. Por encima de la montaña remontaba una luna nueva, rojiza, con los cuernos hacia arriba. Los valles se encontraban cubiertos de una niebla tan blanca como la leche pura.

—Bien, amigo, anda —dijo Jilin a su acompañante mientras se levantaba.

Nada más alejarse unos pasos, oyeron al muecín que invocaba a Alá desde el alminar. Aquello quería decir que los tártaros se encaminaban a la mezquita. Ambos compañeros se sentaron otra vez, ocultos al pie de un muro. Permanecieron allí un buen rato, esperando a que la gente pasara. El silencio volvió a reinar otra vez.

—¡Bien, que Dios nos acompañe! —exclamó Jilin.

Se persignaron y después emprendieron el camino. Atravesaron un corral para poder llegar al río, lo vadearon y continuaron valle adelante. La niebla era densa y permanecía muy baja. El cielo estaba encapotado de estrellas. Jim se guiaba por ellas para tomar la dirección adecuada. Hacía fresquito, era fácil caminar y lo único negativo eran sus incómodas botas, ya desgastadas. Jilin se descalzó, se deshizo de las botas y prosiguió el camino. Saltaba de piedra en piedra sin dejar de observar las estrellas.

—Anda más despacio, estas malditas botas me han destrozado los pies.

—Quítatelas; caminarás más cómodo.

Kostylin comenzó a caminar descalzo, pero fue aún peor. Se lastimó los pies con las piedras y continuó quedándose atrás.

—Si te lastimas los pies, se te curarán. En cambio, si nos alcanzan, nos matarán —dijo Jilin.

Kostylin no respondió y siguió adelante con muy mal humor. Avanzaron mucho tiempo por el valle. De repente, oyeron unos ladridos a su diestra. Jilin se detuvo. Miró a su alrededor y se subió a un alto ayudándose con las manos.

—¡Oh! Nos hemos equivocado. Hemos girado demasiado a la derecha. Aquí hay una aldea enemiga; la he podido ver desde allá arriba. Debemos retroceder a la izquierda, hasta aquel monte. Allí debe de haber un bosque.

—Espera un poco para que pueda recuperar el aliento. Tengo ensangrentados los pies —contestó Kostylin.

—¡Se te curarán! Salta con más agilidad. ¡Así, mira! Y Jilin echó a correr a su izquierda, en dirección al monte.

Kostylin se quedó atrás y comenzó a quejarse. Jilin le alentaba mientras seguía avanzando. Ya en la cumbre del monte confirmaron que, en efecto, había un bosque. Entrando en aquella espesura se desgarraron la ropa hasta que, al final, encontraron un pequeño sendero y lo siguieron.

De pronto escucharon los ruidos de los cascos de un caballo. Se detuvieron a escucharlo. El ruido cesó. En cuanto intentaron reemprender la marcha lo volvieron a oír. Se pararon por segunda vez y el ruido cesó otra vez. Entonces Jilin se acercó al camino con mucha cautela y pudo distinguir un bulto que se parecía a un caballo y, montado sobre él, una extraña figura que no parecía la de un hombre. Oyó como resoplaba. "¡Qué cosa tan rara!", se dijo y emitió un silbido muy leve. La figura se abalanzó bosque adentro, como un huracán, destrozando a su paso las ramas. Kostylin se desplomó aterrorizado.

—¡Es un ciervo! —exclamó Jilin entre risas—. ¿No oyes cómo destroza las ramas con sus cuernos? Nos asustamos de él y él de nosotros.

Reemprendieron el camino. Ya comenzaba a clarear; amanecería muy pronto, pero desconocían si caminaban por el buen camino. Jilin se figuraba que los tártaros lo habían traído por allí, y que faltaban unas diez verstas para llegar hasta los suyos. Pero no tenía ningún indicio para asegurárselo y, además, no podía orientarse de noche. Llegaron así a un prado.

—Puedes hacer lo que quieras, pero yo no sigo. Mis pies se niegan —dijo Kostylin sentándose.

Jilin intentó convencerlo.

—No; nunca llegaría. No puedo seguir caminando.

—Entonces me iré solo. Adiós —exclamó Jilin, enfadado, y llenó de reproches a su amigo.

Este se levantó y lo siguió. Recorrieron cuatro verstas más. La niebla ahora era más densa; ya no se podía distinguir nada y apenas se podían ver las estrellas en el cielo.

De repente, oyeron los cascos de un caballo que se les aproximaba. Se oía el golpear de las herraduras contra las piedras. Jilin se tiró boca abajo para escuchar la vibración de la tierra.

—En efecto; un jinete se nos acerca.

Abandonaron el camino y esperaron, escondidos tras unos arbustos. Luego Jilin se deslizó hasta el camino y pudo ver a un tártaro a caballo, que seguía a una vaca que tenía delante. Mascullaba algo a media voz. Cuando pasó de largo, Jilin regresó junto a su compañero.

Bueno, ya ha pasado, gracias a Dios. Levántate y marchémonos. Kostylin lo intentó, pero se desplomó.

—No puedo. Te juro que no puedo. No me quedan fuerzas. Aquel hombre tan corpulento se encontraba completamente desfallecido, cubierto de sudor y con los pies llenos de llagas. Jilin intentó incorporarlo.

—¡Me haces daño! —gritó Kostylin. Jilin se quedó petrificado.

—¡No grites más! El tártaro está cerca y puede oírte.

Mientras decía aquello pensaba que estaba realmente extenuado. "¿Qué puedo hacer con él? No puedo abandonar a un compañero".

—Levántate y monta en mi espalda. Te llevaré si no puedes andar. Cargó a Kostylin a la espalda, lo agarró por las piernas y salió al camino.

—¡Pero, no me ahogues, por Dios! ¡No me aprietes tanto el cuello con las manos!

Sujétate a mis hombros.

La carga de Jilin era demasiado pesada y también él tenía ensangrentados los pies. De vez en cuando se agachaba y acomodaba a Kostylin para que se mantuviera a mayor altura sobre la espalda, y después continuaba adelante.

Parece ser que el tártaro había oído cómo gritaba Kostylin, porque Jilin de repente oyó que alguien cabalgaba tras ellos, lanzando gritos en tártaro. Se ocultaron entre los arbustos. El tártaro disparó errando el tiro. Entonces gritó y volvió a alejarse.

—Estamos perdidos —exclamó Jilin—. Ese perro llamará y reunirá a los tártaros para que salgan a perseguirnos. Si no somos capaces de avanzar tres verstas más, estaremos perdidos.

Y al mismo tiempo pensó: "¿Para qué demonios habré cargado con este zoquete? Si estuviera solo, habría llegado hace mucho a mi destino".

—Márchate tú solo. No es justo que mueras por mi culpa —dijo Kostylin.

—No, no me voy. No puedo abandonar a un compañero.

Cargó otra vez a Kostylin a la espalda y recorrió una versta más. Avanzaba por el bosque sin poder ver una salida. La niebla comenzó a disiparse y unas pequeñas nubes cubrieron el suelo. Las estrellas ya no se podían ver. Jilin se encontraba extenuado. Llegó hasta un arroyo que estaba rodeado de piedras. Se detuvo y dejó a Kostylin.

Un momento. Voy a descansar un poco y a beber algo de agua. Luego comeremos un poco de pan. Ya debemos estar cerca.

Pero apenas se inclinó para beber, oyeron cómo unos caballos galopaban a sus espaldas. Corrieron de nuevo hacia la derecha y se ocultaron entre los matorrales. Oyeron las voces de los tártaros que se habían detenido junto al arroyo. Tras hablar un rato soltaron a los perros. Ambos compañeros oyeron unos crujidos entre la maleza. Un perro que Jilin no conocía iba directamente hacia ellos. Se detuvo y comenzó a ladrar.

Entonces unos tártaros desconocidos penetraron en la espesura y, agarrando a los fugitivos, los ataron y los subieron a sus caballos.

Tras recorrer unas tres verstas, Abdul les salió al encuentro, acompañado de otros dos tártaros. Habló un instante con los que habían capturado a sus prisioneros, mandó que los pusieran sobre sus monturas y regresaron así a la aldea.

Abdul ya no reía como antes y no intercambió una sola palabra con sus dos compañeros. Llegaron de madrugada a la aldea y dejaron a los prisioneros sentados en la calle. Los chiquillos empezaron a armar un gran alboroto, tirándoles piedras y golpeándolos con sus látigos.

Los tártaros se reunieron formando un círculo. También acudió el viejo que habitaba al pie de la montaña. Comenzaron a deliberar. Jilin se dio cuenta enseguida de que estaban decidiendo qué harían con él y su compañero. Unos decían que era necesario llevarlos más lejos para internarlos en las montañas, pero el viejo exclamó:

—¡Hay que matarlos a todos!

—He pagado un dinero por ellos y debo cobrar el rescate —le replicó Abdul.

—No te van a pagar nada y solo te supondrán disgustos. Además, es un pecado alimentar a los rusos. Hay que matarlos y asunto concluido —insistió el anciano.

Cuando se dispersaron los tártaros, el amo se acercó a Jilin y le dijo:

—Si no recibo el importe del rescate antes de quince días, os azotaré. Y si se te ocurre intentar volver a huir, te mataré como si fueras un perro. Escribe una carta, pero escribe como es debido.

Le trajeron papel y ambos compañeros escribieron sus cartas. Les pusieron los grilletes y se los llevaron más allá de la mezquita. Allí había un hoyo de casi cuatro metros de profundidad. Metieron a los dos amigos dentro de aquel foso.

<h3 style="text-align:center">6</h3>

La existencia de los dos prisioneros se volvió muy penosa desde ese momento. Ni les quitaron los grilletes ni les dejaron salir a la luz del día. Les arrojaban la masa sin cocer, como a los perros, y les bajaban jarras de agua. En su interior el ambiente era pestilente, asfixiante y húmedo en extremo. Kostylin se puso enfermo. No paraba de quejarse y se quedaba dormido a ratos. Jilin también se desanimó, percatándose de que su situación era más grave y no era capaz de salir de ella.

Comenzó a cavar un túnel para huir, pero como no tenía dónde arrojar la tierra, el amo se percató y lo amenazó con matarlo.

Cierto día Jilin estaba en el foso sentado de cuclillas, pensando con tristeza en la vida en libertad, cuando de repente cayeron sobre sus rodillas dos tortas y algunas cervezas. Miró hacia arriba y vio a Dinka. Tras mirarlo un ratito, la chica se echó a reír y se marchó corriendo. "Quizá ella me ayude", se dijo Jilin. Limpió una superficie en el suelo, cogió algo de arcilla y modeló unos muñecos, caballos y perros. "Cuando llegue Dinka se los echaré", pensó.

Pero al día siguiente Dinka no fue. En su lugar, Jilin oyó el ruido de los cascos de unos caballos. Los tártaros se habían reunido junto a la mezquita y discutían entre gritos. Discutían acerca de los rusos. Jilin reconoció la voz del viejo. No pudo percatarse bien de lo que hablaban, y se figuró que los rusos habían llegado cerca, que los tártaros temían que entraran en la aldea y que no sabían qué hacer con los prisioneros.

Después de discutir un rato se dispersaron. De repente, Jilin oyó un ruido en la misma boca del hoyo. Vio a Dinka sentada en cuclillas con la cabeza metida entre las rodillas, y tan inclinada que su collar se balanceaba sobre el hoyo. Sus ojos brillaban como luceros. Sacó de su manga dos quesitos que arrojó a Jilin.

—¿Por qué no viniste en tanto tiempo? —le preguntó el prisionero, tras coger los quesos—. Te he hecho unos juguetes. Toma, aquí están —añadió arrojándole las figuras de barro de una en una.

—No los quiero —exclamó Dinka dándose la vuelta sin mirar los juguetes.

Permaneció sentada en silencio unos segundos y luego dijo—: Iván, quieren matarte.

Al pronunciar estas palabras, se llevó las manos al cuello.

—¿Quién quiere matarme?

—Mi padre. Se lo han ordenado los ancianos. Me das lástima.

—Si es verdad que tienes lástima de mí, tráeme un palo muy largo.

La niña sacudió la cabeza para decir que no podía hacerlo. Jilin cruzó sus manos en actitud de súplica.

¡Dinka, por favor! ¡Dinka, tráeme el palo!

—No puedo, me verían. Todos están en casa.

Dinka se marchó. Una vez anochecido, Jilin se preguntó qué iba a pasar. Y miraba hacia arriba sin cesar. El cielo estaba lleno de estrellas, pero aún no había salido la luna. Se oyó la voz del muecín y todo quedó en silencio. Jilin comenzó a adormilarse y se dijo: "Le dará miedo traerme el palo".

De pronto le cayeron unos trocitos de barro en la cabeza. Miró hacia arriba y vio cómo alguien introducía una pértiga en el agujero. Embargado por una inmensa alegría, la agarró y tiró de ella. Era una pértiga resistente. Jilin la había visto ya sobre el tejado de la choza de su amo.

Miró hacia arriba. Las estrellas brillaban en el firmamento y, en la boca de agujero, los ojos de Dinka brillaron como si fuese un gato. Inclinándose hacia el borde, murmuró:

—¡Iván! ¡Iván!

Y agitó sus manos delante del rostro para indicarle que hablara más bajo.

—¿Qué hay? —le preguntó Jilin.

—Todos se han marchado; tan solo quedan dos hombres en la aldea.

—Vamos, Kostylin, intentemos huir por última vez. Te llevaré a cuestas —dijo Jilin.

Pero su amigo no quiso ni hablar de ello.

—No; parece ser que no estoy predestinado a salir de aquí. ¿Dónde quieres que vaya si no tengo fuerzas ni para moverme? —contestó Kostylin.

—Pues entonces, ¡adiós! No me tengas rencor.

Se despidieron con un beso. Jilin cogió la pértiga, pidió a Dinka que la sujetase bien y comenzó a trepar por ella. Se cayó dos veces a causa de los grilletes que tanto le molestaban. Kostylin le ayudó desde abajo y, al final, consiguió llegar a la boca del foso.

Dinka tiró de él con todas sus fuerzas, cogiéndole del cuello de la camisa y riendo de alegría.

—Dinka, lleva esa pértiga a su sitio. Si la echaran en falta, te podrían matar.

La chica se llevó la pértiga mientras Jilin se encaminaba al pie de la montaña. Bajó a un valle. Cogió una piedra afilada para tratar de abrir el candado de los grilletes. Pero era tan resistente que no había forma de arrancarlo.

Además, le era muy incómodo tratar de hacerlo él mismo. En aquel instante, oyó que alguien bajaba corriendo por la montaña dando unos ligeros saltos. "Puede que sea Dinka", pensó. Cuando llegó, la chica le quitó la piedra de las manos y le dijo:

—Trae aquí, yo te los quitaré.

Se postró en cuclillas y comenzó a golpear el candado. Pero sus pequeños brazos eran muy delgados y no tenía las fuerzas suficientes. Arrojó la piedra y se inundó de lágrimas. Jilin trató otra vez de arrancar el candado con sus propias manos, mientras Dinka, a su lado en cuclillas, lo sostenía por el hombro. Jilin giró la cabeza a la izquierda, al otro lado de la montaña. El cielo estaba iluminado con tonos rojizos. La luna empezaba a remontar. "Debo atravesar el valle y alcanzar el bosque antes de que la luna esté en lo alto", pensó. Se levantó y arrojó la piedra. Era preciso comenzar la marcha a cualquier precio, incluso llevando los grilletes.

—Adiós, Dinushka, no te olvidaré mientras viva —le dijo.

Dinka palpó los bolsillos de Jilin para echar en ellos unas cuantas tortas. Jilin las

—Gracias, mi querida niña. ¿Quién te regalará muñecos cuando yo no esté? —añadió mientras le acariciaba la cabeza.

Dinka comenzó a llorar desconsolada y, tapándose el rostro con las manos, corrió hasta el monte, saltando como una pequeña cabra. En medio de la oscuridad solo se podía oír el ruido que producía su collar de monedas.

Jilin se persignó y, cogiendo con la mano el candado de los grilletes para evitar que hiciera ruido, continuó su camino arrastrando los pies.

Miraba sin parar el resplandor del cielo por el lugar donde iba a salir la luna. Reconoció el camino. Si lo seguía todo derecho, debería recorrer ocho verstas, Debía llegar al bosque antes que la luna saliese. Al vadear el río ya empezaba a clarear por el otro lado del monte. Siguió por el valle. La luna aún no había aparecido. Había clareado ya del todo por el levante, y una parte del valle cada vez se ponía más clara. La niebla descendía de la montaña y, por momentos, era muy densa.

Jilin avanzaba siguiendo la sombra. Aunque se apresuraba, la luna se iba remontando con rapidez. Las copas de los árboles ya empezaban a iluminarse por el lado derecho. Cuando se acercaba al bosque, la luna surgió entre las montañas, iluminándolo todo con una blanca y clara luz, como si fuese de día. Las hojas de los árboles podían verse a la perfección. Los montes se erguían en silencio, como si todo estuviese muerto. Tan solo se podía oír el murmullo del arroyo de lo más profundo del valle.

Jilin alcanzó el bosque sin toparse con nadie. Eligió el sitio más oscuro para sentarse un rato a descansar. Al poco tiempo se comió una torta. Una vez más intentó quitarse el candado con una piedra, pero tan solo consiguió lastimarse las manos. Así reemprendió la marcha y, tras recorrer una versta, cayó totalmente extenuado. Las piernas le dolían y, a cada diez pasos, tenía que pararse. "No tengo más remedio que continuar mientras me queden fuerzas. Si me siento, no me levantaré más. Seguro que no llegaré esta noche a la fortaleza. Así que al amanecer me acostaré en medio del bosque a pasar el día, para reanudar mi camino cuando anochezca", se dijo.

Caminó toda la noche. Solamente se encontró con dos tártaros a caballo, pero los pudo oír de lejos y se ocultó detrás de un árbol.

La luna comenzó a palidecer y faltaba poco para que se hiciese de día, pero Jilin aún no había llegado al final del bosque. "Recorreré treinta pasos más y me internaré en el bosque para poder descansar", pensó. Pero cuando intentó recorrer esos treinta pasos se percató de que había llegado al extremo del bosque. Cuando salió de él ya era totalmente de día. Y ante sí pudo ver, como en la palma de su mano, la estepa y la fortaleza. A su izquierda, al pie de las montañas, vio también unas llamas que se encendían y se apagaban, columnas de humo y hombres trabajando en torno a las hogueras.

Observó con mayor atención y vio los relucientes fusiles de los cosacos y de los soldados rusos. Presa de una enorme alegría, reunió sus últimas fuerzas y comenzó a bajar la montaña mientras se decía:

"Líbreme Dios de que me encuentre aquí, en este campo llano, un tártaro a caballo. Pese a estar ya tan cerca, no lograría escaparme".

Y en ese preciso momento divisó a tres tártaros que se hallaban en uno de los cerros de la izquierda, a unas dos desiatinas de distancia. Al ver a Jilin se abalanzaron sobre él.

Este sintió que su corazón desfallecía. Agitó los brazos y, entre gritos, pidió socorro:

—¡Hermanos! ¡Salvadme, hermanos!

Los rusos oyeron los gritos de Jilin. Varios cosacos salieron a cortar el paso de los tártaros a galope tendido. Pero estaban muy lejos aún y los tártaros se acercaban a Jilin. Haciendo un postrero esfuerzo, Jilin recogió los grilletes y empezó a correr hacia los cosacos.

Corría persignándose y gritando como un loco:

—¡Hermanos! ¡Hermanos!

Los cosacos eran unos quince. Los tártaros, atemorizados, se pararon antes de llegar a Jilin, que pudo reunirse con los cosacos. Todos lo rodearon y le preguntaron quién era y de dónde venía. Jilín lloraba fuera de sí, repitiendo:

—¡Hermanos! ¡Hermanos!

Acudieron algunos soldados que traían pan, gachas y vodka. Lo cubrieron con un capote y le quitaron los grilletes.

Los oficiales lo reconocieron y lo llevaron a su fortaleza. Los soldados se alegraron de verlo y se juntaron todos a su alrededor. Jilin les contó lo que le había pasado resumiéndolo con estas palabras:

—¡De esta manera es como he marchado a mi casa para casarme! Mi destino, sin duda, no es ese.

Jilin se quedó sirviendo en el Cáucaso.

Al cabo de un mes rescataron a Kostylin por cinco mil rublos. Cuando llegó se encontraba medio muerto.

KARMA

El karma es una creencia budista sustentada en la convicción de que tanto la naturaleza como el carácter de cada individuo, así como también su destino en esta vida, son la consecuencia de sus actos en una vida anterior, y de que lo bueno y lo malo de nuestra vida venidera depende, de la misma manera, de los esfuerzos que realicemos en esta por dar al mal de lado y abrazar al bien.
(Nota del autor).

Un acaudalado joyero de la casta de los brahmanes llamado Pandu viajaba a Benarés con su sirviente. Cuando alcanzó en el camino a un monje de apariencia venerable que caminaba en su misma dirección, pensó: "Este monje tiene un porte noble y santo. El trato con buenas personas proporciona la felicidad; si también se dirige a Benarés, lo invitaré a que me acompañe en el viaje en mi carroza". Inclinándose ante el monje le preguntó a dónde se dirigía y al saber que Narada, como el monje se llamaba, también iba a Benarés, decidió invitarlo a subir en su carroza.

—Agradezco su amabilidad —le dijo el monje al brahmán—, pues un viaje tan largo me tiene realmente agotado. Como no tengo propiedades, no puedo corresponderle con dinero, pero tal vez pueda ofrecerle cierto tesoro espiritual que pertenece al dios de la sabiduría que adquirí al seguir las enseñanzas de Sakia Muni, el gran y venerado Buda, el maestro de la humanidad.

Continuaron el viaje juntos en la carroza de manera que Pandu, durante el trayecto a Benarés, fue escuchando con gusto las instructivas sentencias que Narada le dio. Pasada una hora llegaron a un lugar donde el agua había arrasado los dos márgenes del camino y el paso estaba obstruido por la carreta de un labrador, a la que se le había roto una de las ruedas.

El dueño de la carreta, Devala, iba camino a Benarés para vender su arroz y tenía prisa por llegar allí antes de que amaneciera.

Si llegaba más tarde, los compradores de arroz ya habrían abandonado la ciudad después de proveerse de todo el arroz que necesitaban.

Cuando el joyero se percató de que no podrían continuar su ruta sin apartar la carreta del labrador, se enfadó y ordenó a su esclavo,

Magaduta, que la echara a un lado del camino para que dejase pasar a la carroza. El labrador se opuso, ya que su carro se encontraba muy cerca de un precipicio y podía despeñarse si intentaban moverlo de allí; pero el brahmán no quiso escuchar al labrador y ordenó a su esclavo que empujara la carreta con todo el arroz que llevaba. Cuando Pandu arrancó para continuar su ruta, el monje se bajó de su carroza y le dijo:

—Perdone, señor, que lo abandone. Le debo agradecer que, honrando su bondad, me invitase a viajar durante una hora en su carroza. Me encontraba agotado cuando me ofreció el asiento, pero ahora, gracias a su amabilidad, ya me siento descansado por completo. Reconociendo a este labrador como la reencarnación de uno de sus antepasados, no se me ocurre mejor manera de corresponderle por su amabilidad que ayudándole ahora a él en su adversidad.

El brahmán miró sorprendido al monje.

—Y dice usted que este labrador es la reencarnación de uno de mis antepasados. ¡No puede ser!

—Comprendo que desconozca las complicadas y trascendentes conexiones que le unen al destino de este labrador —le respondió el monje—. No podemos esperar que un ciego pueda ver y, por eso, lamento mucho que se lastime a sí mismo; voy a protegerlo de las heridas que está dispuesto a infligirse a sí mismo.

Nuestro rico comerciante no estaba acostumbrado a que le reprocharan nada. Al sentir que las palabras del monje, pese a que las pronunció con una bondad enorme, en realidad encerraban una gran recriminación, ordenó a su criado que continuara adelante de inmediato.

El monje saludó a Devala, el labrador, y le ayudó a reparar su carreta y a recoger el arroz que se había esparcido. Todo fue muy rápido y Devala pensó: "Este monje debe ser un hombre santo, pues creo que le asisten espíritus invisibles. Le preguntaré si sabe lo que yo he hecho para merecer ese trato tan cruel del orgulloso brahmán". Y le dijo:

—Honorable señor, ¿podría explicarme el motivo por el que he tenido que sufrir las injusticias de un hombre al que no he hecho nunca nada malo?

Y el monje le contestó:

—Mi querido amigo, usted no ha sufrido injusticia alguna. Tan solo ha sufrido en su presente existencia las consecuencias de cuanto usted hizo pasar a ese brahmán en una anterior existencia. Y no creo que me equivoque al decir que, aun ahora, usted le habría hecho al brahmán lo mismo exactamente que él le habría hecho a usted si estuviese en su situación y tuviese a su servicio un sirviente tan robusto.

El labrador terminó por reconocer que si hubiese tenido el poder suficiente, no habría sentido ningún resquemor actuando con un hombre que le hubiese obstruido su camino de la misma manera que el brahmán había actuado con él.

Colocaron el arroz en el carromato y cuando ambos ya estaban cerca de Benarés, el caballo se encabritó y brincó hacia un lado.

—¡Una serpiente! ¡Una serpiente! —gritó el labrador.

Pero el monje, tras contemplar con detenimiento lo que había asustado al caballo, bajó de la carreta y vio que se trataba de una bolsa llena de oro. "Nadie ha podido perder esta bolsa más que aquel acaudalado joyero", pensó y, agarrando la bolsa, se le entregó al labrador diciéndole:

—Coja esta bolsa y, cuando llegue a Benarés, acérquese a la hospedería que le indicaré, pregunte por el brahmán Pandu y entréguesela. Él seguramente se disculpará ante usted por la brusquedad de su comportamiento y usted debe contestarle que le perdona y deséele éxito en todas sus empresas. Pues, créame, cuanto mayores sean sus éxitos, mejor para usted. Su destino depende sobremanera de él. Si Pandu pretende reclamarle una explicación, mándelo al monasterio, donde me encontrará siempre dispuesto a echarle una mano con mis consejos, si es eso lo que necesita.

Mientras tanto, Pandu ya había llegado a Benarés y se había reunido con Malmeka, un rico banquero con el que solía hacer negocios.

—Estoy perdido —le dijo Malmeka—, y tendré serios problemas si no compro de inmediato un cargamento del mejor arroz para la cocina del palacio. Un banquero de Benarés que es competencia mía, al saber que yo había firmado un trato con la corte de palacio mediante el cual me comprometía a abastecerlo hoy por la mañana con un suministro de arroz, y deseoso como está de arruinarme, ha acaparado toda la producción de arroz de Benarés. La corte imperial no me libera de mis obligaciones y mañana será el día de mi ruina, a no ser que Krisna me envíe un ángel del cielo.

Al mismo tiempo que Malmeka se quejaba de su mala suerte, Pandú se percató de que le faltaba su bolsa. Tras revisar su carroza y no encontrarla, sospechó de su esclavo, Magaduta, por lo que decidió avisar a las autoridades para acusarlo. Tras dar orden de que lo ataran, lo torturó con crueldad para arrancarle una confesión. El esclavo sufría y gritaba:

—¡Yo no soy el culpable! ¡Liberadme! ¡No soporto más estas torturas! ¡No soy para nada culpable de este crimen y me hacéis sufrir por los delitos de otros! ¡Oh, si pudiese lograr el perdón de aquel labrador al que, por culpa de mi amo, tanto mal ocasioné! ¡Estas torturas, sin duda alguna, serán una penitencia por mi crueldad!

Y mientras los soldados seguían golpeando al esclavo, el labrador llegó a la hospedería y, ante el asombro de todo el mundo, entregó la bolsa de oro. De inmediato pusieron en libertad de las manos de sus torturadores al esclavo, pero este, enfadado como estaba con su amo, huyó y decidió unirse a una cuadrilla de bandidos que vivía en las montañas.

Cuando Malmeka se enteró que el labrador podía venderle arroz de primera calidad, digno manjar de un rey, le compró todo el cargamento sin dudarlo por el triple de su precio de mercado, mientras Pandu, lleno de satisfacción por haber recuperado su dinero, partió enseguida hacia el monasterio para conseguir del monje las aclaraciones que en su momento le había prometido.

—Yo podría darle una explicación, pero sabiendo que usted no está en condiciones de entender la verdadera naturaleza del espíritu, prefiero guardar silencio. Aun así, le daré un consejo de carácter universal: Trate a todas las personas con las que se encuentre como se trataría a sí mismo; sírvalas tal y como le gustaría que le sirvan a usted. Así sembrará la semilla de las buenas acciones y su rica cosecha nunca le dará de lado.

—Oh, monje, deme esa explicación —le suplicó Pandu— y así me será más fácil seguir sus consejos.

Y el monje dijo:

—Escúcheme entonces, le voy a dar la llave del misterio; aunque no sea capaz de asimilarlo, crea todo lo que le voy a decir.

"Es un error considerarse un ser aislado, y todo hombre que conduce su espíritu para saciar la voluntad de ese ser aislado lo que está haciendo es perseguir una falsa luz que acabará por arrastrarlo al abismo del pecado. Y nos consideramos seres aislados porque Maya se encarga de cegar nuestros ojos con su velo y nos impide ver esa conexión indisoluble con todos nuestros semejantes, nos impide apreciar nuestra unión con las almas de otros seres. Muy pocos conocen esta realidad. Que las siguientes palabras se conviertan en su talismán: Todo aquel que hiere al prójimo, se hace mal a sí mismo. Todo aquel que ayuda a los demás, se hace el bien a sí mismo. Deje de considerarse un ser aislado y encontrará el camino de la verdad. A aquel al que Maya haya ensombrecido con su velo, la humanidad le parecerá dividida en infinitos sujetos, y no podrá comprender el significado del amor desinteresado hacia todo ser vivo".

Pandu le respondió:

—Honorable señor, sus palabras encierran un profundo significado y siempre las recordaré. Me porté bien con un humilde monje en mi viaje a Benarés, lo que no me supuso ningún esfuerzo, y aquí están sus benéficas consecuencias. Así es que me siento en deuda con usted porque, en caso contrario, no habría perdido solo mi bolsa de oro, sino que no habría podido llevar en Benarés a buen puerto ciertos negocios que han fortalecido considerablemente mis riquezas. Además, sus cuidados y la llegada del cargamento de arroz contribuyeron también a la prosperidad de mi amigo Malmeka. ¡Si todo el mundo conociera la verdadera naturaleza de sus preceptos, el mundo iría mucho mejor, retrocedería el mal y el bienestar reinaría entre los hombres! Me gustaría que la palabra de Buda fuese comprendida por todo el mundo y por ello pretendo fundar un monasterio en mi tierra, Kolshambi, y le invito a usted a visitarme para que pueda consagrar ese espacio a la hermandad de discípulos de Buda.

Transcurrieron los años y el monasterio de Kolshambi que fundó Pandu se convirtió en un lugar de reunión de los monjes más sabios y empezó a tener renombre como centro de iluminación para el pueblo. Mientras tanto, el rey vecino, que se había informado de la belleza de las joyas que Pandu elaboraba, envió a su tesorero para encargarle una corona de oro puro elaborada con las piedras preciosas más impresionantes de la India. Cuando Pandu concluyó el trabajo, hizo un viaje a la capital de aquel rey, con una buena cantidad de oro, pues tenía la esperanza de cerrar allí algunos buenos negocios.

La caravana que transportaba sus posesiones se encontraba protegida por hombres bien armados pero, al internarse en las montañas sufrió el ataque de unos forajidos conducidos por Magaduta, al que habían nombrado su comandante; asesinaron a los guardias y se apoderaron del oro y de todas las piedras preciosas. Casi ni el propio Pandu llegó a contarlo. Aquel revés le supuso un duro golpe para su bienestar y su fortuna disminuyó considerablemente.

A pesar de que Pandu era bastante orgulloso, padeció en silencio aquel revés.

Pensaba: "He sufrido este daño por todos los pecados que cometí en mi vida anterior. En mi juventud fui cruel con mi pueblo y ahora, que recojo los frutos de mis malos actos, no tengo ningún derecho a lamentarme".

Ahora las desdichas le servían como medio de purificar su corazón, pues había llegado a ser mucho más bondadoso con el prójimo.

Volvieron a pasar los años y aconteció que Pantaka, un monje joven, discípulo de Narada que viajaba por las montañas de Kolshambi, cayó en manos de los bandidos. Como no tenía ninguna posesión, el jefe de los bandidos le golpeó con gran brutalidad y le dejó marchar. A la mañana siguiente, cuando atravesaba el bosque, Pantaka escuchó unos ruidos de pelea y al aproximarse al lugar de donde venía el alboroto, pudo ver cómo una multitud de bandidos atacaba furiosamente a su comandante, Magaduta.

Como un león acorralado por los perros, Magaduta se intentaba salvar de ellos, dando muerte a muchos de sus atacantes. Pero sus enemigos eran demasiados y al final resultó derrotado cayendo a tierra medio muerto y lleno de heridas.

Una vez que los bandidos se marcharon, el joven monje se aproximó a los que yacían en el suelo con la intención de ayudar a los heridos. Pero todos los bandidos estaban ya muertos menos el jefe, en el que se observaban indicios de vida. El monje fue enseguida al riachuelo que corría por allí cerca, trajo agua fresca en una jarra y se la ofreció a beber al moribundo. Magaduta abrió los ojos y, rechinando los dientes, dijo:

—¿Dónde están esos perros desagradecidos a los que conduje a la victoria y el éxito en tantas ocasiones? Sin mi ayuda morirían enseguida como chacales acosados por un cazador.

Pantaka le dijo:

—No piense en los compañeros y camaradas de su pecadora vida, piense solo en su alma y aproveche la última oportunidad de salvación que se presenta ante usted. Tome un poco de agua para beber. Permítame que le vende las heridas y tal vez consiga salvar su vida.

—Es inútil —le replicó Magaduta—, ya estoy condenado. Esos miserables me han herido de muerte. ¡Infames desagradecidos! Me han golpeado con los mismos golpes que yo les enseñé.

—Ha recogido usted aquello que sembró —continuó el monje—. Si hubiese enseñado a sus compañeros buenas obras, habría recibido también de ellos buenas obras. Pero, por el contrario, los educó en el asesinato, y por ello, y resultado de sus propias enseñanzas, ha encontrado la muerte a manos de sus compañeros.

—Tiene usted razón —respondió el jefe de los bandidos—, me merezco mi destino, pero ¡qué dura resulta mi suerte! Así deberé recoger el fruto de mi mal comportamiento en mis existencias futuras. Enséñame, santo padre, qué debo hacer para redimirme de mis pecados en esta vida, que me pesan como una roca apoyada sobre mi pecho.

Y Pantaka le dijo:

—Olvídese de sus deseos pecaminosos, acabe con sus bajas pasiones, y llene su alma de bondad para todos los seres vivos.

El jefe de los bandidos le respondió:

—He ocasionado mucho mal y nunca he cultivado el bien. ¿Cómo podría deshacerme de ese entramado de penurias que yo mismo he tejido con los terribles deseos de mi corazón? Mi karma me ha arrastrado al infierno y no estaré nunca en condiciones de seguir el camino de la salvación.

El monje le dijo entonces:

—Sí, su karma va a recoger en las reencarnaciones futuras los frutos de esas semillas que ha sembrado usted. Aquel que actúa con maldad carece de posibilidades de librarse de las consecuencias de sus malas acciones. Pero no desespere, cualquier ser que elimine de su alma la idea de la individualidad puede salvarse. Como buen ejemplo de ello le voy a contar la historia del famoso bandido Kandata, que murió sin conocer arrepentimiento alguno y renació en el infierno como un diablo, sufriendo los martirios más espantosos a consecuencia de sus malas obras. Ya llevaba muchos años en el infierno sin poder liberarse de su penosa situación cuando Buda hizo su aparición sobre la Tierra para alcanzar el bendito grado de la iluminación. En aquel tiempo memorable, en el infierno cayó un rayo de luz que despertó la vida y la esperanza en el corazón de todos los demonios, y nuestro bandido Kandata comenzó a gritar con todas sus fuerzas: "¡Oh, bendito Buda, ten piedad de mí! Estoy sufriendo terriblemente, y aunque es cierto que obré con maldad, ahora deseo caminar por la senda de la justicia. Yo solo no soy capaz de desembarazarme de esta cadena de penurias, ¡ayúdame, señor, ten piedad de mí!".

"Así es la ley del karma; las malas obras nos llevan a la perdición.

"Cuando Buda oyó las suplicas de aquel demonio que sufría en el infierno, le envió a una araña con su tela que le dijo: 'Agárrate bien a mi tela y trepa por ella hasta que salgas del infierno'. Cuando la araña se perdió de su vista, Kandata se agarró a la telaraña y empezó a trepar por ella. Esta era muy resistente y no se rompía, así que subía por ella cada vez más alto. Pero de pronto notó cómo aquel hilo empezaba a temblar y a oscilar, pues otros mártires también habían empezado a escalar tras él. Se asustó. Observaba la finura de la telaraña y veía cómo daba de sí poco a poco ante el aumento de su carga. Aun así, la telaraña seguía sosteniéndolo. Kandata continuó su ascenso mirando hacia arriba en todo momento hasta que, por un momento, bajó su mirada y pudo comprobar que tras él una multitud innumerable de huéspedes del infierno trepaba por la telaraña.

"¿Cómo es capaz este hilo tan fino de resistir el peso de tantas personas?", pensó, y, muerto de miedo, empezó a gritar: "¡Soltad la telaraña, es solo mía!". Entonces, de repente la telaraña se desgarró y Kandata cayó al infierno de nuevo".

En Kandata aún persistía la idea de la individualidad. No conocía la milagrosa fuerza del verdadero deseo de la ascensión en busca del camino de la justicia. Se trata de un anhelo sutil, como la tela de una araña, pero que sostiene a millones de personas, y cuanta más gente asciende por la telaraña, más fácil le resulta hacerlo a todos y a cada uno de ellos. Pero en el instante en que se apodera del corazón del hombre la idea de que es el dueño de la telaraña, que el bien de la justicia le pertenece solo a él y que nadie podrá apartarle de él, el hilo se rompe y el hombre se precipita hacia su anterior estado de persona aislada. La individualidad en las personas es una verdadera maldición y, por el contrario, su asociación es una verdadera bendición. ¿Qué es el infierno? No es más que el egoísmo, mientras el nirvana es la vida en común…

—Permítame que me aferre a esta telaraña —dijo Magaduta, el moribundo jefe de los bandidos, cuando el monje concluyó su relato— para lograr escapar de la ciénaga del infierno.

Magaduta permaneció unos instantes sin decir palabra, reorganizando sus pensamientos, para proseguir:

—Atiéndame un momento, voy a confesarme ante usted. Yo fui uno de los sirvientes de Pandu, el joyero de Kolshambi. Después de aquello, y como él me había torturado de una manera tan injusta, me escapé de su casa y me convertí en el jefe de los bandidos. Hace unos días, supe por mis informadores que él iba a atravesar las montañas y, entonces, decidí asaltarlo y quitarle la mayor parte de sus riquezas. Vaya a verlo ahora y dígale que le perdono de todo corazón las humillaciones a las que me sometió tan injustamente y que le suplico su perdón por haberle robado. Mientras viví a su lado, su corazón era tan duro como una piedra, y de él aprendí a ser egoísta. He oído comentar que ahora se ha vuelto bondadoso y que es reconocido como un modelo de bondad y equidad. No quiero seguir en deuda con él. Por ello, escúcheme: Yo me apropié de la corona de oro que elaboró para aquel rey, así como del resto de tesoros, y los escondí dentro de una cueva. Tan solo dos de mis hombres conocían el lugar y ambos acaban de morir. Que Pandu coja unos cuantos hombres armados y vaya allí para recuperar los objetos que yo le robé.

Magaduta le explicó dónde estaba situada la cueva y, entonces, murió en los brazos de Pantaka. En cuanto el joven monje Pantaka regresó a Kolshambi, le hizo una visita al joyero para contarle todo lo que le había pasado en el bosque.

Pandu se encaminó a la cueva acompañado de hombres armados y recuperó todos los tesoros que el jefe de los bandidos había escondido allí. Después enterraron debidamente al jefe y a sus hombres muertos mientras Pantaka, delante de su tumba, inspirado por las palabras de Buda, dijo:

La persona hace el mal y la persona sufre por ello. La persona se aleja del mal y la persona se purifica.

La pureza y la impureza pertenecen a la persona: nadie puede purificar a otro.

Tan solo el hombre es dueño de su propio esfuerzo; los budas solo son predicadores.

Y añadió también el monje:

Nuestro karma no es obra de Shiva, ni de Brahma, ni de Indra, ni de ningún otro dios; nuestro karma es siempre la consecuencia de nuestras propias obras.

Mi conducta es el vientre que me contiene, es la herencia que me ha tocado, es la maldición por mis malas acciones y la bendición por mi equidad. Mi proceder es el único medio para lograr mi salvación.

Pandu llevó a Kolshambi de vuelta todos sus tesoros y empleó prudentemente todas sus riquezas, recuperadas tan inesperadamente, y vivió tranquilo y feliz el resto de su vida. Cuando, ya anciano, estaba al borde de la muerte, reunió a todos sus hijos, hijas y nietos a su alrededor y les dijo:

—Queridos hijos, no debéis juzgar a los demás por vuestras desdichas. Buscad la causa de todas vuestras desgracias en vosotros mismos. Y si no habéis sido cegados por la soberbia, vais a encontrar esa causa y, cuando la encontréis, sabréis libraros del mal. El antídoto contra vuestras adversidades está en vosotros mismos. Que los ojos de vuestro espíritu no resulten nunca velados por el manto de Maya… Recordad estas palabras que han sido un talismán a lo largo de toda mi vida:

Aquel que hace sufrir al prójimo, se hace mal a sí mismo. Aquel que ayuda al prójimo, se ayuda a sí mismo.

Abandonad la idea de la individualidad y caminad por la senda de la justicia.

LAS TRES PREGUNTAS

En cierta ocasión un zar pensó que si siempre supiese en qué momento debía comenzar cada tarea, a qué personas hay que consultar y a cuáles no y, sobre todo, si supiera siempre cuál de todas las tareas era la más importante, nunca se equivocaría al tomar decisiones.

En vista de ello, anunció a lo largo y ancho de su reino que otorgaría una gran recompensa a aquel que fuese capaz de responderle a estas tres preguntas:

¿Cuál es el momento adecuado para cada tarea?

¿Cuáles son las personas más necesarias?

¿Cómo decidir sin equivocarse qué tarea es la más importante de todas?

Entonces, el zar recibió la visita de muchos sabios que dieron cada uno respuestas diferentes a sus preguntas.

A la primera de ellas algunos respondieron que, para conocer el momento más adecuado para cada tarea, se debía elaborar a priori un programa para ese día, ese mes y ese año, y actuar ajustándose de la manera más estricta a lo que se había fijado Afirmaban que solo así se podía hacer cada tarea en el momento adecuado.

Otros aseguraban que es imposible decidir por anticipado qué tarea se debe hacer en cada momento y que no era aconsejable distraerse en entretenimientos sin importancia, sino que se debe estar siempre atento a lo que ocurre y hacer aquello que sea necesario.

Por otro lado, unos dijeron que aunque se esté atento a lo que sucede, es imposible que una sola persona sea capaz de decidir siempre con seguridad qué se debe hacer y en qué momento, y por ello era aconsejable contar con un consejo de hombres sabios y decidir con su apoyo qué hacer en cada momento.

Otros, por último, expresaron que existen ciertas tareas para las que no se dispone de tiempo para consultar a consejeros y se debe decidir inmediatamente si es el momento preciso de iniciar la tarea o no. Pero esto solo lo saben los adivinos. Por ello, para conocer cuál es el momento adecuado para cada tarea, hay que preguntar a un adivino.

A la segunda de las preguntas también contestaron de distintas formas. Unos aseguraron que las personas más necesarias para un zar eran sus ministros; otros dijeron que las más necesarias para un zar eran los sacerdotes; otros, por el contrario, afirmaron que las personas más necesarias para un zar eran los médicos; y otros diferentes expresaron su convicción de que las personas más necesarias de todas para un zar eran sus guerreros.

A la tercera pregunta: ¿Qué tarea es la más importante?, también respondieron de manera diferente.

Unos afirmaron que la tarea más importante del mundo eran las ciencias; otros dijeron que la tarea más importante era el arte de la guerra; y los últimos aseguraron que el culto a Dios era la tarea más importante de todas. Las respuestas eran todas diferentes, pero el zar no se mostró de acuerdo con ninguna de ellas y por ello no le dio a nadie la recompensa.

Para lograr encontrar unas respuestas más fiables a sus preguntas tomó la decisión de consultar a un famoso ermitaño conocido por su sabiduría.

Este ermitaño vivía en el bosque, no salía nunca de allí y tan solo recibía a gente humilde. El zar se vistió con ropas sencillas y, antes de llegar con su séquito a la casa del ermitaño, se apeó del caballo y se encaminó solo hacia la casa.

Cuando el zar se presentó ante él, el ermitaño se encontraba cavando en el huerto que estaba delante de su pequeña choza. Al ver al zar, lo saludó y se puso de inmediato a cavar de nuevo. Era un ermitaño flaco y débil, y cuando hundía la pala en la tierra y arrancaba pequeños terrones, respiraba con dificultad. El zar se le acercó y le dijo:

"Sabio ermitaño, he venido hasta aquí para pedirte que me des la respuesta a estas tres preguntas:

¿Qué momento se debe recordar y no dejar pasar para no tener que lamentarlo después?

¿Cuáles son las personas más necesarias, es decir, a cuáles se debe prestar más atención y a cuáles menos?

¿Qué tareas son las más importantes y, por tanto, qué tareas se deben llevar a cabo antes que las demás?".

El ermitaño escuchó todo lo que el zar le dijo, pero no respondió nada. Se escupió en las manos y se puso a cavar de nuevo la tierra.

—Te veo muy fatigado —exclamó el zar—, déjame tu pala, trabajaré durante un rato en tu lugar.

—Gracias —respondió el ermitaño, y tras dejarle la pala, se sentó en el suelo.

Cuando había cavado dos hileras, el zar se detuvo y repitió sus tres preguntas. El ermitaño tampoco respondió nada, sino que se levantó alargando la mano hacia la pala, y dijo:

—Ahora descansa tú. Yo trabajaré.

Pero el zar no le dio la pala y siguió cavando. Pasó una hora, otra más; el sol comenzaba a ponerse tras la arboleda. El zar clavó la pala en el suelo y dijo:

—He venido aquí a verte, hombre sabio, para obtener respuestas a mis preguntas. Si no puedes responderme, dímelo para que pueda regresar a mi casa.

—Mira, alguien viene corriendo hacia aquí —dijo el ermitaño. Veamos de quién se trata.

El zar se volvió para ver a un hombre con barba que venía corriendo del bosque. Se sujetaba con las manos el vientre y de detrás de las manos le brotaba sangre. Cuando llegó hasta el zar se cayó al suelo, puso los ojos en blanco y dejó de moverse mientras gemía con debilidad. El zar, con la ayuda del ermitaño, le desabrochó las ropas. En el vientre tenía una gran herida. El zar la lavó como pudo y la vendó con su pañuelo y un trapo del ermitaño.

Pero la sangre no paraba de manar. El zar le quitó en varias ocasiones el vendaje empapado de sangre caliente y le lavó y le vendó de nuevo la herida.

Cuando la sangre dejó de salir, el herido se recuperó y pidió que le dieran de beber.

El zar trajo agua fresca y le dio de beber. El sol se había puesto mientras tanto y comenzó a refrescar.

El zar, ayudado por el ermitaño, trasladó al herido a la casa y lo tendió sobre la cama. Allí, el herido cerró los ojos y permaneció inmóvil. El zar se encontraba tan agotado del viaje y el trabajo realizado que se acurrucó en el umbral y, vencido por el sueño, se quedó dormido el resto de aquella corta noche veraniega. Al despertar por la mañana tardó mucho tiempo en comprender dónde estaba y quién era aquel extraño hombre barbudo tumbado en la cama que lo miraba con los ojos encendidos.

—Perdóname —dijo aquel hombre con una débil voz cuando vio que el zar se había despertado.

—No te conozco y no tengo nada que perdonarte —respondió el zar.

—Tú a mí no me conoces, pero yo a ti sí. Soy el enemigo que juró vengarse de ti por ajusticiar a mi hermano y arrebatarme mis bienes.

Supe que habías ido solo a visitar al ermitaño y decidí matarte a tu regreso. Pero transcurrió todo un día y no aparecías por ningún sitio. Entonces tuve que salir de mi escondite para averiguar dónde estabas y me encontré con tu guardia. Me reconocieron, se echaron sobre mí y me hirieron. Hui, pero perdía mucha sangre y habría muerto si no llegas a vendarme la herida. Yo pretendía matarte, y tú me has salvado la vida. Ahora, si vivo y tú lo deseas, te serviré como el más fiel de tus esclavos y ordenaré a mis hijos que hagan lo mismo. Perdóname.

El zar se alegró considerablemente de que le hubiese resultado tan fácil reconciliarse con su enemigo, y no solo le perdonó, sino que le prometió que le devolvería sus bienes y que le enviaría también a sus sirvientes y a su médico.

Después de despedirse del herido, el zar salió y buscó con la mirada al ermitaño. Antes de irse, quería pedirle por última vez que le contestara a las tres preguntas que le había planteado.

El ermitaño se encontraba en el patio plantando semillas, arrastrándose de rodillas junto a los surcos que habían cavado la víspera.

El zar se le acercó y le dijo:

—Por última vez, hombre sabio, te pido que me respondas a mis tres preguntas.

—Pero si ya se te ha contestado —dijo el ermitaño sentándose sobre sus delgadas pantorrillas y mirando desde abajo al zar, que estaba de pie ante él.

—¿Cómo se me ha contestado? —preguntó el zar.

—¿Que cómo? Si ayer no te hubieses compadecido de mi debilidad —contestó el ermitaño—, no habrías cavado por mí esos surcos y habrías regresado tú solo. Este joven te habría atacado y te habrías lamentado de no haberte quedado aquí conmigo. Dicho de otra manera: el momento más adecuado para cavar era ese mismo momento; yo era la persona más importante y la tarea más importante consistía en hacer el bien conmigo.

"Después, al llegar aquel hombre, el momento más apropiado para atenderlo fue cuando te dirigiste a él, porque si no le hubieses vendado la herida, habría muerto sin reconciliarse contigo. Dicho de otra manera, la persona más importante era él, y la tarea más importante era lo que hiciste por él.

Así que recuerda siempre que el momento más adecuado es solo uno, ahora, y que también es el más importante, porque solo entonces somos dueños de nosotros mismos.

La persona más importante es aquella con quien te encuentras ahora, porque nadie es capaz de saber si podrá relacionarse con alguna otra persona.

Y la tarea más importante consiste en hacer el bien, porque solo para eso el hombre ha sido enviado a este mundo".

DESPUÉS DEL BAILE

—Sostiene usted que un hombre no es capaz de comprender por sí mismo lo que está bien y lo que está mal, que todo es un resultado del ambiente y que este último absorbe a los seres huma nos. En cambio, yo pienso que todo depende de las circunstancias. Me estoy refiriendo a mí mismo.

Eso dijo el respetable Iván Vasílievich, tras una conversación en que habíamos sostenido que, para poder perfeccionarse, es ante todo necesario cambiar los condicionantes del ambiente en que se vive. En verdad, no se había dicho que uno mismo no puede entender lo que está bien o lo que está mal, pero Iván Vasílievich tenía la costumbre de contestar a las ideas que le venían a la mente y, con tal motivo, narrar algunos episodios de su propia existencia. Con frecuencia se apasionaba tanto que llegaba a olvidarse del motivo por el que había comenzado el relato. Hablaba siempre con una gran velocidad y así lo hizo también en aquella ocasión.

—Hablaré sobre mí mismo. Si mi vida ha seguido ese rumbo no es por el ambiente, sino por algo muy diferente.

—¿Por qué? —preguntamos.

—Se trata de una historia muy larga. Para comprenderla debería contar muchas cosas.

—Pues cuéntalas.

Iván Vasílievich movió la cabeza y se quedó sumido en sus propias reflexiones.

—Toda mi vida cambió por una sola noche o, mejor dicho, por un solo amanecer.

—¿Qué ocurrió?

—Yo estaba muy enamorado. Ya lo había estado antes muchas veces, pero aquel fue mi gran amor. Todo esto pertenece al pasado. Ella tiene ahora hijas casadas. Estoy hablando de B. Sí, de Várenka B. (Iván Vasílievich nos confesó su apellido). A los quince años ya poseía una notable belleza, y a los dieciocho era encantadora, esbelta, llena de donaire y majestad, sobre todo de majestad. Se mantenía totalmente erguida, como si no pudiese adoptar otra actitud. Llevaba la cabeza alta, lo que unido a su hermosura y a su estatura, pese a su extremada delgadez, le otorgaba un aire regio que hubiera infundido respeto, de no ser por una sonrisa alegre y afectuosa, por sus labios y por sus brillantes y encantadores ojos. Toda ella emanaba dulzura y juventud.

—¡Qué bien la está describiendo, Iván Vasílievich!

—Por mucho que me lo proponga jamás podré hacerlo de manera que comprendan ustedes cómo era de verdad. Lo que ahora voy a contarles sucedió entre los años mil ochocientos cuarenta y mil ochocientos cincuenta. En aquellos tiempos yo era estudiante de una universidad de provincias. No sé si aquello estaba bien o mal, pero la cosa es que, en aquella época, los estudiantes no formaban círculos ni tenían teoría política alguna. Tan solo éramos jóvenes y vivíamos como lo suele hacer la juventud: estudiábamos y nos divertíamos. Yo era un chico alegre y vivaz y, además, tenía dinero. Era dueño de un magnífico caballo y paseaba en trineo con las chicas (no estaba aún de moda el patinaje), me divertía con mis amigos y bebía champagne. Si no teníamos dinero, no bebíamos nada; no como ahora, que se bebe vodka. Las veladas y los bailes. Bailaba estupendamente y era bien parecido.

—No se haga el modesto —interrumpió una señora que se encontraba entre nosotros—. Hemos visto su foto de aquella época. No solo estaba bastante bien; era un hombre muy guapo.

—Bien, como quiera, pero se trata de nada de eso. Entonces estaba muy enamorado de Várenka. El último día de Carnaval asistí a un baile en casa de un mariscal de la nobleza de la provincia, un anciano chambelán de la corte, con una gran fortuna, generoso y muy hospitalario. Su esposa, igual de amable que él, recibió a sus invitados luciendo una diadema de diamantes y un vestido de terciopelo que dejaba ver su pecho y sus hombros, blanquecinos y gruesos, que recordaba los cuadros de la emperatriz Isabel Petrovna. Fue un excelente baile. En la magnífica sala había un coro, una célebre orquesta formada por los sirvientes de un propietario muy aficionado a la música, un exquisito buffet y un montón de champagne. Yo no bebí, pese a ser aficionado al champagne, porque me encontraba ebrio de amor. En cambio, bailé valses y polcas hasta extenuarme; y, como es natural, con Várenka siempre que me era posible. Lucía un vestido blanco con cinturón rosa y guantes blancos de cabritilla que le llegaban hasta los codos, y zapatillas de satín blanco. Un ingeniero muy antipático llamado Anísimov me impidió bailar con ella la mazurca —aún no se lo he perdonado— invitando en cuanto entró en el salón a Várenka; yo me había distraído en la peluquería y comprando un par de guantes. Bailé aquella mazurca con una chica alemana a la que antaño había intentado cortejar en una ocasión. Imagino que aquella noche fui bastante descortés con ella; no le hablé ni la miré mientras seguía sin descanso la esbelta figura de Várenka, vestida toda de blanco, y su resplandeciente y encendido rostro, con sus hoyuelos en las mejillas y sus bellos y cariñosos ojos. Y yo no era el único. Todos la admiraban, tanto hombres como mujeres, pese a que las eclipsaba. Era imposible no admirarla.

Siguiendo las normas, no bailé con Várenka aquella mazurca, pero, en verdad, bailamos juntos casi todo el tiempo. Atravesaba la sala sin turbarse y se dirigía hacia mí, y yo me levantaba de un salto antes de que me invitase. Ella me agradecía con una sonrisa mi perspicacia. Cuando no adivinaba mi lema, se encogía de hombros mientras cogía a otro de la mano y me sonreía con compasión, como consolándome.

Cuando bailábamos un vals, Várenka sonreía diciéndome con la respiración cortada: "Encare". Y yo continuaba dando vueltas y más vueltas sin poder sentir mi propio cuerpo.

—¿Cómo no iba a sentirlo? Supongo que, al rodear el talle de Várenka, sentía hasta el cuerpo de ella —dijo uno de los allí presentes.

De repente Iván Vasílievich se sonrojó y exclamó casi con un grito:

—¡Así son ustedes, los jóvenes de hoy en día! No aprecian nada más que el cuerpo.

En nuestros tiempos era diferente. Cuanto más enamorado estaba, su cuerpo aún era más inmaterial para mí. Ustedes solo son capaces de ver los tobillos, las piernas y más cosas; tienen la costumbre de desnudar a las mujeres de las que se enamoran. En cambio, para mí, como afirmaba Alphonse Karr (¡menudo buen escritor!), el objeto de mi amor se me aparecía con vestiduras de bronce. En vez de desnudar a la mujer, intentábamos cubrir su desnudez, al igual que el buen hijo de Noé. Ustedes no logran comprender eso…

—No le haga caso; continúe —intervino uno de los que le rodeaban.

Bailé casi toda la noche, sin percatarme de cómo pasaba el tiempo. Los músicos repetían ya una y otra vez el mismo tema de una mazurca, como suele suceder al finalizar un baile. Los padres y las madres, que jugaban a los naipes en los salones, ya se habían levantado, esperando la cena; y los sirvientes pasaban, cada vez más frecuentemente, transportando cosas. Ya eran más de las dos de la madrugada. Era preciso aprovechar los últimos momentos. Volví a invitar a Várenka y bailamos una vez más.

—¿Bailaría conmigo la primera cuadrilla después de la cena? —le pregunté acompañándola a su sitio.

—Desde luego, si mis padres no quieren irse enseguida —me contestó con una sonrisa.

—No lo permitiré —exclamé.

—Devuélvame mi abanico —me pidió Várenka.

—Me produce pena dárselo —contesté ofreciéndole su abanico blanco, de escaso valor.

—Tenga, para que no le dé pena —dijo Várenka arrancando y entregándome una pluma de él.

La cogí, pero solo pude expresarle mi agradecimiento y entusiasmo con una mirada.

No solo estaba alegre y satisfecho, además me sentía muy feliz y experimentaba una extraña sensación de beatitud. En aquel momento yo no era yo, sino que era un ser que no pertenecía a esta tierra, desconocedor del mal y que solo estaba capacitado para hacer el bien.

Guardé la pluma dentro de un guante y me quedé junto a Várenka sin fuerza para alejarme de ella.

—Fíjese; pretenden que papá baile —me dijo mientras señalaba la alta figura de su padre, un coronel con charreteras plateadas que se encontraba en las puertas del salón con la propietaria de la casa y otras damas.

—Várenka, ven —oímos decir a la propietaria. Várenka se acercó hasta la puerta y yo la seguí.

—Ma chère, convence a tu padre de que baile contigo. Haga el favor, Piotr Vladislávich —añadió la dueña de la casa dirigiéndose al coronel.

El padre de Várenka era un hombre firme, bien conservado, alto y guapo, con las mejillas sonrosadas. Lucía un canoso bigote a lo Nicolás I, y tenía blancas las patillas y el cabello de las sienes peinado hacia delante. Una sonrisa alegre, como la de su hija, iluminaba su boca y sus ojos. Estaba bastante bien formado; su pecho, donde se apreciaban algunas condecoraciones, y sus hombros eran anchos, y sus piernas, largas y delgadas.

Representaba a ese tipo de militar que ha reproducido la disciplina del emperador Nicolás.

Cuando nos íbamos acercando a la puerta, el coronel se estaba negando, aduciendo que ya había perdido la costumbre de bailar. Sin embargo, pasando la mano al costado izquierdo, desenvainó su espada, se la entregó a un joven servicial y, poniéndose el guante en la mano derecha (en ese momento dijo sonriendo: "Todo debe hacerse según las reglas"), tomó la mano de su hija, se puso de medio lado y esperó para hacer su entrada al compás.

Con las primeras notas de la mazurca, golpeó con un pie, avanzó el otro y su alta silueta giró alrededor del salón, bien despacio y en silencio, bien ruidosa e impetuosamente. Várenka también giraba, tanto acortando como alargando sus pasos, para poder adaptarlos a los de su progenitor. Todos los asistentes observaban los movimientos de la pareja, Yo, no solo los admiraba, sino que además sentía cierto enternecimiento lleno de entusiasmo.

Sobre todo me gustaron las botas del coronel, que no eran puntiagudas, como las que estaban de moda, sino antiguas, con la punta cuadrada y sin tacones. Por lo visto, las había fabricado el zapatero del batallón. «Para poder vestir bien a su hija y permitir que alternara, él se conformaba con unas botas de fabricación casera y evitaba comprarse las que estaban de moda», pensé, enternecido en particular por aquellas puntas cuadradas. El coronel, sin duda, había bailado muy bien en su época; pero ahora era pesado y carecía de habilidad en las piernas para los bellos y rápidos pasos que pretendía realizar. Sin embargo, dio dos vueltas al salón. Al final, separó las piernas, volvió a juntarlas y, con cierta dificultad, puso una rodilla en tierra y Várenka pasó junto a él graciosamente con una sonrisa mientras se arreglaba el vestido que se le acababa de enganchar. Todos aplaudieron entonces con entusiasmo. Haciendo un esfuerzo, el coronel se puso en pie y, cogiendo con delicadeza a su hija por las orejas, la besó en la frente y la acercó a mí, creyendo que me tocaba bailar con ella. Le comenté que yo no era su pareja.

—Es lo mismo, baile con Várenka —respondió con una sonrisa llena de afecto mientras colocaba su espada en la vaina.

Al igual que el contenido de un frasco sale a borbotones tras haber caído la primera gota, mi amor por Várenka parecía que había desencadenado la capacidad de amar que tenía oculta en mi alma. En aquellos momentos, mi amor abarcaba al mundo entero. Quería a la propietaria de la casa con su diadema y su busto semejante al de la emperatriz Isabel, a su marido, a todos los invitados, a los sirvientes e incluso al ingeniero Anísimov, que se encontraba molesto conmigo. Y el padre de Várenka, con sus botas y su afectuosa sonrisa, tan parecida a la de ella, me inspiraba un sentimiento que rebosaba ternura y entusiasmo.

La mazurca terminó. Los dueños de la casa invitaron a cenar a todos los presentes, pero el coronel B. no aceptó, aduciendo que debía madrugar al día siguiente. Yo me asusté, creyendo que se llevaría con él a Várenka, pero ella se quedó allí con su madre.

Tras la cena, bailamos la cuadrilla que me había prometido. Me sentía plenamente feliz y, sin embargo, mi dicha aumentaba sin parar. No hablábamos de amor, no le pregunté a Várenka ni me pregunté a mí mismo si ella me amaba. Me bastaba con quererla. Tan solo temía que algo echara a perder mi felicidad.

Al regresar a mi casa, pensé en acostarme, pero comprendí que me sería imposible.

En la mano tenía la pluma de su abanico y uno de sus guantes, que ella me había dado al marcharse, cuando la ayudé a subir al coche tras su madre. Contemplaba aquellos objetos y, sin cerrar los ojos, podía ver a Várenka ante mí. Me la estaba representando justo en el momento en que, eligiéndome entre el resto de los hombres, adivinó mi lema, diciendo con una agradable voz: "Orgullo. ¿No es así?", mientras me ofrecía la mano con una alegre expresión, o bien mientras se llevaba la copa de champagne a los labios y me miraba de reojo con cariño. Pero, sobre todo, la podía ver bailando con su padre, con sus graciosos movimientos, mirando con orgullo y satisfacción a los espectadores que estaban admirándolos. Y los unía de manera involuntaria en aquel sentimiento tierno y cariñoso que me embargaba.

Yo vivía solo con mi difunto hermano. A él no le gustaba la sociedad y nunca asistía a los bailes; además, en aquellos tiempos, estaba preparando su licenciatura y llevaba una vida muy metódica. Estaba durmiendo. Observé su cabeza, hundida en la almohada, cubierta casi toda por una manta de franela, y sentí pena porque no conociese ni compartiese mi felicidad. Nuestro sirviente Petrushka, un criado, me salió al encuentro con una vela y pretendió ayudarme con los preparativos de esa noche, pero lo despedí. Su adormilado rostro y sus revueltos cabellos llegaron a emocionarme. Intentando no hacer ningún ruido, me encaminé a mi habitación de puntillas, y me senté en mi cama. No era capaz de dormir; era demasiado feliz. Además sentía calor en una habitación tan bien caldeada. Sin pensármelo más, fui en silencio a la antesala, me puse mi abrigo y salí a la calle.

El baile había finalizado después de las cuatro de la madrugada. Ya habían pasado dos horas, y era de día. El tiempo era el típico de Carnaval; había niebla, la nieve se estaba derritiendo por todas partes, y caían multitud de goterones de los tejados. Los B. vivían entonces en las afueras de la ciudad, cerca de una plaza muy grande, en la que a un lado había zonas de paseo y al otro un instituto de chicas. Atravesé nuestra calle, que estaba completamente desierta, y desemboqué en una gran calle, donde encontré a varios peatones y algunos trineos transportando leña. Los caballos, que trotaban con paso regular, balanceando sus mojadas cabezas bajo los brillantes arcos, así como los cocheros cubiertos con arpilleras que chapoteaban con sus enormes botas sobre la nieve deshelada, y las casas, que entre la niebla, daban la impresión de ser muy altas, me parecieron todos importantes y agradables.

Al llegar a la plaza, al otro lado, en dirección a los paseos, pude distinguir una gran masa negruzca y oí los sones de una flauta y un tambor. En mi interior no paraba de oír el tema de la mazurca sin descanso. Pero estos eran unas notas diferentes; se trataba de una música simple y desagradable.

"¿Qué es eso?", pensé dirigiéndome por el resbaladizo camino hasta aquellos sones.

Tras recorrer unos cien pasos, pude ver a través de la niebla una multitud de siluetas oscuras. Parecían soldados. "Están probablemente haciendo la instrucción", pensé acercándome a ellos, tras un herrero con pelliza y mandil mugrientos que llevaba algún objeto en la mano. Los soldados, con sus negros uniformes, estaban formando en dos filas, una frente a la otra, con sus fusiles en posición de descanso. Detrás de estos, el tambor y la flauta repetían sin parar una melodía estridente y desagradable.

—¿Qué es lo que hacen? —le pregunté al herrero que estaba a mi lado.

—Están castigando a un tártaro por haber desertado —me contestó con una expresión de enfado mientras fijaba la mirada en uno de los extremos de las filas.

Miré en esa dirección y vi algo terrible que se acercaba entre ambas filas de soldados. Se trataba de un hombre con el torso desnudo, atado a los fusiles de dos soldados que lo estaban conduciendo. A su lado avanzaba un militar alto, con gorro y capa, que no me resultó desconocido. Luchando con todo su cuerpo y chapoteando entre la nieve deshelada, la víctima venía en mi dirección bajo una lluvia de golpes que le caían encima por ambos lados. De repente se echaba hacia atrás y entonces los soldados lo empujaban; otras veces se echaba hacia delante y, entonces, los soldados tiraban de él. El alto militar continuaba con firmes andares, sin retrasarse. Era el padre de Várenka, con sus rojizas mejillas y sus blanquecinos bigotes.

Con cada golpe, el tártaro se volvía con una expresión de dolor y de asombro hacia el lado de donde procedía, a la vez que repetía unas palabras mostrando sus blancos dientes. Cuando estuvo ya más cerca pude entenderlas. Exclamaba entre sollozos: "¡Hermanos, tened compasión de mí! ¡Hermanos, tened compasión de mí!". Pero sus hermanos no se apiadaban. Cuando la comitiva llegó donde yo me encontraba, el soldado que se encontraba frente a mí dio un paso muy decidido y, blandiendo con energía la vara, que silbó, la dejó caer sobre la espalda del tártaro. Este se echó hacia delante, pero fue retenido por los soldados y recibió otro golpe igual desde el otro lado. De nuevo cayeron las varas, desde derecha e izquierda… El coronel continuaba andando, unas veces miraba a la víctima, otras veces miraba abajo, a sus pies. Aspiraba y expelía el aire, despacio, sobre su labio inferior. Cuando ya habían pasado, pude ver la espalda de la víctima entre las filas de soldados.

Estaba magullada, húmeda y tan colorada que me impedía creer que se trataba de la espalda de un hombre.

—¡Oh, Dios mío! —dijo el herrero.

La comitiva se alejaba poco a poco. Los golpes no paraban de caer por ambos lados sobre aquel hombre, que se encogía tropezando. El tambor continuaba redoblando y se continuaba oyendo el son de la flauta. Y al igual que antes, la apuesta figura del coronel avanzaba junto a la víctima. Pero, de repente, se detuvo, y acercándose con prisas a uno de sus soldados, exclamó:

—¡Ya te enseñaré! ¿Es que no sabes azotar como es debido?

Vi cómo abofeteaba a aquel soldado atemorizado, delgado y bajito, con su mano enguantada, porque no había dejado caer la vara con la bastante fuerza sobre la enrojecida espalda del tártaro.

—¡Qué traigan unas varas nuevas! —ordenó.

Cuando se volvía se fijó en mí y, fingiendo que no me había reconocido, frunció el ceño con una severa e iracunda expresión y me dio la espalda. Me sentí tan avergonzado como si me hubiesen sorprendido haciendo algo malo. Sin saber a dónde debía mirar, bajé la mirada y me encaminé a mi casa. Durante el camino, no paré de escuchar el redoble de aquel tambor, el son de la flauta, las palabras de la víctima "¡Hermanos, tened compasión de mí!", y la voz irritada y firme del coronel mientras gritaba "¿Es que no sabes azotar como es debido?". Una angustia que rozaba lo físico, que hasta me provocó náuseas, me obligó a pararme en varias ocasiones. Creía que iba a devolver todo el horror que aquel espectáculo me había producido. No recuerdo cómo llegué a mi casa ni cómo me acosté. Pero nada más empezar a conciliar el sueño, volví a oír y a ver todo aquello y me vi obligado a levantarme.

"El coronel debe saber algo que yo ignoro —pensé—. Si yo supiera lo que él sabe, podría comprenderlo todo y no sufriría tanto por lo que acabo de presenciar". Pero, por más que pensé, no pude descifrar aquello que sabía el coronel. Al fin me quedé dormido, y solo después de haber acudido a casa de un amigo y beber hasta emborracharme.

¿Creen que entonces pude llegar a la conclusión de que había presenciado un acto abominable? ¡Nada de eso! "Si se hace con tanta seguridad, y todos admiten su necesidad, es que deben saber algo que yo ignoro", me repetía, intentando averiguar de qué se trataba. Pero nunca lo conseguí. Por ello, no pude ser militar como había sido mi deseo. Tampoco fui capaz de desempeñar ningún cargo público, ni he servido para nada, como todos ustedes saben.

—¡Conocemos bien su inutilidad! —exclamó uno de los que le rodeaban—. Mejor que nos diga cuántos seres inútiles existirían si no fuese por usted.

—¡Qué bobada! —respondió Iván Vasílievich con un sincero enfado.

—¿Y qué sucedió con su amor? —le preguntamos.

—¿Con mi amor? Desde aquel día comenzó a menguar. Cuando Várenka y yo paseábamos por las calles y se quedaba pensativa, con una sonrisa, lo que ocurría muy a menudo, recordaba de inmediato al coronel en la plaza, y me comenzaba a sentir violento y a disgusto. La comencé a visitar con una menor frecuencia. Y así se fue extinguiendo el amor. Ya pueden ver ustedes cómo las circunstancias pueden cambiar el rumbo de la vida de un hombre. Y dice usted… —concluyó.

LAS FRESAS

Era el mes de junio. Los días eran calurosos y despejados. El follaje del bosque afloraba denso, verduzco y húmedo. Tan solo se desprendían algunas hojas, ligeramente amarillentas, de los tilos o los álamos. Los rosales se encontraban en flor y los prados del bosque se cubrían de un trébol espeso; el centeno, alto y denso, se oscurecía mientras sus espigas se granaban; los rascones lanzaban sus gritos desde los valles y las codornices revoloteaban entre los campos sembrados; de cuando en cuando, se oían los trinos de los ruiseñores en el bosque; hacía un calor seco y sofocante. Los caminos aparecían cubiertos por una tupida capa de polvo, que ascendía en una densa columna, unas veces a derecha y otras a izquierda, al menor soplo de aire.

Los campesinos terminaban de construir sus chozas y acarreaban el estiércol. Los animales, hambrientos, deambulaban por los resecos campos en barbecho. Vacas y terneras mugían, mientras se escapaban de sus pastores, con sus colas en alto. Los muchachos vigilaban los caballos por los caminos, al tiempo que las mujeres traían del bosque sacos de hierba, y las mozas y las niñas recogían bayas para vendérselas luego a los veraneantes.

Estos vivían en casitas de atractiva construcción y lucían impecables trajes, muy ligeros y caros. Protegidos mediante sombrillas, se paseaban por los senderos de arena de los jardines o, agotados de tanto calor, permanecían sentados a la sombra de los árboles o en los cenadores, ante mesitas de colores variados, tomando el té u otras bebidas refrescantes.

Al lado de la espléndida residencia de verano de Nikolái Semiónovich —una casa provista de terraza, balcones y galería, donde todo era nuevo y limpio— se encontraba un coche de tres caballos que acababa de llegar de San Petersburgo.

Pertenecía a un conocido hombre de acción, liberal, y miembro de diferentes comités y comisiones. Procedía de la ciudad, donde solía estar siempre muy ocupado e iba a pasar tan solo un día en casa de su amigo y compañero de la infancia, un hombre con ideas casi idénticas a las suyas.

Tan solo discrepaban en los métodos para aplicar los principios constitucionales. El señor de San Petersburgo, de ideas más europeas y hasta con cierta inclinación hacia el socialismo, percibía importantes sueldos en los cargos que ocupaba. Nikolái Semiónovich, ruso al cien por cien, ortodoxo y con cierto matiz eslavófilo, era el propietario de muchos millares de desiatinas[9] tierra.

Comieron en el jardín; les sirvieron cinco platos diferentes, pero apenas los probaron a causa del calor, de manera que los esfuerzos del cocinero (que cobraba cuarenta rublos mensuales) y de sus ayudantes (que desplegaron un especial celo en honor del visitante) resultaron casi inútiles. Solo consintieron en probar un poco de sopa de pescado blanco y un helado multicolor que estaba espléndidamente presentado con unos barquillos. Entre los comensales estaban el invitado, el médico (un liberal), el profesor de los niños (estudiante socialdemócrata y revolucionario audaz, a quien Nikolái Semiónovich sabía mantener bien en su sitio), María, la esposa de este último, y sus tres hijos, de los que tan solo el más pequeño acudió a los postres.

La comida resultó algo violenta porque María, que era un manojo de nervios femenino, estaba preocupada por Goga (como llamaban al pequeño Nikolái, según es común en la gente acomodada), que tenía el estómago descompuesto, y porque además, en cuanto el anfitrión y el invitado comenzaban a hablar de temas políticos, el estudiante les exponía sus ideas deseando demostrarles que no se echaba atrás ante nadie, pero en cuanto intervenía en la conversación, el invitado se sumía en un absoluto mutismo, mientras Nikolái Semiónovich intentaba calmar al revolucionario estudiante.

Acabaron la comida a las siete. Luego los amigos se instalaron en un balcón, donde charlaron a la vez que tomaban agua mineral fría con vino blanco.

Discutían entre ellos acaloradamente si las elecciones deberían celebrarse en una o en dos vueltas, cuando fueron invitados a pasar al comedor (cuyas ventanas se encontraban cubiertas de tela metálica para prevenir las moscas) para tomar el té. Allí se generalizó una conversación en la que intervino María pese a que no le interesaba en absoluto, ya que se encontraba preocupada por la indisposición de Goga. Hablaron de pintura, y María intentó demostrar que la pintura decadente tiene un «no sé qué» que era imposible negar. Ni pensaba en lo que estaba diciendo; solo se limitaba a repetir lo que ya había afirmado en muchas ocasiones. El tema le tenía sin cuidado al huésped, pero había escuchado lo que se afirmaba en contra de la decadencia, y lo repetía con una exactitud tal

---

[9] Una antigua medida rusa de superficie que equivale a algo más de una hectárea.

que nadie hubiese podido figurarse que la cuestión en concreto le fuera indiferente.

Cada vez que observaba a su esposa, Nikolái Semiónovich se percataba de que estaba de mal humor y que tendría un disgusto; por otro lado, sus palabras le aburrían mortalmente, pues le parecía haberlas oído cientos de veces.

Se encendieron en el comedor unas valiosas lámparas de bronce y en el jardín unos farolitos. Acostaron a los críos y sometieron a Goga, el enfermo, a una serie de curas.

El invitado, Nikolái Semiónovich y el doctor salieron al balcón.

Un criado llevó unas velas con pantallitas y les sirvió más agua mineral. Sobre las doce de la noche comenzaron una charla muy animada sobre las medidas que el Gobierno debería adoptar en unos días tan críticos para Rusia como los que estaban viviendo.

Mientras conversaban, fumaban un cigarrillo tras otro.

Fuera, al lado de la verja, los hambrientos caballos (no se ocuparon de echarles pienso alguno) hacían sonar sus cascabeles. El cochero, un viejecito que servía al mismo amo desde hacía más de veinte años y enviaba todo su sueldo, salvo unos cinco rublos para gastos en bebida, a un hermano suyo, no había comido nada tampoco y bostezaba dando cabezadas.

Cuando los gallos comenzaron a cantar en las casas de alrededor, el cochero se preguntó si se habían olvidado de él y, tras apearse del coche, entró en la casa. Vio sentado en el balcón al señor de San Petersburgo hablando entre gritos. Sintió miedo y se fue a buscar al criado. Este, con librea, dormitaba en el vestíbulo. Había sido siervo. Actualmente mantenía con su trabajo (un buen trabajo en el que ganaba quince rublos y sacaba unos cientos en propinas al año) a su familia: cinco hembras y dos varones. Cuando el viejecito lo despertó, se puso en pie al momento y, una vez recobrado, fue a comunicar a los señores que el cochero se encontraba inquieto y solicitaba que le permitieran marcharse.

Al entrar en el balcón, la discusión se encontraba en su apogeo.

—No puedo admitir que el pueblo ruso deba seguir otros caminos diferentes de evolución. Ante todo, la libertad es necesaria, la libertad política, esa total libertad… que, como saben todos, respeta los derechos de las personas…

El invitado se dio cuenta que se había embrollado; no era aquello lo que pretendía decir. Pero, en el calor de la discusión, no fue capaz de recordar su idea.

—Así es —replicó Nikolái Semiónovich sin prestar atención a su interlocutor y deseando solamente expresar su opinión, que le gustaba en especial, pero eso se consigue por medios diferentes… No se consigue con una mayoría de votos, sino por un acuerdo común. Fíjese en los tratados de paz.

—¡Oh, no me hable a mí de la paz!

—No puede negarse —intervino el galeno— que los pueblos eslavos tienen sus propias opiniones. Por ejemplo, el derecho de veto de los polacos. No afirmo que esto sea mejor.

—Déjeme que acabe de exponer mi idea —exclamó Nikolái Semiónovich—. El pueblo ruso tiene algunas peculiaridades. Estas son…

Entonces Iván, el lacayo con librea, con los ojos aún adormilados, lo interrumpió:

—El cochero dice…

—Dígale (el invitado de San Petersburgo hablaba a los criados de "usted", de lo que se sentía orgulloso) que no tardaré en marcharme y que se lo pagaré con creces.

—Bien, señor.

Iván se retiró y Nikolái Semiónovich acabó de exponer su idea. Pero, tanto el doctor como el invitado lo oían por vigésima vez (al menos eso les parecía) e intentaron refutarla con ejemplos históricos. El invitado, sobre todo, conocía bien la Historia.

El doctor estaba de parte de este último, pues admiraba su erudición y le alegraba haber tenido la ocasión de conocerlo. La conversación fue animándose hasta tal punto que, aunque ya empezaba a clarear por encima del bosque y ya se habían despertado los ruiseñores, los amigos continuaban charlando mientras encendían un cigarrillo tras otro, y habrían continuado así, de no ser porque entró la doncella.

Era huérfana y se había visto obligada a colocarse de sirvienta para poder ganarse la vida. Primero estuvo en la casa de un comerciante, cuyo administrador la había seducido, y tuvo un hijo de la relación. La pobre criatura murió y volvió entonces a colocarse en la casa de un funcionario. El hijo de este, un estudiante de bachillerato, la persiguió con sus galanteos. Y cuando al fin logró entrar de segunda doncella en la casa de Nikolái Semiónovich se sintió feliz porque su señor no la asediaba y percibía su salario con toda regularidad El aquel momento acudió para anunciar que la señora llamaba al doctor y a Nikolái Semiónovich.

"Algo le debe pasar a Goga", pensó.

—¿Qué sucede? —preguntó.

—Nikolái Semiónovich se encuentra indispuesto —respondió la segunda doncella.

Nikolái Semiónovich era el niño, Goga, que padecía una indigestión.

—¡Es hora de que me marche! ¡Miren! Ya está clareando. ¡Cómo ha pasado el tiempo!… —exclamó sonriendo el invitado, como si alabara a sus interlocutores y se mostrase orgulloso de sí mismo por haber hablado durante tanto tiempo. Y, acto seguido, se despidió.

Iván correteó de un lado para otro, arrastrando con problemas sus cansados pies, para buscar el bastón y el sombrero del invitado, que había dejado en el sitio menos sospechado. Se esperaba recibir alguna propina, pero el huésped, que era generoso y no hubiese lamentado desprenderse de un rublo, obnubilado por la conversación recordó su omisión solo cuando ya estaba de camino.

"Bueno, qué le vamos a hacer", pensó.

Tras subir al pescante, el cochero agarró las riendas y achuchó a los caballos. Los cascabeles resonaron. En un ligero vaivén, por las llantas de goma, el hombre de San Petersburgo pensaba en las limitadas ideas de su amigo.

Nikolái Semiónovich, que no acudió a ver enseguida a su mujer, pensaba igual. "Es terrorífica esa limitada mentalidad de los de San Petersburgo. No son capaces de librarse de ella", se dijo.

Tardaba en reunirse con su esposa porque no podía esperar nada positivo de esa entrevista. Todo era por las fresas. Los chiquillos de la aldea habían traído fresas la víspera. Y Nikolái Semiónovich les compró dos platos sin ni siquiera regatear su precio. Los niños se abalanzaron a comerlas, aunque no estaban aún maduras. María no había salido todavía de sus aposentos. Cuando acudió y vio que Goga había comido también, se enfadó sobremanera, ya que tenía la tripa descompuesta. Se lo reprochó a su marido y este le pagó con la misma moneda. Intercambiaron unas palabras muy desagradables, casi una pelea.

Esa noche, Goga se puso malito. Nikolái Semiónovich pensaba que aquello carecía de importancia, pero el hecho de que María llamase ahora al médico significaba que la dolencia había empeorado.

Al entrar en la habitación de los niños, su mujer, ataviada con una bata de seda que le encantaba —en ese momento, como es natural, le tenía sin cuidado—, alumbraba al doctor con una vela mientras este examinaba las deposiciones de Gaga.

—Sí —declaró significativamente.

—Y todo por esas malditas fresas.

—¿Por las fresas? ¿Por qué? —replicó Nikolái Semiónovich con timidez.

—¡Claro que sí! ¿Por qué, si no? Tú se las diste y yo soy la que pasa las noches en blanco. Se nos puede morir.

—No, no. No se morirá —dijo el doctor sonriendo—. Debemos administrarle una pequeña dosis de bismuto y tener cuidado con la alimentación. Se la daremos ahora mismo.

—Es que se ha dormido… objetó María.

—Bien; entonces lo mejor es no molestarlo. Mañana volveré.

—Sí, vuelva por favor.

El galeno se retiró y Nikolái Semiónovich tardó bastante en calmar a su esposa.

Logró conciliar el sueño cuando ya amanecía.

A esa misma hora a la aldea vecina regresaba un grupo de hombres y chicos que se habían pasado toda la noche vigilando caballos. Algunos lo hacían montando y otros cogiéndolos por las bridas. Detrás de ellos, venían los potros.

Taraska Rezunov, un chico de doce años que iba descalzo y se cubría con una chaqueta, montaba sobre una yegua mansa y llevaba de las riendas a un potro de parecido pelaje. Dejó la caravana atrás y se adelantó al pueblo. Un perro negro corría alegremente ante los caballos, volviendo la cabeza sin cesar. El potro manso, de patas blancas, se desviaba tanto a la derecha como a la izquierda del camino. En cuanto llegó al pie de una choza, Taraska se apeó, ató a los caballos junto a la verja y entró en el portal.

—¡Levantaos, dormilones! —gritó a sus dos hermanas y a su hermano, que dormía sobre una esterilla en el suelo.

La madre, que había dormido junto a ellos, ya se había levantado para ordeñar la vaca. Ólgushka se levantó con precipitación y arreglándose con ambas manos sus largos cabellos rubios, muy revueltos. Fedka, por el contrario, siguió echado, con la cabeza dentro de la chaqueta, y se limitó a rascarse uno de los piececitos infantiles, que asomaba bajo la bata, con el endurecido talón del otro.

La víspera los niños se habían puesto de acuerdo para ir a recoger bayas. Taraska les había prometido despertarlos al volver del campo. Y así lo hizo. De noche, sentado bajo un arbusto, se moría de sueño. Pero en aquel instante se había despabilado y estaba dispuesto a marchar con las niñas. Su madre le dio una taza de leche. Él se cortó una rebanada de pan y se puso a comer sentado ante la mesa.

Cuando Taraska, que llevaba mangas de camisa, emprendió el camino con rápidos pasos dejando en el polvo marcadas las huellas de sus pies, junto a unas más grandes y otras más pequeñas, divisó a las chiquillas en la lejanía. Sus trajes formaban manchas rojas y blancas sobre el oscuro fondo verde del bosque. La noche anterior habían dejado preparadas las vasijas para recoger las bayas y, sin siquiera haber desayunado, salieron muy temprano, después de persignarse ante los iconos. Taraska las logró alcanzar más allá del bosque grande, cuando abandonaron la carretera.

El rocío cubría la hierba, los arbustos y hasta las ramas bajas de los árboles. Los descalzos piececitos de las niñas se mojaron enseguida. En un principio, se les enfriaron, pero después comenzaron a arder, según avanzaban por la blanda hierba y por la desigual tierra seca. Las chiquillas primero se dirigieron a un bosque que habían talado el año anterior. Al pie de los jóvenes árboles y de los matorrales, se veían medio ocultas, por todos lados, bayas rojas, rosadas y blancas.

Las niñas las recogían sin parar con sus manitas curtidas, echando las mejores en las vasijas y comiéndose las peores.

—¡Ólgunshka! ¡Ven! ¡No veas las que hay aquí!

—¡Mientes! ¿Dónde estás?

Aunque no se alejaban mucho la una de la otra, en cuanto se adentraban en los matorrales y se perdían de vista, se llamaban a gritos.

Taraska se alejó y fue más allá del barranco. Había allí un bosque cubierto de vegetación, poblado sobre todo de avellanos y arces que sobrepasaban la altura de un hombre. La hierba era densa y húmeda, y en los lugares con fresas, estas eran más grandes al estar resguardadas por la vegetación.

—¡Grushka!

—¿Qué?

—Viene un lobo por ahí.

—¡Sí! ¡Un lobo! ¿Crees que así me asustas? No tengo miedo —gritó Grushka. Pero se distrajo tanto al pensar en el lobo que en vez de echar las mejores bayas en la vasija y comerse las peores lo hizo al revés.

—¡Taraska ha ido más allá del barranco! ¡Taraska! ¡Taraska!

—¡Eh! ¡Eh! ¡Venid aquí! —contestó el chico.

—Vamos, que hay más allí…

Bajaron el barranco agarrándose a los matorrales y treparon al otro lado. Una vez allí, se encontraron enseguida con una praderita de hierba fina cubierta completamente de bayas. Las dos callaban mientras sus manos y bocas trabajaban sin parar. De repente, se movió algo en medio del silencio, haciendo crujir terriblemente —según su parecer— las ramas de los arbustos. Grushka se cayó del susto, y dejó resbalar la mitad de las bayas.

—¡Mamaíta! ¡Mamaíta! —gritó con una penetrante voz, y se puso a llorar.

—¡Es una liebre! ¡Taraska! ¡Una liebre! ¡Mírala ahí! —gritó Ólgushka, mientras señalaba al animal, de lomo gris y orejas largas, que aparecía y desaparecía entre los matorrales—. Pero, ¿qué te sucede? —le preguntó a Grushka, una vez que la liebre se perdió de vista.

—Creí que se trataba de un lobo —exclamó Grushka, lanzando una carcajada.

—¡Qué tonta!

—¡Qué susto me he llevado! —dijo Grushka, presa de una sonora risa que producía el efecto de unos cascabeles.

Tras recoger las bayas desparramadas, las chicas siguieron su camino. El sol ya había salido. La vegetación estaba cubierta de luz y sombras, y resplandecían las gotas de rocío.

Empapadas hasta la cintura de rocío, las niñas llegaron casi al final del bosque, con el deseo de encontrar aún más fresas, cuando resonaron, por un lado y otro, voces de chicas y mujeres que habían salido también a recoger bayas. A la hora del almuerzo, las niñas se toparon con su tía Akúlina cuando ya tenían sus vasijas medio llenas. Tras esta iba un chiquillo regordete, de piernas gruesas y torcidas, que llevaba por toda vestimenta una camiseta.

—Ha querido venir conmigo —explicó la tía—. La verdad es que tampoco tengo con quién dejarlo —añadió mientras lo cogía en brazos.

—¡Espantamos una liebre preciosa! Dio un brinco y desapareció en un santiamén…

—¡No puedo contigo! —exclamó Akúlina dejando al niño en el suelo.

Tras intercambiar estas palabras, las chiquillas se separaron de Akúlina para continuar su trabajo.

—¡Sentémonos un rato! ¡Estoy rendida! —exclamó Ólgushka, pasado un rato, sentándose a la sombra de un avellano—. ¡Qué pena no haber cogido algo de pan! ¡Tengo hambre!

—Yo también —asintió Grushka.

—¿Qué le sucede a la tía Akúlina? ¿No oyes cómo grita? ¡Huy! ¡Huy! ¡Tía Akúlina!

—Tía… ¿qué pasa?

—¿Está el pequeño con vosotras? —preguntó Akúlina entre gritos.

—No.

Unos momentos después los matorrales se agitaron y apareció Akúlina con una bolsita bajo el brazo y con la falda recogida por encima de las rodillas.

—¿Habéis visto al pequeño?

—No.

—¡Condenado! ¡Mishka! ¡Mishka…! Pero no respondió nadie.

—¡Ay, menuda desgracia! Se me ha perdido. Si se adentra en el bosque grande, no volveremos a verlo.

Ólgushka se levantó de un salto y fue a buscar al pequeño, junto a su hermana, mientras Akúlina se internaba por otro lado en el bosque. Pero, por más que llamaban a Mishka con sus voces sonoras, no obtenían contestación.

—¡Ya no puedo más! —dijo Grushka quedándose atrás.

En cambio, Ólgushka continuó la búsqueda. Unas veces iba hacia la derecha, otras hacia la izquierda, voceando sin descanso. La voz desesperada de Akúlina llegaba desde el gran bosque. Ólgushka se disponía a abandonar la búsqueda y a volver a su casa, cuando oyó un ave lanzando estridentes gritos llamando a su cría. Estaba como asustada o enojada por algo. Ólgushka volvió la cabeza hacia un matorral cubierto de flores blancas. Al pie del matorral divisó algo azul que no se parecía a ninguna planta del bosque. Era Mishka. El ave se había asustado de él y le mostraba su enfado.

El pequeño dormía boca abajo, con sus manitas debajo de la cabeza y sus piernecitas torcidas, estiradas.

Ólgushka llamó a Akúlina. Después despertaron al niño para ofrecerle fresas. Mucho tiempo después, Ólgushka continuaba contando a todo el mundo cómo había encontrado al chico de Akúlina.

* * *

El sol remontó por encima del bosque, abrasando la tierra y todo lo que había sobre

—Olgushka, ven a bañarte —gritaron las chicas.

Y cogidas de la mano se encaminaron al río, mientras entonaban canciones.

Entretenidas en sus zambullidas y sus juegos en el aire, no se percataron de que llegaba una negra nube y de que el sol se ocultaba; que el aire se llenaba de perfumes de flores, ni de que, de cuando en cuando, retumbaban los truenos. Antes de que tuvieran tiempo de vestirse, cayó un chaparrón, que le caló toda la ropa.

Con las camisas pegadas al cuerpo, las chiquillas corrieron hasta sus casas y, después de comer, fueron al campo para llevar un plato de patatas a su padre, que se encontraba arando.

Cuando volvieron del campo las camisas ya se les habían secado. Después de comer, escogieron las fresas para llevarlas a casa de Nikolái Semiónovich, donde solían pagarlas bien. Pero en esta ocasión no quisieron comprárselas.

Acomodada en una gran butaca y protegida por una sombrilla, María estaba agotada por el calor. Al ver a las niñas, les hizo señales con el abanico, y exclamó:

—¡No las quiero! ¡No las quiero!

Pero Valia, el hijo mayor, un chico de doce años que descansaba de los duros deberes que le imponía el bachillerato y que en ese momento se hallaba jugando al cricket con sus vecinos, se precipitó en dirección a Ólgushka.

—¿Cuánto pides? —preguntó.

—Treinta kopeks.

—Es mucho —contestó Valia. Dijo esto solo porque lo decían los mayores—. Pero espera ahí, en la esquina… —añadió mientras corría en busca de la niania.

Mientras tanto, las dos chiquillas, embelesadas, contemplaron un globo de cristal dentro del que se veían casitas, bosques y jardines. Pero aquel globo no las sorprendía, así como otros objetos que vieron, porque se esperaban cosas maravillosas, misteriosas e incomprensibles del mundo de los mayores.

Valia le pidió treinta kopeks a la niania. Ella dijo que era suficiente con veinte y los sacó de su cofrecito. El chico pasó junto a su padre —este acababa de levantarse tras pasar una mala noche, y leía el periódico fumando un cigarrillo— procurando que no lo viera. Y, tras pagar a las niñas, echó las fresas a un plato y se puso a comerlas.

Ya en su casa, Ólgushka desató el nudo del pañuelo en el que había puesto los veinte kopeks con los dientes, y se los dio a su madre. Esta guardó el dinero y se marchó a lavar en el río.

Mientras tanto, tras ayudar a su padre a sembrar patatas, Taraska se echaba la siesta a la sombra de un frondoso roble. Su padre, sentado a su lado, se encontraba al cuidado de un caballo desenganchado, que en cualquier momento podía meterse en el sembrado de avena o en los prados más lejanos.

Ese día todo se desarrollaba como era habitual en casa de Nikolái Semiónovich. Todo en su orden. La comida, que consistía en tres platos, estaba servida, pero para pasto de las moscas porque nadie llegaba a comer. Todos se encontraban inapetentes.

Nikolái Semiónovich se encontraba satisfecho de la rectitud de sus opiniones, lo que le habían corroborado los periódicos del día.

María se sentía más tranquila, pues Goga se encontraba mejor.

El doctor se alegraba de que las medicinas que había prescrito hubiesen resultado tan beneficiosas. Y Valia estaba contento, porque se había zampado un plato entero de fresas.

ILIÁS

En la provincia de Ufim vivía un bashkirio de nombre Iliás. Apenas hacía un año que su padre lo había casado, cuando falleció sin poder dejarle una suculenta herencia. Sus bienes se reducían a siete yeguas, dos vacas y veinte ovejas. Pero Iliás era un buen administrador y no tardó mucho en mejorar su patrimonio. Trabajaba sin parar desde la mañana hasta la noche, ayudado por su esposa. Era el primero en levantarse y el último en acostarse. Así su fortuna iba creciendo de año en año.

Iliás vivió de esa manera durante treinta y cinco años y consiguió reunir así grandes riquezas.

Era dueño de doscientas cabezas de ganado caballar, ciento cincuenta de ganado vacuno y unas mil doscientas ovejas. Sus rebaños eran apacentados por numerosos pastores, las mozas ordeñaban sus yeguas y vacas, preparaban el kumys[10] y elaboraban mantequilla y quesos. En casa de Iliás todo era abundancia. Por ello los otros habitantes de la región sentían envidia y solían comentar:

—¡Qué suerte tiene ese Iliás! Posee de todo en abundancia. Ciertamente no necesita morir para residir en el paraíso.

Las buenas gentes trataban de cultivar su amistad. Venían a visitarlo desde muy lejos. Iliás acogía bien a todo el mundo y a todos agasajaba, dándoles comida y bebida. Viniera quien viniese, tenía para ellos kumys, té y carne. En cuanto llegaba un visitante a su casa, sacrificaba una o dos ovejas y, si eran más, incluso se sacrificaba una yegua.

Iliás tenía dos hijos y una hija. Ya había casado a los tres. Mientras era pobre, sus hijos le ayudaban en el trabajo y le guardaban los rebaños, pero cuando se hizo rico, no pensaron nada más que en divertirse y hasta uno de ellos se aficionó a la bebida. El mayor de ellos murió en una pelea; el otro se casó con una mujer orgullosa, dejó de obedecer a su padre y este se vio obligado a separarlo de la familia.

Cuando se separó de su hijo, Iliás le regaló una casa y algo de ganado, con lo que sus bienes disminuyeron. Un tiempo después, se declaró una epidemia entre las ovejas y muchas de ellas murieron. Luego llegó un año de hambruna; los prados no produjeron hierba y, durante ese invierno, gran parte del ganado falleció. Y por último, los kirguises se apoderaron de bastantes de los rebaños de Iliás y su fortuna disminuyó

---

[10] Bebida fermentada de leche de yegua.

sobremanera. Cada vez las cosas le iban peor. Le fallaron también las fuerzas. Cuando llegó a los setenta años, se vio obligado a vender sus pieles, sus tapices, sus sillas de montar, sus coches y hasta las últimas cabezas del ganado que aún conservaba. Y poco tiempo después se quedó sin nada. De esa manera, en los últimos años de su vida, se vio necesitado de servir a los demás para poder sobrevivir. De todos sus bienes tan solo le quedaba una chaqueta, un gorro, un par de botas y su esposa, de nombre Sham Shemagui, que era tan vieja como él. Su hijo se había marchado a un país muy lejano y su hija había fallecido. Nadie podía acudir en ayuda de los ancianos.

Su vecino, Mujamedshaj terminó por compadecerse de ambos. No era ni pobre ni rico, y llevaba la vida monótona de un buen hombre. Se acordó de la hospitalidad de Iliás y le dijo:

—Vente a mi casa. Vivirás allí con tu mujer. Durante el verano trabajarás en los melonares en la medida de tus posibilidades, y durante el invierno apacentarás al ganado. Sham Shemagui se encargará de ordeñar a las yeguas y preparará el kumys. Os mantendré y vestiré a los dos y os daré todo lo que me pidáis.

Iliás se lo agradeció a su vecino y se fue a vivir a su casa, en compañía de Sham Shemagui. En un principio, se les hizo muy penoso estar al servicio de Mujamedshaj, pero con el tiempo se acostumbraron y hasta llegaron a soportar el trabajo sin que les fatigase demasiado.

Mujamedshaj estaba muy contento con sus nuevos sirvientes porque, como antes habían sido amos, sabían bien cómo se debe gobernar un hogar y no escatimaban esfuerzos. Pero, a un mismo tiempo, le daba lástima que hubiesen caído tan bajo personas acostumbradas a vivir tan bien en otro tiempo.

Unos parientes que residían muy lejos vinieron cierto día a visitar a Mujamedshaj. Entre ellos se encontraba un muecín. Mudjamedshaj le dio orden a Iliás de que sacrificara una de sus ovejas. El anciano obedeció y, tras asarla, se la hizo llevar a sus amos y a los huéspedes. Comieron, bebieron té y después, sentados sobre cojines y tapices, empezaron a conversar con sus anfitriones ante unas tazas de kumys. En ese momento, Iliás, que había acabado de hacer su trabajo, pasó ante la puerta. Al verlo, su amo le dijo a uno de los huéspedes:

—¿Has visto a ese anciano que acaba de pasar ante la puerta?

—Sí, lo he visto. ¿Tiene algo de particular? —replicó el huésped.

—Pues era el hombre más rico de toda esta región. Se llama Iliás. Puede que hayas oído nombrarle.

—Claro que he oído hablar de él. Personalmente no lo conocía, pero su fama sí llegaba muy lejos.

—Ya no le queda nada de sus bienes. Vive en mi casa en calidad de sirviente y su mujer se encarga de ordeñar a mis yeguas.

Muy sorprendido, nuestro invitado chascó la lengua y, meneando la cabeza, dijo:

—Está claro que la fortuna gira como una rueda, mientras eleva a unos y baja a otros. Me figuro que el anciano se encuentra muy triste, ¿no es cierto?

—¿Quién puede saberlo? Vive con tranquilidad y trabaja bien.

—¿Puedo hablar con él? —le preguntó el invitado.

—Pues claro que sí. ¡No faltaba más! —exclamó Mujamedshaj y, tras asomarse a la puerta, llamó:

—Babai[11], ven aquí a tomar una taza de kumys, y tráete también a tu esposa.

Iliás entró en la estancia, acompañado de Sham Shemagui. Saludó a todos los invitados y al amo de la casa, recitó una oración y se sentó de cuclillas junto a la puerta. Sham Shemagui se pasó al otro lado de la cortina para instalarse junto a la mujer del amo.

Le sirvieron una taza de kumys a Iliás. Tras hacer una reverencia a Mujamedshaj y a sus invitados, bebió un trago, y apartó la taza a un lado.

—Creo que debe apenarte vernos y comparar tu suerte de otras épocas con la vida que hoy llevas. ¿No es verdad, abuelo? —le preguntó el invitado.

—Si te hablara de la dicha y la desdicha, seguramente no me creerías. Será mejor que le preguntes a mi mujer. Es una mujer, y en la lengua tiene lo mismo que en el corazón. Ella te contará la verdad sobre ello.

—Abuelita, ¿qué piensas de tu pasada suerte y de tu actual desgracia? —le preguntó el invitado a través de la cortina que separaba a las mujeres.

Sham Shemagui desde el otro lado de la cortina respondió de la siguiente manera:

—Les diré lo que pienso. Mi marido y yo hemos vivido cincuenta años buscando la felicidad sin lograr encontrarla. Tan solo desde hace un par de años, ahora que carecemos de bienes y servimos a otros, hemos logrado la verdadera felicidad y no aspiramos a nada más.

____

[11] En lengua bashiria significa abuelito.

Los invitados y el dueño de la casa se quedaron muy sorprendidos. El dueño se levantó y apartó la cortina para ver a la anciana. Sham Shemagui se encontraba de pie, con los brazos cruzados. Sonreía a su esposo, que también la miraba con una sonrisa.

—He dicho la verdad. No crean que bromeo —prosiguió—. Hemos buscado la felicidad durante medio siglo. Mientras fuimos ricos no la encontramos. Ahora ya no tenemos nada, servimos a otros y es cuando hemos encontrado una felicidad tan grande que no queremos nada más.

—¿En qué consiste esa dicha de la que disfrutáis actualmente?

—Pues verás. Cuando éramos ricos ni mi marido ni yo disfrutábamos de un momento de sosiego. No podíamos disfrutar de una tranquila conversación, pensar en la salvación de nuestra alma ni rezarle a Dios. ¡Teníamos tantas preocupaciones! Si llegaban invitados, era necesario desvivirse para obsequiarles o hacerles regalos para que nunca nos censuraran; debíamos vigilar a los criados, inclinados a descansar en todo momento y a comer bien, mientras nosotros teníamos que estar pendientes de que no despilfarrasen nuestro patrimonio; otras veces era la preocupación de que los lobos se llevasen a un pollino o a una ternerita, o de que los ladrones se apoderasen de algún rebaño. Tras acostarnos, casi no podíamos dormir, temiendo que nuestras ovejas aplastasen a nuestros corderos. Nos solíamos levantar a echar un vistazo a los rediles, pero en cuanto volvíamos a la cama, nos asaltaba la preocupación de que era necesario proveerse de pastos para el invierno. Y por si eso fuese poco, mi marido y yo no nos llevábamos bien. Él quería hacer una cosa y yo otra. Y comenzábamos a pelearnos y pecábamos. Y así es cómo vivíamos, de preocupación en preocupación, de pecado en pecado. Sin conocer la felicidad.

—¿Y ahora? —le preguntaron.

—Ahora siempre estamos de acuerdo él y yo. No tenemos de qué discutir. Solo nos preocupamos de servir a nuestro amo. Trabajamos de acuerdo a nuestras energías, y lo hacemos con gusto para que el amo no tenga pérdidas, sino beneficios. Cuando volvemos del trabajo nos encontramos con la comida servida y que el kumys no nos falta. Si hace frío disponemos de un buen fuego y abrigos. Y disponemos de tiempo para conversar, para poder pensar en nuestras almas y poder rezar a Dios. Buscamos la felicidad durante cincuenta años y tan solo ahora la hemos encontrado.

Todos los invitados se echaron a reír.

—¡No os riáis, hermanos míos! —exclamó Iliás—. No es ninguna broma, se trata de la vida humana. ¡Qué necios fuimos mi mujer y yo al llorar la pérdida de nuestra fortuna! Ahora Dios nos ha revelado la verdad y, si os la decimos, no es por gusto nuestro, sino por vuestro bien.

Entonces el muecín dijo:

—Estas son unas palabras llenas de sabiduría. Iliás os ha dicho la verdad. Y así está escrito en las Sagradas Escrituras.

Los huéspedes cesaron de reír y se quedaron muy pensativos.

EL JUEZ HÁBIL

Bauakas, el emir de Argel, quiso comprobar que no se exageraba al afirmar que en cierto lugar de la provincia había un juez extraordinariamente hábil y justo, que siempre descubría la verdad hasta el punto de que nadie había logrado engañarlo hasta el momento.

Bauakas se disfrazó de comerciante y se presentó en la ciudad donde el juez ejercía. Justo a la entrada del pueblo se encontró con un mendigo que le pidió limosna.

Bauakas le dio unas monedas, y cuando iba a continuar su camino el mendigo lo agarró por el traje.

—¿Qué quieres? —le preguntó el emir—. ¿Es que no te he dado ya limosna?

—Me la has dado —respondió el mendigo—. Pero quiero que me hagas el favor de llevarme en tu caballo hasta la plaza, pues el resto de los caballos podrían pisotearme si intentase llegar allí por mis medios.

Bauakas subió al mendigo a la grupa y le llevó hasta la plaza. Allí detuvo su caballo, pero el mendigo no bajaba.

—¿Por qué no te mueves? —le preguntó el emir—. Baja, ya hemos llegado.

—¿Por qué iba a bajarme? —le replicó el mendigo—. Este caballo es de mi propiedad. Si no me lo cedes por las buenas, el juez decidirá.

Había multitud de personas rodeándolos y escuchando la conversación.

—Id a la casa del juez —les gritaron—. Él os pondrá de acuerdo.

Bauakas y el mendigo fueron a buscar al juez.

En la sala había mucha gente y el juez llamaba a los que debían comparecer ante él por turnos.

Antes de que le llegara el turno al emir, el juez llamó a su presencia a un sabio y a un mujik. Discutían por una mujer.

El mujik aseguraba que era la suya; el sabio sostenía lo contrario y la reclamaba porque sostenía que le pertenecía.

El juez, después de oírl a ambos, guardó un minuto de silencio. Después dijo:

—Dejad a la mujer en mi casa y volved mañana.

Cuando partieron los contendientes, entraron un carnicero y un vendedor de aceite. El carnicero estaba cubierto de manchas de sangre y el aceitero estaba lleno de manchas de aceite.

El carnicero llevaba dinero en la mano, y mientras, el aceitero estrechaba la mano del carnicero.

Este decía:

—Le he comprado aceite a este hombre y mientras sacaba mi bolsa para pagarle me cogió la mano para robarme el dinero. Ante ti hemos venido, yo con la bolsa y él sujetándome la mano. ¡Este dinero me pertenece y él es un ladrón!

—¡No es verdad! —replicó el aceitero—. El carnicero pretendía comprarme aceite y me pidió que le cambiase una moneda de oro; tomé el dinero y lo coloqué sobre el mostrador. Entonces él se apoderó de la bolsa y pretendió huir, pero yo lo agarré de la mano y aquí estamos.

El juez, tras una pausa, respondió:

—Dejad el dinero en mi casa y volved mañana.

Cuando llegó el turno de Bauakas y el mendigo, el emir contó cómo había sucedido todo. El juez lo oyó y al terminar le pidió al mendigo que contase su versión.

—Nada de lo que ha contado es cierto —replicó—. Yo atravesaba el lugar montado en mi caballo, cuando él me pidió que lo llevase hasta la plaza de la ciudad. Le hice subir a la grupa del animal y lo llevé hasta su destino, pero una vez que llegamos no se quiso bajar, alegando que el caballo era suyo, lo cual no es verdad.

El juez, después de una pausa, dijo:

—Dejad el caballo en mi casa y venid mañana aquí.

Al día siguiente una gran muchedumbre se congregó para oír las sentencias del juez. Llegaron el sabio y el mujik.

—Llévate a tu mujer —le dijo el juez al sabio—, y que le den cincuenta azotes al mujik.

Entonces el juez llamó al carnicero.

—La bolsa es tuya —le dijo.

Y señalando al vendedor de aceite:

—Que le den cincuenta azotes —añadió. Así llegó el turno de Bauakas y el mendigo.

—¿Reconocerás a tu caballo entre otros veinte más? —preguntó al emir el juez.

—Sí, lo reconocería.

—¿Y tú?

—También —respondió el mendigo.

—Sígueme —le pidió el juez a Bauakas.

Fueron hasta el establo; el emir señaló a su caballo escondido entre otros veinte.

El juez llamó a continuación al mendigo y le pidió que señalase cuál era su animal. El mendigo reconoció al caballo y lo señaló. Volvieron a la sala todos y el juez le dijo a Bauakas

—El caballo es tuyo. Ve a por él.

Y mandó dar cincuenta azotes al mendigo.

Después de todo aquello el juez regresó a su casa. Bauakas le siguió.

—¿Qué quieres? —le preguntó el juez—. ¿Acaso te desagrada mi sentencia.

—Estoy muy satisfecho de ella —dijo el emir—. Solamente me gustaría saber cómo te has enterado de que esa mujer era del sabio y no del mujik, de que la bolsa era del carnicero y no del mercader, y de que el caballo era mío.

—Te diré primero cómo supe que la mujer era del sabio. Por la mañana la llamé y le dije: "Echa tinta en mi tintero". Ella lo cogió, lo limpió con premura y lo llenó de tinta. Lo cual quiere decir que estaba acostumbrada a hacerlo. Si hubiese sido la mujer de un mujik no habría sabido arreglárselas. Por ello deduje que el sabio tenía la razón.

En lo que respecta al dinero, supe la verdad de la siguiente manera: anoche coloqué la bolsa en un cubo de agua y por la noche acudí a ver si en el agua flotaba aceite. Si ese dinero hubiese sido del aceitero, el continuo roce de sus aceitosas manos habría manchado la bolsa y algo de aceite hubiese quedado en la bolsa. Como el agua era clara, el dinero pertenecía al carnicero.

En lo que respecta al caballo, era más difícil de resolver. El mendigo pudo reconocerlo tan rápidamente como tú. Pero yo no os sometí a la misma prueba. Os obligué a ir al establo para ver a cuál de los dos reconocía el caballo. Cuando tú te acercaste el caballo volvió la cabeza hacia ti, mientras que cuando el mendigo se acercó tan solo movió algo la cabeza y levantó su pata. Así comprendí que tú eras el dueño del caballo.

Entonces Bauakas le dijo:

—Yo no soy un mercader, soy el emir Bauakas y solo he venido para saber si era verdad lo que se hablaba de ti. Ahora puedo ver que eres un sabio y un hábil juez. Pídeme lo que quieras y te lo concederé.

—No necesito ninguna recompensa —le respondió el juez—. Me basta con oír tus alabanzas.

EL MONO SALTARÍN

Un barco regresó a puerto tras dar la vuelta al mundo. El tiempo era estupendo y todos los pasajeros se encontraban en el puente.

Mientras, un mono iba corriendo entre los pasajeros del barco, haciendo gestos y dando saltos, para regocijo de todos.

El simio, percatándose de que todos lo miraban, cada vez hacía más gestos y daba mayores saltos, burlándose e imitando a las personas.

De repente, saltó sobre un chico de unos doce años, el hijo del capitán del barco, le quitó el sombrero, se lo puso y comenzó a trepar por un mástil.

Todo el mundo se reía, menos el muchacho que, con la cabeza descubierta, no sabía qué hacer, si ponerse a reír o llorar.

El mono se subió hasta la cofa, se sentó allí y empezó a destrozar el sombrero con dientes y uñas.

Parecía que pretendía hacer rabiar al niño, que le estaba haciendo gestos mientras le mostraba el sombrero roto.

El chico lo amenazaba y le insultaba, pero el mono seguía en lo suyo. Los marineros reían.

De repente el muchacho se puso colorado de rabia y, tras despojarse del abrigo, se lanzó a perseguir al mono.

Se puso a su lado de un solo salto, pero el animal, más ágil y diestro, se le escapó.

—¡No te escaparás! —gritó el chico, trepando hacia el mono.

El mono le obligaba a subir y subir, pero él no renunciaba por ello a su persecución.

En la cima del mástil, el mono, colgándose de un cabo, colgó con la otra mano el sombrero de la cofa más elevada, y se puso a reír mostrando todos sus dientes.

Había más de dos metros hasta el mástil de donde colgaba la gorra, que no se podía coger sin correr un gran peligro.

Todo el mundo se reía al ver la pelea del pequeño y el animal; pero al ver que el chico dejaba la cuerda y se ponía sobre la cofa, los marineros se paralizaron de terror.

Un movimiento en falso y se caería al puente. Aun cogiendo la gorra, no podría bajar.

Todos esperaban el resultado de aquello con ansiedad. De pronto se escuchó un grito de espanto.

El muchacho miró abajo y vaciló.

En aquel instante, el capitán del barco y padre del niño, salió de su camarote con una escopeta para matar gaviotas en las manos. Vio a su hijo en el mástil y apuntándole enseguida le gritó:

—¡Al agua…! ¡Al agua o te mato! El muchacho vaciló sin comprender.

—¡Salta o te mato! ¡Un, dos…!

Y en el mismo momento que el capitán gritaba ¡tres!, el niño se dejó caer al mar.

Su cuerpo penetró en el agua como una bala, pero apenas lo habían cubierto las olas, ya lo seguían veinte valientes marineros. En unos cuarenta segundos, que a los espectadores se les antojaron un siglo, el cuerpo del chico reapareció en la superficie. Los marineros que se habían arrojado al mar lo llevaron al barco y unos minutos más tarde empezó a echar agua por la boca y fue capaz de respirar.

Cuando su padre vio que se salvaba, lanzó un grito como si algo le hubiese impedido hacerlo hasta ese momento, y se marchó corriendo de alegría a su camarote.

EL MUJIK Y LOS GANSOS

Un humilde mujik carecía de comida, así que tomó la decisión de pedirle algo a su amo.

Para no presentarse con las manos vacías ante él, cazó un ganso, lo asó y se lo llevó. El amo aceptó el ganso y le dijo al mujik:

—Te doy las gracias por este ganso, pero no sé cómo repartirlo. Tengo una esposa, dos hijos y dos hijas.

El mujik le dijo:

—Yo mismo lo partiré.

Tomó un buen cuchillo, le cortó la cabeza al ganso y le dijo a su amo:

—Tú que eres el cabeza de familia te quedarás con la cabeza.

Luego, cortando la parte posterior del ganso, y dándosele a la mujer del amo, le dijo:

—Tú debes sentarte y permanecer en tu casa. Este trozo es tuyo. Después cortó las dos patas y se las dio a las niñas diciendo:

—Vosotras sois los pies. Debéis seguir las huellas de vuestros padres. Cortando después las alas, se dirigió a los hijos:

—Las alas son para vosotros, puesto que enseguida volaréis fuera de casa. Y señalando lo que aún quedaba del ganso, dijo:

—Esto para mí.

Aquella partición le gustó mucho a su amo que, sonriendo, le dio algo de pan y dinero.

Pasó el tiempo.

Un mujik acaudalado que sabía que el amo había dado a otro mujik pan y dinero por un ganso, ordenó que le asaran cinco gansos y se los llevó al amo.

—Gracias por los gansos, pero me veré muy apurado para repartirlos, pues con mi mujer y mis hijos somos seis. ¿Cómo podré dividir estas cinco aves entre nosotros seis?

El mujik acaudalado reflexionó, pero no encontró solución alguna.

Entonces el amo mandó que llamaran al mujik pobre y le pidió que repartiera aquellos gansos.

El mujik pobre tomó uno de ellos y, dirigiéndose al amo y a su esposa, dijo:

—Los dos más este ganso ya seréis tres. Dio otro ganso a los hijos, añadiendo:

—Con este ganso seréis tres.

Y dando otro ganso a las hijas les dijo:

—Vosotras con ese ganso también sois tres. Por fin cogió los otros dos gansos que quedaban, uno en cada mano, para concluir:

—Estos dos gansos y yo también somos tres.

El amo volvió a sonreír, dio más pan y más dinero al mujik pobre y despidió al mujik rico.

HADJI MURAD

Volvía yo a casa a campo traviesa. Iba mediado el verano. Se había dado remate a la cosecha del heno y empezaba la siega del centeno.

Esa estación del año ofrece una deliciosa profusión de flores silvestres: trébol rojo, blanco, rosado, aromático, tupido; margaritas arrogantes de un blanco lechoso, con su botón amarillo claro, de ésas de "me quieres, no me quieres", de olor picante a fruta pasada; colza amarilla con olor a miel; altas campanillas blancas o color lila, semejantes a tulipanes; arvejas rampantes; bonitas escabrosas, amarillas, rojas, de color rosa y malva; llantén de pelusa levemente rosada y levemente aromática; acianos que, tiernos aún, lucen su azul intenso a la luz del sol, pero que al anochecer o cuando envejecen se tornan más pálidos y encarnados; y la delicada flor de la cuscuta, que se marchita tan pronto como se abre.

Había cogido un gran ramo de estas flores y ya volvía a casa cuando vi en una zanja, en plena eflorescencia, un magnífico cardo color frambuesa de los que por aquí llaman "tártaros", que los segadores esquivan con cuidado, y cuando por descuido cortan uno lo arrojan entre la hierba para no pincharse las manos. A mí se me ocurrió coger ese cardo y ponerlo en medio de mi ramo. Bajé a la zanja y, tras ahuyentar un abejorro que se había colado en una de las flores y allí dormía dulce y pacíficamente, me dispuse a coger la flor. Pero aquello resultó muy difícil. No sólo el tallo pinchaba por todas partes —incluso a través del pañuelo con que me había envuelto la mano—, sino que era tan sumamente duro que tuve que bregar con él casi cinco minutos, arrancándole las fibras una a una. Cuando por fin logré mi propósito, el tallo estaba enteramente deshecho y la flor misma no me parecía ahora tan fresca ni tan hermosa. Por añadidura, era demasiado ordinaria y vulgar para emparejar con los otros colores delicados del ramo. Lamentando haber destruido sin provecho una flor que había sido hermosa en su propio lugar, la tiré. "¡Pero qué energía, qué potencia vital! —me dije—, recordando el esfuerzo que me había costado arrancarla—. ¡Cómo se defendía y cuán cara ha vendido su vida!"

El camino que conducía a la casa pasaba por un terreno en barbecho recién arado. Yo caminaba lentamente sobre el polvo negro. Ese campo labrado pertenecía a un rico propietario. Era tan vasto que a ambos lados del camino o en el cerro enfrente de mí sólo se veían los surcos idénticos de la tierra labrada. La labor había sido excelente: no se veía por ninguna parte una brizna de hierba o una planta. Todo era tierra negra.

"¡Qué criatura tan devastadora y cruel es el hombre! ¡Cuántos seres vivos, cuántas plantas destruye para mantener su propia vida!", pensé, buscando involuntariamente a mi alrededor alguna cosa viva en medio de ese campo negro y muerto. Frente a mí, a la derecha del camino, vi lo que parecía ser un pequeño arbusto. Cuando me acerqué noté que era la misma especie de cardo tártaro cuya flor había arrancado en vano y tirado luego.

La mata del cardo se componía de tres ramas. Una estaba tronchada, con un muñón que semejaba un brazo mutilado. Las otras dos tenían, cada una, una flor, antes roja, pero ahora ennegrecida. Un tallo estaba roto, y de su punta pendía una flor sucia. La otra, aunque sucia de tierra negra, estaba todavía erguida. Era evidente que por encima de la planta había pasado la rueda de un carro, pero que el cardo había vuelto a levantarse y se mantenía erecto, aunque torcido. Era como si le hubiesen desgajado del cuerpo un miembro, abierto las entrañas, arrancado un brazo, vaciado un ojo. Y, sin embargo, se mantenía tieso, sin rendirse al hombre que había destruido a sus congéneres en torno suyo.

"¡Qué energía! —pensé—. El hombre ha vencido todo, destruido millones de plantas, pero ésta no se rinde".

Y me acordé de una antigua aventura del Cáucaso que yo mismo presencié en parte, que en parte me contaron testigos oculares y en parte también imaginé. Esa aventura, tal como la han ido hilvanando mi memoria y mi imaginación es la que sigue.

1

Aquello ocurrió a fines de 1851. En un anochecer frío de noviembre, Hadyi Murad llegó al aoul[12] de Mahket, aldea hostil de Chechenia, cuyo ambiente despedía olor a lo que los indígenas llaman kixyak, un combustible mezcla de paja y estiércol.

Acababa de terminar el forzado canto del muecín, en el claro aire montañero impregnado de humo de kizyak, por encima del mugido de las vacas y el balido las ovejas dispersas entre las cabañas del aoul —apretujadas unas con otras como celdillas de un panal—, se oía claramente los sonidos guturales de hombres que discutían y las voces de mujeres y niños junto a la fuente abajo.

---

[12] Aldea.

Este Hadyi Murad era un naib[13] de Shamil, famoso por sus hazañas. De ordinario nunca cabalgaba sin bandera, e iba acompañado siempre de varias decena de murids[14] que caracoleaban en torno suyo. Fugitivo ahora, encapuchado y envuelto en una burka bajo la cual asomaba una carabina, y con sólo un murid como acompañante, marchaba cuidando en lo posible de no darse a conocer, escudriñando con sus sagaces ojos negros las caras de los habitantes que encontraba en el camino.

Al entrar en el aoul, Hadyi Murad salió de la calle que conducía a la plaza y, torciendo a la izquierda, entró por una callejuela. Al llegar a la segunda saklya[15], de ésta, cavada en un flanco del cerro, detuvo el caballo y miró a su alrededor. Bajo el cobertizo de la entrada no había nadie, pero sobre el techo, tras la chimenea recién enlucida de arcilla, yacía un hombre cubierto de una pelliza. Hadyi Murad tocó con la punta de su látigo al hombre tumbado en el techo y chascó la lengua. De debajo de la pelliza surgió un anciano. Llevaba puestos un gorro de dormir y un viejo y grasiento beshmet[16]. Los ojos del anciano, desprovistos de pestañas, estaban enrojecidos y húmedos. Parpadeó para despegarlos. Hadyi Murad pronunció el consabido ¡Salam aleikum! y se destapó la cara.

—¡Aleikum salam! —respondió el viejo, sonriendo con su boca desdentada al reconocer a Hadyi Murad; y enderezándose sobre sus flacas piernas se dispuso a meter los pies en unas pantuflas con tacón de madera que estaban junto a la chimenea. Una vez que se las hubo puesto, metió sin prisa los brazos en las mangas de su arrugada pelliza y bajó a reculones la escalerilla apoyada en el techo. Y mientras se vestía y bajaba, el viejo no cesaba de menear la cabeza sobre el cuello enjuto, arrugado, tostado por el sol, y de balbucear algo con su boca desdentada. Al llegar al suelo, en señal de bienvenida, cogió la brida y el estribo derecho del caballo de Hadyi Murad, pero el murid ágil y fuerte de éste había saltado rápidamente de su montura y, apartando al viejo, le reemplazó en la tarea.

Hadyi Murad echó pie a tierra y, cojeando ligeramente, entró bajo el cobertizo. A su encuentro salió a la puerta un muchacho de unos quince

---

[13] Lugarteniente.
[14] Guardaespaldas.
[15] Casa humilde.
[16] Especie de chaqueta acolchada.

años que con ojos brillantes, negros como la endrina, miró asombrado a los recién llegados.

—Ve corriendo a la mezquita y llama a tu padre —le ordenó el viejo. Y, pasando delante de Hadyi Murad, le abrió la puerta frágil de la saklya, que chirrió un tanto. Al mismo tiempo que Hadyi Murad, salió por una puerta interior una mujer pequeña, delgada, de edad madura, con beshmet rojo sobre camisa amarilla y zaragüelles azules. Traía unos cojines.

—¡Que tu llegada nos sea propicia! —dijo, y casi doblándose en una reverencia, empezó a colocar los cojines contra la pared delantera para que se sentara el huésped.

—¡Que tus hijos gocen de buena salud! —contestó Hadyi Murad, quitándose la burka[17], la carabina y el sable y entregando todo ello al viejo.

Éste, cuidadosamente, colgó de una escarpia la carabina y el sable junto a las armas del dueño de la casa, que colgaban entre dos grandes calderos que brillaban en la pared recién enlucida y blanqueada.

Hadyi Murad se ajustó la pistola a la espalda y, arropándose en su abrigo circasiano, tomó asiento. El viejo se sentó frente a él, sobre los talones desnudos, cerró los ojos y levantó las manos con las palmas hacia arriba. Hadyi Murad hizo lo propio. Luego los dos recitaron una plegaria, se pasaron las manos por el rostro y las juntaron en la punta de la barba.

—¿Ne habar? —preguntó Hadyi Murad al viejo (o sea, "¿hay alguna novedad?2).

—Habar iok (o sea, "no hay novedad alguna") —respondió el viejo, mirando a Hadyi Murad, no en la cara, sino en el pecho, con sus ojos enrojecidos y sin pestañas—. Yo vivo en el colmenar y sólo he venido hoya visitar a mi hijo... Él sabe.

Hadyi Murad comprendió que el viejo no quería decir lo que sabía y lo que él, Hadyi Murad, necesitaba saber; así, pues, sacudió levemente la cabeza y no hizo más preguntas.

—En lo que hay de nuevo no hay nada bueno —agregó, sin embargo, el viejo—. La única noticia es que las liebres están buscando los medios de ahuyentar a las águilas. Y las águilas lo destruyen todo, primero esto, luego lo de más allá. La semana pasada esos perros de rusos pegaron fuego al heno del aoul de Michit... ¡Permita Alah que revienten! —añadió ronca y furiosamente.

---

[17] Capa.

Entró el murid de Hadyi Murad, apoyando suavemente sus fuertes piernas sobre el suelo apisonado. Se quitó, al igual que Hadyi Murad, la capa, la carabina y el sable y colgó todo ello en la misma escarpia de que pendían las armas de su señor, quedándose sólo con el puñal y la pistola.

—¿Quién es? —preguntó el viejo a Hadyi Murad, señalando al recién llegado.

—Mi murid Se llama Eldar —dijo Hadyi Murad.

—Bien —dijo el viejo, indicando a Eldar un lugar en el fieltro al lado de Hadyi Murad.

Eldar se sentó cruzando las piernas y, sin decir palabra, clavó sus hermosos ojos de carnero en el rostro del viejo que contaba cómo la semana anterior sus muchachos habían capturado a dos soldados, habían matado a uno de ellos y enviado el otro a Shamil. Hadyi Murad escuchaba distraído, mirando la puerta y prestando oído a los ruidos de fuera. Bajo el cobertizo, delante de la vivienda, se oyeron pasos, chirrió la puerta y entró el dueño de la casa.

Ese dueño era Sado, un cuarentón de barba corta, nariz larga y ojos negros, aunque no tan brillantes como los de su hijo, el chico de quince años que había ido en su busca, quien ahora entró con su padre y se sentó junto a la puerta. Sado se quitó al entrar las sandalias de madera, empujó su viejo y raído gorro de piel hacia la nuca (que por no haber sido afeitada en mucho tiempo comenzaba a cubrirse de pelos largos) y fue a sentarse sobre los talones frente a Hadyi Murad.

Al igual que el viejo, Sado cerró los ojos, levantó las manos con las palmas hacia arriba, recitó una plegaria, se pasó las manos por la cara y sólo entonces empezó a hablar. Dijo que se había recibido orden de Shamil de capturar a Hadyi Murad vivo o muerto; que los mensajeros de Shamil se habían marchado de allí sólo la víspera, y que como la gente temía desobedecer a Shamil había que andarse con cuidado.

—En mi casa —dijo Sado—, mientras yo viva, nadie hará nada contra mi amigo. ¿Pero y fuera de ella? Habrá que pensarlo.

Hadyi Murad escuchaba atentamente, aprobando con la cabeza. y cuando Sado acabó, dijo:

—Bien. Ahora hay que enviar a los rusos a un hombre con una carta. Mi murid irá, pero necesitará un guía.

—Enviaré a mi hermano Bata —dijo Sado—. Llama a Bata —agregó, volviéndose a su hijo.

El muchacho, como movido por resorte, saltó sobre sus piernas ágiles y, a todo correr, salió de la saklya agitando los brazos. Unos diez minutos después volvió acompañado de un chechén musculoso, pernicorto, ennegrecido por el sol, vestido con chaqueta circasiana amarilla, raída, de mangas deshilachadas, y polainas negras arrugadas. Hadyi Murad cambió saludos con el recién llegado y al momento, sin perder palabras inútilmente, dijo:

—¿Puedes conducir a mi murid a los rusos?

—Sí puedo —respondió Bata rápida y alegremente—. Todo se puede. Menos yo, no hay otro chechén que pueda pasar. Otro prometería ir, pero no haría nada. Yo sí puedo.

—Bien —dijo Hadyi Murad —. Por tu trabajo recibirás tres piezas —añadió, mostrando tres dedos.

Bata indicó con un movimiento de cabeza que había comprendido, pero agregó que no lo hacía por el dinero, sino por el honor de servir a Hadyi Murad. Todo el mundo, en las montañas, conocía a Hadyi Murad y sus victorias sobre esos cerdos de rusos.

—Bien —dijo Hadyi Murad—. Una cuerda debe ser larga; un discurso debe ser corto.

—Bueno, me callo —dijo Bata.

—Donde el río Argun hace un recodo, enfrente del escarpe, hay un claro en el bosque con dos almiares. ¿Lo conoces?

—Sí.

—Allí me esperan cuatro caballistas —dijo Hadyi Murad.

—¡Aia![18] —aprobó Bata con la cabeza.

—Pregunta por Khan Magoma. Él sabe qué hacer y qué decir. ¿Puedes tú llevarle al comandante ruso, el príncipe Vorontsov?

—Lo llevaré.

—Llevarle y traerle. ¿Puedes?

—Sí puedo.

—Le llevas y le traes al bosque. Allí estaré yo.

—Haré todo eso —dijo Bata, levantándose; y poniéndose las manos en el pecho, salió.

—También hace falta mandar a un hombre a Gehi —dijo Hadyi Murad al dueño de la casa cuando salió Bata—. Mira lo que en Gehi hay que hacer —empezó a decir, llevándose la mano a las cartucheras de su abrigo circasiano; pero al momento dejó caer la mano y se calló, viendo que dos mujeres entraban en la saklya.

---

[18] Vocablo ruso que significa sí.

Una de ellas era la esposa de Sado, la misma mujer flaca de edad madura que le había colocado los cojines. La otra era una muchacha muy joven en pantalones rojos y beshmet verde, con velo hecho de monedas de plata que le cubría todo el pecho. Un rublo de plata colgaba de la punta de su trenza de pelo negro, no larga, pero sí gruesa y apretada, que le caía por la espalda entre las enjutas paletillas. Los mismos ojos negros como la endrina que tenían su padre y su hermano brillaban en su rostro juvenil que se esforzaba por parecer severo. No miró a los visitantes, pero era evidente que sentía su presencia.

La mujer de Sado traía una mesita baja y redonda con té, tortitas en mantequilla, queso, galletas y miel. La hija traía una palangana, un jarro y una toalla.

Tanto Sado como Hadyi Murad permanecieron callados mientras las mujeres, que iban y venían en sus babuchas rojas sin hacer ruido, disponían ante los visitantes lo que habían traído. Eldar, con sus ojos carneriles fijos en sus piernas cruzadas, permaneció inmóvil como una estatua durante todo el tiempo que las mujeres estuvieron en la habitación. Sólo cuando hubieron salido y se : hubo extinguido por completo el rumor de sus pasos al otro lado de la puerta, Eldar dio un suspiro de desahogo, y Hadyi Murad destapó uno de los orificios de la cartuchera, extrajo la bala y tomó de debajo de ella un pequeño rollo de papel.

—Para dársela a mi hijo —dijo, mostrando la nota.

—¿Ya dónde va la respuesta?

—A ti, Y tú me la remites.

—Así se hará —dijo Sado, metiendo el papelito en un orificio de su propia cartuchera. Luego, cogiendo el jarro con ambas manos, lo acercó a la palangana de Hadyi Murad. Éste remangó las mangas de su beshmet sobre los brazos musculosos, blancos por encima de la muñeca, y puso las manos bajo el chorro de agua fría y transparente que le vertía Sado. Después de secarse las manos en la tosca y limpia toalla, se acercó a la mesita. Eldar hizo lo propio. Mientras los visitantes comían, Sado, sentado frente a ellos, les dio las gracias repetidas veces por la visita. El muchacho, sentado junto a la puerta, no apartaba sus ojos negros y brillantes de Hadyi Murad, sonriendo como para confirmar con su sonrisa las palabras de su padre.

A pesar de no haber probado bocado en más de veinticuatro horas, Hadyi Murad comió sólo un poco de pan y queso; y sacando un cuchillito de debajo de su puñal, tomó con él un poco de miel y la untó en el pan.

—Nuestra miel es buena. Este año, más que otros, abunda mucho y es buena —dijo el viejo, visiblemente satisfecho de que Hadyi Murad probara su miel.

—Gracias —dijo Hadyi Murad, apartándose de la mesa. Eldar hubiera querido comer más, pero siguiendo el ejemplo de su jefe se apartó también de la mesa y presentó a Hadyi Murad la palangana y el jarro.

Sado sabía que, al recibir a Hadyi Murad, arriesgaba su propia vida, ya que después de la riña entre Hadyi Murad y Shamil éste había amonestado a todos los habitantes de Chechenia que no recibieran a aquél so pena de muerte. Sabía que en cualquier momento los habitantes del aoul podían enterarse de su presencia en su casa y exigir que fuera entregado. Pero esto no sólo no le arredraba, sino que le regocijaba. Sado consideraba deber suyo proteger a ¡Un huésped, aunque ello le costase la vida, y se sentía feliz y orgulloso de comportarse como era debido!

—Mientras tú estés en mi casa y mi cabeza siga en mis hombros, nadie te hará nada —repitió a Hadyi Murad.

Hadyi Murad le miró en los ojos brillantes y, comprendiendo que decía la verdad, dijo en tono un tanto solemne:

—Que te sea gozosa la vida. Sado, en silencio, se llevó las manos al pecho en señal de gratitud por esas buenas palabras.

Sado cerró las persianas y puso unas ramas secas en la chimenea.

Luego, de un humor singularmente alegre y animado, salió de la habitación y pasó a la parte de la casa en que vivía toda su familia. Las mujeres no dormían todavía y hablaban de los visitantes peligrosos que pasaban la noche bajo su techo.

2

Esa misma noche, en el fuerte avanzado de Vozdviyhensk, a quince verstas del aoul en que pernoctaba Hadyi Murat, un suboficial y tres soldados salieron del fuerte por la puerta Chahgirinskaya. Los soldados, como todos los que servían en el Cáucaso en esa época, iban vestidos de pelliza corta, gorro alto de piel de oveja y botas grandes que les llegaban por encima de las rodillas. Al hombro llevaban sus capas fuertemente enrolladas. Con los fusiles también al hombro, recorrieron primero unos quinientos pasos por el camino, luego se desviaron de él una veintena de pasos más, hollando las hojas secas, e hicieron alto junto a un sicómoro quebrado del que hasta en la oscuridad se distinguía el tronco negro. Allí, de ordinario, se situaba el puesto de escucha.

Las brillantes estrellas, que parecían ir corriendo sobre las copas de los árboles mientras los soldados marchaban por el bosque, se detuvieron ahora, centelleando entre las ramas desnudas.

—Menos mal que está todo seco —dijo el suboficial Panov, poniendo en el suelo con estrépito su largo fusil con bayoneta y apoyándolo en el tronco de un árbol. Los tres soldados hicieron lo mismo.

—En fin, que la he perdido —gruñó Panov irritado—. O me olvidé de traerla o se me ha caído en el camino.

—¿Qué es lo que buscas? —preguntó uno de los soldados con voz vigorosa y alegre.

—Mi pipa. El demonio sabe dónde se habrá metido.

—¿Tienes el tubo? — preguntó la misma voz vigorosa.

—¿El tubo? Aquí está.

—¿Y si lo clavaras en el suelo?

—¡Vaya idea!

—Eso se arregla en un instante.

Estaba prohibido fumar en el puesto de escucha, pero éste apenas podía considerarse como tal. Era más bien una avanzada que se había situado en ese lugar para que los montañeses no pudieran acercar a escondidas un cañón y disparar sobre el fuerte como ya lo habían hecho antes. Así pues, Panov no juzgó necesario privarse de fumar y aceptó la propuesta del alegre soldado. Éste sacó una navajita del bolsillo e hizo un hoyo en el suelo; luego alisó el interior, ajustó en él el tubo de la pipa e introdujo, prensándolo, el tabaco. La pipa quedó hecha. Se encendió un fósforo, que durante varios segundos iluminó los pómulos salientes del soldado tumbado boca abajo, silbó un poco el tubo y Panov olió el agradable aroma del tabaco de munición.

—¿Qué, listo ya?

—Y que lo digas.

—¡Qué tipo es este Avdeyev! ¡Qué bien se las arregla! ¿Y ahora?

Avdeyev rodó un poco de lado, y, echando humo por la boca, dejó el sitio a Panov.

Panov dio unas chupadas, y después los soldados se pusieron a charlar.

—Parece que el capitán ha metido otra vez las manos en la caja —dijo un soldado con voz cansina—. Claro, habrá perdido en el juego.

—Devolverá el dinero —dijo Panov.

—¡Por supuesto! Es un buen oficial —apoyó Avdeyev.

—Buen oficial, buen oficial —agregó sombríamente el que había empezado la conversación—. A mi modo de ver, la compañía debiera hablar con él y decirle: "Si has cogido ese dinero, dinos cuánto, y cuándo lo vas a devolver".

—Será lo que decida la compañía —comentó Panov, apartándose de la pipa.

—¡Pues claro! "La comunidad es un hombre fuerte" —afirmó Avdeyev, citando una conocida máxima.

—Pero habrá que comprar avena y remendar las botas para la primavera. Hace falta dinero para ello, y si él lo ha cogido... —insistió el descontento.

—Digo que será lo que decida la compañía —repitió Panov—. No es la primera vez. Lo coge y lo devuelve.

En aquel tiempo, en el Cáucaso, cada compañía escogía a sus propios individuos para administrarse. Recibía del Tesoro 6 rublos 50 kopeks por hombre y se aprovisionaba a sí misma: plantaba sus coles, preparaba su heno, tenía sus propios carros y se enorgullecía de sus bien nutridos caballos. El dinero de la compañía se guardaba en una caja cuya llave quedaba en manos del capitán; y a menudo sucedía que éste sacaba dinero de la caja en calidad de préstamo. Esto era lo que acababa de ocurrir, y de ello hablaban los soldados. El soldado sombrío, Nikitin, quería pedir cuentas al capitán, pero Panov y Avdeyev juzgaban que no era necesario.

Después de Panov, Nikitin fumó a su vez; luego extendió la capa en el suelo y se sentó, apoyándose en el tronco del árbol. Los soldados guardaron silencio. Sólo se oía el viento que pasaba por encima de sus cabezas, sacudiendo las copas de los árboles. De pronto, tras ese incesante y sordo arrullo, se oyó el aullido, el chillido, el gañido, el sollozo y la risa de los chacales.

—¡Vaya jaleo que arman esas malditas bestias! —comentó Avdeyev.

—Se burlan de ti porque tienes la cara de través —dijo la voz aguda del cuarto soldado, que era ucraniano.

De nuevo todo quedó en silencio: sólo el viento mecía la cima de los árboles, cubriendo y descubriendo alternativamente las estrellas.

—Vamos a ver, Antonych —preguntó de pronto el jocoso Avdeyev a Panov—. ¿Te aburres tú a veces?

—¡Vaya pregunta! —contestó Panov a regañadientes.

—Pues yo hay veces que me aburro tanto, tanto, que me parece que no sé qué hacer de mi cuerpo.

—¡Vaya, hombre! —dijo Panov.

—Aquella vez que me bebí el dinero que tenía fue por aburrimiento. Nada, que aquello se me vino encima y me dije: ¡Hala, a emborracharse!

—Sí, pero a veces, después, con la borrachera es peor.

—También me ha pasado eso. Pero ¿qué se le va a hacer?

—Y tú, ¿por qué te aburres?

—¿Yo? Porque echo de menos mi casa.

—¿Es que la vuestra era casa rica?

—No, ricos no éramos, pero teníamos un buen pasar. Vivíamos bien.

Y Avdeyev empezó a contar lo que ya había contado muchas veces a Panov.

—Pues mira, entré de voluntario en lugar de mi hermano —dijo Avdeyev—.

Él tenía cinco hijos y yo acababa de casarme. Mi madre me lo pidió. y yo pensé: "¿Por qué no? Quizá se acuerden y me lo agradezcan". Fui a ver al amo. El nuestro es bueno, y me dijo: "Eres buen chico. Anda, ve". y por eso fui en vez de mi hermano.

—Pues sí; eso estuvo bien.

—¿Pero querrás creer, Antonych, que ahora me aburro? Sobre todo porque me digo: "¿Por qué fuiste tú en lugar de tu hermano? Ahora es él el que disfruta y tú el que lo pasas mal". Y cuanto más cavilo, peor me siento. ¡Perra suerte, de seguro!

Avdeyev calló.

—¿Qué? ¿Volvemos a fumar? —preguntó tras breve pausa.

—¿Por qué no? Prepara eso.

Pero los soldados no tuvieron tiempo para ponerse a fumar. Apenas se levantó Avdeyev para colocar de nuevo el tubo de la pipa, cuando a través del susurro del viento se oyeron pasos en el camino. Panov cogió el fusil y empujó a Nikitin con el pie. Nikitin se levantó y recogió su capote. También se levantó Bondarenko.

—Pues sí, chicos, he tenido uno de esos sueños...

—Chsss... —dijo Avdeyev, y los soldados callaron para poder escuchar. Se acercaban pasos ligeros, pero no de botas. Cada vez más claramente se percibía en la oscuridad el chasquido de hojas secas y ramas rotas. Luego se oyeron los sonidos guturales de la lengua chechena. Los soldados no sólo los oían ahora, sino que vieron dos sombras que atravesaban un calvero entre los árboles. Una era más alta que la otra. Cuando las sombras llegaron a la altura de los soldados, Panov, fusil en mano, salió al camino junto con sus dos camaradas.

—¿Quién va? —gritó.

—Mí, chechen bueno —dijo el más bajo, que era Bata—. Fusil iok[19], sable iok —agregó mostrándose—. Príncipe queremos.

El más alto, sin decir palabra, se mantenía callado junto a su compañero; tampoco llevaba armas.

—Eso significa que es mensajero y quiere ver al coronel —explicó Panov a sus camaradas.

—Príncipe Vorontsov necesario... asunto grande —decía Bata.

—Bueno, bueno. Te llevaremos allá —dijo Panov—. Oye —agregó, volviéndose a Avdeyev—, tú y Bondarenko los lleváis, los entregáis al oficial de guardia y volvéis aquí y ¡mucho ojo! Tened cuidado de que vayan delante de vosotros, que éstos de las cabezas rapadas son muy astutos.

—¿Y qué me dices de esto? —preguntó Avdeyev, haciendo con el fusil y la bayoneta el gesto de pinchar a alguien—. Se lo clavo y se desinfla.

—¿Y de qué va a servir después si le pinchas? —dijo Bondarenko —.Bueno, en marcha.

Cuando cesó el ruido de los pasos de los soldados y los mensajeros, Panov y Nikitin volvieron a su puesto.

—¿Y qué demonios los trae aquí de noche? —preguntó Nikitin.

—Por lo visto algo necesario —contestó Panov—. Empieza a hacer fresco — agregó; y, desenrollando el capote, se envolvió en él y se sentó contra el árbol.

Un par de horas después volvieron Avdeyev y Bondarenko.

—¿Qué? ¿Los entregasteis? —preguntó Panov.

—Sí. En casa del coronel nadie estaba durmiendo todavía. Los llevamos directamente a él. ¡Qué tipos tan estupendos son estos cabezas rapadas! ¡Y no hemos charlado, que digamos!

—¡Tú, por supuesto, habrás charlado de lo lindo! —dijo Nikitin en tono descontento.

—Pues sí, son igualitos a los rusos. Uno está casado. "¿Mujer? —preguntó—. Mujer —contesta—. ¿Hijos? —Hijos—. ¿Muchos? —Dos —contesta—". En fin, una buena charla. Son buenos chicos.

—¡Vaya si son buenos! —exclamó Nikitin—. Si tropiezas a solas con uno te saca el mondongo.

—No tardará mucho en ser de día —dijo Panov.

---

[19] No.

—Sí, ya empiezan a apagarse las estrellas —asintió Avdeyev, sentándose. Y los soldados volvieron a guardar silencio.

3

Hacía ya buen rato que no había luz en las ventanas de los pabellones y otros edificios militares, pero las de una de las mejores casas de la fortaleza seguían todas iluminadas. Esa casa estaba ocupada por el príncipe Semron Mihailovich Vorontsov, coronel del regimiento de Kurin y ayudante de campo imperial, hijo del comandante en jefe. Vorontsov residía allí con su esposa Marya Vasilyevna, famosa beldad de Petersburgo, y vivía en ese pequeño fuerte del Cáucaso con un lujo que allí nadie había conocido hasta entonces. A Vorontsov, y en particular a su esposa, les parecía, no obstante, que allí vivía no sólo modestamente, sino con muchas privaciones; en tanto que para los caucasianos ese lujo era asombroso y extraordinario.

Ahora, a medianoche, en el gran salón alfombrado y con las cortinas corridas, los dueños de la casa y sus invitados jugaban a las cartas sentados a una mesa de juego alumbrada por cuatro bujías. Uno de los jugadores era el propio coronel Vorontsov, largo de cara y rubio de pelo, vestido de uniforme con las insignias y cordones de ayudante de campo. Su compañero de juego era un licenciado de la universidad de Petersburgo, joven desgreñado y sombrío que la princesa había contratado poco antes como tutor del hijo que había tenido de su primer marido. Contra ellos jugaban dos oficiales: uno, ancho de cara y colorado de mejillas, era el capitán Poltoratski, trasladado de la Guardia; el otro, con una expresión fría en el agraciado rostro, era el ayudante del coronel y se tenía muy tieso en su asiento. La princesa Marya Vasilyevna, mujer hermosa y de complexión fuerte, ojos grandes y cejas negras, estaba sentada junto a Poltoratski, mirándole las cartas y rozándole las piernas con su crinolina. Y en sus palabras, sus miradas, su sonrisa, en todos los movimientos de su cuerpo y en su perfume había algo que hacía a Poltoratski olvidarse de todo, salvo de la proximidad de esa mujer. Por ello cometía un error tras otro en el juego, irritando cada vez más a su compañero.

—¡Pero esto es imposible! ¡Vuelve usted a desperdiciar un as! —exclamó el ayudante, sonrojándose al ver que Poltoratski echaba un as.

Poltoratski, como si acabara de despertar, volvió sus ojos negros y bondadosos, muy apartados entre sí, al furioso ayudante.

—¡Hombre, perdónele! —dijo Marya Vasilyevna sonriendo—. Ya ve usted. ¿No se lo decía yo? —agregó volviéndose a Poltoratski.

—¡Pero si eso no es en absoluto lo que usted me dijo! —replicó Poltoratski sonriendo a su vez.

—¿De veras? —dijo ella devolviéndole la sonrisa. Y esa sonrisa emocionó y alborozó tanto a Poltoratski que enrojeció de gusto. Y recogiendo las cartas empezó a barajarlas.

—No le toca a usted barajar —dijo severamente el ayudante, quien con su mano blanca ensortijada empezó a repartir las cartas como si quisiera desprenderse de ellas cuanto antes.

El ayuda de cámara del príncipe entró en el salón y anunció que el oficial de guardia deseaba hablarle.

—Perdonen, señores —dijo Vorontsov, hablando en ruso con acento inglés—. ¿Quieres tú ocupar mi puesto, Marie?

—¿Están ustedes conformes? —preguntó la princesa levantando al instante y sin esfuerzo su elevado talle, haciendo crujir la seda de su vestido y sonriendo con la sonrisa radiante de una mujer feliz.

—Yo estoy siempre conforme con todo —contestó el ayudante, muy satisfecho de tener ahora por contrincante a la princesa, que no sabía en absoluto jugar. Poltoratski se contentó con abrir los brazos sonriendo.

Terminaba la partida cuando regresó el príncipe al salón. Volvía animado y muy alegre.

—¿Saben ustedes lo que propongo?

—A ver.

—Que bebamos champaña.

—Yo estoy siempre listo para eso —dijo Poltoratski.

—¿Por qué no? Será muy agradable —dijo el ayudante.

—¡Vasili, tráenoslo! —ordenó el príncipe.

—¿Para qué te han llamado? —preguntó Marya Vasilyevna.

—Era el oficial de guardia con otro individuo.

—¿Quién? ¿Qué? —preguntó al momento Marya Vasilyevna.

—No puedo decido —respondió Vorontsov encogiéndose de hombros.

—¿Que no puedes decido? —repitió Marya Vasilyevna—. Ya lo veremos.

Trajeron el champaña. Cada uno de los invitados bebió una copa; y habiendo terminado el juego y hecho las cuentas empezaron a despedirse.

—¿Es su compañía la que tiene que ir al bosque mañana? —preguntó el príncipe a Poltoratski.

—Sí, la mía. ¿Por qué?

—Entonces nos veremos mañana —respondió el príncipe sonriendo ligeramente.

—Me alegro mucho —dijo Poltoratski, quien pensando sólo en que iba a estrechar seguidamente la larga mano blanca de Marya Vasilyevna, no entendía cabalmente lo que le decía Vorontsov.

Marya Vasilyevna, como siempre, no sólo estrechó, sino que sacudió con fuerza la mano de Poltoratski y recordándole una vez más el error que había cometido al deshacerse de los oros que le habían tocado en suerte, le miró con una sonrisa que al capitán le pareció encantadora, acariciante y significativa.

Poltoratski tomó el camino de su casa en un estado de ánimo que sólo logran comprender aquellos hombres que, como él, se crían y educan en sociedad y, tras varios meses de vida militar solitaria, se encuentran de nuevo con una mujer de su antigua condición social, sobre todo si esa mujer se parece a la princesa Vorontsova.

Al llegar a la casita en que vivía con un camarada empujó la puerta de entrada, pero la encontró cerrada con picaporte. Llamó, pero la puerta siguió sin abrirse. Enfadado, se puso a repiquetear en la puerta con el pie y el sable. Tras la puerta se oyeron pasos y Vavilo, su siervo doméstico, desenganchó el picaporte.

—¿A qué viene cerrar la puerta con picaporte, idiota?

—¿Pero cómo era posible, señor...?

—Borracho otra vez. Ahora verás cómo te enseño si "era posible"... Y estuvo a punto de pegarle, pero cambió de parecer.

—¡Bueno, vete al infierno! Enciende una bujía.

—En seguida. Vavilo, en efecto, estaba borracho. Había bebido por haber ido a felicitar al sargento furriel en el día del santo de éste. De vuelta en su casa empezó a comparar su vida con la de Ivan Matveich, el sargento furriel. Ivan Matveich tenía algún dinero, estaba casado y esperaba que lo licenciaran al cabo de un año, Vavilo, por su parte, había entrado de muchacho a servir, había pasado ya de los cuarenta, no estaba casado y vivía en campaña con el tarambana de su amo. Éste era una buena persona y apenas le pegaba, pero ¿qué clase de vida era ésa? "Prometió que me daría la libertad a su regreso del Cáucaso. ¿Pero a dónde voy yo con mi libertad? ¡Perra vida!" —pensaba Vavilo. Había tenido tanto sueño que había cerrado la puerta con picaporte para que nadie entrara a robar, y después se había quedado dormido.

Poltoratski entró en el cuarto que compartía con su camarada Tihonov.

—¿Qué? ¿Has perdido? —preguntó Tihonov, despertándose.

—No, señor. He ganado diecisiete rublos y nos hemos bebido una botella de Cliquot.

—¿Y has mirado a Marya Vasilyevna?

—Y he mirado a Marya Vasilyevna —repitió Poltoratski.

—Habrá que levantarse pronto —dijo Tihonov—. Salimos a las seis.

—Vavilo —gritó Poltoratski—. ¡Pon cuidado en despertarme sin falta mañana a las cinco!

—¿Cómo voy a despertarle si me contesta usted a puñetazos?

—Te digo que me despiertes. ¿Me oyes?

—Le oigo.

Vavilo salió, llevándose las botas y la ropa de su amo.

Poltoratski se acostó, se fumó sonriendo un cigarrillo y apagó la bujía.

En la oscuridad veía ante sí el rostro sonriente de Marya Vasilyevna.

Los Vorontsov no se acostaron en seguida. Cuando se fueron los invitados, Marya Vasilyevna se acercó a su marido y enfrentándose con él dijo severamente:

—Bueno, vamos a ver. Me vas a decir de qué se trata —dijo ella en francés.

—Pero querida mía... —respondió él en la misma lengua.

—Nada de "querida mía". Era un mensajero, ¿verdad?

—Aun suponiendo que lo sea, no te lo puedo decir.

—¿Que no puedes? Entonces soy yo quien te lo dirá.

—¿Tú?

—Hadyi Murad, ja que sí! —dijo la princesa, que unos días antes había oído hablar de gestiones con Hadyi Murad y suponía que éste había venido en persona.

Vorontsov no pudo negarlo, pero engañó a su mujer diciendo que no había visto a Hadyi Murad, sino sólo a un mensajero de éste. Y explicó que Hadyi Murad vendría a verle al día siguiente en el lugar designado para el corte de la leña.

En la vida monótona del fuerte ese acontecimiento colmó de gozo a los jóvenes Vorontsov —marido y mujer—. Hablando de la alegría con que el padre del príncipe recibiría la noticia, se acostaron después de las dos de la madrugada.

4

Después de las tres noches que sin pegar ojo había pasado huyendo de los murids que Shamil había lanzado tras él, Hadyi Murad se quedó dormido tan pronto como Sado salió de la cabaña dándole las buenas noches. Dormía sin desnudarse, apoyado en un brazo, con el codo hundido en los rojos cojines de plumas que el dueño de la casa le había dispuesto.

No lejos de él, junto a la pared, dormía Eldar. Éste yacía boca arriba, con sus miembros fuertes y juveniles en cruz, tanto así que su pecho vigoroso, con las cartucheras negras sobre la cherkeska[20] blanca, estaba más alto que su cabeza azulada y recién afeitada, caída hacia atrás fuera del cojín. El labio superior, en el que apenas apuntaba una sombra de bozo, sobresalía un poco del inferior, como sucede en los niños. Los labios se abrían y cerraban alternativamente, como si estuviera bebiendo a pequeños sorbos. Al igual que Hadyi Murad, dormía enteramente vestido, con la pistola y el puñal en la cintura. La leña se había consumido en la chimenea de la cabaña y la lamparilla apenas brillaba en su nicho.

En medio de la noche chirrió la puerta del cuarto. Hadyi Murad se levantó al instante y cogió la pistola. Sado entró, pisando suavemente sobre el suelo de tierra.

—¿Qué hay? —preguntó Hadyi Murad, como si no hubiese dormido.

—Hay que pensar —respondió Sado, sentándose a la turca delante de él—. Una mujer te ha visto pasar desde su tejado. Se lo ha dicho a su marido y ahora todo el aoul lo sabe. Una vecina acaba de decir a mi mujer que los ancianos se han reunido en la mezquita y quieren detenerte.

—Tengo que irme —dijo Hadyi Murad.

—Los caballos están listos —dijo Sado, saliendo a toda prisa de la cabaña.

—Eldar —susurró Hadyi Murad, y Eldar, al oír su nombre y, sobre todo, la voz de su amo, se levantó de un salto enderezándose el gorro. Hadyi Murad tomó sus armas y se puso la capa. Eldar hizo lo mismo. Y ambos, en silencio, salieron de la cabaña al cobertizo. El muchacho de

---

[20] Túnica larga, ajustada y sin cuello, con cartucheras que se cruzan sobre el pecho.

135

los ojos negros trajo los caballos. Al ruido de los cascos sobre la tierra apisonada de la calle asomó una cabeza por la puerta de una cabaña vecina y, con mucho traqueteo de zuecos, un hombre subió corriendo la cuesta hacia la mezquita.

No había luna, pero brillaban las estrellas en el cielo negro, y en la oscuridad se distinguía el perfil de los tejados de las cabañas. Descollando sobre otros edificios se veía el de la mezquita con su minarete en la parte alta de la aldea. De la mezquita llegaba el rumor de voces.

Hadyi Murad, asiendo rápidamente la carabina, puso el pie en el angosto estribo y, silenciosa y ágilmente, saltó inclinándose sobre el alto cojín de la silla.

—¡Dios os lo pague! —dijo, volviéndose hacia su anfitrión, mientras instintivamente buscaba el otro estribo con el pie derecho y tocaba ligeramente con el látigo al muchacho que le tenía sujeto el caballo para que le soltara. El muchacho se apartó, y el caballo, como si hubiese sabido por sí mismo lo que había que hacer, arrancó a paso vivo por la callejuela hacia la calle principal. Eldar cabalgaba detrás de él. Sado, en su pelliza, haciendo gestos con los brazos, iba tras ellos casi corriendo, pasando de un lado a otro de la callejuela. A la salida, en la encrucijada, surgió primero una sombra que se movía y luego otra.

—¡Alto! ¡Quién va? ¡Deteneos! —gritó una voz, y varios hombres obstruyeron el camino.

En lugar de detenerse, Hadyi Murad sacó la pistola del cinto y, acelerando el paso de su caballo, lo lanzó directamente contra esos hombres. Ellos se apartaron, y Hadyi Murad, sin mirar atrás, bajó la cuesta a paso de ambladura. Eldar le siguió a buen trote. Tras ellos sonaron dos disparos y dos balas pasaron silbando sin alcanzar a ninguno de los dos.

Hadyi Murad continuó su camino al mismo compás. Unos trescientos pasos más adelante detuvo el caballo, que jadeaba un tanto, y aguzó el oído.

Delante y por debajo de él zumbaba un torrente. Detrás, en el aoul, cantaban los gallos, respondiéndose unos a otros. Por encima de esos sonidos oía tras sí el galopar de caballos y voces de hombres que se acercaban. Hadyi Murad arreó a su caballo y continuó su marcha a paso regular.

Los que le perseguían venían al galope y pronto le alcanzaron. Eran unos veinte caballistas, vecinos del aoul que habían decidido detenerle o, al menos, hacer como si quisieran detenerle a fin de justificarse a los ojos de Shamil. Cuando se acercaron lo bastante para ser vistos en la oscuridad, Hadyi Murad se detuvo, soltó las riendas, y con un movimiento habitual de la mano izquierda, desabrochó la funda de su carabina y la sacó con la mano derecha. Eldar hizo lo mismo.

—¿Qué pasa? —gritó Hadyi Murad—. ¿Es que queréis prenderme? ¡Pues, hala, prendedme! —y levantó la carabina. Las gentes del aoul se detuvieron.

Hadyi Murad, con la carabina en la mano, empezó a bajar la cuesta de la cañada. Los caballistas, sin acercarse, iban tras él. Cuando Hadyi Murad hubo pasado al otro lado de la cañada, sus perseguidores les dijeron a gritos que escuchara lo que querían decide. En respuesta, Hadyi Murad disparó y puso su caballo al galope. Cuando lo detuvo, ya no oyó tras sí ni el ruido de la persecución ni el canto de los gallos; ahora bien, se oían más claramente en el bosque el rumor del agua y, de vez en cuando, el canto sollozante del búho. El negro muro del bosque estaba ya muy cerca. Era el bosque en el que le esperaban sus murids. Al llegar al lindero, Hadyi Murad hizo alto, infló cuanto pudo los pulmones, silbó y se puso a escuchar. Un minuto después se oyó un silbido semejante. Hadyi Murad se apartó del camino y se internó en la espesura. Al cabo de cien pasos vislumbró por entre los troncos de los árboles una hoguera, sombras de hombres sentados alrededor de ella y un caballo trabado, con la silla puesta, alumbrado a medias por las llamas.

Uno de los que estaban sentados junto al fuego se puso al momento de pie y se acercó a Hadyi Murad, asiendo la brida y el estribo de la montura. Era el ávaro Hanefi, a quien Hadyi Murad llamaba hermano y a quien tenía como administrador.

—Apagad el fuego —dijo Hadyi Murad, deslizándose del caballo. Los hombres empezaron a esparcir la hoguera y a pisar los tizones para extinguidos—. ¿Ha estado aquí Bata? —preguntó Hadyi Murad, acercándose a una capa extendida en el suelo.

—Estuvo, pero hace mucho que se fue con Khan Magoma.

—¿Por qué camino se fueron?

—Por ése —contestó Hanen, apuntando al lado opuesto a aquél por el que había venido Hadyi Murad.

—Bueno —dijo Hadyi Murad. Y quitándose la carabina empezó a cargarla—. Hay que tener cuidado. Han venido persiguiéndome —dijo, volviéndose al hombre que apagaba el fuego.

Éste era el checheno Gamzalo. Gamzalo fue a donde estaba la capa, cogió una carabina que en su funda estaba encima de ella y, sin decir palabra, se dirigió al borde del calvero por donde había venido Hadyi Murad. Eldar se bajó de su caballo, tomó el de Hadyi Murad y, levantándoles mucho la cabeza los ató a sendos árboles ; luego, al igual que Gamzalo, se dirigió al extremo opuesto del calvero con la carabina al hombro. El fuego estaba apagado, el bosque no parecía tan negro como antes y en el cielo, aunque débilmente, brillaban las estrellas.

Hadyi Murad echó un vistazo a las estrellas, a las Pléyades, que habían llegado ya al cénit, por lo que coligió que la medianoche estaba ya lejos y que desde hacía largo rato había pasado la hora de la oración nocturna.

Pidió a Hanen el jarro que éste llevaba siempre en su bolsa, se p uso la capa y fue al arroyo.

Después de descalzarse y hacer sus abluciones, Hadyi Murad puso los pies desnudos sobre la capa, se sentó a la turca y, tapándose los oídos con los dedos y cerrando los ojos, se volvió hacia el este y recitó las oraciones acostumbradas.

Terminadas éstas, volvió al sitio en que estaban sus alforjas, se sentó en la capa y, apoyando los brazos en las rodillas, se sumió en sus cavilaciones.

Hadyi Murad creía siempre en su buena suerte. Cuando iniciaba alguna empresa estaba seguro por anticipado de que le saldría bien, y todo le salía bien. y ello había sido así en el curso entero de su agitada vida de guerrero, con contadas excepciones; y así esperaba que también sería esta vez. Se imaginaba que, con el ejército que le daría Vorontsov, atacaría a Shamil, le haría prisionero y se vengaría de él; que el zar de Rusia le recompensaría y que, de ese modo, volvería a adueñarse, no sólo de la Avaria, sino de toda la Chechnya, que se le sometería. Con estos pensamientos no se dio cuenta de que estaba dormido.

Vio en sueños cómo él y sus muchachos cantaban y gritaban "¡Aquí está Hadyi Murad!", cómo caía sobre Shamil, hacía prisioneros a él y a sus mujeres y oía el llanto y los sollozos de éstas. Se despertó. La canción "Lya illaha" y el grito "Aquí está Hadyi Murad", así como el llanto de las mujeres de Shamil eran aullidos, sollozos y risotadas de los chacales que le habían despertado. Hadyi Murad levantó la cabeza, miró el cielo que ya clareaba en oriente por entre los troncos de los árboles y preguntó por Khan Magoma a uno de los murids sentado a pocos pasos de él. Al saber que Khan Magoma aún no había vuelto, Hadyi Murad dejó caer la cabeza y volvió a adormecerse.

Le despertó la voz gozosa de Khan Magoma que volvía con Bata de su misión. Khan Magoma se sentó al momento junto a Hadyi Murad y empezó a referirle su encuentro con los soldados que le habían conducido al mismísimo príncipe, su coloquio con éste, la alegría del príncipe y la promesa de reunirse con ellos a la mañana siguiente en el lugar donde los rusos iban a cortar leña, detrás de Michik, en el calvero Shalinski. Bata interrumpía el relato de su compañero para inyectar en él sus propios detalles.

Hadyi Murad pidió que le repitieran exactamente las palabras con que Vorontsov había respondido a su propuesta de pasarse a los rusos. Khan Magoma y Bata, al unísono, dijeron que el príncipe había prometido recibir a Hadyi Murad como su propio invitado y hacer que quedase contento.

Hadyi Murad quiso enterarse de la ruta, y cuando Khan Magoma le aseguró que la conocía bien y que le llevaría directamente allá, Hadyi Murad tomó dinero y dio a Bata los tres rublos que le había prometido. A sus muchachos les mandó que le sacaran de sus alforjas sus armas incrustadas de oro y su gorro alto con turbante, y que se lavaran para presentarse ante los rusos con buena facha. Mientras limpiaban las armas, la silla, los arneses y los caballos, palidecieron las estrellas, se hizo plenamente de día y se levantó la brisa ligera que sirve de nuncio a la aurora.

5

Por la mañana temprano, cuando aún estaba oscuro, salieron por la puerta Chahgirinskaya dos compañías al mando de Poltoratski, las cuales, provistas de hachas, fueron a unas diez verstas del fuerte; llegadas allí, apostaron como medida de protección una línea de tiradores y cuando fue de día empezaron a cortar leña. A eso de las ocho, la niebla, mezclada con el humo aromático de las ramas secas que ardían crepitando en las hogueras, comenzó a disiparse, y los leñadores —que hasta entonces no habían visto nada a seis pasos y sólo se oían unos a otros pudieron distinguir las fogatas y el camino que, obstruido por troncos de árboles, atravesaba el bosque. El sol asomaba a veces como tina mancha clara en la niebla y a veces se escondía. En el calvero, a alguna distancia del camino, estaban sentados en unos tambores Poltoratski y su teniente Tihonov, además de dos oficiales de la tercera compañía y un ex oficial de Guardias, el barón Freze, degradado por duelo y antiguo camarada de Poltoratski en el Cuerpo de Pajes. Esparcidos por el suelo alrededor de los tambores había papeles que habían sido envoltura de fiambres, amén de colillas de cigarros y botellas vacías. Los oficiales habían tomado un refrigerio acompañado de vodka y ahora bebían cerveza negra. Un soldado—tambor descorchaba la octava botella. Poltoratski, no obstante haber dormido apenas, se hallaba en el estado de agilidad mental e irresponsable buen humor que siempre mostraba ante sus soldados y camaradas dondequiera que pudiese correr algún peligro.

Los oficiales charlaban animadamente acerca de la última noticia: la muerte del general Sleptsov. Ninguno de ellos veía en esa muerte el supremo momento de la vida, o sea, su acabamiento y el retorno a su origen. Sólo veían el arrojo de un valiente oficial que, sable en mano, se había lanzado contra los montañeses y luchado encarnizadamente con ellos. Todos los presentes, y en especial los que habían participado en batallas de esa índole, sabían, o podían saber, que en una guerra como la de entonces en el Cáucaso —mejor dicho, en una guerra cualquiera o en cualquier parte no se luchaba cuerpo a cuerpo sable en mano, como de ordinario se supone y se describe; y que si se utiliza el sable o la bayoneta es para aniquilar a los que huyen. Sin embargo, todos ellos aceptaban la fábula del cuerpo a cuerpo y derivaban de ella un orgullo apacible y gozoso; y, sentados en los tambores, unos en postura de héroes, otros por el contrario en actitud sumamente modesta, fumaban, bebían, bromeaban, sin preocuparse de la muerte que, como en el caso de Sleptsov, podía sobrevenirle a cualquiera de ellos en el momento menos pensado. Y, en efecto, como para confirmar su espera de algún acontecimiento, en medio de su coloquio se oyó a la izquierda del camino el agradable sonido, seco y agudo, de un tiro de carabina, y una bala cruzó el aire brumoso silbando alegremente y fue a hundirse en un árbol. La voz bronca de unos fusiles contestó al disparo enemigo.

—¡Ajá! —gritó regocijado Poltoratski—. ¡Están hostilizando a la línea!

Bueno, amigo Kostya —agregó, volviéndose a Freze—. Aquí tienes tu oportunidad. Vuelve a tu compañía. Vamos a disfrutar de una batalla deliciosa. ¡Un espectáculo de primera!

El degradado barón se levantó de un salto y a paso ligero se encaminó a la zona de humareda en que estaba su compañía. Trajeron a Poltoratski su pequeño Kabarda rucio, se instaló en la silla, agrupó a su compañía y la puso en marcha hacia donde habían sonado los disparos. La línea se hallaba en el lindero del bosque, a lo largo de una barranca desnuda de vegetación; el viento soplaba hacia el bosque y se veían claramente las dos vertientes de la barranca.

Cuando Poltoratski llegó a la línea el sol salía de la niebla, y al lado opuesto de la barranca, al borde de un bosquecillo que estaba a unos doscientos pasos, distinguió a unos caballistas. Eran los chechenes que habían perseguido a Hadyi Murad y querían ver cómo éste se entregaba a los rusos. Uno de ellos había disparado contra la línea, y desde ésta algunos soldados habían respondido. Los chechenes se habían retirado y había cesado el tiroteo. Pero cuando Poltoratski llegó con su compañía mandó disparar, y apenas hubo dado la voz de mando cuando por toda la línea se oyó un estallido vivo, jubiloso e ininterrumpido de fusiles, acompañado de bocanadas de humo que se disipaban graciosamente. Los soldados, regocijados por esta distracción, se apresuraban a cargar y disparar racha tras racha. Los chechenes, por lo visto, se envalentonaron y, avanzando al galope, dispararon uno tras otro varias veces contra los rusos. Uno de sus disparos hirió a un soldado. Éste era el mismo Avdeyev que había salido en patrulla. Cuando sus camaradas se acercaron a él lo encontraron boca abajo, asiéndose el vientre con ambas manos y oscilando acompasadamente de un lado para otro.

—Yo había empezado a cargar el fusil cuando oí "¡chic!" —dijo el soldado que formaba pareja con el herido—. Miro y veo que éste había dejado caer su fusil.

Avdeyev pertenecía a la compañía de Poltoratski. Al ver agruparse a los soldados, Poltoratski se acercó a ellos.

—¿Qué pasa, chico? ¿Te han dado? ¿Dónde? Avdeyev no contestó.

Yo había empezado a cargar mi fusil, mi capitán —repitió el camarada de Avdeyev cuando oí "¡chic!". Miro y veo que había dejado caer su fusil.

—Te, te —dijo Poltoratski, chascando la lengua—. ¿Te duele, Avdeyev?

—¿Que si me duele? No, pero ahora no puedo andar... Quisiera un traguito, mi capitán.

Encontraron el vodka, mejor dicho, el brebaje que beben los soldados en el Cáucaso, y Panov, frunciendo el ceño, lo trajo a Avdeyev en un cacharro. Avdeyev empezó a beber, pero en seguida lo rechazó.

—Mi alma se revuelve contra eso... Bébetelo tú.

Panov apuró el contenido. Avdeyev trató una vez más de incorporarse y volvió a caer. Extendieron un capote en el suelo y lo acostaron.

—Mi capitán, viene el coronel —anunció el ayudante a Poltoratski.

—Bien. Ocúpate de él —dijo Poltoratski. y haciendo un molinete con su látigo fue rápidamente al encuentro de Vorontsov.

Éste venía montado en un joven alazán inglés de pura sangre. Estaba acompañado de su edecán, de un cosaco y de un intérprete chechen.

—¿Qué pasa por aquí? —preguntó a Poltoratski.

—Que una guerrilla enemiga ha atacado a la línea —respondió Poltoratski.

—¡Vaya, vaya! Y son ustedes los que han comenzado. —No he sido yo, príncipe —contestó Poltoratski sonriendo—. Son ellos los que han venido por su cuenta.

—He oído decir que un soldado ha resultado herido.

—Sí. Una lástima. Es un buen soldado.

—¿Grave?

—Por lo visto, sí. En el vientre.

—Y yo, ¿sabe usted a dónde voy?

—No lo sé.

—¿Ni tampoco lo adivina?

—Tampoco.

—Hadyi Murad se pasa a nuestro lado. Estará ahí en seguida.

—¡Imposible!

—Ayer vino un mensajero suyo —dijo Vorontsov, conteniendo con dificultad una sonrisa de gozo—. Estará esperándome ya en el calvero Shalin. Así pues, extienda usted la línea de tiradores hasta allí y después venga a reunirse conmigo.

—A sus órdenes —dijo Poltoratski llevándose la mano al gorro y volviendo a su compañía. Él mismo extendió la línea hacia la derecha y ordenó a su ayudante que hiciese lo propio hacia la izquierda. Mientras tanto unos soldados llevaron al herido al fuerte.

Poltoratski volvía para reunirse con Vorontsov cuando vio tras sí a unos caballistas que querían alcanzarle. Se detuvo y los esperó.

Al frente de ellos, en un caballo de blanda crin, venía un hombre de aspecto imponente vestido de cherkeska blanca, con un turbante sobre su gorro de piel y armas con incrustaciones de oro. Este hombre era Hadyi Murad. Se acercó a Poltoratski y le dijo algo en lengua tártara. Poltoratski arqueó las cejas, abrió los brazos en señal de que no comprendía nada y sonrió. Hadyi Murad contestó a la sonrisa con otra, y esa sonrisa impresionó a Poltoratski por su candor infantil. Éste no esperaba ver al terrible montañés con tal aspecto. Esperaba ver a un hombre sombrío, áspero, extraño, y el que tenía delante era un hombre sencillísimo que sonreía con una sonrisa tan buena que no parecía un extraño, sino un antiguo conocido. En él se notaba sólo un rasgo especial: tenía los ojos muy separados uno de otro, que fijaba atenta y serenamente, con sagacidad, en los ojos de los demás.

La escolta de Hadyi Murad se componía de cuatro hombres. Entre ellos estaba ese Khan Magoma que la noche antes había venido a encontrarse con Vorontsov. Era un sujeto carirredondo, colorado de tez, de ojos negros brillantes y sin párpados, que parecía rebosar de vida. Había también otro hombre, rechoncho, velludo, de cejas protuberantes: era el tavlin[21] Hanefi, administrador de toda la hacienda de Hadyi Murad. Conducía por la brida un caballo cargado de alforjas enteramente repletas. Pero en la escolta había otros dos individuos que se distinguían de modo particular: uno era joven, enjuto de talle como una mujer pero ancho de hombros, de incipiente barba rubia, guapo y con ojos de carnero: era Eldar; y el otro, tuerto, sin párpados ni pestañas, de corta barba rojiza, con una cicatriz que le cruzaba la nariz y todo el rostro: el chechen Gamzalo.

Poltoratski señaló a Hadyi Murad a Vorontsov, que se acercaba por el camino. Hadyi Murad fue hacia él, y al llegar cerca se llevó la mano al pecho, dijo algo en tártaro y se detuvo. El intérprete chechen tradujo:

—Me pongo – dice— en manos del zar ruso. Quiero –dice— servirle. Hace ya tiempo que quería hacerlo —dice—, pero Shamil no me soltaba.

Vorontsov escuchó al intérprete y alargó a Hadyi Murad la mano enguantada en piel. Hadyi Murad miró la mano, aguardó un segundo, pero luego la apretó con fuerza y dijo algo más, mirando alternativamente al intérprete y a Vorontsov.

—Dice que no quería entregarse a nadie sino a ti, porque tú eres hijo del Sirdar. A ti te estima mucho.

Vorontsov inclinó la cabeza en señal de gratitud. Hadyi Murad dijo algo más, señalando a su escolta.

—Dice que éstos son sus murids, y que servirán a los rusos como le sirven a él mismo.

---

²¹ Montañés.

Vorontsov los miró y también inclinó la cabeza. El alegre Khan Magoma, el de los ojos negros sin párpados, hizo un gesto parecido de cabeza y dijo por lo visto algo divertido a Vorontsov, porque el ávaro velludo descubrió al sonreír su blanca dentadura. Pero el pelirrojo Gamzalo sólo dirigió a Vorontsov una mirada fugaz de su único ojo y la volvió de nuevo a las orejas de su caballo.

Cuando Vorontsov y Hadyi Murad, acompañados de la escolta, tomaron el camino del fuerte, los soldados, tras el relevo de la línea y reunidos en grupo, comenzaron sus comentarios:

—¡A cuánta gente no habrá matado ese maldito! ¡Pero espera y verás los obsequios que ahora le harán! —dijo uno.

—¡Y que lo digas! Ha sido la mano derecha de Shamil. Ahora puede ser que...

—En todo caso, hay que reconocer que tiene buena facha... ¡Un verdadero dytgit[22]!

—Y ese pelirrojo, el del ojo de través...

—Un mierda, de seguro.

Todos habían notado al pelirrojo en particular.

De los soldados que cortaban leña, los más cercanos vinieron corriendo a mirar. Un oficial les lanzó un grito, pero Vorontsov lo detuvo.

—¡Déjalos que miren a su viejo enemigo! ¿Tú sabes quién es?

—No, Excelencia.

—Hadyi Murad. ¿Has oído hablar de él?

—¡Cómo no, Excelencia! Le hemos arreado de lo lindo muchas veces.

—¡Y bien que nos lo ha devuelto!

—Exactamente, Excelencia —respondió el soldado, gozoso de haber tenido ocasión de hablar con su jefe.

Hadyi Murad comprendió que se hablaba de él, y una sonrisa alegre brillaba en sus ojos. Vorontsov volvió al fuerte en excelente estado de ánimo.

6

Vorontsov estaba satisfecho de haber sido él, precisamente él, quien había conseguido atraer y recibir al principal enemigo de Rusia, el más poderoso después de Shamil. Sólo había un detalle desagradable: el comandante en jefe de las tropas de Vozdviyhensk era el general

---

[22] Caballista y tirador certero.

Meller—Zakomelski y, de hecho, lo correcto hubiera sido que el asunto de Hadyi Murad se resolviera por mediación: de éste. Sin embargo, Vorontsov lo había gestionado todo por sí mismo, sin dar cuenta al general, lo cual podía acarrear consecuencias enojosas. Y esa posibilidad enturbiaba un tanto su satisfacción.

Al acercarse a su residencia, Vorontsov confió a su edecán los murids de Hadyi Murad y él mismo condujo a éste a su casa.

La princesa Marya Vasilyevna, vestida con esmero, sonriente y en compañía de su hijo, guapo muchacho de dieciséis años y pelo rizado, recibió en el salón a Hadyi Murad; y éste, poniéndose las manos sobre el pecho, dijo con cierta solemnidad por medio del intérprete que le acompañaba que se consideraba kunak del príncipe, puesto que éste le había recibido en su casa, y que toda la familia del kunak le era tan sagrada como el kunak mismo. Tanto el aspecto como los modales de Hadyi Murad agradaron a Marya Vasilyevna. El hecho de que aquél se hubiera turbado y ruborizado cuando ella le alargó su larga mano blanca también fue de su agrado. Le invitó a sentarse, le preguntó si bebía café y se lo hizo servir, pero Hadyi Murad rehusó tomarlo cuando se lo sirvieron. Él entendía un poco el ruso, pero no podía hablarlo; y cuando no comprendía se sonreía, sonrisa que agradaba a Marya Vasilyevna como había agradado a Poltoratski. El muchacho de los rizos y ojos vivos, a quien su madre llamaba Bulka, de pie junto a ésta, no apartaba la vista de Hadyi Murad, de quien había oído decir que era un guerrero sin par.

Dejando a Hadyi Murad con su mujer, Vorontsov pasó a la oficina del regimiento para informar a sus superiores de la acción de Hadyi Murad.

Después de redactar un despacho al general Kozlovski, comandante del ala izquierda en Grozny, y de escribir una carta a su propio padre, Vorontsov se apresuró a volver a su casa, temiendo el descontento de su esposa por haberla dejado sola con un hombre extraño y terrible, con quien convenía comportarse de modo que no se ofendiera, pero sin tratarle con demasiada afabilidad. Ahora bien, su inquietud fue innecesaria. Hadyi Murad estaba sentado en su sillón, con Bulka, hijastro de Vorontsov, sobre las rodillas; y con la cabeza inclinada escuchaba atentamente lo que le decía el intérprete traduciendo las palabras de la risueña Marya Vasilyevna. Ésta le decía que si regalaba a cada kunak[23] lo que ese kunak elogiaba, pronto se quedaría tan desnudo como Adán...

A la entrada del príncipe, Hadyi Murad levantó de sus rodillas al sorprendido e irritado Bulka y se levantó, trocando al momento la expresión festiva de su rostro en otra grave y severa. Sólo tomó asiento cuando lo hizo Vorontsov. Continuando la conversación, dijo a Marya Vasilyevna que era ley de su pueblo dar a un kunak todo aquello que a éste le gustase.

—Hijo tuyo... kunak —dijo en ruso, acariciando el pelo rizado de Bulka, que se había vuelto a sentar en sus rodillas.

—Tu bandolero es encantador —dijo en francés Marya Vasilyevna a su marido—. Bulka admiró su puñal y él se lo ha regalado.

Bulka mostró el puñal a su padre.

—Es un objeto valioso —comentó la madre en francés. —Habrá que encontrar ocasión de hacerle un regalo —dijo Vorontsov en la misma lengua.

Hadyi Murad, sentado, bajó los ojos y acariciando la cabeza del muchacho dijo:

—Dyzgít, dyigit.

—Precioso puñal, precioso —soltó el comentario Vorontsov, sacando a medias el afilado y puntiagudo puñal, que tenía una estría en mitad de la hoja—. Dale las gracias —dijo al intérprete—. Y pregúntale en qué puedo servirle.

El intérprete tradujo y Hadyi Murad respondió al momento que él no necesitaba nada, pero sí pedía que le llevaran ahora a un lugar donde pudiera recitar sus oraciones. Vorontsov llamó al mayordomo y le ordenó que cumpliera el deseo de Hadyi Murad.

Tan pronto como Hadyi Murad quedó solo en el aposento que se le había destinado, su rostro cambió de aspecto: desapareció la expresión medio festiva y medio solemne y fue reemplazada por otra de preocupación.

El recibimiento de que le había hecho objeto Vorontsov había sido mucho mejor de lo que había esperado. Pero cuanto mejor había sido ese recibimiento, tanta menor confianza tenía Hadyi Murad en Vorontsov y sus oficiales. Lo temía todo: que lo prendiesen, lo cargasen de cadenas y lo enviasen a Siberia, o que 'sencillamente lo matasen. Así pues, debería estar sobre aviso.

Preguntó a Eldar, que entró a vede, dónde habían metido a los murids, dónde estaban los caballos y si a sus hombres les habían quitado las armas.

Eldar contestó que los caballos se hallaban en la cuadra del príncipe, los hombres estaban en un pajar cón sus armas y el intérprete les estaba obsequiando con comida y té.

Perplejo, Hadyi Murad sacudió la cabeza y, desnudándose, se entregó a su oración. Una vez que la hubo acabado, pidió su puñal de plata y, ya vestido y fajado, se sentó en una otomana a esperar lo que ocurriese.

A las cinco le llamaron para que fuese a comer con el príncipe.

En la comida Hadyi Murad no comió nada, salvo pilaf[24], que tomó del mismo lugar del plato de donde se había servido Marya Vasilyevna.

—Teme que le envenenemos —le dijo Marya Vasilyevna a su marido—. Se ha servido del mismo sitio que yo. Y seguidamente se volvió a Hadyi Murad, preguntándole por medio del intérprete cuándo volvería a orar. Hadyi Murad levantó cinco dedos y apuntó al sol.

—Por lo visto, pronto.

Vorontsov sacó su reloj y apretó el muelle. El reloj dio las cuatro y cuarto. Hadyi Murad, evidentemente sorprendido por el sonido, pidió que se repitiera y miró el reloj.

—Ahí tienes la ocasión. Dale el reloj —dijo Marya Vasilyevna en francés.

Vorontsov ofreció al momento el reloj a Hadyi Murad. Éste se llevó la mano al pecho y tomó el reloj. Apretó el muelle varias veces, escuchó y movió la cabeza en señal de aprobación.

Después de la comida anunciaron al príncipe que había llegado un ayudante de Meller—Zakomelski. El ayudante notificó al príncipe que el general, enterado de la llegada de Hadyi Murad, estaba muy descontento de que no se le hubiese dado cuenta de ello y exigía que se le enviase al instante. Vorontsov dijo que inmediatamente se cumpliría la orden del general y, habiéndoselo dicho por medio del intérprete a Hadyi Murad, rogó a éste que fuese con él a ver a Meller.

Al enterarse Marya Vasilyevna de por qué había venido el ayudante comprendió al momento que entre su marido y el general podía surgir algún roce desagradable y, a pesar de las objeciones de su marido, se dispuso a ir con él y Hadyi Murad a casa del general.

---

[24] Arroz

—Harías bien en quedarte. Éste es asunto mío, no tuyo —dijo Vorontsov en francés.

—No puedes impedirme que vaya a ver a la esposa del general —objetó ella en la misma lengua.

—Podrías ir en otra ocasión.

—Quiero ir ahora.

No había nada que hacer. Vorontsov consintió y fueron los tres. Cuando entraron en casa de Meller, éste, con sombría compostura, condujo a Marya Vasilyevna a donde estaba su esposa y ordenó a su ayudante que acompañase a Hadyi Murad a la antecámara y no le dejase salir.

—Por favor —dijo a Vorontsov, abriendo la puerta de su despacho y haciendo pasar al príncipe delante de él.

Dentro del despacho se plantó delante del príncipe y sin invitarle a sentarse dijo:

—Yo soy aquí el comandante en jefe y, por lo tanto, toda negociación con el enemigo es de mi incumbencia. ¿Por qué no me dio usted cuenta de la rendición de Hadyi Murad?

—Vino a verme un mensajero para comunicarme el deseo de Hadyi Murad de rendirse a mí —respondió Vorontsov, quien, pálido de agitación, esperaba una grosería del furioso general seguida de su propia explosión de ira.

—Le pregunto que por qué no me informó.

—Tenía la intención de hacerlo, barón, pero...

—Para usted no soy barón, sino Vuestra Excelencia.

Y de pronto estalló la irritación del barón, largo tiempo reprimida. Dio suelta a todo lo que le contrariaba desde tiempo atrás.

—No sirvo a mi soberano desde hace veintisiete años para que gente que entró ayer en el servicio y se aprovecha de sus lazos de parentesco se meta ante mis propias narices en lo que no le importa.

—¡Ruego a Vuestra Excelencia que no diga lo que es injusto! —le interrumpió Vorontsov.

—Digo la verdad, y no permito... —contestó el general en tono aún más sulfuradó.

En ese momento, con susurro de faldas, entró Marya Vasilyevna y tras ella una señora pequeña y modesta, la esposa de Meller—Zakomelski.

—Bueno, basta, barón. Simon no ha querido disgustar a usted —comenzó diciendo.

—Yo, princesa, no digo tal cosa...

—Pero, bueno, mejor será dejar eso. Ya sabe usted que una paz mala es mejor que una buena querella. ¿Pero qué es lo que digo? —y rompió a reír.

Y el irascible general se rindió a la sonrisa encantadora de la bella dama, a la vez que una sonrisa se dibujaba bajo su bigote.

—Confieso que he cometido un error —dijo Vorontsov—, pero...

—Bueno, y yo me he acalorado —contestó Meller, alargando la mano al príncipe.

Se hicieron las paces y quedó decidido que, por el momento, Hadyi Murad permanecería en casa de Mel ller y más tarde sería enviado al comandante del ala izquierda.

Aunque Hadyi Murad, sentado en la antecámara, no comprendía lo que se decía, sí comprendía lo que necesitaba comprender: que discutían acerca de él, y que su deserción de Shamil era asunto de enorme importancia para los rusos, por lo que él podría, si no lo deportaban o mataban, exigir mucho de ellos. Comprendió, por añadidura, que Meller—Zakomelski, aunque comandante en jefe, no tenía tanto ascendiente como Vorontsov, no obstante ser éste su subordinado; que Vorontsov era un personaje importante y Meller—Zakomelski no lo era. Así pues, cuando Meller—Zakomelski le hizo venir y comenzó a interrogarle, Hadyi Murad se mostró orgulloso y solemne. Dijo que había venido de las montañas para servir al zar blanco y que daría cuenta de todo ello únicamente a su Sardat; o sea, al comandante en jefe, príncipe Vorontsov, en Tiflis.

7

Transportaron al herido Avdeyev a la sala general del hospital, instalado en una casita de madera a la salida del fuerte, y le colocaron en un catre vacante de campaña. En la sala había cuatro enfermos: uno que luchaba con el tifus; otro, pálido, con calentura y ojeras, que padecía de paludismo, estaba a la espera de otro ataque y bostezaba continuamente; los otros dos habían resultado heridos en una incursión inesperada tres semanas antes: uno, que estaba de pie, alcanzado en un puño, y otro, sentado en su catre, en el hombro. Todos, salvo el que padecía de tifus, rodearon al recién llegado e hicieron preguntas a los que le habían traído.

—Hay días que disparan al voleo y no pasa nada, pero en esta ocasión han tirado sólo cinco o seis veces, y ya veis —dijo uno de los camilleros.

—A quien le toca, le toca.

—¡Ay! —gimió Avdeyev, a pesar de querer contenerse, cuando le pusieron en el catre. Una vez en él, frunció el ceño y no volvió a gemir, pero movía los pies sin cesar. Se tapaba la herida con las manos y miraba fijamente delante de sí.

Vino el médico y ordenó que diesen la vuelta al herido para ver si la bala había salido por detrás.

—¿Y esto qué es? —preguntó el médico, apuntando a unas grandes cicatrices blancas que se cruzaban en la espalda y las nalgas.

—Eso es antiguo, mi capitán —respondió, gimiendo, Avdeyev.

Se le dio de nuevo la vuelta y el médico estuvo largo rato reconociéndole el vientre con una sonda. Logró localizar la bala, pero no pudo extraerla. Seguidamente le curó la herida, la vendó y cubrió con un emplasto y se fue. Mientras le sondaban y curaban la herida, Avdeyev estuvo rígido, con los labios apretados y los ojos cerrados. Cuando se marchó el médico, abrió los ojos y miró asombrado en torno suyo. Dirigió la mirada a los enfermos y el enfermero, pero no parecía verlos, sino mirar otra cosa, algo que le causaba asombro.

Llegaron sus camaradas Panov y Seryogin. Avdeyev, siempre acostado boca arriba, seguía mirando asombrado delante de sí. Durante un buen rato no pudo reconocer a sus camaradas a pesar de estar mirándolos fijamente.

—Tú, Pyotr, ¿quieres que se mande recado a tu casa? —preguntó Panov. Avdeyev no respondió, aunque clavaba la mirada en la cara de Panov.

—Te pregunto si quieres mandar algún recado a casa —repitió Panov, tocándole la mano grande y huesuda. Estaba fría.

Avdeyev pareció volver en su acuerdo. —¡Ah... Panov!

—Sí, ya ves que he venido. ¿No quieres mandar recado a tu casa? Seryogin escribiría.

—Seryogin —dijo Avdeyev, volviendo los ojos con dificultad a Seryogin—. ¿Tú escribirás? Bueno, diles: "Vuestro hijo, vuestro Petrusha, ha dado orden de que viváis largo tiempo. Envidiaba a su hermano". Ya te lo dije hace poco. "Pero ahora estoy contento. Dios quiera que él viva en paz. Yo estoy contento". Escríbeles eso. Dicho esto, guardó silencio largo rato, con los ojos fijos en Panov. —Y tu pipa, ¿la has encontrado? —preguntó de pronto. Panov sacudió la cabeza sin contestar.

—Tu pipa, tu pipa, te pregunto, ¿la has encontrado?

—Estaba en mi bolsa.

—¡Ah, ya! Bueno, ahora dadme un cirio porque voy a morir pronto —dijo Avdeyev.

En ese momento entró Poltoratski a enterarse de cómo estaba el soldado.

—¿Qué, muchacho? ¿La cosa no va bien? —preguntó. Avdeyev cerró los ojos y negó con la cabeza. Su rostro, de pómulos salientes, estaba pálido y grave. No respondió. Sólo repitió, volviéndose a Panov:

—Dame un cirio, que voy a morir.

Le pusieron el cirio en la mano, pero ésta no se cerraba, por lo que tuvieron que ponérselo entre los dedos y tenerlo sujeto. Poltoratski salió, y cinco minutos después el enfermero aplicó el oído al corazón de Avdeyev y dijo que había muerto.

En el despacho enviado a Tiflis estaba descrita la muerte de Avdeyev del siguiente modo:

"El 23 de noviembre dos compañías del regimiento de Kurin salieron del fuerte para ir a cortar leña. En mitad de la jornada una banda de montañeses atacó de pronto a los leñadores. La línea de tiradores comenzó a replegarse, y la segunda compañía atacó a la bayoneta y derrotó a los montañeses. En esta acción dos soldados resultaron levemente heridos y uno muerto. Los montañeses han sufrido cerca de cien bajas, entre muertos y heridos".

8

El mismo día en que moría Petrusha Avdeyev en el hospital de Vozdviyhensk, su anciano padre, la mujer de su hermano mayor —en sustitución del cual había entrado en filas y la hija de éste, ya crecida y casi en edad de casarse, trillaban avena en la frígida era. Había nevado copiosamente la víspera y, llegada la mañana, había caído una fuerte helada. El viejo estaba despierto desde el tercer canto del gallo y, habiendo visto por el cristal cubierto de escarcha la clara luz de la luna, había bajado de la estufa, se había calzado y puesto la pelliza y el gorro y había ido a la era.

Después de trabajar allí un par de horas, volvió a la cabaña y despertó a su hijo y a las mujeres. Cuando la nuera y la muchacha llegaron a la era, ésta estaba ya limpia: había una pala de madera clavada en la nieve blanca aún esponjosa junto a unos escobones con las ramas para arriba, y las gavillas de avena estaban hacinadas en dos filas, espiga contra espiga, en larga fila sobre el suelo limpio. Cada uno cogió un mayal y todos empezaron a majar acompasadamente, de tres en tres golpes. El viejo golpeaba con mucha fuerza, rompiendo la paja; la muchacha venía tras él golpeando mesuradamente la parvada, y la nuera daba la vuelta a las gavillas.

Desapareció la luna y empezó a clarear el día. Habían terminado ya la primera tanda cuando el hijo mayor, Akim, en pelliza corta y gorro, se acercó a los que trabajaban.

—¡Tú sí que te lo tomas con calma! —le gritó el padre, dejando de golpear y apoyándose en el mayal.

—Tenía que atender a los caballos.

—¡Atender a los caballos! —dijo el padre remedándole—. La vieja cuidará de eso. Tú coge un mayal. Te estás poniendo demasiado gordo. ¡Borrachín!

—¿Eres tú el que me pagas la bebida? —gruñó el hijo.

—¿Qué? —dijo el padre, frunciendo el ceño y blandiendo el mayal con aire de amenaza.

El hijo, sin decir palabra, cogió el mayal y la faena se reanudó, esta vez a cuatro golpes: trap, ta—pa—tap, trap, tapa—tap... ¡Trap! —el pesado mayal del viejo pegaba fuerte después de los otros tres.

—¡Mirad ese pescuezo! ¡Igual que el del amo! ¡Y a mí de puro flaco se me escurren los pantalones! —agregó el viejo, reteniendo esta vez su golpe y contentándose, para no perder el compás, con voltear el mayal en el aire.

Terminaron la primera tanda y las mujeres empezaron a recoger la paja con rastrillos.

—¡Qué tontería hizo Petrusha en ir en tu lugar! ¡En la milite hubieran quitado esos humos, y él, aquí, valía cinco como tú!

—¡Bueno, ya basta! —dijo la nuera, dejando a un lado las ataduras que ya no servían.

—Sí, tengo que daros de comer a seis, sin que me compense siquiera el trabajo de uno solo. Petrusha trabajaba por dos, y no...

Por el sendero que conducía al corral venía la vieja. Traía bien apretadas las franjas de lana que le rodeaban las piernas. Sus abarcas nuevas de corteza abrían un surco en la nieve. Los hombres amontonaban el grano antes de aventarlo, en tanto que la nuera y la muchacha barrían.

—Ha venido el delegado —anunció la vieja y ha dicho que todos tenemos que acarrear ladrillos a casa del amo. He preparado el almuerzo. ¡Hala, vamos!

—Bueno. ¡Apareja el gris, y andando! —ordenó el viejo a Akim—. ¡Y no vayas a meterme en líos, como el otro día! ¡Acuérdate de Petrusha!

—Cuando él estaba aquí, era a él a quien regañabas —gruñó Akim a su padre—. Y ahora que lo está, soy yo el que las paga.

—Te dan lo que mereces —dijo la madre, furiosa a su vez—. Note puedes comparar con Petrusha.

—Bueno, ya está bien —contestó el hijo.

—Sí, está bien. Te has bebido el dinero de la harina y ahora dices que está bien.

—Siempre andamos con el mismo cuento —dijo la nuera. Todos dejaron los mayales y volvieron a la cabaña.

Las disputas entre padre e hijo habían comenzado hacía mucho tiempo, casi desde la partida de Pyotr. Ya entonces el viejo tenía la impresión de haber perdido en el cambio. Cierto era que, legalmente —y el padre bien lo comprendía el que no tenía hijos debía reemplazar al que los tenía. Akim tenía cuatro y Pyotr ninguno, pero en cuanto a trabajo Pyotr era como su padre: hábil, listo, vigoroso, resistente y, sobre todo, hacendoso. Nunca estaba ocioso. Si pasaba junto a alguien que estaba trabajando, nunca dejaba —al igual que su padre— de echarle una mano: o le segaba un par de hileras, o le cargaba una carreta, o le cortaba un árbol o le hacía leña. El viejo lo lamentaba, pero no había nada que hacer. Irse de soldado era como morir. El soldado venía a ser algo así como una rama desgajada, y de nada servía acordarse de él y angustiarse. Sólo de vez en cuando, para avergonzar al hijo mayor, el viejo, como ese día, recordaba al otro. La madre a menudo se acordaba del hijo menor, y hacía mucho tiempo, más de un año, que pedía al viejo que enviase algún dinero a Petrusha. Pero el viejo se hacía el sordo.

Los Avdeyev no eran pobres. El viejo tenía algún dinerillo escondido en un calcetín, pero por nada del mundo lo hubiera tocado. Ahora, cuando le oyó referirse al hijo menor, la vieja decidió pedirle de nuevo que, tras la venta de la avena, le enviase siquiera un mísero rublo. Y así lo hizo. Al quedarse sola con el marido, después que los jóvenes salieron al trabajo, le convenció de que del dinero de la avena mandase un rublo a Petrusha. Así pues, cuando del grano aventado se hubieron vaciado unas cincuenta fanegas en unas lonas extendidas sobre tres trineos, cuidadosamente cerradas con pinzas de madera, entregó al viejo una carta que había dictado al sacristán y el viejo prometió incluir en ella un rublo y enviarla a su destino.

Vestido de pelliza nueva y caftán, con las piernas bien abrigadas en polainas de lana, el viejo tomó la carta, la metió en la bolsa y, encomendándose a Dios, se sentó en el trineo delantero y fue al pueblo.

Su nieto se encargó del último trineo. En el pueblo el viejo pidió al portero que le leyera la carta y escuchó la lectura con expresión atenta y aprobatoria.

En la carta la madre de Petrusha, en primer lugar, daba a éste su bendición, y en segundo le mandaba saludos de todos y le notificaba la muerte de su padrino, y, para terminar, le decía que Aksinya (la mujer de Pyotr) "no había querido vivir con ellos y se había ido a trabajar como criada; y, según decían, vivía bien y honestamente". Luego le hablaba del regalito, del rublo, y por último venía lo que, palabra por palabra, la infeliz vieja había dictado de su propia cosecha con lágrimas en los ojos: "Y, además, hijito mío, mi muy querido Petrusha, estoy perdiendo mis pobres ojos del tormento de pensar en ti. Mi sol, querido mío, ¿por qué me has abandonado?". En ese punto la vieja rompió a llorar y dijo:

—Eso es todo. Ahí terminaba la carta, pero a Petrusha no le fue dado conocer la noticia de que su mujer había salido de la casa, ni recibir el rublo ni las últimas palabras de su madre. La carta y el dinero fueron devueltos con la noticia de que Petrusha había muerto en la guerra, "en defensa del Zar, la Patria y la Fe Ortodoxa". Eso fue lo que escribió el secretario militar.

Al recibir esa noticia la vieja lloró un buen rato, mientras hubo tiempo para ello, y luego volvió a su trabajo. El domingo siguiente fue a la iglesia y repartió trozos de pan bendito entre "las buenas gentes en memoria de Pyotr, servidor de Dios".

Aksinya también lloró al enterarse de la muerte de su «marido bien amado», con quien "había vivido sólo un mísero año". Lloraba por su marido y por toda su vida deshecha. En sus lamentos recordaba "los rizos rubios de Pyotr Mihailovich y su cariño, y la vida penosa que tendría en adelante con su huérfano Vanka", y reprochaba amargamente a Petrusha "por haberse compadecido de su hermano, y no de ella, la pobre, que tendría que irse a vivir con otros".

Pero en el fondo de su alma Aksinya se alegraba de la muerte de Pyotr.

Estaba embarazada de nuevo, esta vez del dependiente de comercio con quien vivía. Y ahora nadie podía insultarla y el dependiente podría casarse con ella, como así se lo decía cuando quería hacerle el amor.

9

Mihail Semyonovich Vorontsov, hijo del embajador ruso en Inglaterra, donde se había educado, había tenido una formación cultural europea, excepcional por aquel entonces entre los altos funcionarios de su país. Era hombre ambicioso, blando y bondadoso con sus subordinados a la vez que fino y cortés con sus superiores. No comprendía la vida sin el poder y la obediencia. Había alcanzado la cumbre del escalafón y recibido las más altas condecoraciones; y se juzgaba diestro estratega, incluso vencedor de Napoleón en Krasnoye.

En 1851 tenía ya más de setenta años, pero era hombre aún lozano, se movía con vigor y, sobre todo, tenía toda la agilidad de un intelecto sutil y agradable ocupado en mantener su poder y consolidar y ampliar su popularidad. Poseía grandes riquezas —las suyas y las de su esposa, la condesa Branitskaya—, percibía enormes emolumentos como gobernador y destinaba la mayor parte de sus bienes a la construcción de un palacio y jardines en la costa sur de Crimea.

En el anochecer del 7 de diciembre de 1852 llegó ante su palacio de Tiflis la troika de un correo. Un oficial fatigado, negro de polvo, portador de parte del general Kozlovski de la noticia de la sumisión de Hadyi Murad a los rusos, pasó ante los centinelas y, desentumeciendo las piernas, subió la larga escalinata del palacio del gobernador. Eran las seis y Vorontsov iba a sentarse a la mesa cuando le anunciaron la llegada del correo. Vorontsov recibió a éste sin demora, por lo que llegó un poco tarde a la comida.

Cuando entró en el salón, sus invitados, una treintena de ellos, sentados en torno a la princesa Yelizaveta Ksaverevna o agrupados junto a las ventanas, se levantaron y se volvieron hacia él. Vorontsov llevaba su acostumbrada guerrera negra sin charreteras, con sólo unas sencillas hombreras, y la cruz blanca al cuello. Su cara de zorro recién afeitada sonreía complacida y entornaba los ojos para mirar a los circunstantes.

Entró en el salón con paso ligero y silencioso, se disculpó ante las damas por haberse retrasado, saludó a los caballeros y fue a ofrecer su brazo a la princesa Manana Orbelyani, belleza georgiana de tipo oriental, cuarentona, alta y bien entrada en carnes, para pasar al comedor. La princesa Yelizaveta Ksaverevna dio su brazo a un general recién llegado, de pelo rojizo y bigotes enhiestos. El príncipe georgiano dio su brazo a la condesa Choiseul, amiga de la princesa. El doctor Andreyevski, los edecanes y demás invitados, algunos con señoras, otros sin ellas, siguieron a las tres parejas. Los lacayos, en libreas, medias y zapatos, apartaron y luego acercaron las sillas, y el maître d'hôtel[25] sirvió solemnemente una sopa humeante de una sopera de plata.

Vorontsov tomó asiento en medio de la larga mesa. Frente a él se sentaron la princesa y el general; a su derecha la bella Orbelyani, y a su izquierda la hija de ésta, una morena alta y colorada de tez, quien, adornada de joyas vistosas, no cesaba de sonreír.

—Excelentes, querida mía —respondió en francés a su i mujer, que le preguntaba qué noticias había traído el correo—. Simon ha tenido buena suerte.

Y empezó a contar, de modo que todos los comensales le oyesen, la noticia emocionante —que para él no era nueva del todo, ya que las negociaciones se remontaban a tiempo atrás de que Hadyi Murad, el conocido y valeroso lugarteniente de Shamil, se pasaba a los rusos y a la mañana siguiente debía llegar a Tiflis.

Todos los comensales, incluso los jóvenes, los edecanes y los funcionarios sentados a los extremos de la mesa, que hasta entonces habían estado riendo discretamente entre sí, callaron y se pusieron a escuchar.

—¿Y usted, general, ha visto ya a ese Hadyi Murad? —preguntó la princesa a su vecino, el general de pelo rojizo y erguidos bigotes, cuando el príncipe cesó de hablar.

—Más de una vez, princesa. y el general contó cómo en 1843 Hadyi Murad, después de la toma de Gergebel, había atacado a un destacamento del general Pahlen y dado muerte, casi ante sus propios ojos, al coronel Zolotuhin.

Vorontsov escuchaba con amable sonrisa, evidentemente satisfecho de que el general entrase en la conversación. Pero de pronto apareció en su rostro una expresión distraída y molesta.

Ya disparado, el general empezó a relatar cómo en otra ocasión había tropezado con Hadyi Murad.

—Si Vuestra Excelencia se sirve recordarlo —dijo el general— fue él quien preparó la emboscada que atacó al destacamento de socorro en la operación "galleta".

—¿Dónde? —preguntó de nuevo Vorontsov, entornando los ojos.

Se trataba de lo siguiente: lo que el bravo general llamaba "la emboscada que atacó al destacamento de socorro" había sido la infausta expedición de Dargo, en la que todo un destacamento, con el príncipe

---

[25] Mayordomo.

Vorontsov a la cabeza, habría sido aniquilado de no haber llegado en su ayuda tropas de refuerzo. Todos sabían que la campaña entera de Dargo, bajo el mando de Vorontsov, en la que los rusos tuvieron muchos muertos y heridos y perdieron algunos cañones, había sido un lance vergonzoso; por lo tanto, si alguien aludía a esa campaña en presencia de Vorontsov era sólo en el sentido en que éste la había descrito en su despacho al zar, a saber: "una hazaña brillante del ejército ruso". Ahora bien, la palabra "socorro" denotaba claramente que no había sido una hazaña brillante, sino un error que había costado muchas vidas. Todos los presentes lo entendieron, pero unos fingieron no comprender el sentido de las palabras del general y otros, atemorizados, esperaban lo que vendría después. Algunos, sonriendo, cambiaron miradas. El único que no se percató de nada fue el general de pelo rojizo y bigotes enhiestos, quien impulsado por su propio relato respondió tranquilamente:

—El asunto del socorro, Excelencia.

Y una vez enfrascado en su tema predilecto, el general relató punto por punto cómo "ese Hadyi Murad cortó el destacamento en dos, con tal destreza que si él no hubiera llegado en socorro de los rusos —parecía repetir con especial deleite la palabra "socorro" — ninguno se habría escapado, porque...".

El general no llegó al final de su relato porque Manana Orbelyani, entendiendo de qué se trataba, le interrumpió para preguntarle acerca de su instalación en Tiflis. El general, estupefacto, miró a todos los que estaban a la mesa y a su propio edecán, quien a un extremo de ella clavaba en él los ojos fija y significativamente. Al momento comprendió. Sin responder a la princesa, frunció el ceño, guardó silencio y empezó a tragar a toda prisa, sin masticar, lo que tenía en el plato, manjares delicados cuyo aspecto y sabor le resultaron de pronto extraños.

La embarazosa situación quedó despejada con la intervención del príncipe georgiano, hombre muy estúpido, pero cortesano singularmente fino y adulador, que estaba sentado al otro lado de la princesa Vorontsova. Como si no se hubiese dado cuenta de nada, comenzó a contar en voz alta cómo Hadyi Murad había raptado a la viuda de Ahmet—Khan de Mehtuli.

—Entró de noche en el poblado, se apoderó de lo que quería y huyó con toda su banda.

—¿Y por qué quería precisamente a esa viuda? —preguntó la princesa.

—Porque había sido enemigo del marido de ella, a quien había perseguido mientras vivía sin lograr dar con él. Así pues, se vengó en la viuda.

La princesa tradujo eso al francés a su antigua amiga, la condesa Choiseul, que estaba sentada junto al príncipe georgi[26]ano.

—Quelle horreur! —exclamó la condesa, cerrando los ojos y sacudiendo la cabeza.

—¡Oh, no! —dijo Vorontsov sonriendo—. Me han dicho que trató a su prisionera con respeto caballeresco y luego la puso en libertad.

—Sí, contra rescate.

—Por supuesto, pero en todo caso se portó noble

mente. Estas palabras del príncipe dieron el tono a cuanto se dijo después sobre Hadyi Murad. Los cortesanos se dieron cuenta de que cuanto más ensalzaban la importancia de éste, más agradable le resultaba aquello al príncipe Vorontsov.

—¡Asombrosa la audacia de ese hombre! ¡Es un sujeto extraordinario!

—¡Vaya si lo es! En 1849, en pleno día, entró a la fuerza en Temir—Khan— Shura y saqueó las tiendas.

Un armenio, sentado al extremo de la mesa, que había estado a la sazón en Temir—Khan—Shura, facilitó detalles de esa hazaña de Hadyi Murad.

En general, durante toda la comida no se habló más que de Hadyi Murad. Todos, a cada cual más, alabaron su valentía, su inteligencia, su magnanimidad. Alguien contó que había mandado pasar por las armas a veintiséis prisioneros. Pero incluso eso sólo provocó el comentario habitual:

—¡Qué se le va a hacer! ¡La guerra es la guerra!

—Es un gran hombre.

—Si hubiese nacido en Europa, habría sido quizá un nuevo Napoleón —apuntó el estúpido príncipe georgiano, que tenía el don de la adulación.

Sabía que toda alusión a Napoleón, por cuya derrota Vorontsov llevaba al cuello la cruz blanca, sería agradable a éste.

—Bueno, si no Napoleón, al menos un brioso general de caballería..., sí —dijo Vorontsov.

---

[26] ¡Qué horror!

—Si no Napoleón, entonces su general Murat. Y también se llama Murad.

—Hadyi Murad se ha rendido y el fin de Shamil está a la vista —comentó alguien.

—Se tiene la impresión de que ahora (ese "ahora" quería decir "bajo el mando de Vorontsov") no podrán ya resistir —dijo otro.

—Todo eso gracias a usted —dijo Manana Orbelyani.

El príncipe Vorontsov trató de moderar las olas de adulación que empezaban a sumergirle. Pero aquello era de su agrado y, en la mejor disposición de ánimo, se levantó de la mesa y condujo a su dama al salón.

Después de la comida, cuando se servía el café en el salón, el príncipe se mostró especialmente amable con todos y, acercándose al general de los bigotes rojizos y enhiestos, se esforzó por mostrarle que no había notado su falta de tacto.

Tras haber hecho la ronda de todos sus invitados, el príncipe se sentó a una partida de cartas. Jugaba sólo a un juego antiguo, parecido al rentoy.

Sus compañeros de juego eran el príncipe georgiano, un general armenio a quien el ayuda de cámara del príncipe había enseñado ese juego y, por último, como cuarto participante conocido por su influencia, el doctor Andreyevski.

Colocando a su lado la tabaquera de oro con el retrato de Alejandro I, Vorontsov abrió una baraja nueva satinada e iba a repartir las cartas cuando entró el ayuda de cámara, el italiano Giovanni, con una carta en una bandeja de plata.

—Otro correo, Vuestra Excelencia.

Vorontsov dejó las cartas en la mesa y, excusándose, rompió el sello y empezó a leer. La carta era de su hijo, que le informaba de la sumisión de Hadyi Murad y de su altercado con Meller—Zakomelski.

La princesa se acercó a preguntar qué le decía su hijo.

—Lo de siempre. Ha tenido alguna desavenencia con el comandante de la zona. Simon no ha tenido razón —contestó él en francés, y agregó en inglés—: Pero todo está bien si termina bien. y alargó la carta a su mujer. Y, volviéndose a sus compañeros de juego que aguardaban respetuosamente, les rogó que escogieran sus cartas.

Cuando se repartió la primera mano, Vorontsov hizo lo que siempre hacía cuando se hallaba de muy buen humor: con su mano vieja, blanca y arrugada, tomó un polvo de rapé francés, se lo llevó a la nariz y lo aspiró.

Cuando al día siguiente Hadyi Murad se presentó en casa de Vorontsov, la antecámara del príncipe rebosaba de gente. Allí estaba el general de la víspera con sus bigotes enhiestos, su uniforme de gala y sus condecoraciones, que venía a despedirse; allí estaba también un coronel amenazado de consejo de guerra por malversación en el aprovisionamiento de su regimiento; allí estaba el armenio rico, protegido del doctor Andreyevski, que había recibido la concesión del vodka y ahora trataba de obtener la renovación del contrato; allí estaba, de luto riguroso, la viuda de un oficial muerto en acción de guerra, que había venido a solicitar una pensión o que el Estado, al menos, tomase a su cargo el cuidado de sus hijos; allí estaba un príncipe georgiano arruinado, en un espléndido traje regional, que pretendía la adjudicación de una finca eclesiástica confiscada; allí estaba un oficial con un gran rollo de papel en el que figuraba un nuevo proyecto para la conquista del Cáucaso; y allí estaba un khan que había venido sólo para poder decir en casa que había visto al príncipe.

Todos aguardaban su turno y eran introducidos sucesivamente en el despacho del príncipe por un joven edecán rubio y apuesto.

Cuando entró Hadyi Murad en la antecámara con paso resuelto y cojeando, todos los ojos se volvieron para mirarle, y él oyó su nombre pronunciado en voz baja en varias partes de la sala.

Hadyi Murad venía vestido con una larga cherkeska blanca sobre un beshmet pardo con fino galón de plata en el cuello. Llevaba polainas negras y botas blandas que se ajustaban a sus pies como si fueran guantes. En la cabeza afeitada llevaba un gorro de piel con turbante, el mismo turbante que, por denuncia de Ahmet —Khan, había sido causa de su detención por el general Klügenau y de su adhesión a Shamil. Hadyi Murad caminaba de prisa por el suelo de parquet de la antecámara, con un ligero balanceo de su talle alto y enjut o porque tenía una pierna más corta que otra. Sus ojos, muy separados uno de otro, miraban tranquilamente delante de sí y parecían no ver a nadie.

El apuesto ayudante saludó a Hadyi Murad y le invitó a sentarse mientras anunciaba su presencia al príncipe. Pero Hadyi Murad se negó a hacerlo; y con la mano apoyada en el puñal, y avanzando una pierna, siguió de pie, mirando desdeñosamente a los circunstantes.

El intérprete, príncipe Tarhanov, se acercó a Hadyi Murad y entabló conversación con él. Hadyi Murad le respondía bruscamente, a regañadientes. Del despacho salió un príncipe —kumyk, que había venido a quejarse de un oficial de la policía. Tras él, el edecán llamó a Hadyi Murad, le condujo a la puerta del despacho y le hizo pasar.

Vorontsov recibió a Hadyi Murad de pie, junto a su mesa. Su viejo rostro pálido de general en jefe no estaba tan sonriente como la víspera, sino más bien severo y solemne.

Al entrar en el amplio aposento con su mesa enorme y grandes ventanas con celosías verdes, Hadyi Murad puso sus manos pequeñas y bronceadas en el lugar de su pecho en que se cruzaba la pechera de su cherkeska blanca y, sin apresurarse, clara y respetuosamente, dijo en dialecto kumyk con los ojos bajos:

—Me pongo bajo la poderosa protección del gran zar y de la vuestra.

Prometo sinceramente servir al zar blanco hasta la última gota de mi sangre y espero ser útil en la guerra con Shamil, enemigo mío y vuestro.

Vorontsov escuchó al intérprete y luego miró a Hadyi Murad; y Hadyi Murad, a su vez, le miró cara a cara.

Las miradas de estos dos hombres se cruzaron y se dijeron mucho de lo que no podía expresarse ni con palabras ni con lo que decía el intérprete.

Directamente, sin palabras, se dijeron toda la verdad: los ojos de Vorontsov decían que no creía una sola sílaba de lo que decía Hadyi Murad, que sabía que éste era enemigo de todo lo ruso y seguiría siéndolo siempre, y que ahora se sometía sólo porque no podía hacer otra cosa. Hadyi Murad lo comprendía así y, no obstante, juraba fidelidad. Por su parte, los ojos de Hadyi Murad decían que ese viejo debería pensar en la muerte y no en la guerra, pero que, aunque viejo, era taimado y no había que fiarse de él.

Vorontsov se daba cuenta de ello y, sin embargo, decía a Hadyi Murad lo que juzgaba necesario para el buen éxito de la guerra.

—Dile —dijo Vorontsov al intérprete (solía tutear a los oficiales jóvenes) que nuestro soberano es tan clemente como poderoso y que probablemente, a petición mía, le perdonará y le tomará a su servicio. ¿Has traducido eso? —preguntó, mirando a Hadyi Murad—. Hasta que reciba una respuesta favorable a mi petición, dile que me comprometo a acogerle y hacerle agradable su estancia entre nosotros.

Una vez más Hadyi Murad apretó las manos contra su pecho y empezó a hablar animadamente.

Decía, según tradujo el intérprete, que en una ocasión anterior, cuando gobernaba Avaria en 1839, había servido a los rusos fielmente. y no los habría traicionado jamás si no hubiera sido porque su enemigo

Ahmet—Khan, que quería perderle, le había calumniado ante el general Klügenau.

—Lo sé, lo sé —dijo Vorontsov (aunque si lo sabía, lo había olvidado hacía largo tiempo)—. Lo sé —dijo, sentándose y señalando a Hadyi Murad un diván junto a la pared. Pero Hadyi Murad no se sentó y alzó los recios hombros en señal de que no quería tomar asiento en presencia de personaje tan importante.

—Tanto Ahmet—Khan como Shamil son enemigos míos —prosiguió, volviéndose al intérprete—. Di al príncipe que Ahmet—Khan ha muerto y ya no puedo vengarme de él, pero Shamil está vivo y no moriré sin saldar cuentas con él —dijo, frunciendo las cejas y apretando con fuerza las mandlDulas.

—Sí, sí —asintió tranquilamente Vorontsov—. ¿Cómo quiere saldar cuentas con Shamil? —dijo al intérprete—. Dile que puede sentarse.

Una vez más Hadyi Murad rehusó la invitación a sentarse, y a la pregunta que se le había hecho respondió que se había pasado a los rusos para ayudarles a aniquilar a Shamil.

—Bueno, bueno —dijo Vorontsov—. ¿Qué es precisamente lo que se propone hacer? ¡Siéntese, siéntese!

Hadyi Murad se sentó y dijo que si se le enviase con tropas a la línea Lezgina garantizaba que todo el Daghestan se sublevaría y que Shamil no podría resistir.

—Está bien. Es posible —dijo Vorontsov—. Lo pensaré.

El intérprete transmitió a Hadyi Murad las palabras de Vorontsov. Hadyi Murad reflexionó.

—Di al Sardar –agregó — que mi familia está en manos de mi enemigo; y mientras estén en las montañas estoy paralizado y no puedo servir. Shamil matará a mi mujer, matará a mi madre, matará a mis hijos si voy abiertamente contra él. Que el príncipe rescate a mi familia, que la cambie por los prisioneros que tiene y entonces o moriré o destruiré a Shamil.

—Bien, bien —dijo Vorontsov—. Pensaremos en eso. Ahora que vaya a ver al jefe de Estado Mayor y le explique punto por punto su situación, sus intenciones y sus deseos.

Y con ello terminó la primera entrevista de Hadyi Murad con Vorontsov.

Ese mismo día, al anochecer, en el nuevo teatro decorado al estilo oriental, se representó una ópera italiana. Vorontsov estaba en su palco, y en el patio de butacas apareció la figura impresionante del cojo Hadyi

Murad en turbante. Entró con Loris—Melikov, edecán de Vorontsov que había sido designado para acompañarle. Se sentaron en la primera fila. Hadyi Murad asistió al primer acto con dignidad oriental, musulmana, no sólo sin manifestar asombro alguno, sino con evidente indiferencia. Luego se levantó y, mirando tranquilamente a los espectadores, salió, atrayendo la atención de todos.

El día siguiente era lunes, día en que los Vorontsov recibían. La gran sala resplandecía de luces y, oculta en el jardín de invierno, tocaba la música. Mujeres jóvenes y no tan jóvenes, en lujosos vestidos que dejaban al descubierto el cuello, los brazos y el pecho, giraban en brazos de hombres en brillantes uniformes. En el ambigú, abundantemente provisto, lacayos en librea roja, medias y zapatos servían champaña y ofrecían golosinas a las señoras. La esposa del Sardar, también medio desnuda no obstante sus años más que maduros, circulaba entre los invitados sonriendo afablemente; por mediación del intérprete dijo algunas palabras amables a Hadyi Murad, quien contemplaba a los allí congregados con la misma indiferencia que la víspera en el teatro. Después de la señora de la casa se acercaron a Hadyi Murad otras damas muy descotadas y todas ellas, sin recato alguno, se plantaron delante de él y, sonriendo, le hicieron la misma pregunta: ¿le gustaba lo que estaba viendo? El propio Vorontsov, adornado de sus charreteras y cordones de oro, con la cruz blanca al cuello y la banda que le cruzaba el pecho, se acercó a él y le hizo la misma pregunta, evidentemente seguro, como todos los otros, de que a Hadyi Murad no podía menos de gustarle lo que veía. Hadyi Murad contestó a Vorontsov lo que había contestado a los demás: que entre su propia gente no había nada semejante, sin decir si le parecía bien o mal que no lo hubiese.

En el baile, Hadyi Murad intentó hablar con Vorontsov del caso de su familia, pero Vorontsov fingió no haber oído sus palabras y se alejó. Loris— Melikov, sin embargo, dijo más tarde a Hadyi Murad que aquél no era lugar oportuno para hablar de tales asuntos.

Cuando dieron las once y Hadyi Murad confirmó la hora en el reloj que le habían regalado los Vorontsov, preguntó a Loris —Melikov si podía marcharse. Loris —Melikov le dijo que sí, pero que mejor sería quedarse. No obstante, Hadyi Murad no se quedó y volvió a su alojamiento en el faetón que se había puesto a su disposición.

11

A los cinco días de llegar a Tiflis Hadyi Murad fue a verle Loris—Melikov, edecán del gobernador, de parte del comandante en jefe.

—Mi cabeza y mis brazos se complacen en servir al Sardar —dijo Hadyi Murad con su habitual expresión diplomática, inclinando la cabeza y llevándose ambas manos al pecho—. Ordena lo que gustes —agregó, mirando afablemente en los ojos a Loris—Melikov.

Loris—Melikov se sentó en una butaca junto a la mesa. Hadyi Murad se dejó caer en una otomana frente a él y, apoyando los brazos en las rodillas, bajó la cabeza y escuchó atentamente lo que le decía Loris—Melikov. Éste, que hablaba muy bien el tártaro, dijo que el príncipe, aunque conocía bien el pasado de Hadyi Murad, deseaba saber de labios de este mismo la historia de su vida.

—Tú[27] cuéntamela —dijo Loris—Melikov—, yo tomaré notas, luego la traduciré al ruso y el príncipe la enviará al emperador.

Hadyi Murad permaneció callado algún tiempo (no solamente nunca interrumpía a nadie, sino que siempre esperaba un poco para ver si su interlocutor añadí a algo más), luego levantó la cabeza, se echó el gorro hacia atrás y sonrió con esa risa infantil suya, tan singular, con la que había cautivado a Marya Vasilyevna.

—Eso es posible —dijo, evidentemente halagado de que su historia fuese leída por el emperador.

—Cuéntamelo todo desde el principio —dijo Loris Melikov, sacándose del bolsillo un cuaderno.

—Eso es posible; lo que pasa es que hay mucho, muchísimo, que contar.

Ha habido muchos incidentes en mi vida —contestó Hadyi Murad.

—Si no basta con un día, lo seguirás contando otro —dijo Loris —Melikov.

—¿Empezando desde el principio?

—Sí, desde el mismísimo principio. Dónde naciste y dónde te criaste.

Hadyi Murad bajó la cabeza y permaneció así un buen rato, luego cogió una caña que estaba en el suelo junto a la otomana, sacó de debajo de su puñal una navaja de acero con mango de marfil e incrustaciones de oro, afilada como si fuera de afeitar, y se puso a mondar la caña al tiempo que empezaba su relato.

---

[27] En tártaro no se usa el usted.

—Escribe: nací en Tselmés, un aoul "del tamaño de una cabeza de asno", como decimos en la montaña. No lejos de nosotros, a un par de tiros de cañón, estaba Hunzah, donde vivían los khanes; y nuestra familia tenía estrechas relaciones con ellos. Mi madre, cuando nació mi hermano mayor Osman, había amamantado al mayor de los khanes, Abununtsal—Khan.

Luego amamantó al segundo de los khanes, Umma—Khan, y lo crió; pero Ahmet, mi segundo hermano, murió y cuando yo nací y la khansha dio a luz a Bulach—Khan, mi madre no quiso volver allá como ama de leche. Mi padre le ordenó que fuera, pero ella rehusó, diciendo: "Volvería a matar a mi propio hijo, y por eso no voy". Entonces mi padre, que era hombre colérico, le dio una puñalada y la habría matado si otros no lo hubieran impedido.

Los khanes eran tres: Abununtsal—Khan, hermano de leche de mi hermano Osman; Umma—Khan, a quien yo llamaba hermano mío, y Bulach— Khan, el menor, a quien Shamil arrojó desde lo alto de un precipicio. Pero de eso ya hablaré después..

Tenía quince años cuando los murids empezaron a aparecer en los aouls. Daban golpes en las piedras con sables de madera y gritaban: "¡Musulmanes! ¡Ghazavat!". Todos los chechenes se habían puesto de parte de los murids, y los ávaros también empezaron a unirse a ellos. Yo vivía entonces en el palacio. Era como un hermano de los khanes: hacía lo que quería y era rico. Tenía caballos, armas, dinero. Vivía a mi gusto, sin pensar en nada; y así seguí viviendo hasta que mataron a Kazi—Mulla, el Imam, y le reemplazó Hamzad. Hamzad envió un mensaje a los khanes diciéndoles que si no se unían al Ghazavat destruiría Hunzah. Aquello daba que pensar. Los khanes temían a los rusos y no se atrevían a unirse a la guerra santa. La khansha me envió con su segundo hijo, Umma—Khan, a Tiflis a pedir ayuda contra Hamzad al general en jefe ruso, que era el barón Rosen. No nos recibió, ni a mí ni a Umma—Khan. Mandó decir que nos ayudaría, pero no hizo nada. Lo único fue que sus oficiales empezaron a visitamos en donde estábamos y a jugar a las cartas con Umma—Khan. Le hicieron beber vino, le llevaron a malos sitios, y perdió en el juego todo lo que tenía. Era fuerte, de cuerpo como un toro y valiente como un león, pero su cabeza era blanda como el agua. Habría perdido hasta sus últimos caballos y armas si yo no me lo hubiera llevado de allí. Después de Tiflis cambié de ideas y comencé a aconsejar a los khanes jóvenes y a la khansha que se unieran al Ghazavat.

—¿Por qué cambiaste de ideas? —preguntó Loris —Melikov—. ¿No te gustaron los rusos?

Hadyi Murad guardó silencio un momento.

—No, no me gustaron —dijo sobriamente, cerrando los ojos—. Además, había otra razón por la que quería unirme a la guerra santa.

—¿Qué razón fue ésa?

—Al pie de Tselmés un khan y yo tropezamos con tres murids. Dos de ellos huyeron y yo maté al tercero de un pistoletazo. Cuando me acerqué a él para quitarle las armas, estaba todavía vivo. Me miró. "Me has matado —dijo—. Bien. Pero eres musulmán, joven y fuerte. Participa en Ghazavat. Dios lo quiere".

—¿Y así lo hiciste?

—No, pero empecé a pensar —dijo Hadyi Murad, y continuó su relato—. Cuando Hamzad se acercó a Hunzah, le enviamos a los ancianos para decirle que estábamos dispuestos a aceptar el Ghazavat, pero que tendría que mandarnos a un hombre sabio para que nos explicase cómo hacerlo. Hamzad dio órdenes de que les afeitasen el bigote, les perforasen las ventanas de la nariz y les colgasen tortas de ésta, y de ese modo les hizo volver a Hunzah. Los ancianos dijeron que Hamzad estaba dispuesto a mandarnos a un shetkh para que nos enseñase lo que era el Ghazavat, pero a condición de que la khansha le enviase a su hijo menor como rehén. La khansha, confiada, envió a Bulach—Khan a Hamzad, quien le recibió bien y le mandó regresar para que trajera a sus hermanos mayores. Mandó decir que quería servir a los khanes como su propio padre había servido al padre de ellos. La khansha era una mujer débil, tonta y presuntuosa, como lo son todas las mujeres cuando se dejan llevar sólo de su voluntad. Temía enviar a los otros dos hijos y envió sólo a Umma—Khan. Yo fui con él. Salieron a nuestro encuentro unos murids que cantaban, disparaban al aire y caracoleaban a nuestro alrededor. Al llegar nosotros, Hamzad salió de su tienda, se acercó al estribo de Umma—Khan y le reconoció como amo y señor. Y dijo: "Nunca he hecho daño alguno a vuestra casa y no quiero hacerlo. Os pido sólo que no me matéis y que no me impidáis ganar gente para el Ghazavat. Y yo os serviré con todas mis tropas, como mi padre sirvió a vuestro padre. Dejadme vivir en vuestra casa. Os ayudaré con mis consejos y vosotros podréis hacer lo que queráis".

Umma—Khan era torpe de palabra. No sabía qué decir y guardó silencio. Entonces hablé yo: si así estaban las cosas, entonces Hamzad no tenía más que venir a Hunzah. El khan y su madre le recibirían con respeto. Pero no me dejaron terminar, y entonces, por primera vez, tuve un tropiezo con Shamil, que estaba allí, junto al Imam.

—No es a ti a quien se pregunta, sino al khan —me dijo.

Callé, y Hamzad acompañó a Umma—Khan a la tienda. Más tarde Hamzad me llamó y me mandó ir a Hunzah con sus emisarios. Fui allá. Trataron de convencer a la khansha de que enviara también a su hijo mayor a Hamlado Yo me di cuenta de la traición y dije a la khansha que no lo hiciera. Pero las mujeres tienen tanto seso en la cabeza como tiene pelos un huevo. Ella, confiada, le ordenó que fuera. Abununtsal no quería ir.

Entonces dijo ella: "Por lo visto, tienes miedo". Sabía, como sabe una abeja, dónde hace más daño la picadura. Abununtsal se sulfuró, no volvió a hablar con ella y mandó ensillar su caballo. Yo fui con él. Hamzad nos recibió mejor todavía que a Umma—Khan. Él mismo vino a nuestro encuentro a dos tiros de fusil, en el valle. Tras él sus caballistas, con banderolas, venían cantando, disparando al aire y caracoleando. Cuando llegamos al campamento, Hamzad condujo al khan a su tienda. Yo me quedé con los caballos.

Estaba en la cuesta cuando empecé a oír disparos en la tienda de Hamzad. Fui corriendo allá. Umma—Khan yacía boca abajo en un charco de sangre, pero Abununtsal luchaba con los murids. Tenía desgajada, y le colgaba, la mitad de la cara. Se la sujetaba con una mano, y con la otra daba de puñaladas a quienquiera que se le acercaba. . Ante mis ojos dio en tierra con el hermano de Hamzad y ya se lanzaba contra otro cuando los murids dispararon y cayó.

Hadyi Murad hizo alto en su relato. Su rostro bronceado por el sol se enrojeció violentamente y sus ojos se inyectaron de sangre.

—Quedé sobrecogido de espanto y hui de allí.

—¡Vamos, vamos! —dijo Loris—Melikov—. Yo creía que tú no tenías miedo de nada.

—Más tarde nunca lo he tenido. Desde entonces me he acordado siempre de esa vergüenza, y cuando me acuerdo, ya no tengo miedo de nada.

12

—Pero basta, que es la hora de mis oraciones —dijo Hadyi Murad. Sacó de un bolsillo interior de su cherkeska el reloj de Vorontsov, apretó cuidadosamente el resorte, inclinó y ladeó la cabeza y, reteniendo la sonrisa infantil, escuchó. El reloj sonó doce veces y luego dio el cuarto.

—Regalo de mi kunak Vorontsov —dijo sonriendo—. Es un hombre de bien.

—Sí, lo es —confirmó Loris—Melikov—. Y el reloj es de primera calidad.

Así pues, ve a tus oraciones y yo te espero.

—Yakshi, muy bien —dijo Hadyi Murad y fue a su dormitorio.

Al quedarse solo, Loris—Melikov escribió en su cuaderno lo que le había contado Hadyi Murad, luego fumó un cigarrillo y empezó a pasear por la habitación. Al llegar a la puerta opuesta a la del dormitorio oyó voces animadas que hablaban de algo rápidamente en tártaro. Adivinando que eran los murids de Hadyi Murad, abrió la puerta y entró donde estaban.

En el aposento se respiraba el ácido olor a cuero característico de los montañeses. En el suelo, junto a la ventana, sentado en una burko, estaba el tuerto pelirrojo Gamzalo, en un beshmet desgarrado y sucio, remendando una brida. Estaba diciendo algo acaloradamente en su voz ronca, pero al entrar Loris—Melikov se calló al instante y, sin hacerle el menor caso, prosiguió su trabajo. Frente a él, de pie, estaba el alegre Khan—Magoma, el de los ojos negros chispeantes y sin pestañas, quien sin cesar repetía lo mismo enseñando sus dientes blancos. El guapo Eldar, con las mangas remangadas sobre sus fuertes brazos, frotaba las correas de una silla de montar colgada de un clavo. Hanefi, el administrador y trabajador principal, no estaba en la habitación, sino en la cocina, preparando la comida.

—¿De qué estabais discutiendo? —preguntó Loris—Melikov a Khan—Magoma, saludándole.

—Siempre está alabando a Shamil —respondió Khan—Magoma, dando la mano a Loris—. Dice que Shamil es un gran hombre: sabio, santo y estupendo jinete.

—¿Cómo es que se ha separado de él y sigue alabándole?

—Pues sí. Se ha separado de él y sigue alabándole —dijo Khan—Magoma, con ojos brillantes y enseñando los dientes.

—Y tú, ¿crees tú que es un santo? —preguntó Loris Melikov.

—Si no fuera un santo, el pueblo no le escucharía —contestó al momento Gamzalo.

—Shamil no es un santo, pero Mansur sí lo fue —dijo Khan—Magoma—. Ése sí que fue un verdadero santo. Cuando era Imam, el pueblo era totalmente diferente. Iba por los aouls y las gentes salían a besarle el borde de la cherkeska, a confesarle los pecados y a jurar que no volverían a hacer nada malo. Los ancianos dicen que todos vivían como santos entonces: no fumaban, no bebían, no olvidaban las oraciones, se perdonaban mutuamente las ofensas, incluso cuando había habido derramamiento de sangre. En esos tiempos, si por acaso alguien encontraba dinero o cualquier objeto, hacía un bulto con él y lo ataba a una estaca al borde del camino. Entonces daba Dios al pueblo buena fortuna en todo, y no como ahora —dijo Khan—Magoma—.

Y ahora tampoco se fuma ni se bebe en la montaña —dijo Gamzalo.

—Tu Shamil es un lamoroi —dijo Khan—Magoma, haciendo un guiño a Loris—Melikov.

(Lamoroi era un apelativo desdeñoso que se aplicaba a los montañeses.)

—Decir lamoroi es decir montañés. Es en las montañas donde viven las águilas —replicó Gamzalo.

—¡Bien, muchacho! Así se contesta —dijo Khan—Magoma, alegre por la atinada respuesta de su rival.

Al ver la pitillera de plata en la mano de Loris—Melikov, le pidió un cigarrillo. Y cuando éste dijo que a ellos les estaba prohibido fumar; hizo un guiño, movió la cabeza en dirección al dormitorio de Hadyi Murad y dijo que sí podían fumar con tal que no les viesen. Y en seguida se puso a hacerlo, sin tragarse el humo y redondeando chuscamente los labios para expulsarlo.

—Eso está mal —dijo severamente Gamzalo saliendo de la habitación.

Khan—Magoma también guiñó el ojo tras él y, mientras fumaba, preguntó a Loris —Melikov dónde se podría comprar a buen precio un beshmet de seda y un gorro de piel blanco.

—¿Cómo? ¿Tanto dinero tienes?

—Sí, habrá bastante —respondió Khan—Magoma, guiñando el ojo de nuevo.

—Pregúntale de dónde ha sacado el dinero —dijo Eldar, volviendo su agraciado rostro a Loris—Melikov con una sonrisa.

—Lo he ganado en el juego —afirmó Khan—Magoma. y explicó que la noche antes, paseando por Tiflis, tropezó con un grupo de individuos, ordenanzas rusos y armenios que estaban jugando a cara y cruz. La banca era considerable: tres monedas de oro y mucha plata. KhanMagoma entendió en seguida el juego y, haciendo sonar la calderilla que llevaba en el bolsillo, entró en el grupo y dijo que se jugaba el resto.

—¿Cómo que el resto? ¿Tenías bastante? —preguntó Loris—Melikov.

—Todo lo que tenía eran doce kopeks —dijo Khan—Magoma, guiñando un ojo—.

—¿Y si hubieras perdido?

—Mira esto.

Khan—Magoma apuntó a su pistola.

—¿Qué? ¿La habrías dado?

—¿Darla? Habría salido corriendo y habría matado a quien hubiera querido cogerme. Eso es todo.

—O sea, que ganaste.

—¡Aïa! Arramblé con todo y salí por pies.

Loris—Melikov comprendía perfectamente a Khan—Magoma y Eldar.

Khan—Magoma era ligero de cascos, un jaranero que no sabía qué hacer con su exuberancia vital y que, siempre alegre y despreocupado, se jugaba tanto la vida propia como la ajena; ese juego le había llevado ahora a unirse a los rusos y bien podía al día siguiente volverle al lado de Shamil. Eldar era también fácil de comprender: hombre tranquilo, fuerte y resuelto, entregado por entero a su amo. El único a quien Loris—Melikov no comprendía era al pelirrojo Gamzalo. Loris—Melikov veía que ese hombre no sólo era devoto de Shamil, sino que además sentía por todo lo ruso una aversión irresistible, desprecio, asco y odio; así pues, Loris—Melikov no podía explicarse por qué se había pasado a los rusos. Se le ocurrió —opinión compartida por algunos altos jefes— que la sumisión de Hadyi Murad y su declarada hostilidad hacia Shamil eran un truco: que había venido únicamente para descubrir los puntos débiles de los rusos y, una vez que se hubiera escapado a la montaña, dirigir sus fuerzas contra esos puntos débiles. y Gamzalo, en toda su persona, confirmaba esa suposición. "Los otros y el propio Hadyi Murad —pensaba Loris—Melikov— saben disimular sus intenciones, pero a éste le traiciona su propio aborrecimiento".

Loris—Melikov trató de conversar con él. Le preguntó si se aburría allí. Pero él, sin dejar de trabajar, mirando oblicuamente a Loris—Melikov con su único ojo, gruñó con voz abrupta y destemplada:

—No, no me aburro.

Y respondió del mismo modo a todas las demás preguntas.

Mientras Loris—Melikov estaba en el aposento de los murids de Hadyi Murad, entró en el cuarto de éstos el ávaro Hanefi, velludo de rostro y cuello y musculoso de pecho. Éste no era un razonador, sino un trabajador serio, siempre absorto en su labor sin meterse en lucubraciones, y, al igual que Eldar, enteramente entregado a su amo.

Cuando entró en busca de arroz, Loris—Melikov le detuvo para preguntarle de dónde era y si llevaba mucho tiempo al servicio de Hadyi Murad.

—Cinco años —contestó Hanefi—. Soy del mismo aoul que él. Mi padre mató a un tío suyo y ellos quisieron matarme a mí —prosiguió, mirando desde debajo de sus pobladas cejas, tranquila y fijamente, a Loris—Melikov—. Entonces yo les pedí que me acogieran como hermano.

—¿Y eso qué quiere decir: acoger como hermano?

—Que durante dos meses no me afeité la cabeza ni me corté las uñas y fui en busca de ellos. Ellos me llevaron a su madre Patimat. Ella me dio el pecho y me convertí en hermano de Hadyi Murad.

En el aposento contiguo se oyó la voz de Hadyi Murad. Eldar reconoció al instante la llamada de su amo, se enjugó las manos y a grandes pasos se dirigió a la sala.

—Pregunta por ti —dijo al volver.

Y dando otro cigarrillo al alegre Khan—Magoma, Loris —Melikov fue a reunirse con Hadyi Murad.

13

Cuando Loris—Melikov entró en la sala, Hadyi Murad fue a su encuentro con cara de alegría.

—¿Qué? ¿Seguimos? —dijo, sentándose en la otomana.

—Sí, por supuesto —respondió Loris—Melikov—. He ido a ver a tus hombres y he hablado con ellos. Uno de ellos parece ser un juerguista —agregó Loris—Melikov.

—Sí, Khan—Magoma. Un tarambana —dijo Hadyi Murad.

—Hay otro, joven y apuesto, que me ha gustado.

—¡Ah, Eldar! Es un mozo duro como el hierro. y tras una pausa:

—¿Sigo mi relato, pues?

—Sí, sí.

—Ya te he contado que mataron a los khanes. Pues bien, los mataron y Hamzad entró en Hunzah y se instaló en el palacio de ellos —comenzó Hadyi Murad—. Quedaba la khansha. Hamzad la hizo venir y ella le increpó por lo que había hecho. Él hizo una seña a su murid Aselder y éste la acometió por detrás y la mató.

—¿Pero por qué matarla a ella? —preguntó Loris—Melikov.

—¿Qué otra cosa cabía hacer? Lo que se empieza hay que acabarlo. Era menester aniquilar a toda la casta. Y eso fue lo que hicieron. Shamil mató al pequeño, arrojándolo por un precipicio. Toda la Avaria se sometió a Hamzad, y sólo mi hermano y yo no quisimos hacerlo. Necesitábamos su sangre en pago de la de los khanes. Fingimos sometemos, pero sólo pensábamos en cómo vengamos. Pedimos consejo al abuelo y decidimos aguardar el momento en que Hamzad saliera del palacio para matarlo por sorpresa. Alguien sospechó lo que tramábamos, se lo sopló a Hamzad y éste mandó venir al abuelo y le dijo: "Andate con cuidado. Si es verdad que tus nie:. tos están maquinando algo contra mí os colgaré a los tres de la misma viga. Estoy haciendo la obra de Dios y nada puede impedírmelo. Ve y acuérdate de lo que te digo". El abuelo volvió a casa y nos lo contó.

Entonces decidimos no esperar más y hacer lo que había que hacer el primer día de fiesta en la mezquita. Nuestros camaradas se negaron a ayudamos. Sólo quedábamos mi hermano y yo. Cogimos cada uno dos pistolas, nos pusimos las capas y fuimos a la mezquita. Hamzad entró con treinta murids, todos ellos con los sables desnudos. Al lado de Hamzad iba Aselder, su mund predilecto, el mismo que había cortado la cabeza a la khansha. Al vemos, dijo a gritos que nos quitáramos las burkas y se acercó a mí. Yo tenía el puñal en la mano, le maté y arremetí contra Hamzad. Pero mi hermano Osman ya había disparado contra él. Hamzad, todavía vivo, se lanzó sobre mi hermano blandiendo el puñal, pero yo acabé con él de un tiro en la cabeza. Los murids eran treinta, nosotros éramos dos. Mataron a mi hermano Osman, pero yo me zafé de ellos, salté por una ventana y me escapé. Cuando todo el pueblo se enteró de la muerte de Hamzad, se sublevó, los murids huyeron y a los que no huyeron los mataron.

Hadyi Murad hizo alto en su relato y respiró profundamente.

—Eso resultó bien —continuó diciendo—, pero más tarde todo se echó a perder. Shamil ocupó el puesto de Hamzad. Me mandó recado de que fuera con él contra los rusos, y me amenazaba, si me negaba a hacerlo, con arrasar Hunzah y matarme. Yo le dije que no iría con él y que no le dejaría entrar en mi terreno.

—¿Por qué no te fuiste con él? —preguntó Loris—Melikov. Hadyi Murad frunció el entrecejo y no contestó al momento.

—Porque era imposible. Shamil tenía sobre sí la sangre de mi hermano Osman y la de Abununtsal—Khan. No me fui con él. El general Rosen me envió el nombramiento de oficial y me hizo comandante de Avaria. Todo habría resultado bien si Rosen no nos hubiese dado al principio como gobernador de Avaria al khan de Kazikumyh, Mahomet —Mirza, y más tarde a Ahmet—Khan. Este último me detestaba. Había pedido para su hijo en matrimonio a la hija de la khansha, Saltanet, pero no se la dieron, y él creyó que yo tenía la culpa de ello. Me odiaba y mandó a sus secuaces a matarme, pero me escapé. Entonces me calumnió ante el general Klügenau, diciendo que yo prohibía a los ávaros suministrar leña a los soldados. Más todavía: le dijo que yo había empezado a usar turbante —este mismo que llevo ahora, agregó Hadyi Murad, mostrando el que llevaba en el gorro—, lo que, según él, significaba que me había sometido a Shamil. El general no lo creyó y no mandó detenerme, pero cuando se marchó a Tiflis, Ahmet—Khan empezó a obrar por cuenta propia: con un grupo de soldados se apoderó de mí, me cargó de cadenas y me ató a un cañón. Seis días con sus noches pasé de ese modo. El séptimo día me quitaron las cadenas para llevarme escoltado a Temir—Khan—Shura; eran cuarenta soldados con los fusiles cargados. Llevaba las manos atadas y los soldados tenían orden de matarme si intentaba escapar. Yo lo sabía. Cuando llegamos cerca de Moksoh la vereda se hizo muy angosta y a la derecha había un barranco de unos trescientos pies de profundidad. Yo me escurrí a la derecha del soldado, al borde del precipicio. El soldado quiso detenerme, pero yo salté al abismo arrastrándole conmigo. El soldado murió, pero, como puedes ver, yo quedé vivo. Tenía rotas las costillas, la cabeza, los brazos, las piernas, en fin, el cuerpo entero. Quise moverme a rastras, pero no podía. La cabeza me daba vueltas y quedé amodorrado. Me desperté empapado de sangre. Un pastor me vio, llamó a la gente y me llevaron a un aoul. Sané de las costillas y la cabeza, también de las piernas, pero una de ellas quedó más corta que la otra.

Y Hadyi Murad estiró la pierna coja.

—Pero me sirve, y con eso basta —dijo—. La gente se enteró de lo que había pasado y empezó a venir a verme. Cuando me curé fui a Tselmés. Los ávaros volvieron a llamarme para que los gobernara —agregó Hadyi Murad con orgullo reposado y firme—. Y yo acepté.

Hadyi Murad se levantó de un brinco, sacó una cartera de un bolso de cuero, extrajo de ella dos cartas amarillentas y se las alargó a Loris —

Melikov. Las cartas eran del general Klügenau. Loris—Melikov las leyó. La primera decía lo siguiente:

"¡Cadete Hadyi Murad! Estabas a mi servicio, quedé contento de ti y te consideraba hombre de bien. Hace poco, Ahmet—Khan me dijo que eres un traidor, que llevas turbante, mantienes contacto con Shamil e incitas al pueblo a desobedecer a las autoridades rusas. Ordené que te detuvieran para que comparecieses ante mí. Tú te has fugado. No sé si tienes razón o no, porque no sé si eres o no culpable. Ahora escucha: Si tienes la conciencia limpia con respecto al Gran Zar, si no eres culpable de nada, preséntate ante mí. No temas a nadie, soy tu protector. El khan no te hará nada; está bajo mi mando y no tienes nada que temer".

Más adelante, Klügenau escribía que siempre había sido fiel a su palabra, que era justo, y exhortaba de nuevo a Hadyi Murad a comparecer ante él.

Cuando Loris—Melikov hubo concluido la lectura de la primera carta, Hadyi Murad sacó la segunda, pero, sin dársela de momento a Loris—Melikov, contó cómo había respondido a la primera.

—Le escribí que llevaba turbante, no por Shamil, sino por la salvación de mi alma; que no quería ni podía pasarme a Shamil porque éste había hecho matar a mi padre, a mis hermanos y a otros parientes míos, pero que no me pasaría a los rusos porque me habían ultrajado. (En Hunzah, cuando me tenían atado, un canalla se había defecado en mí, y no podía unirme a vosotros hasta que no matase a ese hombre.) y sobre todo porque temía al embustero de Ahmet—Khan. Entonces el general me mandó esta otra carta — dijo Hadyi Murad, dando a Loris—Melikov el segundo papel amarillento.

"Has contestado a mi carta. Gracias. En ella dices que no temes volver, pero que te lo impide la afrenta de que te ha hecho víctima un giaour[28]. Ahora bien, yo te aseguro que la ley rusa es justa y que con tus propios ojos verás el castigo de quien se ha atrevido a ofenderte. Ya he ordenado una investigación. Escucha, Hadyi Murad. Tengo derecho a estar descontento de ti porque no tienes confianza en mí ni en mi veracidad, pero te perdono porque conozco el carácter desconfiado de los montañeses en general. Si tienes la conciencia limpia, si de veras te pones el turbante sólo para la salvación de tu alma, tienes razón y puedes mirar directamente a las autoridades rusas y a mí en particular; y te aseguro que quien te deshonró será castigado, que tus bienes te serán

---

[28] Guerrero.

restituIdos, y que verás y conocerás lo que significa la ley rusa; tanto más cuanto que los rusos ven las cosas de otro modo. En su opinión, tú no vales menos porque un bribón te haya ultrajado. Yo mismo he dado permiso a los chimrints para llevar turbante y considero sus acciones como es debido; así pues, como ya te he dicho, no tienes nada que temer. Ven a verme con el hombre que ahora te envío. Me es fiel, no está al servicio de tus enemigos, sino que es un hombre que goza de miramiento particular por parte del gobierno".

Seguidamente Klügenau invitaba de nuevo a Hadyi Murad a pasarse a los rusos.

—No confié en lo que decía la carta —comentó Hadyi Murad cuando Loris

—Melikov hubo concluido de leerlay no fui a ver a Klügenau. Para mí lo más importante era vengarme de Ahmet—Khan, cosa que no podía hacer por medio de los rusos. Por esos mismos días Ahmet—Khan cercó a Tselmés con el fin de capturarme y matarme. Yo tenía demasiada poca gente conmigo y no podía librarme de él. Y he aquí que justamente entonces vino a verme un emisario de Shamil con una carta. Me prometía su ayuda para deshacerme de Ahmet—Khan y matarle y darme el gobierno de toda la Avaria. Lo pensé mucho y me pasé a Shamil. y desde entonces no he cesado de luchar contra los rusos.

En ese punto Hadyi Murad contó todas sus hazañas de guerra. Eran muy numerosas y Loris—Melikov las conocía en parte. Todas sus expediciones, todos sus asaltos causaban asombro por la insólita rapidez de las maniobras y la audacia de las embestidas, siempre coronadas por el éxito.

—Nunca ha habido amistad entre Shamil y yo —dijo Hadyi Murad en conclusión—, pero me teme y me necesita. Ahora verás lo que pasó. Me preguntaron quién sería Imam después de Shamil, y yo respondí que lo sería aquel cuyo sable cortase mejor. Se lo dijeron a Shamil y decidió deshacerse de mí. Me envió a Tabasaran. Fui allí y me apoderé de mil ovejas y trescientos caballos. Pero él dijo que yo no había hecho lo que debía, me destituyó del cargo de Naib y me ordenó que le enviase todo el dinero. Le entregué mil monedas de oro. Él envió a sus murids y me despojó de todas mis posesiones. Ordenó que fuera a verle; yo sabía que quería matarme y no fui. Mandó gente para prenderme. Me escapé y me pasé a Vorontsov. Pero no pude llevarme a mi familia. Mi madre, mi mujer y mi hijo están en su poder. Di al Sardar que mientras mi familia esté allí, no puedo hacer nada.

—Se lo diré —dijo Loris—Melikov.

—Ocúpate de ello, no escatimes esfuerzo. Lo que es mío es también tuyo, pero encarece mi caso al príncipe. Me encuentro atado y el cabo de la cuerda está en manos de Shamil.

Con esas palabras terminó Hadyi Murad el relato que de su vida hizo a Loris—Melikov.

14

El 20 de diciembre Vorontsov escribió la carta siguiente al ministro de la Guerra Chemyshov. La carta estaba en francés:

"No le escribí por el último correo, mi querido Príncipe, porque deseaba ante todo decidir qué íbamos a hacer con Hadyi Murad, y porque durante dos o tres días no anduve muy bien de salud. En mi última carta le di cuenta de su llegada aquí. Llegó a Tiflis el 8. Al día siguiente le conocí, y durante ocho o nueve días he hablado a diario con él; he venido pensando en lo que podría hacer por nosotros en el futuro y, especialmente, en lo que nosotros deberíamos hacer por él ahora, ya que está sumamente preocupado por la suerte de su familia y dice con toda muestra de sinceridad que mientras su familia siga en manos de Shamil está paralizado y será incapaz de servirnos y demostrar su gratitud por la amabilidad con que le hemos acogido y el perdón que le hemos brindado. La falta de noticias respecto de los seres que le son queridos provoca en él un estado febril, y las personas que he designado para que aquí vivan con él me aseguran que no duerme de noche, apenas come, reza sin cesar y sólo pide permiso para pasear a caballo con varios cosaco s, única diversión que le es posible y ejercicio indispensable para quien está desde hace largo tiempo habituado a ello. Todos los días viene a verme para saber si tengo alguna noticia de su familia, y me ruega que reúna en nuestros diversos frentes a todos los prisioneros que están en nuestro poder para proponer a Shamil un canje, al que él, por propia cuenta, añadirá algún dinero. Hay gente que se lo facilitaría para tal fin. Me repite continuamente: ´Salve a mi familia y deme luego la posibilidad de servir a ustedes (con preferencia en la línea Lezgin, según su opinión), y si en el plazo de un mes no les presto grandes servicios, castíguenme como mejor les parezca´.

Yo le he contestado que todo eso me parece muy justo, y que hay entre nosotros mucha gente que no tendría confianza en él si sus familiares permaneciesen en la montaña y no con nosotros en calidad de rehenes; que yo haré todo lo posible para congregar a los prisioneros en nuestros frentes, y que no teniendo derecho, de acuerdo con nuestros reglamentos, a darle dinero para el rescate de los suyos, además del que él mismo pueda agenciarse, quizá yo podría, sin embargo, encontrar otros medios de ayudarle. Después de esto le dije cándidamente que, a mi modo de ver, Shamil de ningún modo le devolvería a su familia; que quizá declarase abiertamente que sí lo haría, prometiéndole un perdón completo y la restitución de sus anteriores prerrogativas, y amenazándole, en caso de no hacerlo, con matar a su madre, a su esposa y a sus seis hijos. Le pedí que me dijera con franqueza qué haría si recibiera semejante propuesta de Shamil.

Hadyi Murad alzó los ojos y los brazos al cielo y me respondió que todo estaba en manos de Dios, pero que nunca se sometería a su enemigo porque estaba plenamente seguro de que Shamil no le perdonaría y no tardaría en matarle. En cuanto a la aniquilación de su familia, no creía que Shamil obraría tan ligeramente: en primer lugar, para no hacer de él un enemigo aún más audaz y peligroso; y en segundo, porque en Daghestan había muchas personas, y aun muy influyentes, que disuadirían a Shamil de ello. Finalmente me repitió varias veces que, cualquiera que fuese la voluntad de Dios en cuanto al futuro, de momento sólo le preocupaba el rescate de su familia; que en nombre de Dios me rogaba que le ayudase permitiéndole volver a la zona de Chechenia donde, por mediación y con el beneplácito, de nuestras autoridades podría establecer contacto con su familia, obtener noticias continuas de su verdadera situación y pensar en el modo de ponerla en libertad. Dice que muchas personas, e incluso algunos cabecillas de esa región hostil, están más o menos ligadas a él y que entre toda esa población —la sometida a los rusos o la que permanece neutral— le sería fácil, con nuestra ayuda, establecer relaciones muy útiles a los propósitos que persigue noche y día, el logro de los cuales le devolvería la calma y le brindaría la posibilidad de obrar en provecho nuestro y merecer nuestra confianza. Pide que se le envíe de nuevo a Grozny con un convoy de veinte o treinta cosacos valientes que le protegieran a él y nos garantizaran a nosotros la rectitud de sus intenciones.

Comprenderá usted, mi querido Príncipe, que todo esto me tiene perplejo, ya que, haga lo que haga, pesa sobre mí una gran responsabilidad. Sería imprudente en sumo grado fiarse plenamente de él; pero si quisiéramos privarle de todo medio de fuga tendríamos que encerrarle, lo que en mi opinión sería injusto e impolítico. Medida semejante, que rápidamente se difundiría por todo el Daghestan, nos perjudicaría mucho, disuadiendo a aquellos y son muchos que más o menos abiertamente están dispuestos a enfrentarse con Shamil y que, por lo tanto, se interesan en cómo tratamos al más valiente y audaz servidor del Imam, que se ha visto obligado a entregarse a nosotros. Tan pronto como tratásemos a Hadyi Murad como prisionero, se perdería todo el efecto benéfico de su rompimiento con Shamil.

Así pues, creo haber obrado como no tenía más remedio que obrar, consciente, sin embargo, de que se me podría acusar de haber cometido un grave error si a Hadyi Murad se le ocurriera fugarse de nuevo. En el servicio, y sobre todo en situaciones tan complicadas como ésta, es difícil, por no decir imposible, seguir un camino enteramente recto sin riesgo de equivocarse y sin aceptar responsabilidades; pero una vez escogido el camino que parece recto, hay que seguir por él, pase lo que pase.

Le ruego, mi querido Príncipe, que someta esto a la consideración de Su Majestad el Emperador, y quedaré contento si nuestro Augusto Soberano tiene a bien aprobar mi conducta. Todo lo que arriba dejo consignado se lo he manifestado también por escrito a los generales Zavalovski y Kozlovski, para un contacto inmediato de Kozlóvski con Hadyi Murad. A este último le he advertido que, sin permiso del general Kozlovski, no puede hacer nada ni puede desplazarse a ninguna parte. Le he explicado que en todo caso sería mejor para nosotros que saliera con nuestro convoy, porque de lo contrario Shamil hará correr la voz de que le tenemos encerrado; pero en tal caso le he hecho prometer que no irá a Vozdviyhensk, porque mi hijo, a quien al principio se rindió y a quien considera como su kunak (amigo), no manda en ese lugar, de lo que podrían resultar erróneas interpretaciones. Por otra parte, Vozdviyhensk está demasiado cerca de lugares enemigos muy populosos, mientras que para las relaciones que desea establecer con sus fieles, Grozny es de todo punto preferible.

Además de veinte cosacos escogidos que, según su propio requerimiento, no se apartarán un paso de él, le he enviado al capitán de caballería Loris—Melikov, oficial valioso, distinguido y muy inteligente, que habla tártaro, conoce bien a Hadyi Murad y en quien éste, al parecer, tiene también plena confianza. Por otra parte, durante los diez días que Hadyi Murad ha pasado aquí, ha vivido en la misma casa que el teniente coronel príncipe Tarhanov, comandante del distrito de Shushin, que se encuentra aquí por motivos de servicio; es hombre de grandísimo mérito en quien tengo entera confianza. También él se ha ganado la de

Hadyi Murad, y es sólo por su mediación, ya que habla admirablemente el tártaro, por lo que hemos podido analizar los asuntos más delicados y confidenciales.

He hablado con Tarhanov del caso de Hadyi Murad y él está de pleno acuerdo conmigo en que, o bien había que hacer lo que yo he hecho, o bien había que encarcelar a Hadyi Murad y vigilarle de acuerdo con las medidas más severas —porque si se le trata sin consideración será difícil custodiarle—, o bien alejarle por completo del país. Pero estas dos últimas medidas no sólo anularían la ventaja que supone para nosotros la querella entre Hadyi Murad y Shamil, sino que pondrían fin irremediablemente a toda expansión del descontento y a la posibilidad de un alzamiento de los montañeses contra el poder de Shamil. El príncipe Tarhanov me ha dicho que él no duda de la buena fe de Hadyi Murad y que éste está convencido de que Shamil no le perdonará nunca y le matará, a pesar de la promesa de perdón. Lo único que puede preocupar a Tarhanov en sus relaciones con Hadyi Murad es el fuerte apego de éste a su religión; y no oculta que Shamil puede influir sobre él en ese particular. Pero, como ya digo más arriba, nunca convencerá a Hadyi Murad de que no lo matará, bien en seguida o bien algún tiempo después de su regreso.

He aquí, querido Príncipe, todo lo que quería decirle sobre este episodio en los asuntos de aquí".

15

Este informe fue enviado de Tiflis el 24 de diciembre. La víspera de Año Nuevo de 1852, un correo, tras reventar una docena de caballos y fustigar hasta hacerles sangre a una docena de cocheros, lo entregó al príncipe Chernyshov, a la sazón ministro de la Guerra y el 1 de enero de 1852 Chernyshov, entre otros asuntos, presentó al emperador Nicolás ese despacho de Vorontsov.

Chernyshov no estimaba a Vorontsov por varios motivos: por el respeto general de que éste gozaba; por sus enormes riquezas; por ser Vorontsov un noble de vieja estirpe mientras que él, Chernyshov, era sólo un parvenu; y, principalmente, por el favor especial que le dispensaba el emperador. Por ello, Chernyshov aprovechaba cuantas ocasiones se le ofrecían para desacreditar a Vorontsov. En su último informe sobre la situación en el Cáucaso Chernyshov había conseguido provocar el descontento de Nicolás contra Vorontsov porque, por negligencia del alto mando, los montañeses habían aniquilado casi por completo a un pequeño destacamento de cosacos. Ahora se proponía presentar con matiz desfavorable las disposiciones de Vorontsov con respecto a Hadyi Murad. Quería persuadir al emperador de que Vorontsov propendía siempre a proteger a los indígenas, más aún, sentía debilidad por ellos en perjuicio de los rusos; de que dejando a Hadyi Murad en el Cáucaso había obrado de modo imprudente; de que con toda probabilidad Hadyi Murad se había pasado a los rusos con el único propósito de estudiar sus medidas de defensa; y de que, por consiguiente, lo mejor sería desterrarle al centro de Rusia y no servirse de él hasta que su familia estuviera en nuestro poder y fuera posible confiar en su sinceridad.

Pero Chernyshov fracasó en ese plan, y sólo porque en esa mañana del 1 de enero Nicolás estaba de un mal humor muy particular. Sólo por llevar la contraria, el emperador no habría aceptado propuesta alguna de nadie, fuese quien fuese, y menos aún de Chernyshov, a quien sólo toleraba por considerarle de momento irreemplazable. Pero, conociendo los esfuerzos de éste durante el proceso de los decembristas por destruir a Zahar Chernyshov y apoderarse de sus bienes, le tenía por un grandísimo granuja. Así pues, gracias al mal humor de Nicolás, Hadyi Murad permaneció en el Cáucaso y no hubo cambio en su suerte, como sí podría haberlo habido si Chernyshov hubiera presentado su informe en otra ocasión.

Eran las nueve y media cuando, en una niebla de 20º bajo cero, el gordo y barbudo cochero de Chernyshov, tocado de un bicornio de terciopelo azul celeste y sentado en el pescante de un pequeño trineo semejante a los de Nicolás, llegó ante la escalera pequeña del Palacio de Invierno e hizo con la cabeza un saludo amistoso a su amigo, el cochero del príncipe Dolgoruki, que hacía rato había traído allí a su amo y le aguardaba cerca de la entrada del palacio, con las bridas sujetas bajo las anchas y felpudas posaderas y frotándose las manos ateridas.

Chernyshov vestía capa de uniforme con grueso cuello de castor gris y sombrero de tres picos con plumas de gallo. Desembarazándose de su manta de piel de oso, sacó cuidadosamente del trineo sus pies entumecidos desprovistos de chanclos (se ufanaba de no usarlos nunca) y, con gallardía y mucho repiqueteo de espuelas, llegó pisando la alfombra a la puerta que le abría respetuosamente el portero. Cuando en la antecámara hubo depositado su capa en los brazos del viejo lacayo que al momento había acudido, Chernyshov se acercó a un espejo y desprendió cuidadosamente el sombrero de su peluca rizada. Mirándose en el espejo; comprobó con gesto habitual de sus vetustas manos que las patillas y el tupé estaban bien, ajustó como era debido su cruz, sus cordones y sus gruesas charreteras con monograma, y luego, con el paso débil de sus seniles piernas que se movían con esfuerzo, empezó a subir por la cómoda y alfombrada escalera.

Chernyshov pasó junto a los ayudas de cámara que, en uniforme de gala, estaban junto a la puerta y le saludaron servilmente, y entró en la sala de espera. El oficial de guardia, un edecán recién elevado a ese cargo, resplandeciente en su nuevo uniforme, sus charreteras, sus cordones y su rostro colorado aún fresco, con sus negros bigotes y sus patillas peinadas hacia los ojos como las de Nicolás, le saludó respetuosamente. El príncipe Vasili Dolgoruki, colega suyo en el ministerio de la Guerra, cuyo rostro inexpresivo y aburrido estaba adornado con las mismas patillas y los mismos bigotes que el de Nicolás, se levantó para ir al encuentro de Chernyshov y saludarle.

—¿El emperador? —preguntó Chernyshov en francés, volviéndose al edecán e indicando con los ojos la puerta del gabinete.

—Su Majestad acaba de volver —respondió el edecán en la misma lengua y oyendo con satisfacción evidente el sonido de su propia voz. Y pisando con suavidad, a paso tan leve que de llevar un vaso de agua en la cabeza no habría derramado una gota, se acercó a la puerta que se abrió sin ruido, revelando en toda su persona la más profunda veneración al lugar en que iba a introducirse.

Dolgoruki, mientras tanto, abrió su cartera para comprobar los papeles que en ella llevaba. Chernyshov, con el ceño fruncido, iba y venía por la sala, estirando las piernas y tratando de recordar lo que tenía que decir al emperador. Estaba cerca de la puerta del gabinete cuando ésta se abrió de nuevo y por ella salió el edecán, aún más resplandeciente y respetuoso que momentos antes. Con un gesto invitó al ministro y su colega a presentarse ante el emperador.

Hacía largo tiempo que el Palacio de Invierno había sido reconstruido después del incendio de Moscú, pero Nicolás seguía viviendo en el piso superior. El gabinete en que recibía los informes de sus ministros y altos funcionarios era un aposento muy alto de techo con cuatro grandes ventanas. Un retrato de cuerpo entero del emperador Alejandro I colgaba en la pared principal. Entre las ventanas había dos escritorios. A lo largo de los muros unas cuantas sillas. En medio de la habitación una enorme mesa de escribir, y ante ella el sillón de Nicolás y algunas sillas para los visitantes.

Nicolás, en frac negro con sólo cordones en los hombros, pero sin charreteras, estaba sentado a la mesa. Levantó su cuerpo enorme y fuertemente encorsetado para disimular el abdomen prominente, y, sin moverse, dirigió su mirada mortecina a los que entraban. Su largo rostro blanco, de enorme frente huidiza, con patillas muy lisas que se unían cucamente con el peluquín que le cubría la calvicie, se mostraba ese día particularmente frío e inmóvil. Los ojos, siempre turbios, lo estaban más que de ordinario, los labios muy apretados bajo el bigote retorcido, las fofas mejillas recién afeitadas apoyadas en el cuello alto, las patillas que dejaba crecer en forma de salchichas de igual tamaño, el mentón sostenido por el cuello... todo ello daba a su fisonomía una expresión de descontento e incluso de ira. El motivo de ese estado de ánimo era la fatiga, y esa fatiga provenía de que la víspera había asistido a un baile de máscaras. Allí, mientras paseaba como de costumbre tocado de su casco de la Guardia Montada adornado de un pájaro, en medio de un público que se congregaba en torno suyo y se apartaba respetuosamente para dejar paso a su enorme y petulante figura, había vuelto a encontrar a una máscara que, en un baile anterior, había despertado su senil sensibilidad por la blancura de su cutis, la belleza de su cuerpo y su tierna voz, pero que se le había escapado, no sin antes prometerle que le volvería a ver en el baile siguiente. En el de la víspera, ella se le había acercado, y él no la había dejado escapar. La había conducido a un palco especialmente habilitado para poder quedarse a solas con su dama. Llegado a la puerta del palco sin decir palabra, Nicolás había buscado con los ojos al acomodador, pero éste no estaba allí. Nicolás frunció el ceño y empujó, él mismo, la puerta del palco, haciendo pasar a la dama delante de él.

—Ahí hay alguien —dijo en francés la máscara, deteniéndose. En efecto, el palco estaba ocupado. En el sofá de terciopelo, muy pegados unos a otros, había un oficial de ulanos y una joven muy bonita de pelo rubio rizado, en dominó, que se había quitado el antifaz. Al ver a Nicolás furioso, estirado hasta su máxima estatura, la rubia se puso apresuradamente el antifaz, en tanto que el oficial de ulanos, petrificado de espanto, miraba a Nicolás con ojos aturdidos sin levantarse del sofá.

Aun acostumbrado como estaba Nicolás al terror que inspiraba en la gente, ese terror le era siempre agradable, y a veces le divertía desconcertar a personas dominadas por ese terror pronunciando como contraste algunas palabras amables. Así ocurrió en esta ocasión.

—Bueno, hermano, tú eres más joven que yo —dijo al oficial, que estaba alelado de espanto—. Ahora puedes dejarme el sitio.

El oficial se levantó de un salto y, palideciendo y sonrojándose alternativamente, salió encogido del palco a la zaga de su máscara. Nicolás quedó solo con su bella acompañante.

La máscara resultó ser una bonita e inocente muchacha de veinte años, hija de una institutriz sueca. Contó a Nicolás que ya desde su infancia se había enamorado de él por sus retratos; que le adoraba y había decidido captar su atención a toda costa. Y he aquí que lo había conseguido. Y, según dijo, no deseaba otra cosa en este mundo. Nicolás hizo que la llevaran al lugar habitual de sus citas amorosas y pasó más de una hora con ella.

Cuando esa noche regresó a su habitación, se acostó en la cama angosta y dura de que tanto se preciaba y se cubrió con la manta escocesa que consideraba (y así lo decía) tan famosa como el sombrero de Napoleón, pero no pudo dormirse durante largo rato. O bien recordaba el rostro blanco de la muchacha, asustado al par que extasiado, o bien los hombros rozagantes y potentes de Nelidova, su favorita a la sazón, y comparaba a la una con la otra. No se le ocurría que estaba mal en un hombre casado entregarse al libertinaje; y se hubiera asombrado de que alguien juzgase reprobable su conducta. Pero no obstante estar seguro de haber obrado como era debido, le quedaba un resabio desagradable, y para sofocarlo se puso a pensar en lo que siempre era remedio enj caz en tales casos: en lo gran hombre que era.

A despecho de haberse dormido tarde, se levantó como de costumbre a las ocho, hizo sus abluciones habituales, se frotó con hielo el enorme y bien cebado cuerpo, se encomendó a Dios sin atribuir sentido alguno a las oraciones que desde su infancia había recitado (la Salve, el Credo y el Padrenuestro), y por un corto pasillo salió al muelle en gorra y abrigo.

En el muelle tropezó con un alumno en uniforme y sombrero de la Facultad de Derecho, individuo de estatura tan enorme como la suya propia. Al ver el uniforme de esa facultad, que a él no le agradaba por su espíritu de independencia, Nicolás frunció el entrecejo, pero su desagrado se endulzó al ver la aventajada talla del estudiante, su porte intachable y el saludo que le hizo con el codo levantado y muy tenso.

—¿Cómo te llamas? —preguntó.

—Polosatov, Vuestra Majestad Imperial.

—Eres buen mozo. .

El estudiante seguía tieso, con la mano en el sombrero. Nicolás se detuvo.

—¿Quieres entrar en el ejército?

—No, Vuestra Majestad Imperial.

—¡Imbécil! —y Nicolás se alejó y empezó a pronunciar en voz alta las primeras palabras que le vinieron al magín: "Kopervein, Koperveim", nombre de la muchacha de la víspera, que repitió varias veces—. "¡Mal asunto, mal asunto!". No pensaba en lo que decía, pero sí aliviaba su malestar oyéndose hablar. "A ver, ¿qué sería de Rusia sin mí? —se decía, sintiendo que su descontento volvía de nuevo—. Más aún, ¿qué serían sin mí no sólo Rusia, sino Europa?". Y pensó en su cuñado, el rey de Prusia, en la debilidad y estupidez de éste, y sacudió la cabeza.

Cuando regresaba a la escalinata del palacio vio el coche de Yelena Pavlovna, que se detenía con su lacayo rojo ante la entrada Saltykov. Yelena Pavlovna era para él la personificación de esos individuos mentecatos que discurrían no sólo de ciencias o de poesía, sino también de gobierno, figurándose que son capaces de gobernarse a sí mismos mejor que él, Nicolás, los gobernaba. Éste sabía que, por mucho que trataba de aplastar a tales personas, éstas se las arreglaban para volver a levantarse. y se acordó de su hermano, Mihail Petrovich, muerto recientemente. Un sentimiento de tristeza y enojo se adueñó de él. Sombrío y cejijunto comenzó una vez más a articular las primeras palabras que le vinieron al caletre; y sólo cesó de hacerlo cuando entró en el palacio. Pasó a su aposento, se alisó ante el espejo las patillas y el tupé, se retorció el mostacho, y fue directamente al gabinete en que recibía los informes.

Recibió primero a Chernyshov, quien por la cara y sobre todo por los ojos de Nicolás comprendió al momento que ese día el zar estaba de singular mal humor; y sabedor de la aventura de la víspera, entendió el porqué de ello. Nicolás saludó a Chernyshov con frialdad y le invitó a tomar asiento, clavando en él sus ojos cansados.

El primer asunto del informe de Chernyshov tenía que ver con desfalcos de los funcionarios de intendencia; seguidamente se pasó a los movimientos de tropas en la frontera de Prusia; luego a los galardones para unas cuantas personas que no habían figurado en la primera lista para el Año Nuevo; más tarde a la comunicación de Vorontsov sobre la sumisión de Hadyi Murad; y, finalmente, al caso desagradable de un estudiante de medicina que había atentado contra la vida de un profesor.

Nicolás, en silencio, contraídos los labios, alisaba con sus grandes manos blancas, en las que había sólo un anillo de oro en el dedo anular, las hojas de papel y escuchaba el informe sobre los desfalcos, sin apartar los ojos de la frente y el tupé de Chernyshov.

Nicolás estaba convencido de que todo el mundo robaba. Sabía que ahora era indispensable castigar a los funcionarios de intendencia, y decidió hacer de todos ellos simples soldados; pero sabía también que ello no impediría que los que viniesen a reemplazarlos hicieran exactamente lo mismo. Lo característico de los funcionarios era robar, su deber como zar consistía en castigarlos, y por fastidioso que tal deber le pareciese cumplía cabalmente con él.

—Es obvio que en Rusia no hay más que un hombre honrado —dijo. Chernyshov comprendió al momento que ese único hombre honrado en Rusia era el propio Nicolás y sonrió aquiescente.

—Es muy probable, Vuestra Majestad —dijo.

—Déjame eso. Lo resolveré después —dijo Nicolás, tornando el papel y poniéndolo en el lado izquierdo de la mesa.

Seguidamente Chernyshov dio su informe sobre los honores y los movimientos de las tropas. Nicolás examinó la lista, tachó algunos nombres y luego, breve y resueltamente, ordenó el envío de dos divisiones a la frontera de Prusia.

Nicolás no podía perdonar al rey de Prusia la constitución que, a raíz de 1848, había dado a sus súbditos, por lo que, aun testimoniando en cartas y palabras a su yerno los sentimientos más amistosos, estimaba necesario, en todo caso, desplegar tropas en la frontera prusiana. Esas tropas podían asimismo ser necesarias si se producían disturbios populares en Prusia (Nicolás veía por todas partes amenazas de revolución), empleándolas en defensa del trono de su cuñado, al igual que había defendido a Austria contra los húngaros. Esas tropas en la frontera eran también oportunas para dar mayor peso y significado a los consejos que dirigía al rey de Prusia.

"Sí, ¿qué sería de Rusia sin mí" —volvió a pensar.

—¿Hay algo más? —preguntó.

—Ha llegado un correo del Cáucaso —respondió Chernyshov, quien le informó de lo que había escrito Vorontsov a propósito de la sumisión de Hadyi Murad.

—¡Vaya, vaya! —contestó Nicolás—. Es un buen principio.

—Es evidente que el plan concebido por Vuestra Majestad empieza a dar fruto —dijo Chernyshov.

Este elogio de su talento estratégico era especialmente agradable a Nicolás porque, aunque se ufanaba de él, en el fondo de su ser reconocía que no lo tenía. Y ahora quiso oír alabanzas más detalladas.

—¿Cómo lo entiendes tú?

—Yo entiendo que si se hubiese seguido el plan de nuestra Majestad, o sea, avanzar poco a poco, aunque fuera lentamente, talando bosques y destruyendo provisiones, el Cáucaso se habría sometido hace tiempo. Yo atribuyo la sumisión de Hadyi Murad únicamente a esa situación. Ha comprendido que era imposible seguir resistiendo.

—Es verdad —dijo Nicolás.

Lo cierto era que el plan de avanzar lentamente por el territorio enemigo, recurriendo a la tala de bosques y destrucción de víveres, era el de Yermolov y Velyaminov, enteramente opuesto al plan de Nicolás. Según el de te último, había que apoderarse de golpe de la residencia de Shamil y arrasar ese nido de bandoleros, y con tal fin se había preparado en 1845 la expedición de Dargo que había costado tantas vidas. Sin embargo, Nicolás también se atribuía a sí mismo el plan de avance lento, con la tala metódica de bosques y destrucción de provisiones. Cabría pensar que, para creer tal cosa, debería disimular que había apoyado la campaña de 1845, enteramente contraria a ese plan. Pero no lo disimulaba, y se enorgullecía del plan de la expedición de 1845 a la vez que del plan de avance lento, a pesar de que ambos planes se contradecían. Pero la adulación de su séquito continua, patente y contraria a la evidencia le llevó al extremo de no ver sus contradicciones, de no cotejar sus actos y palabras con la realidad, con la lógica, y ni siquiera con el sentido común; y estaba plenamente convencido de que todas sus disposiciones, tan insensatas, injustas y opuestas entre sí, resultaban sensatas , justas y equilibradas sólo porque eran suyas.

Tal fue ahora su decisión en el caso del estudiante de medicina, que Chernyshov le presentó después del informe sobre el Cáucaso.

Ese caso era el siguiente: un joven que había sido suspendido dos veces en un examen se presentó por tercera vez, y cuando el profesor no le aprobó, el estudiante, morbosamente nervioso, viendo en ello una injusticia, cogió de la mesa un cortaplumas y en un arrebato de furia se lanzó sobre el profesor y le causó algunas heridas insignificantes.

—¿Su nombre?

—Byhezovski.

—¿Polaco?

—De origen polaco y católico. Nicolás frunció el ceño. Había hecho mucho daño a los polacos. Para justificado le era preciso persuadirse de que todos los polacos eran unos bribones. y así los juzgaba Nicolás y los odiaba en la medida del daño que les había hecho.

—Espera un momento —dijo, cerrando los ojos y bajando la cabeza.

Chernyshov sabía, por habérselo oído decir a Nicolás varias veces, que cuando necesitaba decidir alguna cuestión importante, sólo necesitaba ensimismarse unos instantes, y que entonces, como si se sintiese inspirado, la mejor solución se presentaba por sí misma, como si una voz interior le dijera lo que convenía hacer. Ahora pensaba en cómo satisfacer la inquina contra los polacos que resurgía con el caso de este estudiante, y la voz interior le sugirió la siguiente decisión: Merece la pena de muerte. Gracias a Dios, la pena de muerte ya no existe entre nosotros, y no seré yo quien vuelva a imponerla. Que pase doce veces entre mil hombres. Nicolás. Y lo firmó con su enorme rúbrica.

Nicolás sabía que un vapuleo de doce mil varas significaba no sólo una muerte cierta y atroz, sino una crueldad inútil, porque con cinco mil bastaba para matar al hombre más fuerte. Pero le agradaba ser despiadadamente cruel y pensar que entre nosotros ya no existía la pena de muerte.

Cuando hubo escrito su decisión acerca del estudiante, se la pasó a Chernyshov.

—Aquí está —dijo—. Léela.

Chernyshov la leyó y, en señal de cortés asombro ante la sabiduría de tal decisión, inclinó la cabeza.

—Y que lleven a todos los estudiantes a la plaza para que presencien el castigo —agregó Nicolás—. Eso les será útil. Extirparé el espíritu revolucionario. Lo arrancaré de raíz.»

—Perfectamente —dijo Chernyshov; y tras un momento de silencio volvió al tema del Cáucaso—. ¿Y ahora qué se debe escribir a Mihail Semyonbvich?

—Que se ajuste estrictamente a mi plan: arrasar viviendas, destruir víveres en Chechnya y hostilizar al enemigo con golpes de mano —contestó Nicolás.

—¿Y en cuanto a Hadyi Murad? —preguntó Chernyshov.

—¡Pero si Vorontsov me escribe que quiere hacer uso de él en el Cáucaso!

—¿No es eso demasiado arriesgado? —dijo Chernyshov, evitando la mirada de Nicolás—. Me temo que Mihail Semyonovich sea demasiado confiado.

—¿Y tú qué opinas? —preguntó Nicolás con sequedad, notando el esfuerzo de Chernyshov para presentar, dándoles un matiz desfavorable, las medidas adoptadas por Vorontsov.

—Yo creería que sería más seguro conducirle a Rusia.

—Tú creerías eso —dijo Nicolás irónicamente—. Pero yo no lo creo, y estoy de acuerdo con Vorontsov. Escríbeselo así.

—Por supuesto —dijo Chernyshov, levantándose y despidiéndose.

Dolgoruki, quien durante el tiempo que duró el informe no dijo más que unas cuantas palabras en respuesta a las preguntas de Nicolás sobre los movimientos de tropas, se despidió también.

Después de Chernyshov le tocó el turno al general—gobernador de las provincias del Oeste, Bibikov, que venía a despedirse para reintegrarse a su puesto. Nicolás aprobó las medidas adoptadas por Bibikov contra los campesinos que se habían sublevado por no querer convertirse a la ortodoxia, y le ordenó que todos ellos fueran juzgados por un consejo de guerra. Esto significaba condenarlos de antemano a pasar por baquetas.

Mandó asimismo incorporar al ejército como soldado raso a un periodista que había publicado un reportaje sobre la transferencia de varios miles de siervos del Estado a miembros de la familia imperial.

—Hago esto porque lo estimo necesario —dijo—. y no permito que se ponga a discusión.

Bibikov comprendía la crueldad de las disposiciones relativas a los uniatas y la injusticia de transformar siervos del Estado, o sea, los únicos libres entonces, en siervos adscritos a la familia imperial. Pero le era imposible objetar. No estar de acuerdo con las disposiciones de Nicolás equivaldría para Bibikov a renunciar a la brillante posición de que disfrutaba, que le había costado cuarenta años conseguir. Y por ello, inclinando la cabeza entrecana en señal de obediencia, indicó que estaba dispuesto a cumplir con el mandato cruel, insensato y fraudulento de Su Majestad.

Después de despedir a Bibikov, Nicolás, consciente de haber cumplido con su deber, se desperezó, miró el reloj y fue a vestirse para salir. Se puso un uniforme con charreteras, condecoraciones y banda, luego pasó a la sala de recepción donde le esperaban impacientes más de cien personas, los hombres de uniforme, las mujeres en vestidos escotados, todos ellos en los lugares correspondientes a su rango.

Con su mirada mortecina, pecho abombado y abdomen ceñido, que rebasaba del corsé por arriba y por abajo, se acercó a los que le esperaban, y consciente de que todas las miradas estaban vueltas hacia él con timorata servilidad, adoptó un porte aún más solemne. Cuando sus ojos descubrían un rostro conocido, recordaba "fulano... fulano...", se detenía y decía algunas palabras en francés o en ruso, y luego escuchaba lo que se le decía, mirando al interlocutor fría y vagamente.

Cuando hubo recibido la pleitesía de los cortesanos, Nicolás pasó a la iglesia.

Al igual que la gente de este mundo, Dios, por mediación de sus ministros, recibió y alabó a Nicolás, quien aceptó ese tributo como algo que le era debido aunque fuera fastidioso. Todo eso era como debí a ser, porque de él dependían el bienestar y la felicidad del mundo entero. Y aunque aquello le cansaba, no negaba al mundo su participación. Cuando al final de la misa el espléndido y bien peinado diácono entonó el «Muchos años» y el coro recogió estas palabras con melodiosas voces, Nicolás, mirando en tomo suyo, alcanzó a ver a Nelidova, que estaba de pie junto a una ventana; se fijó en sus bien formados hombros y resolvió en su favor la comparación con la muchacha de la víspera.

Después de la misa fue a ver a la emperatriz y pasó algunos minutos en familia bromeando con su mujer y sus hijos. Luego, atravesando el Hermitage, entró en el despacho del ministro de la Corte, Volkonski, y le confió el encargo, entre otras cosas, de crear de su peculio personal una pensión para la madre de la muchacha de la víspera. y de allí fue a dar su paseo habitual.

Ese día la comida tuvo lugar en la sala pompeyana. Además de los hijos menores, Nikolai y Mihail, estaban invitados el barón Lieven, el conde Ryevuski, Dolgoruki, el embajador de Prusia y el edecán del rey de Prusia. Mientras aguardaban la llegada de la emperatriz y el emperador, se entabló una conversación interesante entre el embajador de Prusia y el barón Lieven sobre las últimas noticias, harto alarmantes, recibidas de Polonia.

—La Polonia y el Cáucaso son las dos llagas de Rusia —dijo Lieven en francés—. Necesitamos unos 1000.000 hombres en cada uno de esos países.

El embajador fingió quedar sorprendido de tal comentario.

—Usted dice que Polonia... —empezó a decir el embajador.

—¡Oh, sí! Fue un golpe maestro de Mettemich el estorbo...

En ese momento entró la emperatriz con su cabeza temblona y su sonrisa glacial y tras ella Nicolás. A la mesa Nicolás habló de la sumisión de Hadyi Murad. Agregó que ahora la guerra del Cáucaso debería terminar pronto, ya que había dispuesto el acoso de los montañeses mediante la tala de los bosques y la instalación de fortines.

El embajador cambió una rápida mirada con el edecán prusiano. Esa misma mañana habían hablado de la lamentable debilidad de Nicolás de considerarse como un gran estratega. E hizo gran elogio de ese plan, que demostraba una vez más las admirables prendas militares de Nicolás.

Después de la comida Nicolás fue al ballet en el que desfilaron centenares de mujeres casi desnudas. Una de ellas le agradó en particular. Mandó llamar al maestro del ballet, le dio las gracias y ordenó que se le diera una sortija con brillantes.

Al día siguiente, al despachar con Chernyshov, Nicolás confirmó sus instrucciones a Vorontsov, a saber, que ahora que Hadyi Murad se había sometido, era preciso incrementar la presión contra la Chechnya y encerrarla en un cordón de tropas.

Chernyshov escribió en ese sentido a Vorontsov y otro correo, reventando más caballos y fustigando las caras de más cocheros, partió para Tiflis.

16

En cumplimiento de lo dispuesto por Nicolás, se intentó seguidamente, en enero de 1852, un golpe de mano en Chechenia.

El destacamento que lo intentó estaba compuesto de cuatro batallones de infantería, dos escuadrones de cosacos y ocho cañones. La columna avanzaba por el camino, a ambos lados del cual, en cadena ininterrumpida, subiendo y bajando por las laderas de las cañadas, iban los Jägers [29] en botas grandes, pellizas y gorros altos, con los fusiles al hombro y las cartucheras cruzadas. Como siempre que marchaba por territorio hostil, el destacamento hacía el menor ruido posible. Sólo de vez en cuando se oía el traqueteo de los cañones en las cunetas, o un caballo de artillería, que no comprendía la orden de silencio, resoplaba o relinchaba; o bien, la voz ronca y reprimida de un suboficial irritado denostaba a sus hombres porque la cadena se alargaba más de lo debido, o bien porque marchaba demasiado cerca o demasiado lejos de la columna. Sólo una vez se turbó el silencio, cuando dos, cabras monteses, ambas de vientre y cuartos traseros blancos y de lomo gris, junto con un macho de cuernecillos vueltos hacia atrás, saltaron de un escondrijo espinoso entre la fila y la columna. Los bonitos animales, atemorizados, dando grandes brincos con las patas delanteras replegadas bajo el vientre, se acercaron tanto a la columna que algunos soldados, riendo y gritando,

---

[29] Soldado de un regimiento de fusileros.

echaron a correr tras ellas para hincar les las bayonetas; pero las cabras dieron media vuelta, atravesaron la fila de Jägers y, al igual que pájaros, salieron disparadas hacia la montaña, perseguidas por algunos soldados a caballo y los perros del destacamento.

Era todavía invierno, pero el sol comenzaba a remontarse y ya iba alto a mediodía cuando el destacamento, que había salido muy temprano, había recorrido ya una decena de verstas. Calentaba ya tanto que el calor empezó a ser demasiado molesto; sus rayos eran tan deslumbrantes que su reflejo en el acero de las bayonetas y en el bronce de los cañones, donde tenía el aspecto de pequeños soles hacía daño a los ojos.

Detrás quedaba el arroyo rápido y límpido que el destacamento acababa de atravesar; delante se veían campos cultivados y praderas ondulantes; más adelante todavía, montañas negras y misteriosas cubiertas de bosque; al otro lado de esas montañas negras, peñascos que las rebasaban; y allá en todo lo alto, sobre el horizonte, las nieves perpetuas, perpetuamente espléndidas, perpetuamente cambiantes, jugando con la luz como si fueran diamantes.

A la cabeza de la quinta compañía, en gorro alto y guerrera negra, con el sable colgando al costado, marchaba Butler, oficial alto y apuesto, recién trasladado de la Guardia. Tenía una viva sensación de alegría vital a la vez que de peligro mortal, amén del deseo de verse en acción y la conciencia de ser parte de un enorme "todo" regido por una sola voluntad. Era la segunda vez que Butler participaba en un ataque; y pensaba con alegría que pronto empezarían a disparar sobre él y que no sólo no agacharía la cabeza bajo las balas, sino que no haría caso del silbido de éstas, sino que, como la vez anterior, levantaría aún más la cabeza y con ojos sonrientes miraría a sus camaradas y a los soldados y hablaría en tono indiferente de cosas sin importancia.

La columna se desvió del camino, entró por otro carril poco frecuentado entre campos de maíz en rastrojo, y ya se acercaba al bosque cuando de pronto, sin saberse de dónde, llegó una bala que con silbido siniestro se hundió en el suelo en medio de los carros, en un campo de maíz al lado del camino.

—Ya empieza la cosa —dijo Butler con sonrisa alegre al camarada que iba a su lado.

Y, efectivamente, un instante después de la bala apareció en la orilla del bosque un nutrido tropel de caballistas chechenes con sus gallardetes. En medio del grupo se veía un gran estandarte verde, y un viejo sargento de la compañía, muy largo de vista, dijo al miope Butler que aquél debía de ser el propio Shamil. El grupo bajó la pendiente y apareció en lo alto de la colina más cercana a la derecha, de la que a su vez empezó a bajar. Un general pequeño, en guerrera de abrigo negra y gorro de piel alto y grande terminado en punta blanca, se acercó a Butler en su montura y le ordenó que hiciese frente a la caballería enemiga. Butler se apresuró a dirigir a su compañía en la dirección indicada, pero aún no había tenido tiempo de llegar a la barranca cuando oyó tras de sí, uno tras otro, dos disparos de cañón. Se volvió para mirar: dos nubecillas de humo azul se levantaban por encima de dos cañones y se deslizaban a lo largo de la cañada. La tropa enemiga, que por lo visto no esperaba encontrar artillería, retrocedió. La compañía de Butler empezó a disparar sobre los montañeses corriendo tras ellos, y toda la cañada quedó cubierta por el humo de la pólvora. Sólo en lo alto de la cañada se veía a los montañeses retirarse rápidamente haciendo fuego sobre los casacas que les perseguían. El destacamento continuó su marcha tras ellos y en la vertiente de la segunda barranca descubrió un aoul.

Butler, a paso de carga con su compañía, entró tras los casacas en el aoul. En él no quedaba un solo habitante. Los soldados tenían órdenes de pegar fuego al trigo, al heno e incluso a las saklyas. Un humo acre se extendía por todo el aoul y en medio de él escudriñaban los soldados, apoderándose en las saklyas de cuanto en ellas encontraban, y en particular atrapando y matando a tiros a las gallinas que no pudieron llevarse los montañeses. Los oficiales se sentaron lejos del humo, almorzaron y bebieron. El sargento les trajo sobre un tablero unos cuantos panales de miel. Los chechenes no daban señales de vida. Poco después de mediodía se dio la orden de retirada. Las compañías se alinearon en columna a la salida del aoul y a Butler le tocó ir en la retaguardia. Apenas se puso en marcha la columna cuando aparecieron los chechenes y, a la zaga del destacamento, lo fue acompañando a tiros.

Cuando el destacamento salió a campo abierto los montañeses hicieron alto. En la compañía de Butler no había ningún herido, por lo que en el regreso estaba de talante alegre y animoso.

Cuando el destacamento volvió a vadear el riachuelo que había atravesado esa mañana y se alargó por los campos de maíz y las praderas, los mejores cantantes de cada compañía se adelantaron y empezaron las canciones. No hacía viento, el aire era fresco, puro y tan transparente que las alturas nevadas que distaban de allí un centenar de verstas parecían muy próximas. Y cuando los cantantes callaron, se oyó el ritmo mesurado de los pasos y el traqueteo de los cañones como si ambos fueran la nota clave en que comenzaba y terminaba la canción. La canción de la quinta compañía, o sea, la de cazadores de Butler, había sido compuesta por un joven cadete en loor del regimiento y se cantaba según un motivo de danza con el estribillo:

Los Jägers, los Jägers
son diferentes,
¡no hay nadie como ellos!

Butler cabalgaba al lado de su superior inmediato, el comandante Petrov, con el cual vivía, y no cesaba de felicitarse por haber dejado la Guardia y decidido venir al Cáucaso. El motivo principal de su salida de la Guardia habían sido sus pérdidas de juego en Petersburgo, hasta el extremo de haberse quedado sin un kopek. Temía no tener arrestos bastantes para dejar de jugar si permanecía en la Guardia, aunque ya nada tenía que perder.

Todo eso había concluido ahora. Ésta era otra vida, hermosa, jovial. Ya se había olvidado de su ruina y de sus deudas impagadas. El Cáucaso, la guerra, los soldados, los oficiales, el valeroso comandante Petrov, borracho y bondadoso, todo ello se le antojaba tan delicioso que a veces le parecía increíble. Así pues, gozaba de no estar en Petersburgo, en aquellas salas llenas de humo, sobando naipes y apostando, odiando al banquero y padeciendo de un insufrible dolor de cabeza, sino aquí, en este país de maravilla, en medio de intrépidos caucasianos.

Los Jägers, los Jägers
son diferentes,
¡no hay nadie como ellos!

Así cantaban sus hombres. Con paso alegre su caballo marchaba a ese compás. Trezorka, el perro gris peludo de la compañía de Butler, corría como un jefe delante de ella, con el rabo en curva y aire preocupado. Butler sentíase animoso, tranquilo y alegre. La guerra se le representaba sólo como la amenaza de un peligro, como la posibilidad de la muerte, lo cual se traducía en condecoraciones y en el respeto de sus camaradas de aquí y de sus amigos de Rusia. El otro aspecto de la guerra, a saber, la muerte, las heridas de los soldados, de los oficiales, de los montañeses, por extraño que sea decirlo, no hallaba cobijo en su imaginación. Más aún, inconscientemente, para mantener incólume su imagen poética de la guerra, nunca miraba a los muertos y los heridos. Así sucedió también ahora.

Teníamos tres muertos y doce heridos. Pasó junto a un cadáver que yacía boca arriba, y sólo miró de reojo la posición un poco extraña de la mano color de cera, una mancha de rojo oscuro en la cabeza y no quiso ver más. Los montañeses eran para él sólo unos diestros caballistas de los cuales era preciso defenderse.

—En fin, ya ve usted, amigo —dijo el comandante en un intervalo entre dos canciones—. Esto no es lo que hacen ustedes en Petersburgo: ¡alineación izquierda!, ¡alineación derecha! Aquí se ha trabajado bien, y ahora a casa. Mashurka nos traerá una empanada, con una buena sopa de coles. Eso es vivir, ¿no le parece? ¡A ver, muchachos! "Cuando apunta el alba...", —mandó que se cantara su canción favorita.

El comandante vivía maritalmente con la hija del enfermero, a quien al principio se llamó Mashka y luego Marya Dmitrievna. Era una mujer rubia, pecosa y guapa, de unos treinta años y sin hijos. Cualquiera que hubiera sido su pasado, en el presente era la compañera fiel del comandante, a quien cuidaba como una nodriza, de lo que aquél andaba necesitado porque a menudo bebía I hasta perder el conocimiento.

Cuando llegaron al fuerte, todo sucedió como el comandante había previsto. Marya Dmitrievna les sirvió una abundante y suculenta comida, no sólo a ellos sino también a otros dos oficiales del destacamento a quienes Petrov había invitado. El comandante comió y bebió tanto que no pudo hablar más y tuvo que ir a acostarse. Butler, cansado también, pero contento y algo achispado con el vino del país, fue a su cuarto y apenas tuvo tiempo de desnudarse cuando, con la palma de la mano bajo la hermosa cabeza rizada, se hundió en un letargo profundo y sin sueños.

17

El aoul arrasado en el golpe de mano era precisamente ; aquél en que Hadyi Murad había pasado la noche antes; de entregarse a los rusos.

Sado, en cuya casa se había alojado Hadyi Murad, había huido a las montañas con su familia al acercarse el destacamento ruso. Cuando volvió al aoul encontró des, trozada su saklya, hundida la techumbre, quemadas la puerta y las pilastras de la pequeña galería y ensuciado el interior. Su hijo, el guapo muchacho de ojos relucientes que miraba entusiasmado a Hadyi Murad, había sido llevado muerto a la mezquita, a lomos de un caballo y cubierto de una burka. Había recibido un bayonetazo en la espalda. La mujer venerable que había servido a Hadyi

Murad durante la visita de éste se hallaba de pie allí, junto a su hijo. Con la camisa desgarrada, que dejaba ver sus viejos senos fláccidos, y el cabello en desorden, se arañaba el rostro hasta hacerse sangre y aullaba sin cesar. Sado, provisto de pala y pico, salió con sus parientes para cavar la fosa para su hijo. El viejo abuelo estaba sentado junto a la pared de la saklya derruida, alisando una vara con un cuchillo y mirando ante sí con ojos vacíos. Acababa de volver de su colmenar. Dos almiares de heno que allí se hallaban habían sido incendiados; los albaricoques y cerezos que el anciano había plantado y cultivado habían sido talados y arrojados al fuego; y lo peor era que habían quemado todas las colmenas con sus abejas. Los aullidos de las mujeres se oían por todas las casas y en la plaza, a donde habían llevado dos cadáveres más. Los niños pequeños lloraban a coro con sus madres. Mugía también el ganado hambriento, al que nada se le podia dar. Los niños de más edad no jugaban, sino que miraban a las personas mayores con ojos espantados.

El pozo había sido enfangado, evidentemente de propósito, por lo que era imposible sacar agua de él. También había sido ensuciada la mezquita, que el mullah limpiaba con sus discípulos.

Los ancianos se habían reunido en la plaza y, sentados en cuclillas, juzgaban su situación. Nadie hablaba de odio a los rusos. Lo que sentían los chechenes, chicos y grandes, era algo más fuerte que el odio. No era odio, sino asco, repulsión, perplejidad, ante esos perros de rusos y su estúpida crueldad, y el deseo de exterminarlos como se exterminan las ratas, las arañas venenosas y los lobos, un sentimiento, en fin, tan natural como el instinto de conservación.

Los habitantes tenían que optar entre dos vías de acción: a) permanecer donde estaban y reconstruir con ímprobo trabajo todo lo que con tanto esfuerzo habían construido y tan fácil y estúpidamente había sido arrasado, esperando que en cualquier momento pudiera repetirse la devastación; o b) a despecho de los preceptos de su religión y de su desprecio y aversión a los rusos, someterse a éstos.

Los ancianos oraron y decidieron por unanimidad enviar mensajeros a Shamil pidiéndole ayuda; y seguidamente pusieron manos a la obra de reconstruir lo destruido.

18

Al día siguiente del golpe de mano, cuando ya iba algo avanzada la mañana, salió Butler a la calle por la puerta trasera con el propósito de dar una vuelta y disfrutar del fresco antes del té matutino, que de ordinario tomaba en compañía de Petrov. El sol había salido ya de detrás de las montañas, y era molesto a los ojos mirar las chozas blancas del lado derecho de la calle iluminadas por él. Por el contrario, como siempre, daba gusto y sosiego mirar a la izquierda, a las montañas negras cubiertas de bosques, que parecían acercarse y alejarse, y más allá de ellas la cadena de cumbres nevadas color mate que, como siempre, pretendían hacerse pasar por nubes.

Butler contemplaba esas alturas, respiraba a pleno pulmón y estaba contento de vivir, y de vivir precisamente en ese mundo admirable. Estaba asimismo contento de haberse portado tan bien el día antes, durante el avance y sobre todo durante el repliegue, en que la acción había estado bastante movida. Y se regocijaba también al recordar que la víspera, al regreso de la expedición, Masha, o Marya Dmitrievna, la concubina de Petrov, los había agasajado con una comida y se había mostrado sencilla y dulce con todos. Pero, a su parecer, había estado especialmente amable con él.

Marya Dmitrievna, con su gruesa trenza, sus anchos hombros, su alta pechuga y una sonrisa que brillaba en su rostro bondadoso cubierto de pecas, atraía involuntariamente a Butler, soltero, joven y robusto, y él tenía la impresión de que ella también le deseaba. Pero consideraba que ir más lejos hubiera sido hacer una fea jugarreta a un camarada bueno y confiado, por lo que trataba a Marya Dmitrievna sencilla y respetuosamente, de lo cual se congratulaba. Ahora pensaba en ello.

Pero a distraerle de sus pensamientos vino el ruido brusco de los cascos de unos caballos que delante de él se aproximaban por el camino polvoriento, como una pequeña tropa al galope. Alzó la cabeza y vio al final de la calle un grupo de caballistas que se acercaban al paso. Delante de una veintena de cosacos venían dos hombres: uno en cherkeska blanca y gorro alto de piel con turbante; y otro, oficial del ejército ruso, de pelo negro y nariz aguileña, en cherkeska azul, con gran profusión de plata en su atavío y sus armas. El jinete del turbante montaba un hermoso alazán de cabeza pequeña y ojos hermosos; el oficial, un caballo alto de Karabah de una elegancia un tanto rebuscada. Butler, perito en caballos, apreció al momento el vigor ardoroso del primer caballo y se detuvo para averiguar quién era esa gente. El oficial se volvió a Butler:

—¿Ésta es casa comandante? —preguntó, revelando en el habla incorrecta y el acento su origen extranjero y apuntando con la fusta a la casa de Ivan Matveyevich.

—La misma —dijo Butler—. ¿Y ése quién es? —preguntó, acercándose al oficial e indicando con los ojos al hombre del turbante.

—Es Hadyi Murad. Viene aquí. Vivirá aquí, en casa comandante —dijo el oficial.

Butler sabía quién era Hadyi Murad y había oído hablar de su defección a los rusos, pero por supuesto no esperaba verle aquí, en ese pequeño fuerte.

Hadyi Murad le miraba cordialmente.

—Buenos días, kotkildy —dijo Butler, que había aprendido ese saludo tártaro.

—Saubul —respondió Hadyi Murad, con un movimiento de cabeza. Se acercó a Butler y le alargó la mano. Su látigo colgaba de dos de sus dedos.

—¿Comandante?

—No. El comandante está ahí. Voy a llamarle —dijo Butler al oficial.

Subió los escalones y llamó a la puerta.

Pero la puerta de la "entrada principal", como la llamaba Marya Dmitrievna, estaba cerrada. Butler volvió a llamar, pero al no recibir contestación, fue, rodeando el edificio, a la entrada trasera. Llamó a gritos a su ordenanza sin recibir respuesta y, no encontrando a ninguno de los dos ordenanzas, entró en la cocina. Marya Dmitrievna, toda ella colorada, con un pañuelo a la cabeza y las mangas remangadas en los brazos blancos y rollizos, cortaba masa prensada en trozos pequeños para hacer empanadillas.

—¿Dónde se han metido los ordenanzas? —preguntó Butler.

—Se han ido a beber —respondió Marya Dmitrievna—. ¿Para qué los quiere usted?

—Para abrir la puerta. Delante de la casa hay toda una pandilla de montañeses. Ha llegado Hadyi Murad.

—Ya estamos de broma otra vez —dijo Marya Dmitrievna sonriendo.

—No es broma. Es verdad. Están delante de la entrada.

—¿De veras? —dijo Marya Dmitrievna.

—¿Por qué iba a mentirle? Vaya y mire; están a la entrada.

—¡Pues vaya sorpresa! —exclamó Marya Dmitrievna, bajándose las mangas y palpando las horquillas que le sostenían la gruesa trenza—. Bueno, iré a despertar a Ivan Matveyevich —agregó.

—No. Yo mismo voy. Y tú, Bondarenko, ve a abrir la puerta —dijo Butler.

—Bueno, muy bien —dijo Marya Dmitrievna, volviendo a su faena.

Al enterarse de la llegada de Hadyi Murad, Ivan Matveyevich, que ya había oído decir que aquél estaba en Grozny, no se sorprendió en lo más mínimo. Se incorporó en la cama, lió un cigarrillo, lo encendió y empezó a vestirse, carraspeando ruidosamente y rezongando contra sus superiores por haberle enviado a "ese demonio". Cuando se hubo vestido, pidió su "medicina" al ordenanza. Y éste, sabiendo que esa medicina se llamaba vodka, se la trajo.

—No hay nada peor que mezclar las cosas —gruñó, bebiendo el vodka y mascando un trozo de pan negro—. Ayer estuve bebiendo vino y ahora me duele la cabeza. Bueno, ya estoy listo. —Terminó lo que estaba haciendo y salió a la sala, a donde Butler había conducido ya a Hadyi Murad y al oficial que le acompañaba.

El oficial entregó a Ivan Matveyevich una orden del comandante del ala izquierda de recibir a Hadyi Murad, autorizando a éste para ponerse en contacto con los montañeses por medio de mensajeros, pero sin dejarle de ningún modo salir del fuerte excepto con una escolta de cosacos.

Ivan Matveyevich leyó el documento, miró fijamente a Hadyi Murad y volvió los ojos al papel. Varias veces repitió ese ir y venir de la mirada. Por fin clavó los ojos en Hadyi Murad y dijo:

—Yakshi; Bek, jakshi (Está bien, señor, está bien). Se quedará aquí. Dile que se me ordena no dejarle salir. Y lo que se ordena es sagrado. ¿Y dónde vamos a ponerle? ¿Tú qué crees, Butler? ¿En la oficina?

Butler no tuvo tiempo de contestar cuando Marya Dmitrievna, que había llegado de la cocina y estaba de pie junto a la puerta, se volvió a Ivan Matveyevich:

—¿Por qué en la oficina? Póngale aquí. Le daremos el cuarto de huéspedes y la despensa. Al menos le tendremos a la vista —dijo. y mirando a Hadyi Murad y encontrando los ojos de éste, desvió los suyos al momento.

—¡Pues sí! Yo pienso que Marya Dmitrievna tiene razón —dijo Butler.

—Bueno, bueno, vete, que éste no es as unto de mujeres —dijo Ivan Matveyevich frunciendo el ceño.

Durante toda la conversación Hadyi Murad había estado sentado, con la mano en el mango del puñal, y una sonrisa desdeñosa en los labios. Dijo que a él le daba lo mismo vivir en este u otro sitio. Lo único que quería, y le había concedido el Sardar, era comunicarse con los montañeses, y por eso deseaba que se les permitiera venir a verle. Ivan Matveyevich dijo que así se haría y pidió a Butler que se ocupara de los recién llegados mientras les traían de comer y les preparaban las habitaciones. Él, por su parte, iría a la oficina a escribir los documentos necesarios y dar las órdenes pertinentes.

Las relaciones de Hadyi Murad con sus nuevos conocidos se definieron en seguida con toda precisión. Hacia Ivan Matveyevich sintió aversión y desprecio desde el primer momento y le trató siempre con altivez. Marya Dmitrievna, que le preparaba y le traía la comida, le gustaba muy especialmente. Le agradaba su sencillez, como asimismo la belleza singular de una raza que le era extraña; por otra parte, se dejó subyugar por la inclinación que ella misma sentía por él. Procuraba no mirarla, no hablarle, pero sus ojos se iban involuntariamente tras ella y seguían sus movimientos.

Por Butler sintió amistad desde el primer momento, hablaba larga y gustosamente con él, le hacía preguntas sobre su vida, le contaba la suya propia, le comunicaba las noticias que le traían los emisarios acerca de la situación de su familia, e incluso le pedía consejo sobre lo que debía hacer.

Las nuevas que le traían los mensajeros no eran buenas. Durante los cuatro días que pasó en el fuerte sólo dos veces vinieron a verle y las noticias que le trajeron en ambas ocasiones fueron malas.

19

Poco después de pasarse Hadyi Murad a los rusos, su familia había sido conducida al aoul de Vedeno, donde estaba custodiada en espera de la decisión de Shamil. Las mujeres —su vieja madre Patimat y sus dos esposas y sus cinco hijos pequeños— vivían vigilados en la saklya del oficial Ibrahim Rashid; en tanto que el hijo de Hadyi Murad, joven de dieciocho años llamado Yusuf, estaba en un calabozo, o mejor dicho, en un agujero de más de siete pies de profundidad junto con cuatro criminales que, al igual que él, aguardaban que se decidiera su suerte.

La decisión se demoraba porque Shamil estaba ausente, en campaña contra los rusos.

E16 de enero de 1852 volvió a Vedeno después de su combate con los rusos, en el que, en opinión de éstos, había sido derrotado y puesto en fuga; ahora bien, según su propia opinión y la de sus murids, había salido victorioso y rechazado a los rusos. En esa batalla, cosa que le ocurría muy raras veces, él mismo había hecho disparos de carabina; y, sable en mano, estaba a punto de lanzarse con su caballo sobre los rusos si sus murids no le hubiesen retenido. Dos de ellos habían sido muertos al lado mismo de su jefe.

Iba mediado el día cuando Shamilllegó a su residencia rodeado de un grupo de murids que caracoleaban en torno suyo disparando carabinas y pistolas y cantando sin cesar Lya illyah il Allah!

Todos los habitantes del aoul de Vedeno estaban en la calle y las azoteas para recibir a su señor; y también en señal de entusiasmo disparaban fusiles y pistolas. Shamil cabalgaba en un blanco corcel árabe que tiraba gozosamente de la brida al acercarse a la casa. Las guarniciones del caballo eran de lo más sencillo, sin adornos de oro o plata: sólo una brida de cuero rojo de esmerada elaboración, con una fina ranura en medio, grandes estribos de metal, y un telliz rojo que despuntaba debajo de la silla. El Imam llevaba una pelliza recubierta de paño color canela con vueltas de piel en el cuello y las mangas; y una correa negra de la que colgaba un puñal le apretaba el talle largo y enjuto. Llevaba la cabeza cubierta de un gorro alto de copa plana y borla negra, rodeado de un turbante blanco cuyo extremo le colgaba sobre la nuca. Tenía los pies cubiertos de botas verdes y las piernas embutidas en polainas negras adornadas de un sencillo galón.

De ordinario el Imam no llevaba nada llamativo, ni de oro ni de plata, y su figura alta, estirada y fuerte, sencillamente ataviada, rodeada de murids cuyos vestidos y armas mostraban adornos de oro y plata, provocaba cabalmente esa impresión de magnificencia que deseaba y sabía producir en la gente. Mantenía inmutable, como si fuese de piedra, el rostro pálido, con su fina orla de barba rojiza y sus ojos pequeños siempre entornados. Al pasar por el aoul sintió clavados en él millares de ojos, pero los suyos no miraron a nadie. Las mujeres y los hijos de Hadyi Murad, junto con todos los ocupantes de la saklya, salieron a la galería para ver la entrada del Imam.

Sólo Patimat, la vieja madre de Hadyi Murad, no se movió de su sitio, sino que permaneció sentada en el suelo de la saklya, con los largos brazos rodeando las flacas rodillas, y miraba, guiñando los ojos negros y ardientes, las ramas que se extinguían en la chimenea. Al igual que su hijo, había odiado siempre a Shamil, ahora más que nunca, y no quería verle.

Tampoco el hijo de Hadyi Murad vio la solemne entrada de Shamil.

Desde su agujero negro y fétido sólo oía el ruido de los disparos y las canciones, y sufría como sufren los mozos rebosantes de vida que se ven privados de libertad. Sentado en su hediondo calabozo, viendo sólo a aquellos mismos infelices sucios y agotados que, encerrados allí con él, se odiaban mutuamente, envidiaba ahora con pasión a los que, disfrutando del aire, de la luz, de la libertad, caracoleaban en ese momento sobre caballos fogosos alrededor de su señor, disparaban al aire y cantaban a coro ¡Lya—ill lyaha—il´Allah![30]

Habiendo atravesado el aoul Shamil entró en un vasto patio que lindaba con otro interior en el que se hallaba el serrallo. Dos hombres armados vinieron a su encuentro a la entrada del patio grande, que estaba abierta. Ese patio estaba lleno de gente. Unos habían venido de lejos para atender a sus negocios; otros venían a solicitar algo; y a otros los había convocado el propio Shamil para servir de jueces y deliberar en el consejo. Al entrar Shamil, todos los que se hallaban en el patio se pusieron de pie y saludaron respetuosamente al Imam llevándose las manos al pecho. Algunos se pusieron de rodillas y permanecieron así durante todo el tiempo que tardó en cruzar el patio, desde las puertas exteriores a las interiores. Aunque entre quienes esperaban a Shamil reconoció éste muchos rostros que le eran desagradables y a muchos pedigüeños impertinentes que mucho le fastidiaban, pasó por delante de ellos, sin embargo, con la misma cara inmutable y pétrea; y ya en el patio interior bajó del caballo junto a la galería de su habitación, a la izquierda de la entrada.

La campaña había sido penosa, no sólo física, sino también espiritualmente, porque, a pesar de proclamarla como victoriosa, Shamil sabía que no lo había sido, ya que muchos aouls chechenes habían sido incendiados y destruidos, y que los chechenes, gente mudadiza y frívola, comenzaban a vacilar; más todavía, algunos de ellos, los más próximos a los rusos, estaban ya dispuestos a someterse a éstos. Todo eso era lamentable, y contra ello había que proceder. Pero en ese momento Shamil no quería hacer nada ni pensar en nada. Sólo quería una cosa: descansar y disfrutar de las caricias de su esposa favorita, Aminet, morena kistinka de dieciocho años, de ojos negros y piernas ágiles.

Pero no sólo no podía pensar ahora en ver a Aminet, que estaba allí mismo, tras una empalizada que separaba en el patio interior la parte reservada a las mujeres de la destinada a los hombres (Shamil estaba seguro de que incluso ahora, cuando se bajaba del caballo, Aminet, junto con otras mujeres, le miraba por una grieta en la valla), sino que tampoco

---

[30] No hay otro Dios que Dios.

podía ir a verla o acostarse en unos cojines para descansar de sus fatigas. Ante todo era necesario hacer las abluciones de mediodía, a despecho de no sentir el menor deseo de ello, pero cuya omisión hubiera sido imposible en su condición de caudillo religioso, sin contar que tales abluciones le eran tan indispensables como el pan de cada día. Así pues, las hizo y recitó su oración. Terminada ésta, llamó a los que le esperaban.

—El primero que entró fue su suegro y maestro Dyemal—Eddin, un anciano alto y venerable, de pelo entrecano, barba blanca como la nieve y tez colorada. Después de encomendarse a Dios, preguntó a Shamil acerca de los incidentes de la campaña y le contó lo que había ocurrido en las montañas durante su ausencia.

Entre los acontecimientos de diversa especie —muertes por venganza, robos de ganado, acusaciones por inobservancia del Tarikat, haber fumado, haber bebido vino—, Dyemal—Eddin le hizo saber que Hadyi Murad había enviado a gente para ayudar a su familia a pasarse a los rusos, pero que el plan había sido descubierto y la familia trasladada a Vedeno, donde quedaba vigilada en espera de la decisión del Imam, En la sala vecina estaban reunidos los ancianos que habían de juzgar todos estos casos, y Dyemal— Eddin aconsejó a Shamil que despachara en seguida con ellos porque llevaban ya tres días esperándole.

Después de comer lo que le trajo Zaidet, una morena de nariz en punta y rostro desagradable por la que no sentía afecto, pero que era la más antigua de sus mujeres, Shamil pasó a una sala contigua.

Seis hombres componían su consejo, ancianos todos ellos de barbas blancas, grises, rojizas, en turbantes o sin turbantes, gorros altos, en cherkeskas y beshmets nuevos, con cinturones de cuero bien provistos de puñales. Todos se levantaron para saludarle. Shamil les llevaba a todos la cabeza. Todos ellos, al igual que él, levantaron las manos con las palmas hacia arriba y, cerrando los ojos, recitaron una oración, terminada la cual se pasaron las manos por el rostro bajándolas hasta la punta de la barba y juntándolas allí. Hecho eso se sentaron todos, Shamil en medio, en el cojín más alto, y comenzaron a examinar los asuntos pendientes.

Los acusados de delitos eran juzgados según el Shariat[31]: dos individuos fueron condenados por robo a que se les cortasen las manos; otro, por asesinato, a ser decapitado; y tres fueron indultados. Seguidamente se pasó al asunto principal: las medidas que debían

---

[31] Ley musulmana.

adoptarse para impedir que los chechenes se pasasen a los rusos. Para lograrlo Dyemal—Eddin había redactado la proclama siguiente:

"Os deseo paz eterna con Dios Todopoderoso. He sabido que los rusos os halagan y os invitan a someteros. No los creáis y no os sometáis; tened paciencia. Si no sois recompensados en esta vida, recibiréis la recompensa en la venidera. Recordad lo que pasó cuando intentaron quitaros las armas. Si Dios no os lo hubiese hecho comprender entonces, en 1840, seríais ahora soldados, tendríais bayonetas en vez de puñales, y vuestras mujeres irían sin pantalones y serían ultrajadas. Juzgad el futuro por el pasado. Más vale morir luchando con los rusos que vivir con los infieles. Tened paciencia, que yo iré a vosotros con el Corán y la espada y os daré la victoria sobre los rusos. Ahora os prohíbo terminantemente, no sólo que intentéis someteros a los rusos, sino que ni siquiera penséis en ello".

Shamil aprobó la amonestación, la firmó y acordó difundirla.

Después de estos asuntos se pasó a examinar el caso de. Hadyi Murad. Era muy importante para Shamil. Aunque sin querer reconocerlo, sabía que si Hadyi Murad hubiese estado allí, con su destreza, su audacia y su valentía, no hubiera ocurrido lo que ahora estaba ocurriendo en Chechenia. Lo mejor habría sido reconciliarse con Hadyi Murad y volver a servirse de él. Si eso fuese imposible, impedirle al menos que ayudase a los rusos. y por ello era preciso en cualquier caso hacerle volver y, una vez que hubiera vuelto, matarle. El modo de hacerlo sería enviar a Tiflis a un hombre que le matase allí, o atraerle y acabar con él aquí. Había sólo un instrumento para ello: su familia, y sobre todo su hijo, a quien —Shamil lo sabía— Hadyi Murad amaba con pasión. Por consiguiente, era preciso obrar utilizando al hijo.

Cuando los consejeros acabaron de considerar el caso, Shamil cerró los ojos y guardó silencio. Los consejeros sabían lo que eso significaba: que escuchaba ahora la voz del Profeta que le hablaba y le señalaba lo que había que hacer. Después de un silencio solemne de cinco minutos, Shamil abrió los ojos, que entornó más que de costumbre, y dijo:

—Que me traigan al hijo de Hadyi Murad.

—Está aquí.

Y, en efecto, Yusuf, hijo de Hadyi Murad, flaco, pálido, harapiento y maloliente, pero a pesar de ello hermoso de cuerpo y semblante, con los mismos ojos negros y ardientes que la vieja Patimat, estaba ya en la puerta del patio exterior esperando que le llamasen.

Yusuf no compartía los sentimientos de su padre con respecto a Shamil. Ignoraba todo lo pasado, o si lo conocía, no lo había vivido, no comprendía por qué su padre estaba tan enemistado con Shamil. Deseaba sólo una cosa: continuar la vida fácil y despreocupada que, como hijo de un Naib, había llevado en Hunzah, y le parecía absolutamente innecesario enemistarse con Shamil. En oposición a su padre y contradiciéndole, era un gran admirador de Shamil y, como la mayoría de los montañeses, le rendía un culto incondicional. Y ahora, con un singular sentimiento de trémula piedad hacia el Imán, entró en la sala; y habiéndose detenido en la puerta, se encontró con la mirada insistente y los ojos entornados de Shamil. Esperó unos instantes, luego se acercó a Shamil y le besó la mano grande de largos dedos blancos.

—¿Tú eres el hijo de Hadyi Murad?

—Sí, Imán.

—¿Sabes lo que ha hecho?

—Lo sé, Imán, y lo lamento.

—¿Sabes escribir?

—Me preparaba para ser mullah.

—Entonces escribe a tu padre y dile que le perdonaré si vuelve ahora a la Fiesta de Bairam y todo será como antes; pero que si no vuelve y se queda con los rusos... —Shamil tuvo un gesto amenazante— entregaré a tu abuela y a tu madre a la gente de los aouls y a ti te cortaré la cabeza.

Ni un solo músculo se alteró en la cara de Yusuf. Inclinó la cabeza en señal de que había comprendido las palabras de Shamil.

—Escribe esa carta y entrégasela a mi mensajero.

Shamil calló y estuvo mirando largo rato a Yusuf.

—Escribe que me da lástima de ti y no te mataré, pero que te sacaré los ojos como hago con todos los traidores. Ahora vete.

Yusuf había parecido tranquilo en presencia de Shamil, pero cuando le sacaron de la sala se arrojó sobre el guardián que iba con él, le arrancó el puñal de la vaina y quiso clavárselo a sí mismo, pero le sujetaron las manos, se las ataron y le condujeron al calabozo.

Al anochecer de ese mismo día, después de la oración, Shamil se puso una pelliza blanca, pasó al otro lado de la empalizada donde vivían sus esposas y se dirigió al aposento de Aminet. Pero ella no se hallaba en él. Estaba en el de una de las esposas más viejas. Entonces Shamil, procurando pasar inadvertido, decidió esperarla oculto tras la puerta. Pero Aminet estaba enfadada con Shamil porque éste había dado un retazo de seda a Zaidet y no a ella. Ella le había visto entrar en su aposento y de propósito decidió no volver a él. Pasó largo rato en la puerta del cuarto de Zaidet y, con risa ahogada, contemplaba la figura blanca de Shamil que o bien entraba en su habitación o bien salía de ella. Habiéndola aguardado en vano, Shamil volvió a su morada. Era ya la hora de la oración de medianoche.

20

Hadyi Murad pasó ocho días en el fuerte, en casa de Ivan Matveyevich.

A pesar de que Marya Dmitrievna reñía con el velludo Hanefi (Hadyi Murad se había hecho acompañar sólo de Hanefi y Eldar) e incluso una vez le había echado de la cocina —por lo que él estuvo a punto de matarla—, era evidente que ella abrigaba sentimientos muy especiales de estimación y simpatía por Hadyi Murad. Ahora ya no era ella quien le servía las comidas, habiendo dejado esa tarea a Eldar, pero aprovechaba toda ocasión de verle y complacerle. También mostraba vivo interés en las negociaciones acerca de su familia, sabía cuántas mujeres tenía, cuántos hijos y de qué edad, y tras cada visita de los emisarios preguntaba a quién podía cómo iban las negociaciones.

Durante esa semana Butler entabló amistad con Hadyi Murad. De vez en cuando éste venía a verle en su habitación o Butler le visitaba en la suya. Una veces conversaban por medio de un intérprete, otras recurrían a sus propios medios, o sea, a gestos y, sobre todo, a sonrisas.

Era evidente que Hadyi Murad sentía afecto por Butler, lo que se echaba de ver en la actitud de Eldar hacia éste. Cuando Butler entraba en la habitación de Hadyi Murad, Eldar le recibía con expresión de gozo, mostrando su brillante dentadura, y se apresuraba a prepararle un asiento de cojines y le retiraba el sable si lo llevaba puesto.

Butler llegó también a conocer al velludo Hanefi, a quien Hadyi Murad llamaba hermano, y a reunirse con él. Hanefi sabía muchas canciones de la montaña y las cantaba bien. Hadyi Murad, para complacer a Butler, hacía venir a Hanefi y le pedía que cantara, indicando las canciones que le parecían más bellas. Hanefi tenía voz alta de tenor y cantaba con claridad y expresividad insólitas. Una de sus canciones gustaba especialmente a Hadyi Murad y había impresionado a Butler por su estribillo solemne y melancólico. Butler pidió al intérprete que le tradujera lo que significaba y tomó nota de ello. El tema de esa canción era cabalmente la vendetta que en el pasado había dividido a Hanefi y Hadyi Murad. ¡Helo aquí: .

—"¡Se secará la tierra sobre mi sepultura y tú me olvidarás, madre mía! Crecerá la hierba de las tumbas en el cementerio, la hierba ahogará tu pena, anciano padre mío. Las lágrimas se secarán en los ojos de mi hermana. La congoja huirá de su corazón.

Pero tú, mi hermano mayor, tú no me olvidarás antes de vengar mi muerte. Tú tampoco me olvidarás, mi hermano segundo, antes de yacer a mi lado.

Tú, bala, quemas y llevas contigo la muerte, pero ¿no has sido mi esclava fiel? Tú, tierra negra, me cubrirás, pero ¿no te he aplastado yo con el casco de mi caballo? Tú, muerte, eres fría, pero yo he sido tu amo y señor. La tierra se tragará mi cuerpo, pero el cielo recogerá mi alma".

Hadyi Murad escuchaba siempre esa canción con los ojos cerrados, y cuando terminaba en una nota larga y menguante decía siempre en ruso:

—Buena canción, canción inteligente.

La poesía de la vida peculiar e indómita de la montaña se adueñó aún más de Butler con el contacto que tuvo con Hadyi Murad y sus secuaces. Se compró un beshmet, una cherkeska, unas polainas, y le pareció que él también era montañés y vivía la misma vida que ellos.

El día de la partida de Hadyi Murad, Ivan Matveyevich reunió a unos cuantos oficiales para despedirle. Unos estaban sentados a la mesa en que Marya Dmitrievna servía el té y otros a otra mesa en que había vodka, vino y entremeses, cuando Hadyi Murad, en atavío de camino, entró armado en el aposento, cojeando con paso silencioso y ligero.

Todos se pusieron de pie y uno tras otro le estrecharon la mano. Ivan Matveyevich le invitó a sentarse en el canapé, pero él, agradeciéndoselo, tomó asiento en una silla junto a la ventana. El silencio que se hizo después de su entrada no le turbó en lo más mínimo. Observó atentamente todas las caras y detuvo la mirada indiferente en la mesa en que estaban el samovar y los entremeses. Petrokovski, un oficial vivo de genio que veía a Hadyi Murad por primera vez, le preguntó por medio del intérprete si le había gustado Tiflis.

— Aïa —contestó.

—Dice que sí —respondió el intérprete.

—¿Qué es lo que le ha gustado?

Hadyi Murad dijo algo en respuesta.

—Lo que más le ha gustado es el teatro.

Aïa¿Y le gustó el baile en casa del general en jefe?

Hadyi Murad frunció el entrecejo.

—Cada país tiene sus costumbres. En el nuestro las mujeres no se visten así —contestó, mirando a Marya Dmitrievna.

—¿Qué? ¿Que el baile no le gustó?

—En nuestro país hay un proverbio que reza así —dijo al intérprete—: "El perro ha dado carne al asno y el asno ha dado heno al perro. Los dos se han quedado sin comer" —y sonrió—. Cada país ama sus costumbres.

La conversación no pasó de ahí. Algunos de los oficiales bebieron té y otros tomaron entremeses. Hadyi Murad tomó el vaso de té que se le ofrecía y lo puso delante de sí.

—¿Quiere crema? ¿Un panecillo? —dijo Marya Dmitrievna ofreciéndole ambas cosas.

Hadyi Murad bajó la cabeza.

—Bueno, pues entonces adiós —dijo Butler tocándole la rodilla—. ¿Cuándo nos volveremos a ver?

—Adiós, adiós —dijo Hadyi Murad en ruso, sonriendo—. Kunak bulur[32]. Estoy fuerte kunak tuyo. Es hora. Vamos —dijo, sacudiendo la cabeza para indicar así la dirección por donde habían de irse.

En la puerta de la habitación apareció Eldar con algo grande y blanco en el hombro y un sable en la mano. Hadyi Murad le hizo una señal, y Eldar se le acercó a grandes pasos para darle el capote blanco y el sable. Hadyi Murad se levantó, tomó el capote, lo sujetó bajo el brazo y se lo dio a Marya Dmitrievna, a la vez que de! cia algo al intérprete. Éste tradujo:

—Dice que has dicho que te gustaba el capote. Tómalo.

—¿A qué viene esó? —preguntó Marya Dmitrievna sonrojada.

—Es preciso. Es la costumbre —dijo Hadyi Murad.

—Bueno, gracias —contestó Marya Dmitrievna tomando el capote que se le ofrecía—. Dios quiera que salve a su hijo. Ulan yakshi —agregó entonces—. Tradúzcale que deseo que salve a su familia.

Hadyi Murad miró a Marya Dmitrievna y movió la cabeza en señal de aprobación. Seguidamente tomó el sable de manos de Eldar y se lo dio a Ivan Matveyevich. Ivan Matveyevich tomó el sable y dijo al intérprete:

—Dile que tome mi caballo castaño. No tengo otra cosa que darle.

Hadyi Murad hizo un gesto con la mano por delante de la cara para indicar que no necesitaba nada y que no tomaría el caballo. Luego,

---

[32] Amigo íntimo.

apuntando a las montañas y a su corazón, salió. Todos le siguieron. Los oficiales que permanecieron en la habitación sacaron el sable de la vaina, examinaron la hoja y concluyeron que se trataba de un auténtico gurda.

Butler salió con Hadyi Murad a la puerta de la casa. Pero allí se produjo un incidente que nadie esperaba y que pudo haber costado la vida a Hadyi Murad de no haber sido por su presencia de ánimo, su decisión y su agilidad.

Los habitantes del aoul kumyk de Tash—Kichu, que sentían grandísimo respeto por Hadyi Murad y habían venido varias veces al fuerte con el único fin de ver al ilustre naib, aunque sólo fuera de lejos y por un instante, le hai bían enviado emisarios tres días antes de su partida para i invitarle a venir el viernes a su mezquita. Ahora bien, al enterarse de ello los príncipes kumyks que vivían en Tash—Kichu y odiaban a Hadyi Murad, con quien mantenían un compromiso de venganza, hicieron saber al pueblo que no le permitirían entrar en la mezquita. El pueblo protestó, de lo que resultó una riña entre el pueblo y los partidarios de los príncipes. Las autoridades rusas apaciguaron a los montañeses y mandaron decir a Hadyi Murad que no fuera a la mezquita. Hadyi Murad no fue, y todos creyeron que con ello el conflicto quedaba resuelto.

Pero en el instante mismo en que Hadyi Murad salía a la puerta de la casa donde los caballos le esperaban para la partida, llegó a caballo también el príncipe kumyk Arslan Khan, bien conocido de Butler e Ivan Matveyevich.

Al ver a Hadyi Murad, el príncipe sacó su pistola del cinturón y le apuntó. Pero no tuvo tiempo de disparar, porque Hadyi Murad, a pesar de su cojera, había saltado ya como un gato del escalón de entrada para arrojarse sobre él. Arslan Khan disparó, pero erró el tiro. Hadyi Murad se llegó a él, asió con una mano la brida del caballo, sacó su puñal con la otra y gritó algo en tártaro.

Butler y Eldar se acercaron de un salto a los contendientes y les sujetaron los brazos. Al oír el disparo, Ivan M atveyevich también salió de la casa.

—¿Pero qué demonios es eso, Arslan? ¿Cómo te atreves a intentar en mi casa tamaña villanía? —dijo al enterarse de lo ocurrido—. Eso no está nada bien, viejo. En el campo sí, cara a cara, pero en mi casa no se trama un asesinato.

Arslan Khan, hombrecillo de bigotes negros, se bajó del caballo pálido y trémulo, dirigió a Hadyi Murad una mirada maligna y entró con

Ivan Matveyevich en la casa. . Hadyi Murad volvió a sus caballos, respirando hondamente y sonriendo.

—¿Por qué ha querido matarte? —le preguntó Butler por medio del intérprete.

—Dice que es una ley que rige entre ellos —contestó el intérprete, traduciendo las palabras de Hadyi Murad—. Arslan debe vengarse en él de la sangre de un pariente suyo. Por eso ha querido matarle.

—¿Y si le persigue y le alcanza en el camino? —preguntó Butler. Hadyi Murad sonrió.

—Pues bien, si me mata es porque Alá así lo quiere. Bueno, adiós —volvió a decir en ruso. Y cogiendo al caballo de la crin paseó la mirada por todos los que le acompañaban y encontró con ternura la de Marya Dmitrievna.

—Adiós, señora —dijo volviéndose a ella—. Gracias.

—Dios quiera... Dios quiera que salve a su familia —repitió Marya Dmitrievna.

Él no comprendió las palabras, pero sí la simpatía que sugerían y le dirigió una inclinación de cabeza.

—¡Cuidado con olvidar a tu kunak! —dijo Butler.

—Dile que soy su amigo fiel, que nunca le olvidaré —respondió por mediación del intérprete. Y a pesar de , su pierna coja, apenas puso el pie en el estribo saltó rápido y ágil sobre la alta silla, enderezó el sable, palpó las pistolas con ademán habitual, y con el orgulloso aspecto guerrero propio de un montañés a caballo se alejó de la casa de Ivan Matveyevich. Hanefi y El—dar también montaron en sus caballos y, despidiéndose amistosamente de los dueños de la casa y los oficiales, salieron al trote en pos de su amo.

Como siempre, empezaron los comentarios acerca del l que acababa de partir.

—¡Muchacho valiente!

—Ya habréis visto cómo se tiró sobre Arslan Khan. ¡Como un lobo! ¡Hasta cambió de cara!

Y ya veréis como nos Juega una mala pasada. ¡Seguro que es un bribón! —dijo Petrokovski.

—¡Dios quiera que haya más bribones como ése entre los rusos! —intervino de pronto Marya Dmitrievna, con visible malhumor—. Ha estado una semana con nosotros, y no hemos visto en él nada que no sea bueno —agregó—. Afable, inteligente, justo.

—¿En qué ha conocido usted todo eso?

—Pues en que lo he conocido.

—Bien se ve que estás chalada por él —dijo Ivan Matveyevich entrando.

—¿Bueno, y qué? ¿Eso os molesta? Sólo digo que no está bien criticar a alguien cuando. es buena persona. Es un tártaro, pero es un hombre de bien.

—Hace usted bien en defenderle. ¡Bravo, Marya Dmitrievna —dijo Butler.

21

La vida en los fuertes avanzados del frente chechen continuó como antes. Hubo más tarde dos alarmas que obligaron a salir a las compañías y a galopar a cosacos y milicianos, pero en ambas ocasiones no se pudo detener a los montañeses porque emprendieron la fuga. Un día, en Vozdviyhensk, se apoderaron de ocho caballos en el abrevadero y mataron al cosaco que los custodiaba. No había habido golpes de mano desde aquel último en que había sido destruido el aoul. Lo único que se esperaba era una expedición importante en la Gran Chechenia tras el nombramiento del nuevo comandante del ala izquierda, príncipe Baryatinski.

El príncipe Baryatinski, amigo del heredero de la corona, había sido previamente comandante en jefe del regimiento de Kabarda.

Inmediatamente después de su nombramiento como comandante de toda el ala izquierda y de su llegada a Grozny, organizó un destacamento con el fin de llevar a cabo el plan del emperador que Chernyshov había comunicado a Vorontsov. El destacamento organizado en Vozdviyhensk salió del fuerte para tomar posiciones a retaguardia del regimiento de Kurin, donde las tropas estaban acampadas y dedicadas a la tala del bosque.

El joven Vorontsov vivía en una magnífica tienda de lona, y su mujer, Marya Vasilyevna, venía a visitarle en el campamento y a menudo pasaba la noche allí. Para nadie eran un secreto las relaciones de Baryatinski con Marya Vasilyevna, por lo que los oficiales que no eran del séquito aristocrático y los soldados hablaban de ella en términos groseros, ya que su presencia en el campamento les obligaba a montar emboscadas nocturnas.

Los montañeses tenían la costumbre de acercar cañones y disparar contra el campamento, pero como la mayor parte de los disparos no llegaban a su destino no se tomaban de ordinario medidas contra ellos;

pero para impedir que los montañeses acercaran sus cañones y asustaran de ese modo a Marya Vasilyevna se montaban emboscadas nocturnas. Salir todas las noches a montarlas para que no se asustase una señora era ofensivo y repugnante, y tanto los soldados como los oficiales que no pertenecían a la alta sociedad renegaban duramente de Marya Vasilyevna.

Con permiso de su puesto en el fuerte vino también Butler al campamento para ver a sus condiscípulos del Cuerpo de Pajes y a otros camaradas que estaban de ser. vicio en el regimiento de Kurin en calidad de ayudantes de campo u oficiales de Estado Mayor. Desde el momento mismo de su llegada todo le fue a pedir de boca. Se alojó en la tienda de Poltoratski, donde encontró a muchos de sus amigos que le recibieron regocijados. También fue a ver a Vorontsov, a quien conocía un poco por haber servido con él algún tiempo en el mismo regimiento. Vorontsov le recibió con gran amabilidad, le presentó al príncipe Baryatinski y le invitó a una comida de despedida que iba a ofrecer en honor del previo comandante del ala izquierda, general Kozlovski.

La comida fue excelente. Fueron acondicionadas y puestas en fila seis tiendas, a lo largo de todas las cuales se extendía la mesa provista de cubiertos y botellas. Todo ello traía a la memoria la vida de la Guardia en Petersburgo. Los comensales se sentaron a la mesa a las dos. En medio se encontraban, de un lado, Kozlovski, del otro, Baryatinski. A la derecha de aquél, estaba Orontsov; a la izquierda, su esposa. A ambos lados de la larga mesa estaban los oficiales de los regimientos de Kabarda y Kurin.

Butler estaba sentado al lado de Poltoratski, ambos charlando y bebiendo alegremente con sus compañeros de mesa. Cuando se llegó al asado, los ordenanzas empezaron a llenar las copas de champaña. Poltoratski, con genuina ansiedad compasiva, dijo a Butler:

—Nuestro "cómo" va a hacer el ridículo.

—¿Por qué?

—Porque tendrá que pronunciar un discurso. y ése no es su punto fuerte.

—Pues, chico, eso no es lo mismo que capturar una trinchera bajo las balas. Además, está al lado de una señora y de personajes de la corte. De veras que da pena mirarle —dijeron entre sí los oficiales.

Y he aquí que llegó el momento solemne. Baryatinski se puso de pie y, levantando su copa, dirigió unas breves palabras a Kozlovski. Cuando hubo termindo, Kozlovski —que tenía el vicio de usar como muletilla el adverbio "cómo" —se levantó a su vez y con voz bastante firme comenzó:

—En cumplimiento de la augusta voluntad de Su Majestad me marcho de aquí, me separo de vosotros, señores oficiales. Pero consideradme siempre como uno de vosotros... Vosotros conocéis bien... cómo es verdad que un soldado solo no hace un ejército. Por consiguiente, cómo en mi carreta he sido galardonado... cómo he recibido grandes larguezas de Su Majestad el emperador... cómo de toda mi situación... cómo también mi buen nombre... cómo todo, absolutamente todo... cómo... —aquí le tembló la voz— cómo estoy en deuda con vosotros, sólo con vosotros, mis amigos queridos. —Y su rostro lleno de arrugas se arrugó aún más; se le escapó un sollozo y los ojos se le llenaron de lágrimas—. Cómo de todo corazón os ofrezco mi más sincera y cordial gratitud...

Kozlovski no pudo continuar y empezó a abrazar a los oficiales que a él se acercaban. Todos estaban emocionados. La princesa se cubrió la cara con el pañuelo. El príncipe Semyon Mihailovich, con los labios contraídos, parpadeaba visiblemente. A muchos de los oficiales se les saltaban las lágrimas. Butler, que apenas conocía a Kozlovski, tampoco pudo retenerlas. Todo aquello le agradaba sobremanera. Seguidamente comenzaron los brindis a Baryatinski, a Vorontsov, a los oficiales, a los soldados. y los oficiales abandonaron la mesa ebrios de vino y del entusiasmo militar a que tan propensos eran.

El tiempo era espléndido: soleado y plácido; y el aire era fresco y reconfortante. Por todas partes chisporroteaban las hogueras y sonaban las canciones. Diríase que todo el mundo estaba de fiesta. Butler, feliz y enternecido, fue a la tienda de Poltoratski. Allí estaban reunidos varios oficiales. Se había dispuesto una mesa de juego y un ayudante de campo abrió la banca con cien rublos. Dos veces Butler salió de la tienda, apretando en su mano la bolsa que llevaba en el bolsillo del pantalón; al cabo, sin poder contenerse más, y a pesar de la palabra que se había dado a sí mismo y había dado a su hermano, empezó a apostar...

Antes de que pasase una hora, Butler, con cara congestionada y sudorosa y uniforme manchado de tiza, estaba sentado con ambos codos en la mesa, anotando en tarjetas con la punta doblada las cifras de sus apuestas. Había perdido tanto que tenía miedo de contar lo que podía deber. Por lo demás, no tenía por qué contarlo, sabiendo que, aun juntando todo el sueldo que podría cobrar por anticipado y el valor de su caballo, no podría pagar todo lo que debía al desconocido ayudante de campo. Habría seguido jugando, pero el ayudante, con rostro severo, puso en la mesa las cartas que tenía en sus manos blancas y limpias y empezó a sumar las cifras apuntadas con tiza por Butler. Butler, confuso, se excusó de no poder pagar de momento todo lo que había perdido, y dijo que lo mandaría desde su casa. Y al decirlo notó que todos le tenían lástima y que todos, incluso Poltoratski, evitaban su mirada. Ésa fue su última velada en el campamento. Más le hubiese valido no jugar y haber ido a visitar a los Vorontsov, donde estaba invitado. "Todo habría salido bien" —pensaba. y ahora, no sólo no había salido bien, sino que había salido horriblemente.

Después de despedirse de sus camaradas y conocidos, volvió a casa y tan pronto como llegó se acostó y durmió dieciocho horas de un tirón, como les ocurre de ordinario a los que pierden en el juego. Marya Dmitrievna, cuando él le pidió medio rublo para dar una propina al cosaco que le había acompañado, así como por la cara sombría con que llegó y las respuestas breves con que contestaba, comprendió que había perdido y censuró acaloradamente a Ivan Matveyevich por haberle concedido el permiso.

El día siguiente Butler se despertó un poco después de mediodía y, al recordar su situación, quiso sumirse de nuevo en el olvido de que acababa de salir, pero le fue imposible. Era necesario tomar medidas para pagar los cuatrocientos setenta rubios que aún debía al desconocido. Una de tales medidas fue escribir una carta a su hermano confesando sus pecados e implorándole que le enviase por última vez quinientos rublos a cuenta del molino que les quedaba como propiedad indivisa. Luego escribió a una pariente tacaña pidiéndole que le prestase esos mismos uinientos rublos al interés que ella fijase. Finalmente, fue a ver a Ivan Matveyevich y, sabiendo que éste —o lejor dicho, que Marya Dmitrievnatenía dinero, le dió un préstamo de quinientos rublos.

—Te los daría —dijo Ivan Matveyevich—, te los daría en seguida, pero Mashka no querrá. Estas condenadas mujeres son muy agarradas; sólo el demonio las entiende. lero tendrás que salir del atolladero de algún modo. ¡Maldita sea! ¿No tendrá algo ese animal de cantinero?

Pero del cantinero no cabía esperar préstamo alguno. Así pues, la salvación de Butler dependía sólo de su hermano o de su avara pariente.

22

No habiendo logrado su propósito en Chechnya. Hadyi Murad volvió a Tiflis. y todos los días iba a ver a Vorontsov, en cuya casa era recibido, y le rogaba que reuniera a los prisioneros montañeses y los canjeara por su familia. Decía una vez más que sin ello estaba atado de manos y no podía, como bien quisiera, servir a los rusos y destruir a Shamil. Vorontsov prometía vagamente hacer lo que pudiera, pero daba largas al caso, diciendo que lo resolvería cuando llegase a Tiflis el general Argutinski, con quien quería consultarlo. Entonces Hadyi Murad empezó a pedirle que le permitiera instalarse algún tiempo en Nuha, pueblo pequeño de Transcaucasia, donde sospechaba que le sería más fácil entablar negociaciones acerca de su familia con Shamil y algunas personas que le eran allegadas. Por añadidura, en Nuha, pueblo mahometano, había una mezquita en la que de modo más conveniente podría recitar las oraciones exigidas por la ley mahometana. Vorontsov escribió a Petersburgo acerca de este asunto y, mientras tanto, concedió sin más el permiso solicitado.

Para Vorontsov, para las autoridades de Petersburgo, así como para la mayoría de los rusos que conocían la historia de Hadyi Murad, esa historia era sólo un incidente favorable en la guerra del Cáucaso, o bien un suceso interesante. Para Hadyi Murad, sin embargo, sobre todo últimamente, era un terrible cambio de rumbo en su vida. Había huido de las montañas, en parte para salvar el pellejo, en parte por odio a Shamil, y aunque su fuga había sido dificultosa, había conseguido su propósito. Al principio había gozado de su éxito y, en efecto, tramaba planes de ataque a Shamil. Pero ocurrió que el rescate de su familia, que él había creído fácil de obtener, resultó más difícil de lo que había supuesto. Shamil se había apoderado de su familia y la tenía prisionera, amenazando con entregar a las mujeres a diversos aouls y con matar o cegar a su hijo. Ahora Hadyi Murad iba a Nuha para intentar, con ayuda de sus partidarios en Daghestan, arrancar a su familia de manos de Shamil por maña o por fuerza. El último emisario que recibió en Nuha le hizo saber que unos ávaros que le eran fieles fraguaban un plan para apoderarse de su familia y pasarse a los rusos. Ahora bien, los que estaban dispuestos a hacer tal cosa eran pocos y habían decidido no dar el golpe en Vedeno, donde la familia estaba recluida, sino esperar a que ésta fuese trasladada a otro sitio. Prometieron que entonces atacarían el convoy. Hadyi Murad mandó decir a sus amigos que daría tres mil rublos por el rescate de su familia.

En Nuha, Hadyi Murad se instaló en una casita de cinco piezas, no lejos de la mezquita y del palacio del khan. En esa misma casa vivían los oficiales encargados de su custodia, el intérprete y su servidumbre. Hadyi

Murad pasaba su vida esperando la llegada de los emisarios que venían de las montañas y dando por los alrededores los paseos a caballo que le eran permitidos.

Al regresar de uno de estos paseos el 8 de abril, Hadyi Murad se enteró de que durante su ausencia, había llegado de Tiflis un funcionario. A pesar de su deseo de enterarse de las noticias que podía traer, Hadyi Murad entró en su dormitorio y recitó la oración de mediodía antes de pasar a la habitación en que le esperaban el funcionario y el comisario que le acompañaba. Seguidamente pasó a otro aposento que servía de sala y salón de recepción. El funcionario venido de Tiflis, el rechoncho consejero Kirillov, expresó a Hadyi Murad el deseo de Vorontsov de que volviese a Tiflis el día 12 para entrevistarse con Argutinski.

—Yakshi —dijo Hadyi Murad airado.

El funcionario Kirillov no había sido de su agrado.

—¿Has traído dinero?

—Sí —dijo Kirillov.

—Por dos semanas ahora —dijo Hadyi Murad, mostrando primero diez dedos y luego cuatro—. Dámelo.

—En seguida —dijo el funcionario, sacando una bolsa de su saco de viaje—. ¿Y para qué necesita el dinero? —preguntó en ruso al comisario, suponiendo que Hadyi Murad no lo comprendía. Pero Hadyi Murad sí lo comprendía y miró encolerizado a Kirillov.

Después que hubo tomado el dinero, Kirillov, que deseaba charlar con Hadyi Murad para tener algo que contar al príncipe V Orontsov, le preguntó por medio del intérprete si se aburría en Nuha.

Hadyi Murad lanzó de reojo una mirada desdeñosa al hombrecillo gordo, en traje de paisano y sin armas, y no contestó nada. El intérprete repitió la pregunta.

—Dile que no quiero hablar con él. ¡Que me dé el dinero!

Y habiendo dicho eso, Hadyi Murad volvió a sentarse a la mesa para prepararse a contar su dinero.

Kirillov sacó monedas de oro y las distribuyó en siete rimeros de diez que empujó hacia Hadyi Murad (éste recibía cinco monedas de oro por día). Hadyi Murad recogió el oro en la manga de su cherkeska, se levantó, de improviso dio al consejero una fuerte palmada en el hombro y salió de la sala. El consejero se levantó de un salto y ordenó al intérprete que dijera que tenía graduación de coronel y que Hadyi Murad no tenía derecho a permitirse tales libertades con él. El comisario dijo lo mismo. Pero Hadyi Murad, sólo con un movimiento de cabeza, indicó que lo sabía y abandonó la habitación.

—¿Qué se puede hacer con él? —preguntó el comisario—. ¡Le clavaría a uno un puñal, eso es todo! Con estos demonios de nada sirve discutir. Ya veo que empieza a exasperarse.

Al anochecer llegaron de las montañas dos espías cubiertos hasta los ojos en sus capuchas. El comisario los condujo a la habitación de Hadyi Murad. Uno de ellos era un tavlin regordete y moreno de tez, el otro un viejo flaco. Las noticias que trajeron no eran nada buenas para Hadyi Murad. Los amigos de éste que se habían encargado de rescatar a su familia se negaban rotundamente a hacerlo ahora, temiendo a Shamil, que amenazaba con los peores castigos a quien ayudase a Hadyi Murad.

Después de oír a los espías, Hadyi Murad apoyó los codos en las rodillas cruzadas y, con la cabeza inclinada bajo su gorro, guardó silencio largo rato. Hadyi Murad estaba reflexionando, y reflexionando resueltamente. Sabía que reflexionaba por última vez y necesitaba tomar una decisión. Alzó la cabeza, tomó dos monedas de oro, dio una a cada uno de los espías y dijo:

—Marchaos.

—¿Cuál será la respuesta?

—La respuesta será la que Dios quiera. Marchaos. Los espías se levantaron y salieron. Hadyi Murad continuó sentado en la alfombra con los codos en las rodillas. Así permaneció largo rato, pensando. "¿Qué hacer? ¿Dar crédito a Shamil y volver a él? Es un zorro viejo y me engañaría. Y aunque no me engañase, someterme a él me será imposible. Me sería imposible porque ahora, después de mi convivencia con los rusos, no tendría confianza en mí".

Y recordó la fábula tavlina del halcón que, atrapado, había vivido entre los hombres y luego había vuelto a las montañas con sus congéneres. Había vuelto, sí, pero con grilletes en las patas de los que pendían cascabeles. y los halcones lo rechazaron.

"Vuélvete —le dijeron— a donde te han puesto esos cascabeles de plata. Nosotros no tenemos ni cascabeles ni grilletes". El halcón no quería abandonar su patria y se quedó. Pero los otros halcones no quisieron que se quedase y lo mataron a picotazos.

"Así, a picotazos, me matarán a mí" —pensaba Hadyi Murad. "¿Quedarme aquí? ¿Someter el Cáucaso al zar ruso, alcanzar la gloria, los honores, la riqueza? Es posible —pensaba, recordando su entrevista con Vorontsov y las palabras halagadoras del viejo príncipe—. Pero tengo que decidirme a toda prisa, porque de lo contrario Shamil exterminará a mi familia".

Esa noche la pasó Hadyi Murad en vela, pensando.

23

La decisión fue tomada en medio de la noche. Concluyó que era preciso huir a las montañas y, con los ávaros afectos a su causa, atacar Vedeno y morir allí o rescatar a su familia. Lo que no decidió fue si volvería con su familia a los rusos o huiría a Hunzah para luchar allí con Shamil. Lo único que sabía era que ahora era indispensable escapar de los rusos e internarse en las montañas. Y seguidamente se dispuso a poner manos a la obra. Sacó de debajo del cojín su beshmet negro forrado de guata y pasó a la habitación en que estaban su secuaces. Éstos vivían al otro lado del zaguán. Tan pronto como salió al zaguán, cuya puerta exterior estaba abierta a la noche de luna, sintió el frescor del rocío nocturno y oyó el silbar y trinar de varios ruiseñores en el jardín de la casa.

Hadyi Murad cruzó el zaguán y entró en el aposento de sus secuaces. En éste no había luz; sólo estaba alumbrado por el fulgor de la luna que, en su cuarto creciente, entraba por la ventana. La mesa y las dos sillas habían sido colocadas a un lado y los cuatro murids estaban acostados en el suelo sobre alfombras y burkas. Hanefi dormía fuera con los caballos. Gamzalo, al oír chirriar la puerta, se incorporó, se volvió hacia Hadyi Murad y, reconociéndole, volvió a acostarse. Eldar, por su parte, acostado junto a él, se levantó de un salto, se puso el beshmet y aguardó a que se le dieran órdenes. Kurban y Khan—Magoma dormían. Hadyi Murad puso su beshmet en la mesa, y algo duro sonó en la madera. Eran las monedas de oro cosidas en él.

—Cose también éstas —dijo Hadyi Murad, dando a Eldar las que había recibido la víspera. Eldar las tomó, fue a un sitio iluminado por la luna, sacó un cortaplumas de debajo del puñal y se puso a descoser el doblez del beshmet.

Gamzalo se incorporó y se sentó con las piernas cruzadas.

—Y tú, Gamzalo, manda a los muchachos que dispongan los fusiles y las pistolas y que preparen las cargas. Mañana vamos lejos.

—Hay pólvora y hay balas. Todo estará listo —dijo Gamzalo con un rugido ininteligible. Sabía por qué Hadyi Murad mandaba cargar los fusiles. Desde el principio, y cada día más, deseaba únicamente una cosa: matar, apuñalar al mayor número posible de esos perros de rusos y huir a las montañas. Y ahora, al ver que eso mismo era lo que quería Hadyi Murad, estaba contento.

Cuando Hadyi Murad salió, Gamzalo despertó a sus camaradas y los cuatro pasaron la noche entera comprobando carabinas, pistolas, pertrechos y piedras de chispa. Cambiaron las que estaban gastadas, pusieron pólvora fresca en las cazoletas, cargaron las cartucheras de proyectiles, taponando con balas envueltas en trapos untados de aceite paquetes de pólvora cuidadosamente medida para cada carga, afilaron los sables y puñales y los engrasaron con sebo.

Al filo del alba Hadyi Murad volvió al zaguán buscando agua para sus abluciones. El canto de los ruiseñores, al romper el día, era más fuerte y frecuente que la noche antes. De la habitación de los murids llegaba el chirriar y raspar uniforme de hierro contra piedra cuando se afilaban los puñales. Hadyi Murad sacó agua de una cubeta, y se acercaba ya a su puerta cuando oyó en el cuarto de los murids, además del ruido de la afiladura, la voz fina de Hanefi que cantaba una canción que le era conocida. Hadyi Murad se detuvo y se puso a escuchar.

La canción relataba cómo un dyzgit, Hamzad, con sus hombres, había robado a los rusos una tropilla de caballos blancos, y cómo luego un príncipe ruso le había perseguido hasta el otro lado del Terek y le había puesto cerco con un ejército tan numeroso como un bosque. Seguidamente la canción contaba cómo Hamzad había degollado a los caballos, se había atrincherado tras la sangrienta barricada y había luchado con los rusos mientras le quedaban balas en los fusiles, puñales en la cintura y sangre en las venas. Pero antes de morir, Hamzad vio unos pájaros volando por el cielo y les gritó: "¡Oh, pájaros emigrantes, volad a nuestras casas y decid a nuestras hermanas, a nuestras madres y a las muchachas blancas que todos hemos muerto por Ghavazat. Decidles que nuestros cuerpos no yacerán en tumbas, sino que lobos hambrientos esparcirán y roerán nuestros huesos y que los cuervos negros nos arrancarán los ojos!".

De esa manera terminaba la canción y a esas últimas palabras cantadas en tono melancólico vino a unirse la voz vigorosa del alegre Khan—Magoma para gritar apenas entonada la última nota: Lya—il—lyaha—il' Allah, con un grito agudo a continuación. Luego todo volvió a quedar en silencio, salvo el chasquear y silbar de los ruiseñores en el jardín y de cuando en cuando, detrás de la puerta, el sonido del hierro deslizándose rápido por la piedra de afilar.

Tan absorto estaba Hadyi Murad que no se apercibió de que había inclinado su vasija y el agua empezaba a derramarse. Sacudió la cabeza y entró en su habitación. Después de acabar con sus abluciones matinales examinó sus armas y se sentó en la cama. No había nada más que hacer. Para partir hacía falta el permiso del comisario; ahora bien, todavía no era de día y el comisario estaba durmiendo aún.

La canción de Hanefi le trajo a la memoria otra canción que había compuesto su madre. Esta otra canción relataba algo que realmente había ocurrido poco después de nacer él. Hela aquí:

"Tu puñal de acero de damasco ha desgarrado mi pecho blanco, pero yo he puesto a mi pequeño sol, a mi niño, sobre la herida, lo he bañado con mi sangre ardiente, y la herida se ha curado sin hierbas ni raíces. Como no he tenido miedo a la muerte, mi niño, mi dyigit, tampoco lo tendrá".

Las palabras de esta canción estaban dirigidas al padre de Hadyi Murad.

Su sentido era el siguiente: Cuando su madre dio a luz, la khansha había traído también al mundo a su segundo hijo, Umma—Khan y había pedido como nodriza a la madre de Hadyi Murad, que había criado a su hijo mayor Abununtsal. Pero Patimat no había querido abandonar a su hijo y dijo que no iría. El padre de Hadyi Murad se enfureció y ordenó que lo hiciese.

Cuando ella se negó de nuevo, le había dado una puñalada y la habría matado si no le hubieran arrebatado el puñal. Así pues, ella no había abandonado a su hijo y lo había amamantado; éste era el tema sobre el que había compuesto la canción.

Hadyi Murad recordaba a su madre: cuando ella le acostaba a su lado, bajo la pelliza, en la terraza de la casa, le cantaba esa misma canción y él le pedía que le mostrase el lugar en el costado donde estaba la cicatriz de la herida. Veía ante sí a su madre, no con la piel arrugada, el pelo blanco y resquicios entre los dientes, como la había visto la última vez, sino joven, hermosa y tan fuerte que, cuando él tenía ya cinco años y pesaba bastante, pasaba la montaña llevándole a la espalda en una cesta para ir a ver a su abuelo y recordaba asimismo a su abuelo, el orfebre, con sus arrugas y barba blanca, cuando trabajaba la plata con manos de venas prominentes y obligaba a su nieto a recitar las oraciones. Recordaba la fuente al pie de la colina, a donde él, asido a los pantalones de su madre, iba por agua.

Recordaba el perro flaco que le lamía la cara; y, sobre todo, el olor y el regusto del humo y la leche agria cuando su madre iba con él al pajar donde ordeñaba a las vacas y cocía la leche. Recordaba el primer día en que su madre le había afeitado la cabeza y la sorpresa que se había llevado cuando vio, reflejada en la sartén de cobre de fondo brillante, su cabecita redonda de tinte azulado.

Y el recordarse a sí mismo como niño pequeño le llevó a recordar a su hijo querido, Yusuf, a quien él mismo le había afeitado la cabeza por primera vez. Ahora ese Yusuf era un guapo mozo, un intrépido dyigit.

Recordaba a su hijo tal como lo había visto la última vez. Fue el día en que había salido de Tselmes. Su hijo le había traído el caballo y le había pedido permiso para acompañarle. Estaba vestido y armado debidamente y traía a su propio caballo por la brida. El rostro colorado, joven y hermoso de Yusuf y su figura alta y esbelta (era más alto que su padre) respiraba audacia, juventud y alegría de vivir. La anchura de los hombros, a pesar de su juventud, las sólidas caderas y el talle largo y delgado, los brazos largos y vigorosos, la fuerza, destreza y rapidez de todos sus movimientos habían regocijado siempre a Hadyi Murad, quien admiraba a su hijo.

—Mejor es que te quedes. Tú eres el único que estará ahora en casa. Cuida a tu madre y a tu abuela.

Y Hadyi Murad recordaba la expresión varonil y orgullosa con la que Yusuf, encendido el rostro de satisfacción, dijo que mientras estuviera vivo, nadie se atrevería a tocar a su madre y a su abuela. Sin embargo, Yusuf había montado en su caballo y acompañado al padre hasta el arroyo. De allí se había vuelto, y desde entonces Hadyi Murad no había visto ni a su mujer, ni a su madre ni a su hijo.

¡Y era a ese hijo a quien Shamil quería sacarle los ojos! De lo que harían con su esposa ni siquiera quería pensar.

Tales reflexiones trastornaron tanto a Hadyi Murad que ya no pudo seguir sentado. Se levantó de un salto y, cojeando, corrió a la puerta, la abrió y llamó a Eldar. Aún no había salido el sol, pero ya clareaba bastante. Los ruiseñores seguían cantando.

—Ve a decir al comisario que quiero salir de paseo. y ensilla los caballos —dijo.

24

El único consuelo de Butler durante este tiempo fue la exaltación de la guerra, a la que se entregaba no sólo durante las horas del servicio, sino también en su vida privada. Vestido en su cherkeska circasiana, caracoleaba con su caballo y dos veces había salido en emboscada con Bogdanovich, aunque en ninguna de las dos descu! brieron ni mataron a nadie. Este arrojo y esta amistad con Bogdanovich, famoso por su valentía, le parecían a Butler agradables e importantes. Pagó la deuda con dinero que le había prestado un judío a un interés exorbitante, o sea, que sólo había diferido sus dificultades sin conseguir resolverlas. Procuraba no pensar en su situación y buscar el olvido, no sólo en la poesía de la guerra, sino también en el vino. Cada día bebía más, y día tras día se fue debilitando moralmente. Ya no hacía el papel del casto José en su relación con Marya Dmitrievna; al contrario, la cortejaba con creciente desfachatez, pero con gran sorpresa suya tropezó con una categórica repulsa que le avergonzó en sumo grado.

A fines de abril llegó al fuerte un destacamento que Baryatinski destinaba a una nueva expedición por toda la Chechnya considerada inexpugnable. En él figuraban dos compañías del regimiento de Kabarda que, según la costumbre del Cáucaso, fueron recibidas como invitadas por las del regimiento de Kurin de guarnición allí. Los soldados se desparramaron por las casernas y fueron agasajados no sólo con la comida, consistente en gachas de alforfón y carne de vaca, sino también con vodka, mientras que los oficiales se alojaron con sus colegas del Kurin. Según costumbre en tales ocasiones, los residentes sirvieron de anfitriones a los recién llegados. La recepción terminó en una juerga, en la que actuaron los cantantes del regimiento, e Ivan Matveyevich, borracho perdido y ya no colorado, sino pálido de cara, a caballo en una silla, sacó el sable, dando mandobles a enemigos imaginarios, jurando, riendo, o bien abrazaba a éste o bailaba con aquél al compás de su canción favorita:

Shamil se ha rebelado en estos últimos años.
¡Trai, rai, ratatai!
En estos últimos años.

Butler estaba también allí, tratando de encontrar aun en eso la poesía de la guerra, pero en el fondo de su alma tenía lástima de Ivan Matveyevich, a quien era imposible frenar. Y, sintiendo que el alcohol se le subía a la cabeza, salió de allí sin hacer ruido y se fue a casa. La luna llena iluminaba las casitas blancas y las piedras del camino. La claridad era tanta que en el sendero se podía distinguir el más pequeño guijarro, la menor brizna de paja. Al llegar a casa, Butler encontró a Marya Dmitrievna, con un chal que le cubría la cabeza y los hombros. Después de la repulsa que de ella había recibido, Butler, un tanto abochornado, evitaba encontrarse con ella. Ahora, no obstante, a la luz de la luna y bajo los efectos del vino, Butler se alegró del encuentro y quiso de nuevo congraciarse con ella.

—¿A dónde va usted?

—En busca de mi viejo —contestó ella amigablemente. Aunque rechazaba sincera y resueltamente los galanteos de Butler, le desagradaba que últimamente él le hubiese dado esquinazo.

—¿Para qué ir a buscarle? Ya volverá por su cuenta.

—¿Cree usted?

—Y si no vuelve, lo traerán.

—Eso es cabalmente lo que no estaría bien —dijo Marya Dmitrievna—. ¿Usted cree que no debo ir?

—No, no vaya. Mejor es que volvamos a casa.

Marya Dmitrievna dio media vuelta y volvió con él. El brillo de la luna era tal que alrededor de las sombras de sus cabezas parecía deslizarse un nimbo a lo largo del camino. Butler miraba ese nimbo y pensaba en decir a la joven que le gustaba tanto como antes, pero no sabía cómo empezar. Ella aguardaba lo que él iba a decir. De ese modo caminaban en silencio hasta cerca de la casa cuando de detrás de una esquina aparecieron de pronto unos caballistas. Eran un oficial y su escolta.

—¿Quién podrá ser? —dijo Marya Dmitrievna, apartándose a un lado. La luna estaba detrás del que llegaba, por lo que Marya Dmitrievna sólo le reconoció cuando estuvo casi junto a ella y Butler. Era Kamenev, un oficial que había servido anteriormente con Ivan Matveyevich, y a quien, por consiguiente, Marya Dmitrievna conocía.

—¿Es usted, Pyotr Nikolayevich? —le preguntó Marya Dmitrievna.

—El mismo —respondió Kamenev—. ¡Ah, Butler! ¿Qué tal? ¿No se ha acostado todavía? ¿Paseando con Marya Dmitrievna? ¡Cuidado con Ivan Matveyevich, que le puede dar un susto! ¿Dónde está él?

—Pues ahí... Escuche —dijo Marya Dmitrievna apuntando hacia el lugar de donde venía el ruido de un timbal y canciones—. Están de juerga.

—¿Es el regimiento de aquí el que está de juerga?

—No. Ha llegado otro de HasavYurt y están entreteniendo a los oficiales.

—¡Ah, qué bien! Llego a tiempo. Al comandante sólo tengo que verle un instante.

—¿Qué pasa? ¿Alguna novedad? —preguntó Butler. —No es gran cosa.

—¿Buena o mala noticia?

—Depende... Para nosotros buena, para otros mala —dijo Kamenev rompiendo a reír.

En ese momento los paseantes y Kamenev llegaron a la puerta de Ivan Matveyevich.

—¡Chihirev! —gritó Kamenev a un cosaco—. Ven acá.

Un cosaco se separó de los otros y se acercó. Vestía el uniforme ordinario de los cosacos del Don, con botas altas y capote, y llevaba alforjas detrás de la silla.

—Anda, saca ese bulto —dijo Kamenev, bajándose del caballo.

El cosaco también se bajó del suyo y cogió un saco de las alforjas.

Kamenev lo tomó y metió la mano en él.

—¿Qué? ¿Les enseño a ustedes la novedad? ¿No tendrá usted miedo? — preguntó volviéndose a Marya Dmitrievna.

—¿Miedo de qué? —dijo ella.

—Aquí está —dijo Kamenev, sacando una cabeza de hombre y exponiéndola a la luz de la luna—. ¿La reconocen ustedes?

Era una cabeza afeitada, de frente salediza, barba corta y bigote, con un ojo abierto y otro cerrado a medias, el cráneo afeitado hundido y sangre negra coagulada en la nariz. El cuello estaba envuelto en una toalla empapada de sangre. A pesar de las muchas heridas de la cabeza, los labios azules tenían una expresión bondadosa e infantil.

Marya Dmitrievna miró y, sin decir palabra, se volvió en redondo y entró de prisa en la casa.

Butler no podía apartar los ojos de la terrible cabeza. Era la del mismo Hadyi Murad con quien sólo poco tiempo antes pasaba sus veladas en amistoso coloquio.

—¿Cómo? ¿Quién lo ha matado? ¿Dónde? —preguntó.

—Quiso escaparse, pero lo cogieron —respondió Kamenev. Devolvió la cabeza al cosaco y entró en la casa con Butler.

—Y ha muerto como un valiente —agregó Kamenev.

—¿Pero cómo ha ocurrido eso?

—Espere un poco. Pronto vendrá Ivan Matveyevich y lo contaré todo punto por punto. Para eso me envían aquí. Lo llevo a todos los fuertes y aouls y lo enseño en ellos.

Se mandó a buscar a Ivan Matveyevich. Llegó borracho, con otros dos oficiales tan bebidos como él, y empezó a abrazar a Kamenev.

—Es a usted a quien vengo a ver —dijo Kamenev—. He traído la cabeza de Hadyi Murad.

—¡Mientes! ¿Le han matado?

—Sí. Quiso escapar.

—Ya decía yo que nos jugaría una mala pasada. ¿Dónde está? La cabeza, digo. Enséñamela.

Llamaron al cosaco, que trajo el saco con la cabeza. La sacaron e Ivan Matveyevich, con sus ojos de borracho, la estuvo contemplando largo rato.

—En todo caso, era un sujeto excelente —dijo—. Dejadme que le bese.

—Sí, es verdad. Era una cabeza valiente —comentó uno de los oficiales. Cuando todos hubieron mirado la cabeza, volvieron a dársela al cosaco.

Este la metió en el saco, procurando que tocara el suelo lo más levemente posible.

—¿Y tú, Kamenev, qué explicas cuando la enseñas? —dijo un oficial.

—No. Dámela que la bese. Él me regaló un sable —gritó Ivan Matveyevich.

Butler salió a la puerta de entrada. Marya Dmitrievna estaba sentada en el segundo escalón. Volvió la cabeza para mirar a Butler y al momento la volvió del otro lado con expresión airada.

—¿Qué le pasa, Marya Dmitrievna? —preguntó Butler.

—Que todos ustedes son unos asesinos. Yo no puedo aguantar eso —respondió ella levantándose.

—Eso le puede ocurrir a cualquiera —comentó Butler, sin saber qué decir—.

Así es la guerra.

—¡La guerra! —gritó Marya Dmitrievna—. ¿Qué guerra? Son ustedes unos asesinos; eso es todo. A un cuerpo muerto hay que enterrarlo, y lo que ahí están haciendo ustedes es bromear. Verdaderos asesinos —repitió, bajando los escalones y entrando en la casa por la puerta trasera.

Butler volvió a la sala y rogó a Kamenev que contara detalladamente lo sucedido.

Y Kamenev lo contó. He aquí lo que había pasado.

25

Hadyi Murad había recibido permiso para pasear a caballo por los alrededores de la ciudad, pero siempre con una escolta de cosacos. En Nuha había medio centenar de éstos, de los que una decena estaban al servicio de los oficiales; de modo que si, de acuerdo con las órdenes recibidas, diez de los restantes salían con Hadyi Murad, esos mismos hubieran tenido que salir cada dos días. Por lo tanto, después de haber escogido a diez para salir el primer día, se decidió que en el futuro sólo saldrían cinco; y a Hadyi Murad se le pidió que no llevase consigo a todos sus murids. Pero el 25 de abril salió con los cinco. En el momento en que Hadyi Murad montaba en su caballo, el comandante notó que los cinco se aprestaban a salir con él y le dijo que eso no estaba permitido, pero Hadyi Murad fingió no haberle oído, arreó a su caballo y el comandante no insistió. Al mando de los cosacos estaba un suboficial, Nazarov, galardonado con la Cruz de San Jorge por su valentía, joven sano, de pelo castaño y tez rosada. Era el mayor de una familia pobre de la secta de Viejos Creyentes, huérfano de padre, y mantenía a su anciana madre, a tres hermanas y dos hermanos.

—¡Ten cuidado, Nazarov, no le dejes que se aleje de ti! —gritó el comandante.

—Bien, Vuestra Nobleza —respondió Nazarov y, alzándose sobre los estribos, ajustó la carabina a su espalda y puso su hermoso y robusto alazán al trote. Cuatro cosacos le seguían: Ferapontov, alto y delgado, ladrón y saqueador como el que más (él había sido quien había vendido la pólvora a Gamzalo); Ignatov, campesino robusto que se jactaba de su fuerza y que, pasada ya su juventud, se acercaba al retiro; Mishkin, chico débil de quien todos se reían; y Petrakov, joven, rubio, hijo único muy consentido de su madre, siempre afectuoso y jovial.

Había habido niebla toda la mañana, pero a la hora del desayuno el tiempo había mejorado y el sol brillaba sobre el naciente follaje, la hierba virgen y tierna, el trigo en trance de retoñar y las ondas del río impetuoso visible apenas a la izquierda del camino.

Hadyi Murad iba despacio, seguido de sus murids y los cosacos a cierta distancia. Salieron al paso, siguiendo el camino y alejándose del fuerte.

Encontraron a mujeres que llevaban cestas en la cabeza, soldados que guiaban carretas, carromatos chirriantes tirados por búfalos. Al cabo de dos verstas, Hadyi Murad aguijó a su caballo blanco de Kabarda, que arrancó con tal presteza que los murids y los cosacos se vieron obligados a poner sus monturas aun trote rápido para no quedarse atrás.

—¡Ah, vaya buen caballo que tiene! —dijo Ferapontov—. Si aún fuera enemigo nuestro, yo bien que lo desmontaría.

—Sí, muchacho. Trescientos rublos daban en Tiflis por ese caballo.

—Pero yo lo adelantaré con el mío —dijo Nazarov.

—¿Adelantarlo? ¡Hombre!

Hadyi Murad seguía acelerando el paso.

—¡Eh, kunak, que no debes hacer eso! ¡Más despacio! —gritó Nazarov, alcanzando a Hadyi Murad.

Éste se volvió para mirar y, sin decir nada, siguió cabalgando al mismo paso.

—¡Ojo, que éstos están tramando algo! ¡Los muy bandidos! —dijo Ignatov—. Ya ves a qué paso van.

De ese modo cubrieron una versta en dirección a la montaña.

—¡Te digo que eso está prohibido! —gritó de nuevo Nazarov.

Hadyi Murad no contestó ni se volvió, sino que aceleró la andadura del caballo y pasó al galope.

—¡Farsante! ¡No te escaparás! —gritó Nazarov, herido en lo vivo.

Dio un latigazo a su brioso alazán y, alzándose en los estribos e inclinándose hacia delante en la silla, salió a brida suelta en persecución de Hadyi Murad.

El cielo estaba tan límpido, el aire tan fresco, las fuerzas de la vida jugaban tan gozosamente en el alma de Nazarov cuando él y su soberbio y brioso caballo se fundieron en una unidad que no se le ocurrió la posibilidad de un percance infausto, triste o terrible. Se alegraba de que con cada paso ganaba terreno a Hadyi Murad y se acercaba a éste. Hadyi Murad comprendió por el galope del gran caballo del cosaco que se le acercaba y que pronto lo alcanzaría. Cogió su pistola con la mano derecha y, con la izquierda, frenó ligeramente a su montura excitada de oír el galope tras sí.

—¡Te digo que está prohibido! —gritó Nazarov casi al nivel de Hadyi Murad, alargando la mano para coger la brida del caballo de éste. Pero antes de lograrlo sonó un disparo.

—¿Pero qué haces? —gritó Nazarov, llevándose las manos al pecho—. ¡A ellos, muchachos! —exclamó, tambaleándose y cayendo sobre el arzón de la silla.

Pero los montañeses aprestaron sus armas antes que los cosacos, dispararon contra ellos sus pistolas y los atacaron con los sables. Nazarov colgaba del cuello de su caballo aterrado que daba vueltas alrededor de sus camaradas. El caballo de Ignatov cayó, aplastándole la pierna, y dos de los montañeses, sin desmontar, desenvainaron los sables y le acuchillaron la cabeza y los brazos. Petrakov estaba a punto de socorrer a su compañero cuando le alcanzaron dos disparos, uno en la espalda y otro en el costado, y rodó del caballo como un fardo.

Mishkin dio media vuelta con su caballo y partió volando hacia el fuerte. Hanefi y Khan—Magoma se lanzaron tras él, pero había tomado la delantera y los montañeses no pudieron darle alcance. Cuando vieron que no podían alcanzarle volvieron a los otros. Gamzalo, quitándole el puñal a Ignatov y después de acuchillar a éste, degolló también a Nazarov y lo arrojó de su caballo. Khan—Magoma quitó a los muertos los sacos de cartuchos. Hanefi quiso llevarse el caballo de Nazarov, pero Hadyi Murad le gritó que lo dejara y se lanzó camino adelante. Sus murids galopaban tras él, ahuyentando al caballo de Petrakov que corría tras ellos. Estaban ya a unas tres verstas de Nuha en unos arrozales cuando un disparo desde la torre del fuerte fue la señal de alarma.

Petrakov yacía boca arriba, con el vientre abierto, y el rostro juvenil vuelto hacia el cielo, y mientras moría jadeaba como un pez fuera del agua.

—¡Ay, Dios mío! ¡Por todos los santos! ¿Qué es lo que han hecho? —gritó el comandante del fuerte, llevándose las manos a la cabeza al enterarse de la fuga de Hadyi Murad—. ¡Me han arruinado! ¡Le han dejado escapar esos bribones! —gritaba oyendo el relato de Mishkin.

La alarma fue general, y no sólo se enviaron tras los fugitivos a todos los cosacos disponibles , sino también a todos los miliciano s que pudieron hallarse en los aouls sometidos a los rusos. Se ofreció una gratificación de mil rublos a quien trajese a Hadyi Murad vivo o muerto. y dos horas después de que éste y sus camaradas se escaparon de los cosacos, más de doscientos hombres a caballo cabalgaban tras el oficial encargado de encontrar y capturar a los fugitivos.

Después de cubrir algunas verstas por el camino, Hadyi Murad refrenó su caballo que, empapado de sudor, se había vuelto de blanco en gris, y se detuvo. A la derecha del camino se veían las casas y el minarete del aoul Belardyik; a la izquierda había sembrados y en el fondo un río. A pesar de que el camino que llevaba a las montañas estaba a la derecha, Hadyi Murad torció en dirección opuesta, hacia la izquierda, calculando que sus perseguidores seguirían por la derecha. Él, por su parte, saliéndose del camino, atravesaría el Alazan y volvería al camino por el otro lado, donde nadie le esperaría, seguiría por él hasta el bosque y por allí, cruzando de nuevo el río, podría adentrarse en las montañas. Habiéndolo decidido así, torció a la izquierda. i Pero resultó imposible llegar hasta el río. El arrozal que; necesitaba atravesar acababa de ser inundado, como siempre sucede en la primavera, y se había convertido en una ciénaga en la que los caballos se hundían hasta por encima de las cuartillas. Hadyi Murad y sus murids buscaron por la derecha, por la izquierda, esperando 1 encontrar un lugar más seco, pero el campo en que habían entrado estaba saturado de agua por todas partes. Los caballos sacaban los cascos del espeso cieno con un ruido semejante al de un corcho al salir de la botella y, al cabo de unos pasos, se paraban jadeantes.

Así estuvieron trajinando tan largo rato que empezó a anochecer sin que hubieran podido llegar al río. A la izquierda había una especie de islote cubierto de arbustos, y Hadyi Murad decidió entrar en él y permanecer allí hasta la noche para que descansaran los caballos agotados. Una vez entre los arbustos, Hadyi Murad y sus murids bajaron de los caballos, los trabaron y los dejaron pacer, mientras los hombres comían el pan y el queso que habían llevado consigo. La luna nueva que les había alumbrado al principio se puso tras las montañas y la noche resultó oscura. Los ruiseñores eran muy abundantes en esa comarca, y había dos de ellos en esos arbustos. A causa del ruido que Hadyi Murad y sus acompañantes hicieron al entrar en el islote, los ruiseñores permanecieron callados, pero cuando los hombres guardaron silencio los pájaros empezaron a cantar de nuevo, respondiéndose uno a otro. Hadyi Murad, atento a los ruidos de la noche, los escuchaba a su pesar.

Y sus trinos le recordaron la canción sobre Hamzad que había oído la noche antes cuando había salido en busca de agua. Ahora podía encontrarse en cualquier momento en la misma situación que Hamzad. Estuvo pensando en que así sería, y de pronto su espíritu se tornó grave. Extendió su burka en el suelo e hizo sus abluciones; y apenas las hubo concluido cuando oyó un ruido que se acercaba a los arbustos. Era el chapoteo en el cenagal de una multitud de cascos de caballos. Khan—Magoma, que era agudo de vista, corrió a uno de los bordes del islote y, mirando a través de la oscuridad, vio las siluetas negras de caballos y hombres a pie que se acercaban. Hanefi vio un tropel semejante al otro lado. Era Karganov, el comandante militar del distrito, que venía con sus milicianos.

"Pues bien, habrá que luchar como Hamzad", se dijo Hadyi Murad.

Tan pronto como se dio la señal de alarma, Karganov se había lanzado en persecución de Hadyi Murad con un centenar de milicianos y cosacos, pero no había podido encontrar en ninguna parte a los fugitivos ni sus huellas. Karganov, desalentado, se volvía ya al fuerte cuando al anochecer tropezó con un viejo del país, a quien preguntó si había visto a seis caballistas. El viejo contestó que sí, que había visto a seis caballistas chapoteando en un arrozal y después los había visto meterse entre unos arbustos donde él había estado cogiendo leña. Karganov, llevando consigo al viejo, volvió por donde había venido y, al ver los caballos trabados, se convenció de que Hadyi Murad estaba allí. Durante la noche puso cerco al islote, esperando que llegara la mañana para capturar a Hadyi Murad vivo o muerto.

Dándose cuenta de que estaba cercado, Hadyi Murad descubrió en medio de los arbustos un antiguo foso y decidió instalarse en él y resistir mientras tuviera fuerza y municiones. Dijo esto a sus camaradas y les ordenó que levantaran un parapeto delante del foso. y sus hombres comenzaron al momento a cortar ramas, a cavar la tierra con los puñales y preparar una trinchera. Hadyi Murad trabajaba con ellos.

Tan pronto como empezó a clarear, el comandante de la milicia se acercó al islote y gritó:

—¡Eh, Hadyi Murad! ¡Ríndete! ¡Nosotros somos muchos y vosotros pocos!

En respuesta salió un poco de humo del foso, sonó un disparo y una bala hirió al caballo de un miliciano. El caballo se tambaleó y cayó. Al momento las carabinas de los milicianos, agazapados al borde del islote, comenzaron a disparar a su vez, pero sus balas, silbando y zumbando, cortaban hojas y ramas y se clavaban en el parapeto, sin tocar a los hombres que estaban detrás de él. Únicamente el caballo de Gamzalo, que estaba algo apartado de los demás, fue alcanzado. No cayó, pero rompió las trabas y se lanzó hacia los otros caballos, apretándose contra ellos y enrojeciendo con su sangre la hierba tierna. Hadyi Murad y sus hombres disparaban sólo cuando avanzaba alguno de los milicianos y raras veces erraban el tiro. Tres milicianos resultaron heridos y los demás no sólo no se atrevían a lanzarse al ataque, sino que iban alejándose poco a poco de los fugitivos, disparando sólo desde lejos y al buen tuntún.

De ese modo transcurrió más de una hora. El sol se habla levantado hasta media mitad de los árboles, y Hadyi Murad pensaba ya en saltar sobre su caballo e intentar llegar hasta el río cuando volvieron a oírse gritos de un nuevo y gran destacamento que se acercaba. Eran Hady—

Aga, de Mehtuli, y sus hombres, doscientos en total. Hadyi—Aga había sido en otro tiempo kunak de Hadyi Murad y vivido con él en las montañas, pero más tarde se había pasado a los rusos. Con él estaba Ahmet —Khan, hijo de un enemigo de Hadyi Murad. Al igual que Karganov, Hadyi—Aga comenzó a gritar a Hadyi Murad que se rindiera, pero al igual que la primera vez Hadyi Murad contestó con un disparo.

—¡A los sables, muchachos! —gritó Hadyi—Aga, empuñando el suyo. y se oyeron centenares de voces de hombres que se lanzaban rugiendo a los arbustos. Los milicianos entraron corriendo en la maleza, pero de detrás del parapeto se oyeron, uno tras otro, varios disparos. Tres hombres cayeron.

Los atacantes se detuvieron y, apostados a la orilla del islote, empezaron también a disparar. Disparaban a la vez que iban acercándose poco a poco al foso, corriendo de detrás de un arbusto a otro. Algunos lograban saltarlo, otros caían bajo las balas de Hadyi Murad y sus secuaces. Hadyi Murad no fallaba nunca el tiro; Gamzalo tampoco disparaba en vano, y lanzaba un aullido de alegría cada vez que daba en el blanco. KhanMagoma estaba sentado al borde del foso cantando Lya il—lyaha i'l Allah y disparaba sin apresurarse, pero raras veces con éxito. A Eldar todo el cuerpo le temblaba de lo impaciente que estaba por lanzarse sobre los enemigos puñal en mano; tiraba a menudo y a la buena de Dios, volviéndose continuamente para mirar a Hadyi Murad y sacando la cabeza por encima del parapeto. El velludo Hanefi, con las mangas remangadas, hacía también allí su oficio de criado. Cargaba los fusiles que le pasaban Hadyi Murad y Khan—Magoma, empujando cuidadosamente con una baqueta de hierro las balas envueltas en trapos grasientos y sacando de su bolsa pólvora seca para llenar las cazoletas. Khan—Magoma no se agazapaba como los otros en el foso, sino que corría desde allí a los caballos para hacerlos pasar a lugares menos peligrosos, y chillando constantemente disparaba sin apoyar el fusil en nada. Fue el primero en resultar herido. La bala le perforó el cuello, y cayó sentado escupiendo sangre y lanzando juramentos. Luego le tocó a Hadyi Murad: una bala le atravesó el hombro. Arrancó algodón del forro de su beshmet, taponó la herida con él y siguió disparando.

—¡Ataquemos a sablazos! —dijo Eldar por tercera vez, y se levantó para mirar por encima del parapeto, pronto a lanzarse contra el enemigo; pero en ese mismo instante le alcanzó una bala, se tambaleó y cayó de espaldas sobre la pierna de Hadyi Murad. Hadyi Murad le miró. Los hermosos ojos de carnero estaban clavados fija y seria": mente en su amo y señor. La boca, con el prominente labio superior igual al de los niños, se crispaba sin abrirse. Hadyi Murad sacó la pierna de debajo de él y continuó disparando. Hanefi se inclinó sobre el cuerpo y a toda prisa empezó a sacar de la cherkeska las municiones aún no utilizadas. Mientras tanto, Khan—Magoma seguía cantando, cargando su fusil y disparando. Los enemigos, saltando de matorral en matorral, entre gritos y hurras, se iban acercando cada vez más. Otra bala dio a Hadyi Murad en el costado izquierdo. Se tumbó en el foso y una vez más arrancó del beshmet un trozo de algodón y tapó la herida. La del costado era mortal y él comprendió que iba a morir.

Recuerdos e imágenes pasaron por su imaginación a una insólita rapidez. Ora veía ante sí al vigoroso Abununtsal—Khan cuando, sosteniéndose la mejilla desgarrada y colgante, se lanzaba puñal en mano sobre el enemigo; entonces veía al viejo Vorontsov, débil, exangüe, con su rostro astuto y pálido y oía su voz dulzona; o veía a su hijo Yusuf o a su mujer Sofíat, o la cara pálida, la barba pelirroja y los ojos entornados de su enemigo Shamil.

Todos estos recuerdos pasaban por su imaginación sin provocar en él sentimiento alguno de compasión, odio o deseo de ningún género. Todo ello le parecía trivial en comparación con lo que estaba a punto de comenzar y comenzaba ya para él. Y, no obstante, su cuerpo robusto continuaba lo que había empezado. Aunando las fuerzas que le quedaban, se levantó dentro del foso, disparó la pistola contra un hombre que venía corriendo hacia él y acertó. El hombre cayó. Seguidamente salió por completo del foso y, cojeando pesadamente, se fue derecho al enemigo puñal en mano. Sonaron varios disparos, y él vaciló y cayó. Varios milicianos, con gritos de triunfo, se lanzaron sobre su cuerpo yacente. Pero lo que les había parecido un cadáver comenzó de pronto a moverse. Primero se levantó la cabeza afeitada y sangrienta, desprovista de turbante; luego fue el tronco y, agarrándose a un árbol, Hadyi Murad se incorporó por completo. Su aspecto era tan terrible que los que corrían hacia él se detuvieron. Pero de pronto tembló todo él, se desprendió del árbol y cayó boca abajo, como un cardo segado, y ya no volvió a moverse.

No se movía, pero aún sentía. Cuando Hadyi—Aga, que fue el primero en llegar a él, le dio una fuerte puñalada en la cabeza, le pareció a Hadyi Murad que alguien le golpeaba con un martillo, y no comprendía quién lo hacía o por qué. Ése fue su último contacto consciente con su cuerpo. Ahora ya no sentía nada, y sus enemigos pateaban y daban tajos a una cosa que no tenía nada que ver con él. Hadyi—Aga le puso el pie en la espalda y, con dos sablazos, le cortó la cabeza; luego, con cuidado de no mancharse las botas de sangre, la echó a rodar con el pie. Una sangre roja salió de las arterias del cuello, y una sangre negra salió de la cabeza y empapó la hierba.

Karganov, Hadyi—Aga, Ahmet —Khan y todos los milicianos, como cazadores en torno a la presa muerta, rodearon los cadáveres de Hadyi Murad y sus murzds (los de Hanefi, Khan.Magoma y Gamzalo fueron atados), y entre el humo de la pólvora que se cernía sobre los matorrales charlaban alegremente celebrando su victoria.

Los ruiseñores, que habían callado durante el tiroteo, empezaron de nuevo a cantar; primero uno solo muy cerca, luego otros un poco más lejos.

Fue esta muerte la que recordé cuando vi el cardo abatido en medio del sembrado.

LA MUERTE DE IVÁN ILICH

I

En el gran edificio del Palacio de Justicia, durante un receso de la vista del proceso Melvinski, los magistrados y el fiscal se reunieron en el despacho de Iván Yegórovich Shébek y se pusieron a comentar el célebre caso Krasovski. Fiódor Vasílievich defendía acaloradamente que la sala no era competente para juzgarlo, Iván Yegórovich insistía en su punto de vista, mientras Piotr Ivánovich, que desde un principio se había desentendido de la discusión, hojeaba La Gaceta, que acababan de entregarles.

—¡Señores! —dijo—. ¡Iván Ilich ha muerto!

—No es posible.

—Mire, léalo usted mismo —replicó a Fiódor Ivánovich, entregándole el ejemplar recién impreso, que aún olía a tinta fresca.

En un recuadro orlado de negro estaba escrito: "Praskovia Fiódorovna Goloviná comunica con profundo pesar a parientes y amigos el deceso de su amado consorte Iván Ilich Golovín, miembro del Tribunal de Apelación, acaecido el 4 de febrero de 1882. Los funerales se celebrarán el viernes, a la una de la tarde".

Iván Ilich era colega de los señores allí reunidos, y todos lo tenían en alta estima. Hacía y a varias semanas que estaba enfermo, según decían de una afección incurable. Su plaza aún no estaba vacante, pero corría el rumor de que, en caso de que falleciera, Alekséiev podría ocupar su puesto, mientras a este lo sustituiría Vínnikov o Shtábel. En suma, al enterarse de la muerte de Iván Ilich, el primer pensamiento de cada uno de los presentes fue calibrar en qué medida ese deceso podía favorecer su propio traslado o promoción o el de alguno de sus conocidos.

"Lo más probable es que me ofrezcan la plaza de Shtábel o Vínnikov —pensaba Fiódor Vasílievich—. Hace tiempo que me lo han prometido. Una promoción así supondría un aumento de ochocientos rublos, sin contar las dietas".

"Es el momento de solicitar el traslado de mi cuñado de Kaluga —pensó Piotr Ivánovich—. Mi mujer se alegrará mucho. Ya no podrá decirme que nunca hago nada por sus parientes".

—Ya me figuraba y o que no volvería a levantarse de la cama —dijo Piotr Ivánovich en voz alta—. Qué pena.

—Pero, ¿qué es lo que tenía exactamente?

—Los médicos no han sido capaces de determinarlo. Quiero decir que ofrecieron diagnósticos diferentes. Cuando lo vi por última vez, tuve la impresión de que se estaba restableciendo.

—Pues y o no he ido por su casa desde las fiestas. Siempre lo dejaba para el día siguiente.

—¿Y qué, tenía bienes?

—Creo que su mujer disponía de algún dinero, pero no mucho.

—Pues habrá que pasar por allí. Y viven lejísimos.

—Será de donde vive usted. Pero de su casa todo queda lejos.

—Por lo visto no puede perdonarme que viva al otro lado del río —exclamó Piotr Ivánovich con una sonrisa, dirigiéndose a Shébek.

Charlaron un rato sobre las grandes distancias que había que atravesar para ir de un lado a otro de la ciudad y después volvieron a la sala.

Más allá de los barruntos sobre los traslados y posibles promociones que de esa muerte podrían derivarse, el deceso de un conocido cercano no suscitó en ninguno de ellos, como suele ser el caso, más que un sentimiento de alegría, pues había sido otro quien había pasado a mejor vida.

"Es él quien ha muerto, no yo", pensaron o sintieron todos. En cuanto a los conocidos íntimos, los que se decían amigos de Iván Ilich, no pudieron por menos de considerar que estaban obligados a cumplir con los enojosos deberes que les imponía el decoro, como asistir a los funerales o visitar a la viuda para expresarle sus condolencias.

Los amigos más íntimos del finado eran Fiódor Vasílievich y Piotr Ivánovich. Este último había sido su compañero de estudios en la Escuela de Jurisprudencia y se sentía especialmente implicado.

Tras comunicar a su mujer, en el transcurso de la comida, la noticia de la muerte de Iván Ilich y sus cábalas sobre el posible traslado del cuñado a su propio distrito, Piotr Ivánovich, sin echar siquiera una cabezadita, se puso el frac y se dirigió en coche a casa de la viuda.

Delante de la puerta principal del edificio se habían detenido un coche particular y dos de punto. Abajo, en la antecámara, a un lado del perchero, apoyada en la pared, se alzaba la tapa del ataúd, revestida de brocado, con sus borlas y su galón lustrado con unos polvillos. Dos señoras vestidas de negro se estaban quitando los abrigos de pieles. A una de ellas la conocía: era la hermana de Iván Ilich; a la otra no la había visto nunca. Un colega de Piotr Ivánovich llamado Schwartz bajaba del piso de arriba; al reparar en el recién llegado, y a en el peldaño superior, se detuvo y le guiñó el ojo, como diciéndole: "Menuda la que ha armado Iván Ilich; menos mal que nosotros no somos así".

El rostro de Schwartz, con patillas a la inglesa, así como su enjuta figura, enfundada en el frac, irradiaba, como de costumbre, una elegancia solemne, que tan poco cuadraba con su carácter liviano, y que en las presentes circunstancias destacaba de una manera especial, o así se lo pareció a Piotr Ivánovich.

El recién llegado dejó pasar a las señoras y subió tras ellas muy despacio. Schwartz, en lugar de seguir bajando, se quedó donde estaba. Piotr Ivánovich entendió la razón: sin duda quería ponerse de acuerdo con él sobre el lugar donde iban a organizar la partida de whist esa tarde. Una vez arriba, las señoras se dirigieron a la habitación de la viuda, mientras Schwartz, con los labios bien prietos, ademán serio y mirada jovial, alzó las cejas para indicar a Piotr Ivánovich la habitación de la derecha, donde yacía el cadáver.

Como suele suceder en tales casos, Piotr Ivánovich entró sin saber muy bien lo que debía hacer allí dentro. Lo único de lo que estaba seguro era de que en esas situaciones nunca está de más persignarse. En cambio, albergaba dudas sobre si, al hacerlo, debía inclinarse también, así que tomó el camino de en medio: nada más poner el pie en el aposento, se puso a hacer la señal de la cruz y esbozó apenas una reverencia. Al mismo tiempo, en la medida en que se lo permitieron los movimientos del brazo y de la cabeza, echó una ojeada a la habitación. Dos jóvenes —al parecer sobrinos del difunto, uno de ellos estudiante de bachillerato— se dirigían a la puerta sin dejar de persignarse. Una señora con las cejas arqueadas de un modo extraño se inclinaba sobre una viejecita que estaba allí de pie, sin moverse, y le susurraba algo al oído. Un sacristán con levita, de aire resuelto y enérgico, leía en voz alta con una expresión que no admitía réplica. Guerásim, el mozo de comedor, pasó por delante de Piotr Ivánovich con pasos ligeros, esparciendo alguna cosa por el suelo. Nada más verlo, Piotr Ivánovich percibió un insinuante olor a cadáver en descomposición. En su última visita a Iván Ilich, Piotr Ivánovich había visto a ese criado en el despacho, pues hacía también las veces de enfermero e Iván Ilich sentía por él una estima especial.

Piotr Ivánovich seguía persignándose, inclinándose ligeramente hacia un punto intermedio entre el ataúd, el sacristán y los iconos situados en la mesa del rincón. Luego, cuando le pareció que ya había hecho suficientes veces la señal de la cruz, se detuvo y se puso a observar al difunto, que yacía como todos los muertos, con una especial pesadez, los rígidos miembros hundidos en el acolchado del ataúd, con la cabeza reclinada para siempre sobre el cojín, destacando, como pasa siempre con los cadáveres, la frente amarillenta, como de cera, con las sienes hundidas cubiertas de ralos mechones y la nariz prominente, que parecía presionar el labio superior. Había cambiado mucho, estaba aún más delgado que la última vez que Piotr Ivánovich lo había visto, aunque, como pasa con todos los muertos, el rostro era más hermoso y, sobre todo, más expresivo que de vivo. Era como si dijera que había hecho lo que tenía que hacer, y además de una manera correcta. También podía leerse un reproche o una advertencia a los vivos. Esta última le pareció a Piotr Ivánovich fuera de lugar, al menos él no se sintió aludido. Empezaba a sentirse incómodo, así que se santiguó una vez más con premura —tuvo la impresión de que con demasiada premura, para lo que dictaban las conveniencias—, se dio media vuelta y se encaminó a la puerta.

Schwartz le esperaba en la habitación contigua: tenía las piernas muy separadas y jugueteaba con el sombrero de copa, que sujetaba a la espalda con ambas manos. Bastó una mirada a la figura jovial, pulcra y elegante de Schwartz para que Piotr Ivánovich recuperara el buen ánimo. Comprendió que Schwartz estaba por encima de tales sucesos, que no se abandonaba a impresiones deprimentes. Esto es lo que le decía su aspecto: "Los funerales de Iván Ilich en ningún caso son motivo suficiente para alterar el orden del día, es decir, nada conseguirá impedir que esta misma tarde oigamos cómo cruje el envoltorio de un mazo de cartas al abrirse, mientras un criado dispone cuatro velas nuevas; en general, no hay motivo para suponer que este incidente se vaya a interponer en nuestro propósito de pasar la velada de un modo agradable".

Y así se lo susurró cuando Piotr Ivánovich pasó a su lado, proponiéndole que se reunieran en casa de Fiódor Vasílievich para echar la partida. Pero, por lo visto, estaba escrito que Piotr Ivánovich no jugaría al whist esa tarde. Praskovia Fiódorovna, una mujer baja y gorda que, a pesar de sus esfuerzos por lograr el efecto contrario, se iba ensanchando desde los hombros hacia abajo, vestida de luto riguroso, la cabeza cubierta con un velo de encaje y las cejas levantadas de un modo tan extraño como la señora que estaba delante del ataúd, salió de sus aposentos en compañía de otras señoras, las llevó hasta la puerta de la estancia donde yacía el cadáver, y dijo:

—El oficio va a empezar de un momento a otro. Hagan el favor de pasar.

Schwartz, después de ensay ar una tímida reverencia, se detuvo: era evidente que no acababa de decidir si aceptar o rechazar la proposición. Praskovia Fiódorovna, al reconocer a Piotr Ivánovich, suspiró, se acercó a él, le cogió de la mano y dijo:

—Sé que era usted un verdadero amigo de Iván Ilich...

Y se lo quedó mirando, esperando una reacción que estuviera en consonancia con tales palabras.

Lo mismo que antes Piotr Ivánovich había juzgado necesario persignarse, ahora sabía que debía estrechar la mano de esa mujer, emitir un suspiro y exclamar: "No le quepa duda". Y eso es lo que hizo. Entonces se dio cuenta de que había logrado el resultado apetecido: ambos se habían conmovido.

—Vámonos antes de que empiece. Tengo que hablar con usted —añadió la viuda—. Deme el brazo.

Piotr Ivánovich hizo lo que le decían, y los dos se encaminaron a las habitaciones interiores, pasando al lado de Schwartz, que guiñó un ojo a su amigo con aire compungido: "¡Adiós partida! No se lo tome a mal si reclutamos a otro compañero de juego. Una vez quede usted libre, jugaremos los cinco", trató de comunicarle con una jocosa mirada.

Piotr Ivánovich emitió un suspiro aún más profundo y apenado, y Praskovia Fiódorovna se lo agradeció apretándole el brazo. Al entrar en una salita tapizada de cretona rosa, iluminada por la tenue luz de una lámpara, se sentaron al lado de una mesa, ella en un sofá y Piotr Ivánovich en un puf muy bajo de muelles desvencijados, que se desbarató todo bajo su peso. Praskovia Fiódorovna habría querido advertirle que tomara otro asiento, pero consideró que semejante comportamiento no cuadraba con su situación y cambió de idea. Al sentarse en el puf, Piotr Ivánovich se acordó de que, cuando Iván Ilich decidió arreglar la sala, le había pedido consejo sobre esa cretona rosa con hojas verdes.

Al bordear la mesa para tomar asiento en el sofá (la sala entera estaba abarrotada de adornos y muebles), a la viuda se le enganchó el encaje negro de su mantilla en una de las entalladuras de la mesa. Piotr Ivánovich se levantó para ayudarla y los muelles del puf, liberados de su peso, se estiraron y le dieron un empujón. Praskovia Fiódorovna intentó desenganchar la puntilla por sí misma, y Piotr Ivánovich volvió a sentarse, aplastando el rebelde puf; pero al no lograr la viuda su objetivo,

Piotr Ivánovich volvió a ponerse en pie, y de nuevo el puf se soliviantó y hasta emitió un crujido. Una vez solucionado el incidente, Praskovia Fiódorovna sacó un pañuelo de batista inmaculado y se echó a llorar. El episodio de la mantilla y la lucha con el puf habían enfriado los sentimientos de Piotr Ivánovich, así que se limitó a fruncir el ceño, sin moverse de su sitio. A tan embarazosa situación puso fin Sokolov, el mayordomo de Iván Ilich, que entró para comunicar que el emplazamiento del cementerio elegido por Praskovia Fiódorovna costaría doscientos rublos. La viuda dejó entonces de llorar y, mirando a Piotr Ivánovich con aire de víctima, dijo en francés que lo estaba pasando muy mal. Piotr Ivánovich le respondió con un gesto mudo, con el que pretendía expresar su pleno convencimiento de que no podía ser de otro modo.

—Fume si quiere —dijo Praskovia Fiódorovna, tratando de mostrarse magnánima, aunque se le quebraba la voz, y a continuación se puso a resolver con Sokolov la cuestión del precio de la parcela. Piotr Ivánovich encendió un cigarrillo y escuchó las detalladas preguntas que le hizo al criado sobre los diferentes precios de los terrenos, antes de decantarse por uno concreto. Una vez despachada esa cuestión, dio órdenes también sobre los cantores, y a continuación el criado abandonó la estancia.

—Tengo que ocuparme yo de todo —le dijo a Piotr Ivánovich, apartando unos álbumes que había sobre la mesa, y para que esta no se manchara, pues estaba a punto de caerle encima la ceniza del cigarrillo, se apresuró a acercarle un cenicero a Piotr Ivánovich y añadió—: Mentiría si afirmara que el dolor me impide ocuparme de asuntos prácticos. Al contrario, si hay algo que pueda procurarme no y a algún sosiego, sino cierta distracción, son todos estos trámites concernientes a mi difunto marido —volvió a sacar el pañuelo, como si se dispusiera a llorar, pero en el último momento pareció sobreponerse, se estremeció y siguió hablando con calma—: No obstante, quería consultarle un asunto.

Piotr Ivánovich se inclinó, pero sin permitirle ninguna veleidad al puf, que ya había empezado a estremecerse.

—En los últimos días sufrió muchísimo.

—¿Tanto? —preguntó Piotr Ivánovich.

—Unos padecimientos atroces. Se pasó gritando no y a los últimos minutos, sino las últimas horas. Tres días y tres noches seguidos gritando, sin concederse un respiro. Fue insoportable. Todavía no entiendo cómo no me volví loca. Se le oía incluso habiendo tres puertas de por medio. ¡Ah, lo que he tenido que pasar!

—Pero ¿es posible que estuviera consciente? —preguntó Piotr Ivánovich.

—Sí —respondió ella en un susurro—, hasta el último instante. Se despidió de nosotros un cuarto de hora antes de morir, y aun nos pidió que nos lleváramos a Volodia.

Al pensar en los sufrimientos de un hombre al que había conocido tan de cerca, primero como muchacho alegre, en la escuela, luego y a de adulto, como compañero, Piotr Ivánovich se horrorizó, olvidado por un momento de la penosa impresión que le causaba su propia hipocresía y la de la mujer que le acompañaba. Volvió a ver la frente del difunto, la nariz asaltando el labio superior, y sintió miedo por sí mismo.

"Tres días y tres noches de terribles sufrimientos y después la muerte. Lo mismo puede sucederme a mí en cualquier momento, en este mismo instante", pensó, lleno de espanto. Pero inmediatamente, sin saber él mismo cómo, vino en su ayuda la socorrida idea de que era a Iván Ilich a quien le había pasado todo eso, no a él; que a él no podía pasarle ni le pasaría nada parecido; que con tales reflexiones se estaba abandonando a un humor sombrío, algo que nunca debe hacerse, como demostraba sin ambages el rostro de Schwartz. Gracias a esas consideraciones logró tranquilizarse y empezó a requerir de la viuda, con el mayor interés, detalles del fallecimiento de su amigo, como si la muerte fuera algo que concerniera solo a Iván Ilich, no a él.

Después de describir de mil maneras distintas los sufrimientos físicos de Iván Ilich, en verdad espantosos (padecimientos de los que Piotr Ivánovich fue informado solo en la medida en que habían afectado a los nervios de Praskovia Fiódorovna), la viuda, por lo visto, consideró oportuno ir al grano.

—Ah, Piotr Ivánovich, qué dolor, qué dolor más terrible y espantoso —y de nuevo se echó a llorar.

Piotr Ivánovich suspiraba, esperando el momento en que se sonara la nariz.

Una vez que la mujer lo hubo hecho, dijo:

—Créame…

Pero la viuda retomó la palabra y se ocupó de la principal cuestión que, sin lugar a dudas, le había llevado a conversar con él: lo que quería saber era qué debía hacer para obtener algún dinero del Estado por la muerte de su marido. Dio a entender que solicitaba un consejo de Piotr

Ivánovich sobre la pensión de viudedad; pero él se dio cuenta de que estaba informada de ese tema hasta en los menores detalles; incluso le comentó aspectos que él desconocía. Sabía todo lo que podía sacarle al Estado por ese lado, pero quería enterarse de si había otro medio de rebañar algo más. Piotr Ivánovich trató de encontrarlo, pero, después de reflexionar un momento y de vituperar, en aras de la conveniencia, la tacañería del Gobierno, dijo que, en su opinión, no había manera de conseguir más dinero. Entonces Praskovia Fiódorovna suspiró y sin grandes disimulos se puso a buscar la manera de desembarazarse de su interlocutor. Piotr Ivánovich, al darse cuenta, apagó el cigarrillo, se puso en pie, le estrechó la mano a la dueña de la casa y se retiró a la antecámara.

En el comedor, con ese reloj de pared que Iván Ilich se alegraba tanto de haber comprado en un bric—à—brac[33], Piotr Ivánovich se topó con el sacerdote y con algunos conocidos que habían acudido para asistir al funeral; allí estaba también la hija del difunto, una hermosa señorita. Iba toda de negro y su delgada cintura parecía más fina que nunca. Tenía un aspecto sombrío y decidido, casi iracundo. Por el saludo que le dirigió a Piotr Ivánovich, se diría que este fuera culpable de algo. Detrás de la hija, con el mismo aire ofendido, había un joven de buena familia con el que Piotr Ivánovich había hablado alguna vez, un juez instructor que, según los rumores, era el prometido de la joven. Se inclinó ante ellos con aire compungido e hizo intención de pasar a la habitación del difunto, pero en ese momento surgió al pie de la escalera la figura de un estudiante de bachillerato, el hijo del finado, de un parecido asombroso con su padre. Era idéntico al pequeño Iván Ilich, tal como Piotr Ivánovich lo recordaba de los tiempos en que estudiaba en la Escuela de Jurisprudencia. Los ojos, irritados por las lágrimas, tenían la expresión habitual de los chicos de trece o catorce años que han perdido la inocencia. Al ver a Piotr Ivánovich, el muchacho adoptó una expresión entre seria y avergonzada. Piotr Ivánovich le hizo un gesto con la cabeza y entró en el cuarto donde yacía el cadáver.

El oficio había dado comienzo: los cirios, los lamentos, el incienso, las lágrimas, los sollozos. Piotr Ivánovich, con el ceño fruncido, miraba al suelo. No levantó la vista hasta el difunto ni una sola vez, no se dejó ganar en ningún momento por las impresiones deprimentes y fue uno de los primeros en salir. En la antecámara no había nadie. Guerásim, el

---

[33] Tienda donde venden artículos de colección.

mozo de comedor, se presentó de un salto y con sus fuertes brazos revolvió todas las pellizas hasta encontrar la de Piotr Ivánovich, que le entregó en el acto.

—Y qué, amigo Guerásim —preguntó Piotr Ivánovich, por decir algo—, ¿estás muy triste?

—Es la voluntad de Dios. También nos tocará a nosotros —respondió Guerásim, dejando al descubierto sus dientes blancos y regulares de mujik, y, con el aire de un hombre agobiado de trabajo, se apresuró a abrir la puerta, llamó al cochero, ayudó a subir a Piotr Ivánovich y retrocedió de un brinco hasta el portal, donde pareció quedarse pensando qué más podía hacer.

Después del olor del incienso, del cadáver y del ácido fénico, Piotr Ivánovich aspiró con especial fruición el aire puro.

—¿Adónde ordena el señor? —le preguntó el cochero.

—No es tarde. Pasaré un ratito por casa de Fiódor Vasílievich.

Una vez llegó, encontró a sus amigos al final de la primera partida de rubber, así que no tuvo ningún problema para unirse a ellos como quinto jugador.

II

La vida de Iván Ilich no podía haber sido más sencilla, más corriente ni más terrible.

Iván Ilich murió a la edad de cuarenta y cinco años, siendo miembro del Tribunal de Apelación. Era hijo de un funcionario de San Petersburgo que había ido saltando de un ministerio y de un departamento a otro, la típica trayectoria de algunas personas de cierta condición, manifiestamente incapaces de desempeñar ninguna función importante, pero a quienes, en virtud de sus largos años de servicio y del grado que han alcanzado en el escalafón, no se les puede expulsar, y por tanto reciben cargos ficticios e inventados, aunque los rublos con los que se les remunera, de seis a diez mil, son bien reales y les permiten llegar a una edad provecta.

A ese género de funcionarios pertenecía el consejero privado Iliá Yefímovich Golovín, inútil engranaje de diversas instituciones inútiles.

Había tenido tres hijos. Iván Ilich era el segundo. El mayor había seguido la misma carrera que el padre, solo que en un ministerio diferente, y estaba a punto de alcanzar esa antigüedad en el servicio que le cualificaba para optar a una sinecura semejante a la de su progenitor. El tercer hijo había fracasado. Se había ganado una pésima reputación en casi todos los estamentos de la administración, y ahora prestaba servicio en los ferrocarriles. Ni al padre ni a los hermanos, y mucho menos a las mujeres de estos, les agradaba encontrarse con él, solo lo trataban en caso de extrema necesidad y apenas se acordaban de su existencia. La hermana se había casado con el barón Gref, un funcionario petersburgués, como su suegro. Iván Ilich era el fénix de la familia, según decían. No era tan frío y puntilloso como su hermano mayor, ni tan atolondrado como el menor. Ocupaba el justo medio entre los dos: era inteligente, animoso, agradable y formal. Había estudiado con su hermano menor en la Escuela de Jurisprudencia, aunque con resultados dispares: mientras a este lo habían expulsado al llegar a quinto curso, él se graduó con buenas calificaciones. Ya en la Escuela de Jurisprudencia había hecho gala de los rasgos que le caracterizarían a lo largo de toda su vida: alegría, competencia, bonhomía y sociabilidad, unidas a un estricto sentido de lo que consideraba su deber, que para él no era otra cosa que aquello que estimaban como tal las personas encumbradas. Ni de niño ni de adulto mostró un comportamiento servil, pero desde muy temprana edad se sintió atraído, como las polillas por la luz, por las personas de posición social más elevada, cuy as maneras y puntos de vista adoptó, y con quienes estableció relaciones de amistad. Las pasiones de la infancia y de la juventud pasaron por él sin dejar una huella profunda en su ánimo; se abandonó a la sensualidad y a la vanidad, y hacia el final, en los cursos superiores, al liberalismo, pero siempre dentro de los límites que su instinto infalible le indicaba.

Durante los años que pasó en la Escuela de Jurisprudencia cometió actos que en un principio le parecieron abominables y le inspiraron un hondo desprecio de sí mismo, pero más tarde, al comprobar que lo mismo hacían algunas personas de elevada posición, sin considerarlo pernicioso, llegó a olvidarse de ellos, y, aún sin juzgarlos propiamente buenos, logró que su recuerdo no le causara el menor resquemor.

Después de abandonar la Escuela de Jurisprudencia con el rango de funcionario de décima clase y de obtener de su padre el dinero necesario para hacerse el uniforme, Iván Ilich se encargó un traje en la sastrería de Scharmer, prendió en la cadena del reloj un medallón con la inscripción *respice finem*,[34] se despidió del príncipe que dirigía la escuela, comió en Donon con sus compañeros y, provisto de una maleta nueva a la moda, en la que guardó la ropa blanca, el traje, objetos de tocador, útiles de

---

[34] Hagas lo que hagas, hazlo con prudencia y objetivos finales.

afeitar y una manta de viaje, todo encargado y adquirido en las mejores tiendas, partió a una ciudad de provincias para ocupar su puesto de funcionario con atribuciones especiales en la oficina del gobernador, puesto que le había conseguido su padre.

En provincias Iván Ilich no tardó en asegurarse una posición tan cómoda y agradable como la que había caracterizado su vida de estudiante. Se ocupaba de las tareas propias de su cargo, se iba labrando un nombre y, al mismo tiempo, se entretenía con diversiones gratas y decorosas. De vez en cuando, por orden de sus superiores, se trasladaba a algunas capitales de distrito, donde se comportaba con dignidad tanto con superiores como con subordinados, y, con una meticulosidad y una honradez intachables, de las que no podía por menos de sentirse orgulloso, resolvía los asuntos que le habían confiado, casi siempre relacionados con procesos a los cismáticos.

A pesar de su juventud y de su inclinación a las diversiones ligeras, en el trabajo se mostraba extraordinariamente reservado, puntilloso y hasta severo; pero en sociedad solía dar muestras de jovialidad e ingenio, siempre bondadoso, correcto y bon enfant, como decían de él su superior y la mujer de este, que le recibían como si fuese uno más de la familia.

En esa época de su vida tuvo una relación con una señora que se había encaprichado del atildado jurista; hubo también una modista, así como francachelas con los ayudantes de campo que estaban de paso en la ciudad y visitas a cierta calle apartada después de la cena; también prodigó adulaciones a su jefe y a su esposa, pero todos sus actos llevaban impreso un tono de tan elevada probidad que no era posible referirse a ellos con palabras malsonantes. Un comportamiento, en fin, que se correspondía de lleno con el espíritu de la máxima francesa: *Il faut que jeunesse se passe*[35]. Todo se hacía con las manos limpias, con camisas impecables, hablando en francés y, sobre todo, en la más alta sociedad y, por tanto, con la aprobación de las personas más encumbradas.

Así pasaron los primeros cinco años de servicio de Iván Ilich. Entonces se produjo un cambio en la administración: se introdujeron procedimientos judiciales novedosos y surgió la necesidad de contar con hombres nuevos. Iván Ilich fue uno de ellos. Le propusieron ocupar una plaza de juez instructor, e Iván Ilich aceptó, aunque tendría que desplazarse a otra provincia, renunciar a las relaciones y a establecidas y crearse otras nuevas. Los amigos le organizaron una ceremonia de

---

[35] La juventud es impulsiva.

despedida, tomaron una fotografía de grupo, le ofrecieron una petaca de plata, e Iván Ilich partió a su nuevo destino.

En su condición de juez de instrucción, Iván Ilich hizo gala de la misma actitud que había mostrado en su cargo de funcionario con atribuciones especiales: se comportó con la consabida corrección y dignidad, se esforzó por separar las obligaciones del cargo de la vida privada e hizo cuanto pudo por ganarse el respeto general. Las funciones de juez de instrucción le parecían mucho más interesantes y atractivas que las del puesto anterior. En su primer destino le agradaba pasar con desenvoltura, enfundado en su uniforme confeccionado en Scharmer, por delante de los temblorosos solicitantes que esperaban audiencia y de los funcionarios que le envidiaban, entrar en la oficina del gobernador y sentarse con él a tomar el té y fumar un cigarrillo; pero eran pocas las personas que dependían directamente de su voluntad. En esa categoría solo entraban los oficiales de la policía local y los cismáticos, cuando lo enviaban en comisión de servicios. Le gustaba tratar con amabilidad, casi con camaradería, a esas personas que dependían de su albedrío; disfrutaba demostrándoles que, aunque estaba en condiciones de aplastarlas, se conducía con ellas de un modo amistoso y sencillo.

Entonces tales personas eran poco numerosas. Pero en su nuevo cargo de juez instructor Iván Ilich sentía que todos sin excepción, incluso los individuos más importantes y pagados de sí mismos, estaban en sus manos, y que le habría bastado escribir ciertas palabras en un papel con membrete oficial para que cualquier individuo importante y pagado de sí mismo fuera conducido a su presencia en calidad de imputado o testigo, y, siempre que no se le antojara encerrarlo, tuviera que responder a sus preguntas sin ni siquiera tomar asiento. Iván Ilich nunca había abusado de semejante prerrogativa; incluso procuraba mitigar sus efectos. Pero la conciencia de su poder y la posibilidad de atenuarlo constituían a sus ojos el principal interés y atractivo de su nuevo cargo. En cuanto al trabajo en sí, es decir, a la instrucción de las causas, Iván Ilich asimiló rápidamente la técnica de apartar cualquier elemento que no guardara relación con el caso y de simplificar el asunto más complicado hasta conseguir que solo se reflejase en el papel en su forma objetiva, excluyendo por completo sus consideraciones personales y, sobre todo, obligándose a respetar todas y cada una de las formalidades pertinentes. El marco de su actividad era en cierta manera novedoso, pues acababa de entrar en vigor el código de 1864, que Iván Ilich fue uno de los primeros en aplicar.

Tras establecerse en la nueva ciudad como juez instructor, Iván Ilich trabó nuevas amistades, estrechó nuevos vínculos, organizó su existencia sobre premisas diferentes y adoptó un talante algo distinto. Guardó una respetuosa distancia con las autoridades provinciales y se decantó por el círculo más selecto de magistrados y nobles adinerados de la localidad, asumió un tono de leve descontento con el Gobierno, de liberalismo moderado y de civismo ilustrado. Al mismo tiempo, sin modificar un ápice la elegancia de su vestuario, dejó de afeitarse el mentón desde que asumió sus nuevas funciones, permitiendo que la barba creciera a su antojo.

La vida de Iván Ilich en la nueva ciudad se organizó también de un modo muy agradable: la sociedad que censuraba al gobernador era acogedora y respetable, ganaba aún más dinero que antes y además estaba el whist, al que empezó a jugar en aquella época, y que añadió un placer no pequeño a su existencia, pues tenía talento para los juegos de naipes, nunca perdía el buen humor, era rápido de reflejos y muy preciso en los cálculos; en suma, casi siempre salía vencedor.

Al cabo de dos años de servicio en la nueva ciudad, Iván Ilich conoció a su futura esposa. Praskovia Fiódorovna Míjel era la muchacha más atractiva, inteligente y brillante del pequeño círculo que frecuentaba Iván Ilich. Entre otras diversiones y entretenimientos que le aliviaban de las fatigas propias de su cargo, Iván Ilich entabló una relación jovial y poco seria con Praskovia Fiódorovna.

En sus tiempos de funcionario con atribuciones especiales, Iván Ilich solía bailar; pero desde que había asumido sus nuevas competencias solo rara vez lo hacía. Ahora cuando bailaba lo hacía para demostrar que, si bien estaba encargado de aplicar el nuevo código y había alcanzado el quinto grado del escalafón, si se ponía a bailar, podía hacerlo mejor que la mayoría. Así, de vez en cuando, al final de una velada, bailaba con Praskovia Fiódorovna, y fue principalmente gracias a esos bailes como consiguió conquistarla y enamorarla. Iván Ilich no tenía el propósito claro y definido de casarse, pero, cuando la muchacha quedó prendada de él, se hizo la siguiente pregunta: "En realidad, ¿por qué no habría de casarme?".

Praskovia Fiódorovna era una joven de familia noble, bastante atractiva, y disponía de un pequeño patrimonio. Iván Ilich podría haber aspirado a un partido más brillante, pero lo cierto era que no había razones para quejarse. Iván Ilich tenía su sueldo, y esperaba que la joven pudiera contar con una cantidad equivalente. El linaje era distinguido, y ella una mujer amable, bonita y de conducta intachable. Sería tan injusto decir que Iván Ilich se casó porque estaba enamorado de su novia y compartía con ella una misma visión de la vida como afirmar que había dado ese paso porque las personas de su círculo aprobaban aquel enlace. Iván Ilich se casó por ambas razones: satisfacía sus propios deseos tomando por esposa a una mujer de esa clase y al mismo tiempo hacía lo que las personas encumbradas consideraban adecuado.

De modo que Iván Ilich se casó.

Tanto la época de los preparativos para la boda como los primeros tiempos de vida en común, con las caricias conyugales, los muebles nuevos, la vajilla nueva, la ropa blanca nueva, constituyeron un periodo feliz, que duró hasta que su mujer quedó embarazada. De hecho, Iván Ilich empezaba y a a pensar que el matrimonio no solo no destruiría ese modo de vida fácil, agradable, alegre y siempre decoroso y aprobado por la buena sociedad que él consideraba inherente a cualquier existencia, sino que contribuiría a acrecentarlo. Pero ya desde los primeros meses de embarazo surgió un elemento nuevo, inesperado, desagradable, penoso e inconveniente con el que no había contado y del que no había modo de librarse.

Sin razón alguna, según le parecía a Iván Ilich, solo por *gaieté de coeur*[36], como se decía a sí mismo, Praskovia Fiódorovna empezó a turbar el encanto y buen tono de su vida: estaba celosa sin motivo, exigía que le prestara más atención, se irritaba por cualquier fruslería y le montaba escenas desagradables y vulgares.

Al principio Iván Ilich albergó la esperanza de desembarazarse de todos los inconvenientes de esa nueva situación observando la misma actitud ligera y decorosa hacia la vida que le había ayudado hasta entonces. Trató de desentenderse del humor de su mujer y siguió observando el mismo género de vida despreocupado y agradable: invitaba a los amigos a jugar una partida en su casa, procuraba ir al casino o visitar a alguno de sus conocidos. Pero en una ocasión su mujer, llena de furor, empezó a insultarle con palabras gruesas, y recurrió a la misma medida cada vez que él no satisfacía sus exigencias, con el firme propósito, por lo visto, de no cesar en su empeño hasta que se sometiera y aceptara quedarse en casa, aburriéndose como ella. Iván Ilich se horrorizó. Comprendió que la vida conyugal —al menos con su esposa— lejos de garantizar una vida agradable y de buen tono, a menudo la

---

[36] Por alegría.

destruía, y que, por tanto, se hacía imprescindible protegerse de tales perturbaciones. Una vez llegado a esa conclusión, se puso a buscar los medios para lograrlo. Su profesión era lo único que infundía respeto a Praskovia Fiódorovna, de modo que Iván Ilich, tomando como armas el trabajo y las obligaciones inherentes al cargo, se dispuso a entablar batalla contra ella para preservar su independencia.

Con el nacimiento del niño, los diversos intentos que hicieron para alimentarlo y los fracasos con que se saldaron; con las enfermedades reales e imaginarias de la madre y del recién nacido, en las que se le exigía que se implicara, pero de las que era incapaz de comprender nada, la necesidad de crearse un mundo propio fuera del ámbito familiar se hizo aún más acuciante para Iván Ilich.

A medida que su mujer se fue volviendo más irritable y exigente, Iván Ilich fue trasladando el centro de gravedad de su vida al trabajo. Se fue aficionando más y más a sus ocupaciones y se hizo más ambicioso que antes.

Muy pronto, al cabo de un año de matrimonio, Iván Ilich comprendió que la vida conyugal, aunque comportaba ciertas ventajas, era en realidad muy complicada y penosa, y que por tanto, para cumplir con su deber, es decir, para llevar una vida decorosa, aprobada por la sociedad, había que trazar un plan bien definido, lo mismo que en el trabajo. Y a ello se aplicó. De la vida familiar solo exigía las satisfacciones que podía ofrecerle —una mesa puesta, un ama de casa, un lecho—, y, sobre todo, ese respeto por las formas exteriores sancionadas por la opinión pública. En cuanto a lo demás, buscaba placer y alegría, y se sentía muy agradecido si los encontraba. Si se topaba con resistencias y malas caras, se refugiaba inmediatamente en el mundo del trabajo, que había protegido y preservado de los demás, y en él encontraba motivos de satisfacción.

A Iván Ilich se le consideraba un buen funcionario, y al cabo de tres años lo nombraron sustituto del fiscal. Las nuevas obligaciones, la importancia del cargo, la posibilidad de llevar a juicio y de meter en la cárcel a quien se le antojara, la notoriedad que alcanzaron sus intervenciones y los éxitos que cosechó con ellas contribuyeron a que se sintiera cada vez más atraído por su labor.

Nacieron otros hijos. La mujer se volvió aún más gruñona e irascible, pero la actitud que Iván Ilich había adoptado con respecto a la vida familiar le hacía casi inmune a su mal humor.

Después de desempeñar sus funciones siete años en la misma ciudad, a Iván Ilich lo nombraron fiscal en otra provincia. Se trasladaron al nuevo destino, que no gustó nada a Praskovia Fiódorovna, y una vez allí se vieron cortos de dinero porque, aunque el sueldo era más alto que antes, la vida estaba más cara. Para colmo de males, dos de los hijos murieron, lo que contribuyó a que la vida familiar se le antojara aún más desagradable a Iván Ilich.

Praskovia Fiódorovna le culpaba de todas las desgracias que les habían acaecido en su nuevo lugar de residencia. La mayoría de los temas de conversación entre marido y mujer, sobre todo los relativos a la educación de los hijos, los remitía a cuestiones que les recordaban peleas anteriores, y a cada instante podían estallar nuevas disputas. Lo único que les quedaba eran breves arrebatos amorosos, que enseguida se desvanecían. Eran como islotes a los que se agarraban de vez en cuando, antes de lanzarse de nuevo al mar de la hostilidad disimulada, que se manifestaba en un alejamiento mutuo. Ese alejamiento habría podido entristecer a Iván Ilich si hubiera considerado que las cosas habrían podido ser de otra manera, pero ahora estimaba que esa situación no solo era normal, sino que el fin de su vida familiar no podía ser otro. Ese fin consistía en liberarse cada vez más de tales escenas desagradables y en convertirlas en algo inocuo y decoroso. Para lograr ese objetivo, procuraba pasar cada vez menos tiempo con su familia, y cuando se veía en la obligación de estar con ellos, se esforzaba por asegurar su posición mediante la presencia de personas extrañas. Pero lo principal para Iván Ilich era el trabajo. En el ámbito judicial concentraba todos sus intereses. Y esa actividad le absorbía por entero. La conciencia de su poder, la posibilidad de aniquilar a quien le viniera en gana, la solemnidad que acompañaba sus entradas en el tribunal, incluso en un plano meramente externo, los encuentros con sus subordinados, los éxitos que alcanzaba delante de sus superiores e inferiores y, sobre todo, la maestría con que instruía las causas, de la que era plenamente consciente, todo eso, unido a las conversaciones con los amigos, las comidas y las partidas de whist, le llenaba de alegría y daba sentido a su existencia. En suma, podría afirmarse que la vida de Iván Ilich se desenvolvía como él consideraba que debía hacerlo: de una forma agradable y decorosa.

Así pasaron otros siete años. La hija mayor había cumplido y a los dieciséis, un tercer niño murió, y solo quedó el muchacho que cursaba bachillerato, motivo de continuas disputas entre los cónyuges. Iván Ilich hubiera querido inscribirlo en la Escuela de Jurisprudencia, pero

Praskovia Fiódorovna, por llevarle la contraria, lo había mandado al instituto. La hija se había educado en casa con resultados más que positivos. Tampoco el hijo era mal estudiante.

III

De ese modo transcurrió la vida de Iván Ilich los diecisiete años que siguieron a su matrimonio. Había desempeñado el cargo de fiscal muchos años y había rechazado varios traslados, en espera de un puesto más apetecible, cuando inopinadamente se produjo un acontecimiento desagradable que redujo a pedazos la tranquilidad de su existencia. Iván Ilich aspiraba a que le nombraran presidente de tribunal de una ciudad universitaria, pero Goppe se le adelantó y obtuvo la plaza. Iván Ilich se enfadó, se puso a hacer recriminaciones y discutió con su colega y sus superiores inmediatos. Entonces empezaron a tratarlo con mayor frialdad y en la siguiente promoción volvieron a desestimar su candidatura.

Eso sucedió en 1880, el año más duro en la vida de Iván Ilich. Fue entonces cuando se hizo evidente, por una parte, que el sueldo no les daba para vivir, y, por otra, que todos lo habían olvidado, y que lo que a él se le antojaba la mayor y más cruel de las injusticias a los demás les parecía una cuestión totalmente banal. Ni siquiera su padre se consideró en la obligación de ayudarlo. Iván Ilich se dio cuenta de que todos lo habían abandonado, que juzgaban su situación —con un sueldo de tres mil quinientos rublos— perfectamente normal y hasta envidiable. Solo él sabía que la conciencia de las injusticias que había padecido, el continuo desgaste a que lo sometía su mujer y las deudas que había empezado a contraer, pues vivían por encima de sus medios, lo colocaban en una situación que estaba muy lejos de ser normal.

En el verano de ese mismo año, para reducir un tanto los gastos, se tomó unas vacaciones y, en compañía de su mujer, se fue a pasar el verano a la casa que el hermano de esta tenía en el campo.

Una vez allí, privado de sus ocupaciones, Iván Ilich experimentó por primera vez en su vida no solo aburrimiento, sino una tristeza insoportable, y decidió que no podía vivir de ese modo y que no le quedaba más remedio que tomar alguna medida drástica.

Tras una noche de insomnio, que Iván Ilich pasó recorriendo la terraza de un extremo al otro, resolvió partir para San Petersburgo, donde buscaría el modo de solicitar el traslado a otro ministerio, para castigar a quienes no habían sabido valorarle en su justa medida.

Al día siguiente, a pesar de que su mujer y su cuñado procuraron disuadirlo por todos los medios, se puso en camino.

Su viaje tenía un único objetivo: conseguir un puesto con cinco mil rublos de sueldo. Ya no ponía pegas a ningún ministerio, orientación o cualquier género de actividad. Lo único que necesitaba era un cargo en el que pudiera ganar esa cantidad, y a fuera en la administración, en un banco, en los ferrocarriles o en alguna de las instituciones de la emperatriz María, incluso en el servicio de aduanas; en suma, cualquier ocupación que le permitiera asegurarse los cinco mil rublos y abandonar el ministerio donde no habían sabido apreciarlo.

Y he aquí que el viaje de Iván Ilich se vio coronado por un éxito tan sorprendente como inesperado. En Kursk un conocido suyo llamado F. S. Ilín subió a su compartimento de primera clase y le informó de que el gobernador de esa región acababa de recibir un telegrama en el que se precisaba que en el transcurso de unos días se produciría un cambio en el ministerio: Piotr Ivánovich iba a ser reemplazado por Iván Semiónovich.

Esa supuesta remoción, aparte de la importancia que pudiera tener para Rusia, encerraba un significado especial para Iván Ilich, y a que la promoción de un personaje nuevo, Piotr Petróvich, llevaría aparejada probablemente la de Zajar Ivánovich, circunstancia extraordinariamente propicia para él, pues este último era amigo y compañero suyo.

Iván Ilich obtuvo confirmación de la noticia en Moscú y, en cuanto puso el pie en San Petersburgo, se fue a ver a Zajar Ivánovich, quien le prometió un puesto seguro en el Ministerio de Justicia, el mismo en el que había desempeñado sus funciones hasta entonces.

Al cabo de una semana mandó el siguiente telegrama a su mujer:

Zajar reemplaza a Míller.
Mi nombramiento aparecerá en próximo decreto.

Gracias a esos nuevos nombramientos, Iván Ilich obtuvo inesperadamente en su ministerio de siempre un cargo que le situaba dos peldaños por encima de sus compañeros: nada menos que cinco mil rublos de sueldo y tres mil quinientos en concepto de dietas para el traslado. Iván Ilich olvidó de golpe el despecho que sentía por sus enemigos y por el ministerio en su conjunto y quedó embargado de felicidad.

¡Cuánto tiempo hacía que no experimentaba una alegría y una satisfacción como las que le embriagaban cuando regresó a la aldea! Praskovia Fiódorovna también se alegró, y entre ellos se estableció una suerte de tregua. Iván Ilich le contó los muchos honores que había recibido en San Petersburgo, la infamia de la que se habían cubierto sus enemigos, que ahora se arrastraban ante él, la envidia que despertaba su posición y, sobre todo, lo mucho que lo apreciaban todos en la capital.

Praskovia Fiódorovna escuchaba sus razones y hacía como si le creyera, no le contradecía en nada y se limitaba a hacer planes para organizar su nueva vida en la ciudad a la que le habían destinado. E Iván Ilich constataba con alegría que esos planes coincidían con los suyos, que estaban de acuerdo en todo y que el curso de su vida, interrumpido por un tiempo, retomaba ese tono tan propio y característico, marcado por el decoro y una agradable despreocupación.

Iván Ilich no se quedó muchos días en la aldea. El 10 de septiembre tenía que tomar posesión de su cargo; además, necesitaba tiempo para instalarse en su nuevo hogar, trasladar sus enseres a la provincia, comprar algunas cosas y encargar muchas otras; en definitiva, disponerlo todo según los planes que se había forjado en su cabeza, que se correspondían casi punto por punto con los de Praskovia Fiódorovna.

Entonces, después de organizarlo todo a plena satisfacción, unidos marido y mujer por un objetivo común, sin contar con que ahora pasaban poco tiempo juntos, entablaron una relación aún más íntima que en los primeros años de vida conyugal. Iván Ilich habría querido llevarse a su familia consigo sin mayores dilaciones, pero tanto insistieron el hermano y la cuñada de Praskovia Fiódorovna, de pronto especialmente amables y afectuosos con él y con los suy os, que finalmente decidió partir solo.

A lo largo del camino, su alegre disposición de ánimo, producto de su éxito y del buen entendimiento con su mujer —lo uno reforzando lo otro—, no le abandonó ni un instante. Encontró una vivienda maravillosa, idéntica a la que su mujer y él habían concebido en sus sueños. Amplias salas de recepción, de techo alto y estilo antiguo; un despacho cómodo y majestuoso, habitaciones para su mujer y para su hija, un cuarto de estudio para su hijo: era como si la hubieran construido pensando en ellos. Iván Ilich se ocupó en persona de arreglar la vivienda, eligió el papel pintado, compró los muebles, sobre todo de estilo antiguo, al que atribuía un particular tono *comme il faut*,[37] escogió el tapizado, y

---

[37] Como se debe.

todo fue creciendo y progresando hasta acercarse al ideal que se había forjado. Una vez completada la mitad de la tarea, le pareció que los logros superaban las expectativas. Entreveía y a el carácter comme il faut, distinguido y nada vulgar que adquiriría el conjunto cuando estuviera terminado. Si se adormecía, se figuraba cómo quedaría la sala. Si contemplaba el salón, aún incompleto, veía y a la chimenea, la pantalla, la vitrina y un grupo de sillitas dispuestas aquí y allá, los platos hondos y llanos colgados de las paredes, las figuras de bronce, todo en el sitio que le correspondía. Disfrutaba imaginándose lo mucho que se sorprenderían su mujer y su hija, que compartían su gusto por esa clase de cosas. Ni en sus mejores sueños habían podido esperar algo parecido. Tuvo especial fortuna en encontrar y adquirir algunos objetos antiguos a muy buen precio, que daban al conjunto un aspecto especialmente distinguido. En las descripciones que incluía en sus cartas se cuidaba muy mucho de ocultar el verdadero estado de las operaciones, y lo pintaba todo en tonos más sombríos para que la sorpresa fuera aún mayor. Tanto le absorbían esos menesteres que hasta sus nuevas ocupaciones —a pesar de lo mucho que estimaba su trabajo— le interesaban menos de lo que había esperado. Durante las sesiones había momentos en que se distraía y se quedaba pensando en las guardamalletas de las cortinas: ¿las elegiría rectas o fruncidas? Y tanto se entusiasmaba con esas cuestiones que a veces se ponía a cambiar los muebles de sitio o colgaba las cortinas con sus propias manos. En una ocasión llegó a subirse a una escalera para enseñarle a un tapicero, que no entendía sus indicaciones, cómo quería que colgara un cortinaje, con tan mala fortuna que tropezó y se cayó; no obstante, como era un hombre fuerte y ágil, consiguió conservar el equilibrio y solo se dio un golpe en el costado con el pomo de la ventana. La contusión le dolió un poco, pero no tardó en curarse. Durante todo ese periodo Iván Ilich se sintió rebosante de salud y felicidad. Y en las cartas que dirigía a los suyos comentaba: "Es como si me hubieran quitado quince años de encima". Había contado con acabar las obras en septiembre, pero los trabajos se prolongaron hasta mediados de octubre. En cualquier caso, los resultados eran magníficos: y no solo lo decía él, sino cuantos visitaban la vivienda.

En realidad se daban cita allí todos los ingredientes que caracterizan las casas de las familias de cierta fortuna que quieren pasar por ricas, y que, en consecuencia, tanto se parecen unas a otras: cortinones, madera de ébano, flores, tapices, objetos de bronce, tonos oscuros y brillantes: en suma, todos los aditamentos de los que se vale cierta clase de gente para parecerse a todas las personas de cierta clase. En el caso de la vivienda de Iván Ilich, se había logrado tal correspondencia con ese modelo general que no había nada que llamara la atención. Pero a él le parecía que todo tenía un encanto particular. Cuando recogió a los suyos en la estación y los llevó a la casa, y a lista y brillantemente iluminada, con un criado de corbata blanca que les abrió la puerta y les hizo pasar a un recibidor decorado con flores, franqueándoles después la entrada a la sala y el despacho, donde la mujer y la hija se deshicieron en exclamaciones de asombro y admiración, Iván Ilich se sintió muy feliz, y no dejó de enseñarles ni una sola de las habitaciones, entusiasmado con sus elogios y resplandeciente de satisfacción. Esa misma tarde, cuando a la hora del té Praskovia Fiódorovna le preguntó, entre otras cosas, cómo se había caído, Iván Ilich se echó a reír y escenificó para los presentes el resbalón y la cara de susto que puso el tapicero.

—Menos mal que soy de complexión atlética. Otro se habría matado; yo, en cambio, solo me he dado un golpe aquí. Si me toco, me duele, pero ya se me está pasando. No es más que un cardenal.

Empezaron a vivir en su nueva morada. Y, como suele suceder en tales casos, una vez acostumbrados a la novedad y metidos de lleno en la rutina, se dieron cuenta de que les habría hecho falta una habitación más, solo una, y de que les habría venido bien un sueldo un poquito más alto, apenas unos quinientos rublos. Pero, en general, se encontraban muy a gusto, sobre todo en los primeros tiempos, cuando no habían acabado los preparativos y aún quedaban cosas por hacer: comprar esto, encargar lo otro, cambiar de sitio un mueble, arreglar lo de más allá. Aunque surgieron algunas desavenencias entre marido y mujer, ambos estaban tan satisfechos y tenían tantas cosas de las que ocuparse que todo se resolvía sin grandes discusiones. Cuando ya no hubo nada en lo que poner orden, se empezó a adueñar de ellos una ligera sensación de aburrimiento y tuvieron la impresión de que les faltaba algo, pero para aquel entonces y a habían trabado relaciones y adquirido nuevas costumbres con las que dar sentido a su vida.

Iván Ilich pasaba la mañana en el tribunal y regresaba a casa para comer. En los primeros tiempos su estado de ánimo era bueno, aunque la casa le daba algún quebradero de cabeza. (Cualquier mancha en un mantel o en el tapizado de un mueble, o un cordón arrancado de una cortina le sacaba de sus casillas: tanto trabajo se había tomado en las reformas de la casa que el menor desperfecto le hacía sufrir). Pero, a grandes rasgos, la vida de Iván Ilich transcurría en medio de un ambiente despreocupado, agradable y decoroso, el único que se adecuaba a sus convicciones más íntimas. Se levantaba a las nueve, bebía su café, leía el periódico, luego se ponía el uniforme y se trasladaba en coche al tribunal. Allí ya estaba todo dispuesto para que se enganchara al yugo del trabajo, y él se ponía manos a la obra sin pérdida de tiempo: los solicitantes, los informes a la cancillería, el papeleo, las audiencias públicas y las reuniones administrativas. Había que esforzarse por dejar al margen de todas esas actividades cualquier elemento vivo y palpitante, que tanto contribuyen a perturbar el correcto desenvolvimiento de las causas judiciales: no debían entablarse relaciones más allá de las meramente oficiales, y tales relaciones debían restringirse exclusivamente al ámbito laboral, pues no había ningún otro motivo para establecerlas.

Por ejemplo, iba a verle una persona para solicitar algún tipo de información. En cuanto particular, Iván Ilich no podía tener con él relación de ninguna clase; pero si existía algún vínculo oficial entre él y ese hombre, de esos que pueden precisarse en un papel con membrete, Iván Ilich hacía todo, absolutamente todo lo que estaba en su mano para satisfacerle —dentro de los límites de esa relación—, y además haciendo gala de un trato humano y amistoso, es decir, de una gran cortesía. Ahora bien, en cuanto esa relación de trabajo concluía, cualquier otro tipo de vínculo desaparecía también. Tan grande era la destreza de Iván Ilich para apartar su actividad profesional, sin dejar que interfiriera en su verdadera vida, habilidad consolidada por una larga práctica y por un talento natural, que a veces hasta podía permitirse el lujo, por mero virtuosismo, así como en broma, de mezclar las relaciones humanas y las laborales. Si llegaba a tales extremos era porque sentía que tenía la fuerza suficiente para, en caso de necesidad, volver a restringirse de nuevo al plano laboral, desentendiéndose del humano. En tales situaciones Iván Ilich ponía de manifiesto no solo ese tono suyo despreocupado, agradable y decoroso, sino también una rara maestría.

En los intervalos fumaba, bebía té, charlaba un poco de política, de cuestiones generales y de juegos de naipes, pero sobre todo de los nombramientos. Y regresaba a casa fatigado, pero con la sensación que se apodera del virtuoso después de haber tocado de manera impecable su parte de primer violín de la orquesta. Una vez en casa se enteraba de que su mujer y su hija habían ido a algún sitio o tenían visita. En cuanto al hijo, estaba en el instituto, preparaba las lecciones con profesores particulares o estudiaba concienzudamente lo que se enseña en las aulas. Todo iba a las mil maravillas.

Después de la comida, si no tenían invitados, Iván Ilich leía alguna vez un libro que hubiera dado mucho que hablar, y por la tarde se ocupaba de sus asuntos, es decir, repasaba algunos documentos, consultaba textos legales, confrontaba declaraciones y las clasificaba de acuerdo con los diferentes artículos del código. Esa actividad ni le aburría ni le divertía. Le incomodaba cuando le impedía jugar al whist, pero si no había ninguna partida a la vista, le parecía mejor que estar solo o en compañía de su mujer. Las pequeñas comidas a las que invitaba a hombres y mujeres de elevada posición social constituían un gran motivo de satisfacción para Iván Ilich, así como el ambiente en que se desarrollaban esas reuniones, idéntico al de cualquier otro ágape en el que participaran personas de tal rango, de la misma manera que su salón se parecía a todos los salones.

Un día hasta llegaron a organizar una velada con baile. Iván Ilich se lo pasó muy bien y todo salió a pedir de boca, pero al final estalló una terrible discusión entre marido y mujer por culpa de las tartas y los bombones: contraviniendo los deseos de Praskovia Fiódorovna, que tenía otros planes, Iván Ilich decidió encargar todos los dulces en una pastelería cara, y lo hizo en tal cantidad que sobraron muchos, lo que desató la indignación de su mujer, sobre todo cuando vio la cuenta, que ascendía nada menos que a cuarenta y cinco rublos. Tan desagradable y tremenda había sido la trifulca que Praskovia Fiódorovna había llegado a llamarle "estúpido" y "pesado".

Él, por su parte, se había llevado las manos a la cabeza y en un arrebato de ira había hecho alguna mención al divorcio. Pero la velada había sido muy animada. Se había dado cita lo mejor de la sociedad e Iván Ilich había bailado con la princesa Trúfonova, hermana de la distinguida fundadora de la sociedad de beneficencia "Alivia mi pena". Las satisfacciones ligadas a su actividad profesional alimentaban su amor propio; las relacionadas con la sociedad exacerbaban su vanidad; pero las verdaderas alegrías de Iván Ilich eran las que le proporcionaba el whist. Él mismo reconocía que, por más desdichas y desastres que encallaran en su vida, siempre le quedaba un placer que, como una vela, brillaba con más fuerza que los demás: una buena partida de whist con jugadores de primer nivel, de esos que no se soliviantan, siempre en número de cuatro (cuando participaban cinco resultaba muy aburrido quedarse fuera, por más que uno fingiera que no le importaba), y jugar con cabeza y seriedad (a condición de que a uno le entraran buenas cartas) y más tarde cenar y tomarse un vaso de vino. Tras una velada de ese tipo, sobre todo después de una pequeña victoria (las grandes siempre resultan enojosas), Iván Ilich se iba a la cama con un estado de ánimo inmejorable.

Así discurría su vida. El círculo de sus conocidos se contaba entre lo más granado de la sociedad, recibían tanto a personas importantes como a hombres jóvenes.

Marido, mujer e hija compartían la misma opinión sobre las gentes que frecuentaban y, sin necesidad de ponerse de acuerdo, sabían guardar las distancias o desembarazarse de cualquier conocido o pariente desastrado que se presentara en la salita con platos japoneses en las paredes y se deshiciera en muestras de afecto. Pronto dejaron de revolotear a su alrededor los amigos de ese tipo, y la casa de los Golovín solo acogió a lo más selecto de la sociedad. Los jóvenes cortejaban a Lizanka, y un juez de instrucción apellidado Petríschev, hijo de Dmitri Ivánovich Petríschev y único heredero de su fortuna, redobló tanto sus atenciones que Iván Ilich le había preguntado y a a Praskovia Fiódorovna si no sería una buena idea organizar una excursión en troika o preparar una función de aficionados.

Así discurría su vida. Todo seguía un curso uniforme, sin cambios; todo iba a las mil maravillas.

IV

La familia entera gozaba de buena salud, pues no se podría calificar de enfermedad el hecho de que Iván Ilich se quejara a veces de tener mal sabor de boca o de que algo le molestaba en el lado izquierdo del vientre.

Pero el caso es que esas molestias fueron aumentando y acabaron transformándose, si no en un acceso de dolor, sí en una sensación de peso constante en el costado que le ponía de mal humor. Ese mal humor, que no dejaba de crecer y crecer, empezó a arruinar el encanto de esa vida tan despreocupada y decorosa que la familia Golovín se había creado. Marido y mujer discutían cada vez más a menudo. En poco tiempo el encanto y la despreocupación desaparecieron; en cuanto al decoro, solo a costa de grandes esfuerzos lograron guardar las apariencias. Las trifulcas se sucedían una tras otra. De nuevo no les quedaron más que esos islotes, por lo demás poco numerosos, en que ambos cónyuges podían encontrarse sin que les sobrevinieran arrebatos de ira.

Praskovia Fiódorovna había empezado ya a decir, y no sin motivo, que su marido tenía un carácter insoportable. Con su tendencia natural a las exageraciones afirmaba que siempre había sido así, que había necesitado hacer acopio de toda su bondad para soportarlo a lo largo de esos veinte años. En verdad, era él quien iniciaba ahora las disputas. Empezaba a rezongar cuando se sentaban a la mesa, por lo común en el momento en que echaba mano de la cuchara para tomar la sopa. Tan pronto notaba una desconchadura en una pieza de la vajilla, como se quejaba de que la comida no estaba a la altura o reñía a su hijo por poner los codos en la mesa o criticaba el peinado de su hija. Y de todo echaba las culpas a Praskovia Fiódorovna. Ésta al principio le replicaba y le decía cosas desagradables, pero en un par de ocasiones, nada más sentarse a la mesa, Iván Ilich había sufrido tal arrebato de ira que la mujer comprendió que se trataba de un estado enfermizo causado por la ingestión de los alimentos, y se resignó. Ya no le contradecía y se limitaba a terminar de comer lo más pronto posible. Atribuía un gran mérito a esa resignación. Tras llegar a la conclusión de que su marido tenía un carácter insoportable y de que la había hecho desgraciada, empezó a sentir compasión de sí misma. Y cuanto más se compadecía, más odiaba a su marido. Llegó casi al extremo de desear su muerte, pero siempre con la boca pequeña, porque sabía que en tal caso se quedaría sin sueldo. Esa circunstancia exacerbaba aún más su irritación. Consideraba que su infortunio no podía ser mayor, porque ni siquiera esa muerte habría podido salvarla, y se enfurecía, pero nunca daba rienda suelta a esa furia, sino que se la guardaba en su interior, y esa ocultación no hacía más que reforzar la ira de su marido.

Tras una disputa en la que había tratado a su mujer de un modo particularmente injusto, Iván Ilich había llegado a reconocer, en el momento de las explicaciones, que se irritaba con facilidad, aunque lo atribuyó a una enfermedad; entonces Praskovia Fiódorovna le dijo que si estaba enfermo debía ponerse en tratamiento y le pidió que consultara a un renombrado médico.

Así lo hizo Iván Ilich. Y todo resultó como había esperado; todo se resolvió como se resuelven siempre tales asuntos: la espera, esa prepotencia afectada y doctoral que Iván Ilich conocía tan bien, pues era la misma que él exhibía en el tribunal; la auscultación, la percusión, las preguntas que exigían respuestas determinadas de antemano y meridianamente inútiles, y ese aire de importancia que parecía insinuar: "Bueno, no tiene usted más que someterse a nuestra voluntad y nosotros nos ocuparemos de todo; sabemos con certeza cómo se arreglan estas cosas, siempre de la misma manera, se trate de quien se trate". Todo era exactamente igual que en el tribunal. Los mismos aires que se daba él con los acusados, se los daba ahora el renombrado facultativo en su presencia.

El médico le dijo: "Esto y lo otro indican que en el interior de su organismo pasa esto y lo otro; en cualquier caso, si el examen de esto y lo otro no lo confirma, habrá que suponer que tiene usted esto y lo otro. Y si suponemos esto y lo otro, entonces..". Y así sucesivamente. A Iván Ilich solo le importaba una cuestión: ¿revestía gravedad su caso o no? Pero el médico se desentendía de esa pregunta tan fuera de lugar. Desde su punto de vista, era algo tan irrelevante que ni siquiera merecía la pena tenerlo en cuenta. Lo único que importaba era la consideración de las probabilidades: un riñón flotante, un catarro intestinal de carácter crónico o una afección del intestino ciego.

La vida de Iván Ilich no entraba aquí en consideración, solo se trataba de decantarse por el riñón flotante o por el intestino ciego. Y en opinión de Iván Ilich el médico resolvió la cuestión de un modo brillante a favor del intestino ciego, haciendo la salvedad de que el análisis de orina podía proporcionar nuevos indicios y entonces habría que reconsiderar el diagnóstico. La misma actuación, punto por punto, que Iván Ilich había escenificado miles de veces delante de los acusados con no menos maestría. Idéntico magisterio desplegó a la hora de trazar el resumen y, con expresión triunfante, incluso alegre, echó un vistazo por encima de las gafas a su paciente. A partir de ese resumen Iván Ilich sacó la conclusión de que la cosa era grave y de que esa circunstancia le traía sin cuidado al médico, y probablemente al resto del mundo. Pero para él se trataba de algo serio. Esa constatación fue un duro golpe para Iván Ilich y despertó en él una gran piedad por sí mismo y un odio feroz por ese médico indiferente a una cuestión de tanta importancia.

Pero no hizo ningún comentario. Se levantó, depositó el dinero sobre la mesa y, después de emitir un suspiro, exclamó:

—Supongo que nosotros, los enfermos, solemos hacer preguntas inconvenientes. Pero me gustaría saber si mi caso reviste gravedad.

El médico le lanzó una mirada severa, con un solo ojo, a través de los lentes, como diciendo: "Si el imputado no se limita a responder a las preguntas que se le formulan, me veré obligado a ordenar su expulsión de la sala".

—Ya le he dicho lo que considero necesario y oportuno —respondió el médico—. Habrá que esperar a ver qué dicen los análisis.

Y el médico se inclinó.

Iván Ilich salió despacio, se sentó con aire abatido en el trineo y volvió a su casa. A lo largo del trayecto no dejó de darle vueltas a las palabras del médico, tratando de trasladar a un lenguaje sencillo sus embarulladas y confusas razones científicas y de adivinar en ellas una respuesta a la cuestión que le acuciaba: ¿era su situación grave, muy grave o no tenía nada? Y le parecía que el sentido de cuanto le había dicho el médico era que estaba muy mal. Todo lo que veía por las calles se le antojaba triste: los cocheros, las casas, los transeúntes, los comercios. Y le parecía que ese dolor sordo y lacerante, que no le abandonaba ni un segundo, adquiría un significado distinto y más serio después de las confusas palabras del médico. Ahora lo vigilaba con una atención nueva y angustiosa.

Una vez en casa, se puso a contarle a su mujer cómo había ido la consulta. Praskovia Fiódorovna le escuchaba, pero a mitad del relato entró la hija tocada con un sombrero: se disponía a salir con su madre. Haciendo un esfuerzo se sentó para escuchar aquella aburrida relación, pero no se quedó mucho; en cuanto a la madre, tampoco le escuchó hasta el final.

—Bueno, me alegro mucho —dijo—. Ahora tienes que tomar las medicinas con regularidad. Dame la receta y enviaré a Guerásim a la farmacia.

Y fue a vestirse.

Iván Ilich había hablado sin tomar aliento delante de su mujer y en el momento en que esta salió de la habitación emitió un profundo suspiro.

—Después de todo —se dijo—, ¿quién sabe? Puede que no sea nada…

Empezó a tomar las medicinas, a seguir las prescripciones del médico, que cambiaron después del análisis de orina. No obstante, daba la impresión de que algo no cuadraba con el análisis o con el tratamiento. No se podía culpar al médico, pero el caso es que los resultados no eran ni mucho menos los que le había adelantado. O se había olvidado de alguna cosa o le había mentido o le había ocultado algo.

En cualquier caso, Iván Ilich siguió observando a rajatabla las prescripciones del médico y en un primer momento encontró en ello algún consuelo.

Después de la consulta, sus principales ocupaciones consistieron en el riguroso cumplimiento de las reglas relativas a la higiene personal que el médico le había impuesto, la toma de los medicamentos y una suerte de atención reconcentrada por cualquier síntoma de su dolor y por todas las funciones de su organismo. E Iván Ilich fue interesándose más y más por las enfermedades y la salud de los seres humanos. Cuando se hablaba en su presencia de enfermos, de muertos, de pacientes restablecidos y, sobre todo, de enfermedades que se parecieran a la suya, aguzaba el oído, aunque procuraba ocultar su emoción, hacía preguntas y establecía comparaciones con su propio mal.

El dolor no disminuía. Pero Iván Ilich se esforzaba en convencerse de que se sentía mejor. Y conseguía engañarse, hasta el punto de que nada le preocupaba. Pero en cuanto se producía alguna desavenencia con su mujer, le sucedía un contratiempo en el trabajo o perdía a las cartas, notaba enseguida toda la fuerza de su enfermedad. Antes soportaba esos contratiempos diciéndose: "Arreglaré esto en un santiamén, lucharé, alcanzaré el éxito, ganaré la partida". Ahora cualquier desgracia lo desarmaba y lo sumía en la desesperación. Y se decía a sí mismo: "Justo ahora que me sentía un poco mejor y los medicamentos empezaban a hacerme efecto, me sobreviene esta maldita desgracia, esta desdicha…". Y se enfurecía contra esa desgracia o con las personas responsables de su desdicha, esas mismas que lo martirizaban, y se daba cuenta de que su ira lo estaba matando, pero no era capaz de contenerla. Debería haber entendido que tal irritación contra las circunstancias y las personas reforzaba su enfermedad y que, por tanto, habría sido mejor no prestar atención a los incidentes desagradables, pero él hacía el razonamiento contrario: decía que necesitaba tranquilidad, analizaba todo lo que pudiera destruirla y, en cuanto advertía un suceso capaz de resquebrajarla, se salía de sus casillas. La lectura de libros de medicina y la consulta a diversos facultativos contribuyeron a agravar su situación. Ese agravamiento seguía un ritmo tan uniforme que podía engañarse comparando una jornada con otra, y a que las diferencias eran mínimas. Pero cuando consultaba a los médicos tenía la impresión de que su situación empeoraba, y además a marchas forzadas. En cualquier caso, no dejaba de requerir su dictamen.

Ese mes fue a ver a otra celebridad, que le dijo poco más o menos lo mismo que la primera, aunque formuló las preguntas de otro modo. Sus palabras no hicieron más que redoblar las dudas y el temor de Iván Ilich. Un amigo de un amigo, médico excelente, le ofreció un diagnóstico totalmente distinto y, aunque prometió curarle, lo cierto es que con sus preguntas y suposiciones solo consiguió turbarle aún más y aumentar sus dudas. Un homeópata se decantó por una tercera enfermedad y le dio una medicina que Iván Ilich tomó a escondidas durante una semana. Al cabo de ese tiempo, al no haber constatado mejoría alguna, perdió su confianza tanto en los medicamentos anteriores como en el nuevo y cay ó en un estado de abatimiento aún más profundo. Un día una señora conocida relató la historia de un hombre que se había curado gracias a unos iconos. Para su sorpresa, Iván Ilich la escuchó con atención, plenamente convencido de la veracidad de lo que le estaba contando. Ese incidente le espantó.

"¿Es posible que mis facultades mentales se hayan debilitado tanto? —se dijo—. ¡Tonterías! Todo eso no son más que sandeces. No hay que caer en la hipocondría, sino decantarse por un médico y seguir a pies juntillas sus indicaciones. Y eso es lo que voy a hacer. Se acabó. Dejaré de darle vueltas y observaré las prescripciones a rajatabla hasta el verano. Entonces veremos. ¡Basta ya de vacilaciones!…".

Era fácil decirlo, pero imposible ponerlo en práctica. El dolor en el costado seguía atormentándolo, parecía como si se hubiera recrudecido, como si se hubiera vuelto constante; tenía un gusto en la boca cada vez más extraño, se figuraba que de su boca salía un olor repugnante, su apetito y sus fuerzas disminuían. No era posible engañarse: en su interior se estaba produciendo algo terrible, nuevo y más decisivo que cualquier otra cosa que le hubiera pasado en la vida. Y el único que lo sabía era él; cuantos le rodeaban no lo entendían o no querían entenderlo y pensaban que todo en el mundo seguía el mismo curso que antes. Esa constatación era lo que más le atormentaba. Sus familiares —sobre todo su mujer y su hija, inmersas en el torbellino de la vida social— no se daban cuenta de nada, bien lo veía él. Lo único que les incomodaba era que se mostrara tan mohíno y exigente, como si ellas tuvieran la culpa de lo que le pasaba. Aunque trataban de ocultarlo, comprendía que se había convertido en un estorbo para ellas, que su mujer había adoptado una postura definida con respecto a su enfermedad y que no había manera de que la modificase, por más que él dijera o hiciese. Esto es lo que les decía a sus conocidos:

—¿Saben ustedes que Iván Ilich, como les sucede a todas las personas bondadosas, no puede seguir a rajatabla las prescripciones del médico? Hoy se pone las gotas, sigue su régimen y se acuesta a la hora debida; pero mañana, si no estoy y o pendiente, se olvidará de lo primero, comerá esturión (que tiene terminantemente prohibido) y se quedará jugando al whist hasta la una de la madrugada.

—Pero ¿qué dices? —replicaba Iván Ilich con enfado—. Eso solo ha pasado una vez, en casa de Piotr Ivánovich.

—Y ayer con Shébek.

—De todos modos el dolor no me habría dejado dormir…

—Ya sea por una razón o por otra, el caso es que nunca te curarás y seguirás atormentándonos.

Por lo que Praskovia Fiódorovna decía delante de los demás y delante de su marido a propósito de la enfermedad, cabía deducir que, en su opinión, la culpa de todo la tenía él y que lo único que pretendía era causarle un nuevo quebradero de cabeza. Iván Ilich se daba cuenta de que era una reacción involuntaria, pero eso no aliviaba su situación.

En el tribunal Iván Ilich notaba o creía notar la misma actitud extraña con respecto a él: tan pronto se figuraba que lo miraban como si estuviera a punto de dejar vacante su plaza como tenía la impresión de que sus amigos empezaban a gastarle alguna broma inocente sobre su hipocondría, como si esa cosa terrible, espantosa e inaudita que se había manifestado en él y que le roía sin descanso, arrastrándolo irremisiblemente hacia lo desconocido, fuera un asunto apropiado para bromear. En ese sentido, el que más le irritaba era Schwartz, con esa jovialidad, esa vitalidad y ese aire comme il faut que tanto le recordaba cómo era él diez años antes.

Llegaban los amigos para jugar la partida, tomaban asiento. Abrían un mazo nuevo de cartas y repartían. Iván Ilich ponía todos los diamantes juntos, siete en total. El compañero decía: "Ni un triunfo" , cuando en realidad tenía dos diamantes en la mano. ¿Qué más se podía pedir? Hubiera debido sentirse contento, animado, estaban a punto de ganar la partida. Pero de pronto Iván Ilich sentía ese dolor lacerante, ese sabor en la boca, y entonces le parecía absurdo, en tales condiciones, alegrarse por la suerte de un juego de naipes.

En esto Mijaíl Mijáilovich, su compañero, da un golpe sobre la mesa con su sanguínea mano y, con gran indulgencia y cortesía, en lugar de arramblar con las cartas que les han correspondido en esa baza, se las acerca a Iván Ilich para que este tenga el placer de recogerlas sin hacer un esfuerzo excesivo ni estirar mucho el brazo. "¿Acaso se figura que estoy tan débil que no soy capaz de alargar la mano?", piensa Iván Ilich, y, sin darse cuenta de lo que hace, malgasta sus triunfos en lances innecesarios, hasta que acaban perdiendo la partida por tres puntos; pero lo que más le desagrada es darse cuenta de lo mucho que sufre Mijaíl Mijáilovich, mientras a él todo eso le importa un bledo. ¡Qué terrible saber a qué se debe tal indiferencia!

Todos advierten que se encuentra mal y le dicen: "Podemos dejarlo ya, si está usted cansado. Es mejor que descanse". ¿Descansar? No, no está nada cansado, así que terminan la partida de rubber. Todos se muestran mohínos y silenciosos. Iván Ilich comprende que es él quien les ha contagiado ese estado de ánimo sombrío, pero no puede hacer nada por disiparlo. Cenan y se marchan, e Iván Ilich se queda solo, con la conciencia de que su vida está envenenada, de que envenena la vida de los demás y de que ese veneno, lejos de debilitarse, va penetrando cada vez más en todo su ser.

Sumido en tales consideraciones, lastrado por el dolor físico y aguijoneado además por el miedo, se va a la cama, pero las molestias le impiden conciliar el sueño y se pasa la mayor parte de la noche despierto. A la mañana siguiente tiene que levantarse de nuevo, vestirse, irse al tribunal, hablar, escribir, o, si no acude a su trabajo, quedarse en casa veinticuatro horas seguidas, cada una de las cuales es un tormento. Y debe vivir así, al borde del precipicio, completamente solo, sin una sola persona que le comprenda y se compadezca de él.

V

Así pasó un mes y luego otro. En vísperas de Año Nuevo su cuñado tuvo que ir a la ciudad y se hospedó en su casa. Iván Ilich se había marchado al Palacio de Justicia. Praskovia Fiódorovna había salido de compras. Cuando Iván Ilich entró en su despacho, se encontró allí con el cuñado, un tipo sanguíneo, rebosante de salud, que estaba deshaciendo la maleta con sus propias manos. Al oír los pasos de Iván Ilich levantó la cabeza y se lo quedó mirando un segundo en silencio. Esa mirada despejó todas las dudas de Iván Ilich. El cuñado abrió la boca y estuvo a punto de lanzar una exclamación, pero se contuvo. Tal gesto acabó por confirmarle sus temores.

—¿Tanto he cambiado?

—Sí… un poco.

Por más que intentó después Iván Ilich llevar la conversación al tema de su aspecto, el cuñado no salió de su mutismo. Llegó Praskovia Fiódorovna y el cuñado pasó a sus habitaciones. Iván Ilich cerró la puerta con llave y se miró en el espejo, primero de frente, luego de perfil. Cogió un retrato en el que aparecía con su mujer y comparó esa imagen con lo que veía en el espejo. El cambio era brutal. A continuación se descubrió los brazos hasta el codo, echó un vistazo, volvió a bajar las mangas, se sentó en una otomana y se sumió en un estado de ánimo más negro que la noche.

"Así no puedo seguir", se dijo y, poniéndose en pie de un salto, se acercó a la mesa, abrió un expediente e intentó leerlo, pero no fue capaz de concentrarse. Empujó la puerta y pasó a la sala. La puerta del salón estaba cerrada. Se acercó de puntillas y aguzó el oído.

—No, exageras —decía Praskovia Fiódorovna.

—¿Cómo que exagero? ¿Es que no lo ves? Es un hombre muerto. Mírale a los ojos. No tienen luz. Pero ¿qué es lo que le pasa?

—Nadie lo sabe. Nikoláiev (uno de los médicos) le diagnosticó algo, pero no sé exactamente qué. Leschetitski (el especialista eminente) ha dicho lo contrario.

Iván Ilich se apartó, volvió a su estudio, se tumbó y se quedó pensativo: "El riñón, el riñón flotante". Se acordaba de todo lo que le habían dicho los médicos sobre cómo se había desprendido y cómo se movía. Y, haciendo un esfuerzo de imaginación, intentó capturar ese riñón y detenerlo, fijarlo. Se figuraba que no se necesitarían grandes esfuerzos para lograrlo. "No, iré a ver otra vez a Piotr Ivánovich" (el amigo que tenía un amigo médico). Llamó al criado, le ordenó que dispusieran el coche y se preparó para salir.

—¿Adónde vas, Jean? —le preguntó su mujer con una expresión especialmente triste e insólitamente bondadosa.

Esa insólita bondad le sacó de sus casillas. La miró con aire sombrío.

—Tengo que ir a ver a Piotr Ivánovich.

Llegó a casa del amigo que tenía un amigo médico. Luego ambos marcharon a visitar al facultativo. Este los recibió, e Iván Ilich y él hablaron largo y tendido.

Después de examinar desde el punto de vista anatómico y fisiológico los detalles de lo que, en opinión del médico, le estaba sucediendo, Iván Ilich lo comprendió todo.

Había una cosita, una cosita de nada, en el intestino ciego. Y se podía curar. Había que reforzar la energía de un órgano, disminuir la actividad de otro, entonces se produciría una reabsorción y todo se arreglaría. Iván Ilich llegó un poco tarde a la cena. Comió y charló alegremente un buen rato, antes de retirarse a trabajar. Una vez en el despacho, se puso inmediatamente manos a la obra. Leyó expedientes, repasó documentos, pero la conciencia de que tenía pendiente un asunto personal muy importante, del que se ocuparía cuando acabara, no le abandonó ni un instante. Una vez finalizadas las tareas, se acordó de que ese asunto personal consistía en reflexionar sobre el intestino ciego. Pero, en lugar de perderse en conjeturas, pasó al salón para tomar el té. Se habían reunido algunos invitados que charlaban, tocaban el piano y cantaban. Entre ellos se encontraba el juez de instrucción, ansiado pretendiente de la hija. Como no dejó de advertir Praskovia Fiódorovna, Iván Ilich se mostró mucho más animado que los demás en el transcurso de toda la velada, aunque no olvidó en ningún instante que le estaba esperando aquel importante y personal tema de reflexión: el intestino ciego.

A las once se despidió y se retiró a sus aposentos. Desde que se había puesto enfermo dormía solo, en un cuarto pequeño anejo al despacho. Una vez allí, se desvistió y cogió una novela de Zola, pero, en lugar de ponerse a leer, se quedó pensativo. Y con los ojos de la imaginación vio cómo se producía la tan deseada curación de su intestino ciego. Primero una absorción, luego una eliminación y finalmente el restablecimiento de la actividad normal. "Sí, así es —se dijo—. Pero hay que ayudar a la naturaleza". Entonces se acordó del medicamento, se incorporó y lo tomó. A continuación se tumbó de espaldas y concentró toda su atención en los efectos benéficos de la medicina, en el modo en que eliminaba el dolor. "Lo único que hay que hacer es tomarla con regularidad y evitar las influencias perniciosas. Ya me siento un poco mejor, mucho mejor".

Se palpó el costado y no sintió ningún daño. "Sí, es verdad, y a no lo siento, estoy mucho mejor". Apagó la vela y se echó de lado… El intestino ciego se curaría, se produciría la reabsorción. Pero de pronto advirtió ese dolor sordo y lacerante, antiguo y familiar, obstinado, silencioso y profundo. Y el mismo mal sabor de boca. Se le encogió el corazón, la cabeza le dio vueltas.

"¡Dios mío, Dios mío! —dijo—. Ya está ahí otra vez. Ya está ahí. No me dejará nunca". Y de pronto todo el asunto se le presentó bajo una luz completamente distinta.

"¡El intestino ciego! ¡El riñón! —se dijo—. No se trata ni de una cosa ni de la otra, sino de la vida y … la muerte. Antes en mi cuerpo habitaba la vida, ahora huy e, se marcha y no puedo retenerla. Sí. No tiene ningún sentido seguir engañándome. ¿Acaso no es evidente para todos, menos para mí, que me estoy muriendo? La única cuestión relevante es cuántas semanas o días me quedan. Puedo morirme ahora mismo. Antes me rodeaba la luz; ahora, las sombras. Hasta hace poco estaba aquí; pronto me iré allá. ¿Allá? ¿Dónde es allá?". Se sintió fatigado de frío, se le cortó la respiración. Lo único que oía eran los latidos de su corazón.

Y cuando ya no exista, ¿qué quedará? No quedará nada. ¿Y dónde estaré cuando ya no exista? ¿Es posible que sea la muerte? No, no quiero". Se levantó de un salto, tanteó la mesilla con manos temblorosas en busca de la vela, la tiró al suelo junto con la palmatoria y volvió a tumbarse, la cabeza sobre la almohada.

¿Por qué? Lo mismo da —se decía, escrutando la tiniebla con los ojos abiertos—. Es la muerte. Sí, la muerte. Y ninguno de ellos lo sabe, ni quiere saberlo ni muestra compasión. Están allí tocando música. (Oía en la distancia, al otro lado de la puerta, fragmentos de voces y algún ritornelo). Les da lo mismo, pero también ellos se morirán. Idiotas. Yo primero y ellos después. También les tocará a ellos. Y, sin embargo, allí están tan contentos. ¡Animales".

Se ahogaba de ira. Y la angustia que le atormentaba se volvía insoportable por momentos. No era posible que todo el mundo, siempre, estuviera condenado a ese miedo atroz. Se puso en pie.

"Hay algo que no marcha. Tengo que calmarme y volver a considerarlo todo desde el principio". Y se puso otra vez a darle vueltas en la cabeza. « Sí, el inicio de la enfermedad. Me di un golpe en el costado, pero seguí como siempre, ese día y el otro; al principio me molestaba un poco, luego un poco más, más tarde hicieron su aparición los médicos, después vinieron esos momentos de angustia y abatimiento, y al final otra vez los médicos. Y cada vez me acercaba más y más al borde del abismo. Y las fuerzas disminuían. Más cerca, más cerca. Y ahora estoy consumido, la luz de mis ojos se ha apagado. Ahí está y a la muerte y yo sigo pensando en el intestino ciego. Busco una manera de curar el intestino, cuando ya está ahí la muerte. ¿De verdad es la muerte?". De nuevo fue presa del pánico, se quedó sin aire. Al inclinarse para buscar las cerillas, golpeó la mesilla con el codo. ¡Cuánto le estorbaba y le molestaba ese trasto! Lleno de ira, la empujó con más fuerza y la volcó. Y desesperado, jadeante, se tumbó de espaldas, esperando que la muerte viniera de un momento a otro.

Los invitados se marchaban en aquel instante, y Praskovia Fiódorovna los acompañaba a la puerta. Al oír el ruido de la mesita al caer, entró en la habitación de Iván Ilich.

—¿Qué pasa?

—Nada. La he tirado sin querer.

Praskovia Fiódorovna salió y volvió al poco rato con una vela. Él seguía echado, la respiración afanosa, acelerada, como la de un hombre que acaba de correr un kilómetro, y la miraba fijamente.

—¿Qué tienes, Jean?

—Na… da. Se… ha… ca…í…do. "¿Qué puedo decirle? No iba a entenderlo", pensó.

Y lo cierto es que Praskovia Fiódorovna no acababa de entender. Levantó la mesita, encendió la vela y salió a toda prisa: tenía que acompañar hasta la puerta a otro invitado.

Cuando regresó, él seguía en la misma postura, con la mirada vuelta hacia el techo.

—¿Qué te pasa? ¿Estás peor?

—Sí.

Ella movió la cabeza y se sentó.

—Mira, Jean, creo que deberíamos pedirle a Leschetitski que pase a verte.

Es decir, le estaba proponiendo que un médico famoso le visitara en casa, sin escatimar en gastos. Iván Ilich esbozó una sonrisa sarcástica y respondió que no. Praskovia Fiódorovna se quedó sentada un rato, luego se acercó a él y le besó en la frente.

En ese momento Iván Ilich la odió con toda su alma y tuvo que hacer un esfuerzo para no apartarla.

—Buenas noches. Quiera Dios que puedas dormir.

—Sí.

VI

Iván Ilich era consciente de que se estaba muriendo y vivía en un estado de angustia permanente.

En lo más profundo de su corazón sabía que se estaba muriendo, pero, lejos de acostumbrarse a esa situación, era incapaz de comprenderla: no le entraba en la cabeza que pudiera pasarle algo así.

El ejemplo del silogismo que había aprendido en la lógica de Kiezewetter:

"Cayo es un hombre. Todos los hombres son mortales. Luego Cayo es mortal", le había parecido siempre correcto, pero solo con relación a Cayo, en ningún caso aplicado a sí mismo. Para el hombre Cayo, para el hombre en general, era algo totalmente correcto; pero él no era Cayo ni un hombre en general, él siempre había sido un ser especial, completamente distinto de los demás: era Vania con su mamá y su papá, con Mitia y con Volodia, con los juguetes, con el cochero, con la niñera, y después con Kátenka, con todas las alegrías, penas y entusiasmos de la infancia, de la adolescencia, de la juventud. ¿Acaso había conocido Cayo aquel olor a cuero de la pelota a rayas que tanto le gustaba a Vania? ¿Acaso había besado Cayo como él la mano de su madre y había oído cómo crujían los pliegues de su vestido de seda? ¿Acaso había protestado por las empanadillas en la Escuela de Jurisprudencia? ¿Había estado Cayo tan enamorado? ¿Reunía las condiciones necesarias para presidir una sesión de la Audiencia?

Claro que Cayo es mortal, y es justo que muera, pero mi caso es muy distinto: yo soy Vania, Iván Ilich, con todos mis sentimientos y mis pensamientos. No es posible que me esté destinado morir. Sería demasiado horrible".

Así veía las cosas.

"Si tuviera que morir como Cayo, lo habría sabido, una voz interior me lo habría dicho, pero no me ha sucedido nada semejante. Tanto mis amigos como yo hemos creído siempre que el destino de Cayo no nos afectaba en absoluto. ¡Y mira ahora! —se decía—. No puede ser. No puede ser, pero es. ¿Cómo es posible? ¿Cómo entender algo así?".

Y no lograba entenderlo y se esforzaba por expulsar de su cabeza ese pensamiento, que consideraba falso, erróneo y enfermizo, y sustituirlo por otros más justos y saludables. Pero ese pensamiento no era solo un pensamiento, sino más bien una suerte de realidad, que volvía una y otra vez y se plantaba delante suyo.

Se esforzaba por convocar, uno detrás de otro, pensamientos que pudieran sustituirlo, con la esperanza de encontrar en ellos algún apoyo. Se esforzaba por recobrar sus antiguas líneas de pensamiento, esas que antes le habían ocultado la idea de la muerte. Pero, cosa extraña, las mismas reflexiones que antes tapaban, escondían y anulaban la conciencia de la muerte, ahora se mostraban incapaces de producir tal efecto. Últimamente Iván Ilich había pasado la mayor parte del tiempo intentando recuperar esos mecanismos interiores que hasta entonces le habían enmascarado la idea de la muerte. Y entonces se decía: "Me consagraré a mis actividades; antes me iba bien así". Y se marchaba al Palacio de Justicia, apartando cualquier duda que pudiera sobrevenirle, entablaba conversaciones con sus colegas, tomaba asiento con aire distraído, según acostumbraba desde tiempo inmemorial, dirigía una mirada pensativa al público y, apoyando las manos descarnadas en los brazos del sillón de roble, se inclinaba hacia su colega, como solía hacer, le acercaba el expediente, intercambiaba unas palabras en voz baja, y luego, de improviso, levantaba la vista, se erguía en su asiento, pronunciaba las fórmulas de rigor y la causa daba comienzo. Pero de pronto, en mitad de la sesión, su dolor en el costado, sin la menor consideración por la fase en la que se encontraba el proceso, daba comienzo a su propia causa, que no era otra que irle royendo poco a poco. Iván Ilich redoblaba la atención, rechazaba la idea de su presencia, pero él seguía a lo suyo, y entonces aparecía ella, se plantaba allí delante y lo miraba, y él se quedaba petrificado, se le apagaba la luz de los ojos y empezaba de nuevo a preguntarse: ´¿Será ella la única verdad?´. Y tanto los colegas como los subordinados veían con estupor y pesar cómo Iván Ilich, un juez tan brillante y sutil, se confundía y cometía errores. Se estremecía, trataba de recobrarse y mal que bien conseguía llevar la causa hasta el final. Luego volvía a casa con la triste conciencia de que su actividad de juez y a no le permitía ocultar, como antes, lo que quería ocultarse; que su labor profesional y a no le permitía desembarazarse de ella. Y lo peor de todo era que ella le imponía su presencia no para que hiciera algo, sino solo para que la contemplara, para que la mirara directamente a los ojos, y sin hacer nada, fuera presa de unos sufrimientos espantosos.

Para escapar de tal amenaza, Iván Ilich buscaba algún consuelo, otras pantallas, y a veces las encontraba y durante un breve periodo de tiempo parecían protegerlo, pero luego, de pronto, no es que se disiparan, sino que más bien se volvían transparentes, como si ella lo atravesara todo y no hubiera nada que pudiera ocultarla a la vista.

Unos días antes había entrado en el salón que él mismo había arreglado, ese mismo salón en el que se había caído y en cuy a decoración —cuánto le escarnecía y le envenenaba recordarlo ahora— había sacrificado su propia vida —porque estaba convencido de que su enfermedad se había originado con esa contusión—, y había descubierto una raspadura en la mesa barnizada. Se puso a buscar la causa y la encontró en el adorno de bronce de un álbum cuy o extremo se había doblado. Lo cogió —era un álbum bastante costoso, que había ido completando con mucho cariño— y se indignó por la negligencia de su hija y de sus amigos: las tapas desportilladas, las fotografías vueltas del revés. Lo puso todo cuidadosamente en orden, enderezó el ornamento.

Luego se le ocurrió trasladar ese établissement[38] con los álbumes a otro rincón, cerca de las flores. Llamó al criado, y al poco rato acudieron también su mujer y su hija para ayudarle. Pero no se mostraron de acuerdo, le llevaron la contraria y él entonces se puso a discutir y se

---

[38] Establecimiento.

enfadó; no obstante, todo eso estaba bien porque le permitía olvidarse de ella, no verla.

Pero de pronto, en el momento en que estaba cambiando de sitio los objetos, su mujer le dijo: "Déjalo, ya se encargarán los criados. No vayas a hacerte daño otra vez", y entonces ella relampagueó detrás de las pantallas y él la vio. Como no fue más que un relámpago, Iván Ilich albergó la esperanza de que desapareciera, pero involuntariamente concentró toda su atención en el costado: el mismo dolor, lo mismo de siempre. Y entonces ya no fue capaz de olvidar, mucho menos cuando ella estaba allí y le miraba sin ningún pudor desde detrás de las flores. ¿Para qué todo eso?

"Lo cierto es que aquí, al pie de esta cortina, como en un asalto, perdí la vida. ¿Será posible? ¡Qué terrible y qué estúpido! ¡No puede ser! No puede ser, pero es".

Pasó a su estudio, se tumbó y se quedó de nuevo a solas con ella. Con ella, cara a cara, y con ella no se podía hacer nada. Solo mirarla y dejar que la sangre se le helara en las venas.

VII

Nadie habría podido decirle cómo había ocurrido, pues se trató de un suceso paulatino e imperceptible, pero el caso es que al tercer mes de enfermedad, tanto la mujer como los hijos, la servidumbre, los conocidos, los médicos y, sobre todo, él mismo, llegaron a la conclusión de que el único interés que presentaba su situación para los demás se reducía a lo siguiente: ¿tardaría todavía mucho en dejar vacante su plaza, en liberar a los vivos de la molestia que causaba su presencia, en desembarazarse él mismo de sus sufrimientos?

Cada vez dormía menos. Le administraban opio y habían empezado a ponerle inyecciones de morfina. Pero ninguna de esas sustancias le confortaba. La embotada angustia que experimentaba en su duermevela le procuró cierto alivio al principio, en cuanto que era una sensación nueva, pero pronto se volvió tan lacerante, o incluso aún más, que el dolor manifiesto.

Le preparaban platos especiales siguiendo las prescripciones de los médicos, pero tales alimentos se le antojaban más y más insípidos y repugnantes.

Para sus evacuaciones se adoptaron también medidas particulares, y cada vez era un tormento: la suciedad, la falta de decoro, el olor y la conciencia de que otra persona debía participar en la operación.

Sin embargo, Iván Ilich encontró un consuelo en tan desagradable cometido.

Siempre venía a llevarse las heces Guerásim, el mozo de comedor.

Guerásim era un joven limpio, lozano, robustecido por los alimentos de la ciudad. Siempre se mostraba alegre y sereno. Al principio a Iván Ilich le turbaba ver a ese hombre siempre impecable, vestido a la rusa, ocupado de una tarea tan desagradable.

Un día, después de levantarse de la bacinilla, no se sintió con fuerzas para subirse los pantalones y se desplomó en un blando sillón, donde se quedó contemplando con espanto sus débiles muslos desnudos, con los contornos de los músculos claramente marcados.

En ese momento entró Guerásim, con su calzado grueso, su delantal de lienzo limpísimo y su impecable camisa de indiana, cuyas mangas recogidas dejaban al descubierto sus brazos jóvenes y fuertes, y, llenando la habitación del agradable olor a brea de las botas y del fresco aire invernal, avanzó con pasos decididos y ligeros y se acercó a la bacinilla, sin mirar a Iván Ilich, tratando de contener, para no ofender al enfermo, la alegría de vivir que resplandecía en su rostro.

—Guerásim —dijo Iván Ilich con un hilo de voz.

El criado se estremeció. Temiendo haber cometido una torpeza, y con un movimiento rápido, volvió hacia el enfermo su cara fresca, bondadosa, sencilla y joven, en la que apenas apuntaba la barba.

—¿Qué desea, señor?

—Supongo que todo esto te desagrada. Perdóname. No soy capaz de hacer nada.

—Pero qué dice, señor —y los ojos de Guerásim resplandecieron, mientras una sonrisa dejaba al descubierto sus dientes fuertes y blancos—. ¿Cómo no iba a ocuparme de estas cosas? Está usted enfermo.

Con sus manos fuertes y ágiles cumplió con su cometido habitual y salió con paso ligero. Al cabo de cinco minutos regresó, moviéndose con la misma levedad.

Iván Ilich seguía en el sillón, en la misma postura de antes.

—Guerásim —dijo, mientras este ponía en su sitio la bacinilla lavada y limpia—, ven aquí y ayúdame, por favor —Guerásim se acercó—. Levántame. Yo solo no puedo y Dmitri no está.

Guerásim se acercó. Con sus brazos vigorosos y la misma ligereza con la que se había movido por la habitación, lo rodeó, lo levantó con agilidad y delicadeza y lo sostuvo en pie con una mano, mientras con la otra le subía los pantalones. Intentó que se sentara, pero Iván Ilich le rogó que le trasladara al sofá. Guerásim lo llevó casi en volandas, sin esfuerzo alguno ni ejercer apenas presión, y lo dejó sentado donde su amo le pidió.

—Gracias. Qué habilidoso eres y … qué bien lo haces todo.

Guerásim volvió a sonreír e hizo intención de marcharse. Pero Iván Ilich se sentía tan a gusto en su compañía que no quería dejarlo ir.

—Haz el favor, acércame esa silla. No, la otra, y pónmela debajo de las piernas. Me siento mejor cuando tengo los pies en alto.

Guerásim cogió la silla, la desplazó sin golpearla, la depositó en el suelo con mucho tiento y puso encima las piernas de Iván Ilich; y este tuvo la impresión de sentirse aliviado mientras Guerásim le tenía las piernas levantadas.

—Me encuentro mejor con los pies en alto —dijo Iván Ilich—. Ponme debajo ese cojín.

Guerásim obedeció. Le levantó las piernas otra vez y las puso sobre el cojín. E Iván Ilich se sintió de nuevo mejor mientras el criado realizaba esa operación. Pero una vez con las piernas bajadas, le pareció que se sentía peor.

—Guerásim, ¿estás ocupado ahora? —le preguntó.

—En absoluto, excelencia —respondió el criado, que había aprendido de la gente de ciudad a hablar con los señores.

—¿Qué más tienes que hacer?

—¿Qué más tengo que hacer? Ya lo he hecho todo, solo me queda partir la leña para mañana.

—Entonces ¿puedes sostenerme los pies en alto?

—Pues claro.

Guerásim hizo lo que su amo le pedía, y este tuvo la impresión de que en esa posición no sentía dolor.

—¿Y qué hacemos con la leña?

—No se preocupe. Tengo tiempo de sobra.

Iván Ilich ordenó a Guerásim que se sentara y siguiera sosteniéndole los pies en alto, y se puso a hablar con él. Y, cosa extraña, le parecía que se encontraba mejor así.

Desde entonces Iván Ilich empezó a llamar alguna vez a Guerásim para que le sostuviera los pies, apoyándolos en los hombros, y se aficionó a charlar con él. Guerásim hacía lo que le ordenaba de buena gana, con agilidad, sencillez y una bondad que conmovía a Iván Ilich. La salud, el vigor y las ganas de vivir le ofendían en todos los demás, pero en el caso de Guerásim esas cualidades, lejos de entristecerle, le aquietaban.

Lo que más atormentaba a Iván Ilich era esa mentira —quién sabe por qué aceptada por todos— según la cual solo estaba enfermo, no moribundo; lo único que tenía que hacer era conservar la calma y curarse y todo saldría a las mil maravillas. Pero él sabía que, hiciera lo que hiciese, no cabía pensar en otro desenlace que no fueran unos sufrimientos atroces y, en última instancia, la muerte. Y le martirizaba esa mentira, le martirizaba que no quisieran reconocer lo que todos, incluido él mismo, sabían; que pretendieran mentirle sobre su horrible situación y le obligaran a tomar parte en esa mentira. Esa mentira urdida en vísperas de su muerte, esa mentira que rebajaba el acto terrible y solemne de su muerte al nivel de cualquier visita, de sus historias de cortinas, de esas cenas en las que servían esturión... esa mentira constituía un espantoso tormento para Iván Ilich. Y, cosa extraña, en más de una ocasión, cuando tales personas le venían con sus bromitas, había estado a punto de gritarles:

"Dejad de mentir, sabéis tan bien como y o que me estoy muriendo, así que al menos dejad de mentir» . Pero nunca tuvo el valor de hacerlo. Se daba cuenta de que cuantos le rodeaban rebajaban el acto terrible y espantoso de su muerte al nivel de una contrariedad pasajera y un tanto inadecuada (se comportaban con él más o menos como se hace con una persona que, al entrar en un salón, difunde una oleada de mal olor), tomando en consideración ese decoro al que él se había plegado a lo largo de toda su vida. Veía que nadie le compadecía porque no había nadie que quisiera comprender siquiera su situación. Solo Guerásim la comprendía y le compadecía. Por eso era la única persona con la que se encontraba a gusto. Se sentía bien cuando Guerásim le sujetaba las piernas, a veces durante toda la noche, y se negaba a irse a la cama, cuando él se lo proponía, con el siguiente argumento: « No se preocupe, Iván Ilich, y a echaré luego un sueñecito"; o cuando, pasando de pronto al tuteo, añadía:

"Si no estuvieras enfermo sería otra cosa; pero en tu estado, es normal que lo haga". Guerásim era el único que no mentía; además, según todas las apariencias, era el único que comprendía lo que estaba sucediendo y no consideraba necesario disimularlo, solo se compadecía de su extenuado y consumido señor. Hasta había llegado a decírselo abiertamente, una vez que Iván Ilich le había ordenado retirarse:

—Todos tenemos que morir. ¿Por qué no molestarse, pues, un poco por los demás? —Y con esas palabras quería decir que sus tareas no le pesaban porque las hacía por un moribundo con la esperanza de que, llegado el caso, alguien hiciera lo mismo por él.

Además de esa mentira —o acaso como consecuencia de ella—, lo más penoso para Iván Ilich era que nadie lo compadeciera como a él le habría gustado: en determinados momentos, después de prolongados sufrimientos, habría deseado por encima de todo, por más que le diera vergüenza reconocerlo, que alguien se compadeciese de él como si fuese un niño enfermo. Le habría gustado que le acariciaran, que lo besaran y que llorasen por él, como se mima y se consuela a los niños. Sabía que era un importante magistrado de barba cana y que, por tanto, su pretensión era imposible; pero eso no hacía que lo deseara menos. Si la relación con Guerásim le confortaba era precisamente porque intuía un componente de ese tipo.

Iván Ilich quería llorar, quería que lo acariciaran y lloraran por él, y hete aquí que viene a verle un colega, el juez Shébek, y, en lugar de llorar y dejarse acariciar, Iván Ilich adopta una expresión seria, severa, concentrada y, por mera costumbre, da su opinión sobre el significado de una sentencia de casación y la defiende con uñas y dientes. Esa mentira que no solo le rodeaba, sino que estaba dentro de él fue lo que más envenenó los últimos días de su vida.

VIII

Era por la mañana. Pero solo porque Guerásim se había marchado y había llegado el criado Piotr, que había apagado las velas y, tras descorrer una de las cortinas, se había puesto a ordenar un poco la habitación sin hacer ruido. Qué más daba que fuera por la mañana o por la tarde, viernes o domingo, era todo lo mismo, siempre lo mismo: un dolor sordo y lacerante, que no remitía ni un momento; la conciencia de que la vida se marchaba inexorablemente, pero que aún no se había ido del todo; la cercanía cada vez más angustiosa de la muerte terrible y odiosa, que era la única realidad, y siempre la misma mentira. ¿Qué podían importarle, en tales circunstancias, los días, las semanas y las horas de cada jornada?

—¿Quiere que le traiga el té?

"Tiene necesidad de orden, necesita que los señores beban té por la mañana", pensó, pero se limitó a decir:

—No.

—¿Desea que le lleve al sofá?

"Necesita arreglar la habitación y le molesto. Yo represento la suciedad y el desorden", pensó, pero se limitó a decir:

—No, déjame.

El criado siguió trajinando. Iván Ilich extendió el brazo. Piotr se acercó solícito.

—¿Qué desea el señor?

—El reloj.

Piotr cogió el reloj, que estaba al alcance de la mano, y se lo dio.

—Las ocho y media. ¿Todavía no se han levantado?

—No. Vasili Ivánovich (el hijo) se ha marchado al instituto y Praskovia Fiódorovna ha ordenado que la despertemos si pregunta usted por ella. ¿La llamo?

—No, no es necesario —"¿Y si tomara una tacita de té?", pensó—. Sí, el té… tráemelo.

Piotr se dirigió a la puerta. Iván Ilich tuvo miedo de quedarse solo. "¿Qué podría hacer para retenerlo? Ah, sí, la medicina".

—Piotr, dame la medicina.

"Por qué no, la medicina puede ayudarme". Cogió una cucharilla y la tomó.

"No, no me hará nada. Todo esto es una tontería, un engaño —concluyó, en cuanto sintió ese conocido sabor dulzón e inevitable—. No, y a no puedo creer en tales cosas. Pero este dolor, ¿a qué se debe? Si me dejara tranquilo al menos un instante". Y emitió un gemido. Piotr volvió sobre sus pasos.

—No, vete. Tráeme el té.

Piotr salió. Una vez solo, Iván Ilich gimió no tanto de dolor, aunque era terrible, como de angustia. "Siempre lo mismo, todos estos días y noches interminables. Si al menos viniera de una vez. Pero ¿qué es lo que tiene que venir? La muerte, la oscuridad. No, no. ¡Cualquier cosa es mejor que morir!".

Cuando Piotr entró con el servicio de té en una bandeja, Iván Ilich lo contempló largo rato desorientado, sin entender quién era y qué hacía. Al notar esa mirada, Piotr se turbó. En ese momento Iván Ilich se recobró.

—Ah, sí —dijo—, el té… Muy bien, déjalo ahí. Y ahora ayúdame a lavarme y a ponerme una camisa limpia.

E Iván Ilich empezó a lavarse. Tomándose su tiempo, se lavó las manos y la cara, se limpió los dientes, empezó a peinarse y se miró en el espejo. Se quedó aterrorizado, sobre todo cuando vio cómo los cabellos se le pegaban sin gracia sobre la frente pálida.

Mientras le cambiaban la camisa, comprendió que su terror sería aún mayor si se contemplara el cuerpo, así que apartó la mirada. Pero todo había terminado ya. Se puso la bata, se cubrió con la manta y se sentó en el sillón a tomar el té. Por un instante se sintió reconfortado, pero en cuanto bebió el primer sorbo sintió el mismo gusto, el mismo dolor. Haciendo un esfuerzo logró terminarse el té y a continuación se tumbó, estirando las piernas. Una vez en esa postura, despidió a Piotr.

Siempre lo mismo. En cuanto brillaba una gota de esperanza, se desencadenaba el mar de la desesperación, y siempre el mismo dolor, siempre la misma angustia, siempre lo mismo. Cuando se quedaba solo, le acometía una tristeza insoportable y le entraban ganas de llamar a alguien, pero sabía de antemano que en presencia de otras personas se sentiría todavía peor. "Si al menos me diesen otra dosis de morfina, me quedaría dormido. Se lo diré al médico a ver si encuentra alguna solución. Así no puedo seguir, no puedo".

De esa manera transcurre una hora y luego otra. De pronto suena el timbre en la puerta de entrada. Si fuera el médico… En efecto, es él, fresco, sano, gordo, alegre, con esa expresión que parecía decir: "Bueno, se ha asustado usted, pero ya estoy y o aquí para arreglarlo todo". El médico sabe perfectamente que en este caso la mencionada expresión no tiene ningún sentido, pero está y a tan acostumbrado a ella que no se la puede quitar de la cara, como esos hombres que se ponen el frac por la mañana para ir de visita.

El médico se frota las manos con brío y aire tranquilizador.

—Estoy aterido. Menuda helada ha caído. Espere un momento a ver si entro en calor —señala temblando, y por la expresión de su cara podría pensarse que en unos instantes, en cuanto entre en calor, pondrá solución a todo—. Bueno ¿cómo…?

Iván Ilich adivina que el médico ha estado a punto de decir: "¿Cómo se encuentra?", pero que hasta él mismo se ha dado cuenta de lo inapropiado de tal expresión, y entonces rectifica: "¿Cómo ha pasado la noche?".

Iván Ilich mira al médico como si quisiera preguntarle: "¿Es que nunca te avergonzarás de mentir?". Pero el médico se desentiende de esa pregunta muda.

Entonces Iván Ilich le dice:

—Siempre el mismo horror. El dolor no desaparece, no remite. ¡Si se pudiera hacer algo!

—Ustedes, los enfermos, siempre están con lo mismo. Bueno, creo que ahora y a he entrado en calor. Ni siquiera Praskovia Fiódorovna, con lo meticulosa que es, podría hacerle ningún reproche a mi temperatura. Ya puedo darle los buenos días —y el médico le estrecha la mano.

Entonces, dejando y a a un lado las bromas, el médico empieza a examinar al enfermo con aire serio, le toma el pulso, le mide la temperatura, y a continuación pasa a los golpecitos y la auscultación.

Iván Ilich está firmemente convencido de que todo eso es una tontería, un burdo engaño, pero cuando el médico, puesto de rodillas, se estira por encima de él, aplica la oreja, y a más arriba, y a más abajo, y, con expresión muy concentrada, ejecuta varios movimientos gimnásticos, Iván Ilich se presta a la representación como se prestaba antes a los alegatos de los abogados, aunque sabía perfectamente que todos mentían y por qué lo hacían.

El médico, arrodillado a un lado del sofá, sigue ocupado con sus golpecitos, cuando de pronto se oy e en el umbral el susurro del vestido de seda de Praskovia Fiódorovna, que está reprochándole a Piotr que no la haya informado de la llegada del médico.

Entra, besa a su marido e inmediatamente se esfuerza en convencerlos de que lleva y a un buen rato levantada y añade que si no estaba allí cuando ha llegado el médico ha sido por culpa de un malentendido.

Iván Ilich la mira de la cabeza a los pies, y en sus ojos se advierte un reproche mudo por la blancura, lozanía y pulcritud de sus manos y de su cuello, por el lustre de sus cabellos y el brillo de sus ojos llenos de vida. La odia con todas las fuerzas de su alma. Y esa avalancha de odio hace que cualquier contacto con ella le cause un profundo sufrimiento.

La actitud de Praskovia Fiódorovna hacia Iván Ilich y su enfermedad sigue siendo la misma. De igual manera que el médico ha adoptado frente a su paciente un comportamiento del que no puede prescindir, ella se ha ido creando una postura ante su marido —si no hacía algo que debería haber hecho y era culpa suy a, se lo reprochaba cariñosamente— y no podía renunciar a ella.

—¡Es que no escucha a nadie! No toma las medicinas a su hora. Y, sobre todo, se tumba en una postura que probablemente le resulta perjudicial: con los pies en alto.

Y entonces contó cómo obligaba a Guerásim a sostenerle los pies en alto.

El médico esbozó una sonrisa entre tierna y desdeñosa, como diciendo: "Qué le vamos a hacer, a los enfermos se les ocurren a veces tonterías de ese tipo; es disculpable".

Cuando concluyó el examen de su paciente, el médico echó un vistazo al reloj, y entonces Praskovia Fiódorovna anunció a Iván Ilich que, lo quisiera o no, había invitado a un reputado médico a que los visitara ese mismo día para que lo examinara y celebrara una consulta con Mijaíl Danílovich (así se llamaba el médico habitual).

—Y no te resistas, por favor. Lo hago por mí misma —dijo con ironía, dando a entender que hacía todo eso por él y que por tanto no tenía derecho a contradecirla. Iván Ilich guardó silencio y frunció el ceño. Se daba cuenta de que esa mentira que le rodeaba se había embarullado tanto que apenas era y a posible sacar algo en limpio.

Todo lo que Praskovia Fiódorovna hacía por su marido lo hacía en realidad por sí misma, así que en el fondo decía la verdad cuando afirmaba tal cosa, pero ella pensaba que era algo tan inverosímil que Iván Ilich debía entenderlo al revés. El reputado médico llegó a las once y media, como estaba previsto. Otra vez empezaron las auscultaciones, las conversaciones serias sobre el riñón y el intestino ciego, tanto en su presencia como en la habitación contigua, las preguntas y las respuestas con ese aire de importancia; en suma, una vez más, en lugar de ocuparse de la verdadera cuestión, la de la vida y la muerte, que era la única que ya podía incumbirle, se perdieron en consideraciones sobre el riñón y el intestino ciego, que no cumplían con su cometido y a los que Mijaíl Danílovich y la celebridad iban a atacar sin pérdida de tiempo para meterlos en vereda.

El médico eminente se despidió con aire serio, aunque no exento de esperanza. Y a la tímida pregunta que Iván Ilich le dirigió, los ojos relucientes de terror y esperanza fijos en él, sobre si había alguna posibilidad de curación, respondió que alguna había, aunque no podía prometerle nada. La mirada esperanzada con la que Iván Ilich acompañó al médico era tan lastimosa que, al reparar en ella, Praskovia Fiódorovna, que en ese momento traspasaba el umbral del despacho para pagar los honorarios al médico eminente, se echó a llorar.

El optimismo suscitado por las seguridades del médico no duró mucho. De nuevo la misma habitación, los mismos cuadros, las cortinas, el papel pintado, los frascos, y el mismo cuerpo enfermo y doliente. Empezó a gemir, le pusieron una inyección y se quedó dormido.

Cuando se despertó, empezaba a oscurecer. Le llevaron la comida. Tomó de mala gana un poco de caldo. Y otra vez lo mismo, otra vez la incipiente noche.

Después de cenar, a las siete, Praskovia Fiódorovna entró en su habitación, vestida como para una velada, con los gruesos senos realzados por el corpiño y trazas de polvos en el rostro. Ya por la mañana le había recordado que esa noche irían al teatro. Sarah Bernhardt estaba en la ciudad, y habían reservado un palco por insistencia suy a. Ahora Iván Ilich lo había olvidado y el vestido de su mujer le ofendió. Pero disimuló su malestar cuando se acordó de que había sido él quien había insistido para que tomaran el palco y acudiesen a la función, y a que para los niños constituiría un espectáculo estético de valor educativo.

Praskovia Fiódorovna entró satisfecha de sí misma, pero con cierto aire de culpabilidad. Se sentó, le preguntó por su estado, pero solo por costumbre, no por un interés real, como él comprendió enseguida, pues ya sabía ella de sobra que no podía haber ninguna novedad, y se puso a hablar de lo que de verdad le importaba: que por nada del mundo iría al teatro, pero que ya habían tomado el palco, que también acudirían Hélène, la hija de esta y Petríschev (el juez de instrucción, el prometido de Liza) y que no podía dejar que fueran solos. Para ella sería mucho más agradable quedarse en casa con él. Que hiciera el favor de atenerse, mientras ella estuviera fuera, a las prescripciones del médico.

—Ah, y Fiódor Petróvich (el prometido) quería pasar un momento a saludarte. ¿Puede? Y también Liza.

—Que pasen.

Entró la hija, de punta en blanco, enfundada en un vestido de noche cuy o pronunciado escote dejaba al descubierto buena parte de su cuerpo, que ella exhibía con agrado —a él, en cambio, cuánto le hacía sufrir el suyo—. Fuerte, sana y visiblemente enamorada, rechazaba la enfermedad, los sufrimientos y la muerte porque se interponían en su felicidad.

Entró también Fiódor Petróvich, vestido de frac, los cabellos rizados à la Capoul, con su cuello largo y fibroso ceñido por el de la camisa, de color blanco, al igual que la enorme pechera, los robustos muslos enfundados en unos pantalones estrechos y negros, con un solo guante blanco puesto y el sombrero de copa en la cabeza.

Tras él se coló también en la habitación, sin hacerse notar, un estudiante de bachillerato con el uniforme nuevecito, de aspecto un tanto lastimoso, con los guantes puestos y unas ojeras terribles, cuy o significado Iván Ilich conocía bien.

Siempre le había dado pena su hijo. Qué terrible era su mirada asustada, llena de conmiseración. Iván Ilich tenía la impresión de que, aparte de Guerásim, Vasia era el único que le comprendía y se compadecía de él.

Todos tomaron asiento y se interesaron por su salud. Se produjo un silencio. A continuación Liza le preguntó a su madre si tenía los impertinentes. Estalló entonces una discusión entre madre e hija sobre cuál de las dos los había cogido y dónde los había puesto. La situación se hizo embarazosa.

Fiódor Petróvich preguntó a Iván Ilich si había visto a Sarah Bernhardt. En un principio este no entendió la cuestión, pero luego dijo:

—No. ¿La ha visto usted?

—Sí, en Adrienne Lecouvreur.

Praskovia Fiódorovna dijo que estaba especialmente bien en ese papel. La hija le llevó la contraria. Se pusieron a hablar de la elegancia y el realismo de su interpretación, esa clase de conversación en la que siempre se dicen las mismas cosas.

En mitad de un comentario Fiódor Petróvich se volvió hacia Iván Ilich y se quedó callado. Los otros se volvieron también e hicieron lo mismo. Iván Ilich miraba al frente con ojos brillantes, rebosante de indignación. Había que poner remedio a esa situación, pero no había manera de hacerlo. Había que romper ese silencio de algún modo. Pero nadie tomaba la iniciativa. A todos les daba miedo que esa mentira impuesta por las conveniencias se quebrara de pronto y saliera a la luz la verdadera situación. Liza fue la primera que se decidió a emitir un comentario. Quería ocultar lo que todos sentían, pero sus palabras la traicionaron.

—Bueno, si tenemos que ir, hay que hacerlo ahora —dijo, después de consultar su reloj, un regalo de su padre, y con una sonrisa apenas perceptible dirigida a su joven prometido, cuy o significado solo ellos dos comprendieron, se puso en pie, acompañada del frufrú de su vestido de seda.

Los demás hicieron lo mismo, se despidieron y salieron de la habitación.

Una vez solo, Iván Ilich tuvo la impresión de sentirse mejor: la mentira había desaparecido, se había marchado con ellos, pero el dolor se había quedado. Ese dolor ineludible y ese miedo continuo hacían que no sintiera ningún agravamiento ni mejora en su estado. Pero la situación era cada vez peor.

Volvieron a arrastrarse los minutos, y luego las horas, siempre idénticas, siempre sin fin, y el desenlace inevitable se hacía cada vez más terrible.

—Sí, que venga Guerásim —dijo, en respuesta a una pregunta de Piotr.

IX

La mujer regresó a altas horas de la noche. Entró de puntillas, pero él la sintió: abrió los ojos, pero se apresuró a cerrarlos de nuevo. Praskovia Fiódorovna ordenó a Guerásim que se marchara para quedarse a solas con su marido, pero este abrió los ojos y dijo:

—No. Vete.

—¿Sufres mucho?

—Da lo mismo.

—Toma un poco de opio.

Iván Ilich aceptó tomarse la medicina. Praskovia Fiódorovna salió.

Hasta las tres más o menos estuvo sumido en un estado de doloroso sopor. Tenía la impresión de que alguien quisiera meterlo sin contemplaciones en un saco estrecho, negro y profundo, que lo empujaban una y otra vez, pero no conseguían que pasara por el agujero. Y esa operación, tan terrible para él, le acarreaba un enorme sufrimiento. Presa del miedo, se debatía, colaboraba, hacía lo posible por vencer ese obstáculo. De pronto se precipitaba dentro y caía. En ese preciso instante se despertó. Guerásim seguía sentado al pie del lecho y dormitaba, libre de preocupaciones y cuidados. Él estaba echado, con las piernas descarnadas, embutidas en las medias, apoyadas en los hombros del criado. La misma vela con la pantalla y el mismo dolor ininterrumpido.

—Vete, Guerásim —susurró.

—No se preocupe, me quedaré un poco más.

—No, vete.

Bajó las piernas, se echó de costado, sobre el brazo, y sintió pena de sí mismo. Esperó solo a que Guerásim pasara a la habitación contigua e, incapaz de contenerse más, se echó a llorar como un niño. Lloraba por su impotencia, por su espantosa soledad, por la crueldad de los hombres, por la crueldad de Dios, por la ausencia de Dios.

"¿Por qué has hecho todo esto? ¿Por qué me has llevado a esta situación? ¿Por qué me has enviado unos tormentos tan horribles? ¿Por qué…?".

No esperaba ninguna respuesta, y lloraba precisamente porque no podía haberla. Volvieron a recrudecerse los dolores, pero no se movió, no llamó a nadie. Solo se decía: "¡Venga, más, sigue golpeando! Pero ¿por qué? ¿Qué te he hecho y o? ¿Por qué?".

Luego se tranquilizó, dejó de llorar e incluso de respirar y se volvió todo atención, como si estuviera a la escucha, pero no de esas voces que se expresan mediante sonidos, sino de la voz del alma, del curso de los pensamientos que le asaltaban.

—¿Qué es lo que quieres? —Fue la primera noción clara, capaz de expresarse en palabras, que oyó—. ¿Qué es lo que necesitas? ¿Qué es lo que necesitas? —se repitió—. ¿Qué? No sufrir. Vivir —respondió.

Y de nuevo se sumió en tal estado de concentración que ni siquiera el dolor consiguió distraerle.

—¿Vivir? Pero ¿cómo? —preguntó la voz de su alma.

—Sí, vivir como he vivido antes: de un modo agradable y placentero.

—¿Y es que antes vivías de un modo agradable y placentero? —preguntó la voz.

E Iván Ilich se puso a repasar con la imaginación los mejores momentos de su placentera vida. Pero, por extraño que pueda parecer, tales momentos se le antojaban ahora completamente distintos de lo que había juzgado hasta entonces. Todos, salvo los primeros recuerdos de infancia. En esa época sí que había habido algo realmente agradable, algo con lo que habría sido posible vivir si hubiera regresado a ella. Pero el hombre que había vivido esos momentos agradables y a no existía: era como el recuerdo de otra persona.

Desde que se inició ese proceso que había acabado convirtiéndole en la persona que era ahora, todas las cosas que antaño se le habían antojado alegres se fundieron bajo su mirada y se transformaron en algo insignificante y a menudo repugnante.

Y cuanto más se alejaba de la infancia, cuanto más se acercaba al presente, más insignificantes y dudosas le parecían esas alegrías. Todo había comenzado en la Escuela de Jurisprudencia. Allí todavía había algunas cosas buenas de verdad: la alegría, la amistad, las esperanzas. Pero ya en los cursos superiores esos momentos agradables se fueron haciendo cada vez más raros. Luego, en los tiempos en que desempeñó su primer cargo en la oficina del gobernador, volvieron a aparecer esos momentos buenos: eran los recuerdos de su amor por una mujer. Más tarde todo se entreveraba y los momentos buenos se iban haciendo más escasos. Y más y más disminuían a medida que avanzaba en el tiempo.

El matrimonio… tan imprevisto y tan decepcionante, y el mal aliento de su mujer, y la sensualidad y la hipocresía. Y esa labor estéril, y las preocupaciones por el dinero, y así un año, dos, diez, veinte: siempre lo mismo. Y cuanto más se acercaba al presente, más muerto le parecía todo. Como si hubiese estado bajando todo el tiempo por una montaña figurándose que estaba subiendo. Así había sido. Según la opinión ajena había estado subiendo, pero en realidad la vida se le había escapado un día y otro bajo los pies… Y ya estaba todo hecho. ¡Solo le quedaba morir!

Pero ¿qué había pasado? ¿Por qué? No podía ser. No podía ser que la vida fuera tan absurda y repugnante. Y si en verdad era tan absurda y repugnante, ¿por qué morir, y además sufriendo? Había algo que no cuadraba.

"¿Cabe la posibilidad de que no haya vivido como debería haberlo hecho? — Se le pasó de pronto por la cabeza—. Pero ¿cómo es posible? Si he hecho siempre lo que correspondía en cada momento", se dijo, rechazando sin más la única solución al enigma de la vida y de la muerte, como si fuera algo completamente imposible.

"Y ahora ¿qué es lo que quieres? ¿Vivir? Pero ¿cómo? Vivir como vives en el tribunal, cuando el ujier anuncia: ´¡Se abre la sesión!…´. Se abre la sesión, se abre la sesión —repitió para sus adentros. ¡Ahí está el tribunal! ¡Pero yo no soy culpable! —gritó con rabia—. ¿De qué" .

Dejó de llorar y, volviendo la cara a la pared, se puso a pensar en una misma cosa: ¿qué sentido, qué razón tenía todo ese horror?

Pero, por más que reflexionaba, no hallaba ninguna respuesta. Y cuando le venía la idea —algo que le sucedía a menudo— de que todo había sucedido porque no había vivido como debería haberlo hecho, enseguida se acordaba de lo irreprochable que había sido su vida y rechazaba tan extraña idea.

X

Pasaron dos semanas más. Iván Ilich ya no se levantaba del sofá. No quería quedarse en la cama, por eso pasaba el día echado en el sofá, casi siempre de cara a la pared, soportando en soledad los mismos sufrimientos insoslayables, dándole vueltas en soledad al mismo pensamiento insoslayable. ¿Qué era eso?

¿Era posible que fuera de verdad la muerte? Y una voz interior le respondía: sí, es verdad. ¿Y por qué razón le acosaban tantos tormentos? Y la misma voz le respondía: por nada, porque sí. Más allá de esas cuestiones no había nada.

Desde el inicio mismo de la enfermedad, desde el momento de la primera visita de Iván Ilich al médico, su vida se había caracterizado por la alternancia de dos estados de ánimo opuestos: por un lado, la desesperación y la espera de una muerte incomprensible y atroz; por otro, la esperanza y la obsesiva observación de la actividad de su propio cuerpo. Tan pronto se perdía en consideraciones sobre el riñón o el intestino, que de vez en cuando no cumplían con las funciones que les estaban encomendadas, como no se ocupaba de otra cosa que de esa muerte incomprensible y atroz, de la que no había modo alguno de escapar.

Desde el principio mismo de la enfermedad, esos dos estados de ánimo se habían alternado. Pero, a medida que esta avanzaba, más dudosas y fantasiosas se fueron haciendo las reflexiones relativas al riñón y más real la conciencia de su inminente fin.

Le bastaba con pensar en la persona que había sido tres meses antes y la que era ahora, recordar su ininterrumpida marcha ladera abajo, para que cualquier posible esperanza quedara hecha añicos.

En los últimos tiempos, sumido en esa soledad completa, tumbado de cara al respaldo del sofá, esa soledad en medio de una ciudad populosa, entre numerosos conocidos y familiares —una soledad que en ningún otro lugar podría haber sido más completa: ni en el fondo del mar, ni en rincón alguno de la tierra—, en los últimos tiempos, sumido en esa soledad terrible, Iván Ilich había vivido exclusivamente con la imaginación, recreando su pasado. Uno tras otro se representaba diversos acontecimientos de su vida. Siempre empezaba con los más cercanos en el tiempo, pero acababa remontándose a los más remotos, a los años de infancia, donde se detenía. Se acordaba de la mermelada de ciruela que le dieron a comer un día, y a continuación de las ciruelas francesas, crudas y arrugadas de su infancia, de su sabor especial y del aflujo de saliva cuando se llegaba al hueso, y, acompañando ese sabor, surgía toda una retahíla de recuerdos relacionados con aquella época: el ay a, su hermano, los juguetes. "No debería hacerlo… Cuánto me hace sufrir", se decía Iván Ilich, y pasaba de nuevo al presente. Se fijaba entonces en un botón del respaldo del sofá, en algunos pliegues del cuero. "Un cuero muy caro y poco resistente. Por su culpa tuvimos una discusión.

Recuerdo otro cuero y otra discusión, cuando rompimos la cartera de papá y nos castigaron, y mamá nos llevó unas empanadillas". Y de nuevo se detenía en la infancia y de nuevo esas imágenes le torturaban, y entonces trataba de apartarlas de su cabeza y de pensar en otra cosa.

Y otra vez, al socaire de ese flujo de recuerdos, surgían en su cabeza consideraciones de otro orden, y se ponía a pensar en el avance y el agravamiento de su enfermedad. Y cuanto más se remontaba en el tiempo, más vida encontraba. Y cuanto mayor bien hallaba, mayor era también la vida. Uno y otra se confundían. "Igual que los sufrimientos se han hecho cada vez más agudos, la vida no ha hecho más que empeorar", pensó. Había un puntito luminoso allá, muy atrás, al inicio de la vida, luego se volvía todo cada vez más negro y todo pasaba más y más deprisa. "Es inversamente proporcional al cuadrado de la distancia que me separa de la muerte", pensó Iván Ilich. Y la imagen de una piedra que caía con velocidad creciente se le grabó en el corazón. La vida, una serie de sufrimientos cada vez mayores, volaba más y más deprisa hacia su fin, hacia el sufrimiento más espantoso. "Estoy volando…". Se estremecía, se agitaba, trataba de oponerse, pero sabía que ninguna resistencia era posible, y otra vez, con ojos cansados y a de tanto mirar, aunque era incapaz de apartar la vista de lo que tenía delante, contemplaba el respaldo del sofá y esperaba esa caída terrible, el choque final y la destrucción. "Ninguna resistencia es posible —se decía—. Si al menos pudiera entender la razón de todo esto. Pero eso es también imposible. Podría explicarme algo si estuviera en condiciones de decir que no he vivido como hubiera debido hacerlo. Pero eso no puedo admitirlo", se dijo, recordando su respeto por la ley, la corrección y el decoro que habían presidido su vida. "Imposible reconocer una cosa así —se decía, apenas con un esbozo de sonrisa, como si alguien pudiera ver ese gesto y sacar una impresión equivocada—. ¡No hay explicación! El sufrimiento, la muerte… ¿Por qué?".

XI

Así pasaron dos semanas, en cuyo transcurso se produjo ese acontecimiento tan deseado por Iván Ilich y su mujer: Petríschev pidió formalmente la mano de su hija. Sucedió por la tarde. Al día siguiente Praskovia Fiódorovna entró en la habitación de su marido sin saber muy bien cómo anunciarle que Fiódor Petróvich se había declarado, pero esa misma noche Iván Ilich había sufrido un nuevo empeoramiento. Praskovia Fiódorovna se lo encontró en el sofá de siempre, pero en una postura distinta. Estaba echado de espaldas, gemía y miraba al frente con ojos inmóviles.

Ella empezó a hablar de medicinas, pero él entonces se quedó mirándola y Praskovia Fiódorovna dejó la frase a la mitad, tan grande era la rabia hacia ella que se reflejaba en esos ojos.

—Por el amor de Dios, déjame morir en paz —dijo.

Ella hizo intención de retirarse, pero en ese momento entró la hija y se acercó para darle los buenos días. Iván Ilich la miró igual que a su mujer, y a las preguntas sobre su salud respondió secamente que pronto los liberaría a todos de su presencia. Las dos mujeres guardaron silencio, se quedaron un rato en su compañía y luego se marcharon.

—¿Es que tenemos nosotras la culpa? —preguntó entonces Liza a su madre—. ¡Parece que le hemos hecho algo! Me da pena de papá, pero ¿por qué nos atormenta?

A la hora acostumbrada llegó el médico. Iván Ilich solo le contestaba con monosílabos, sin apartar de él su mirada llena de odio. Al final añadió:

—Sabe usted perfectamente que no puede hacer nada por ayudarme, así que déjeme en paz.

—Podemos aliviarle los sufrimientos —dijo el médico.

—Ni siquiera eso puede hacer. Déjeme en paz.

El médico pasó a la sala e informó a Praskovia Fiódorovna de que el enfermo estaba muy mal y de que el opio era el único medio de calmar sus padecimientos, que debían de ser espantosos. Añadió que sus sufrimientos físicos eran terribles, sin duda; pero más terribles aún eran los morales, y que estos eran la principal causa de su tormento.

Sus tormentos morales consistían en que, esa noche, al contemplar el rostro soñoliento, bondadoso y de pómulos salientes de Guerásim, le había venido de pronto a la cabeza la siguiente idea: "¿Y si en realidad toda mi vida, mi vida consciente, no ha sido como habría debido ser?".

Se le ocurrió pensar que lo que hasta entonces había considerado una completa imposibilidad, es decir, que no había vivido como debería haberlo hecho, podía ser verdad. Y se dijo que esos leves intentos de lucha contra todo lo que la gente encumbrada consideraba bueno, que esos leves intentos de los que se había desentendido a las primeras de cambio, podían también ser verdaderos, y que todas las demás cosas p odían no ser como deberían haber sido. Su trabajo, su modo de vida, su familia, los intereses mundanos y profesionales: todo eso podía no ser como debería haber sido. Trató de defender ante sí mismo cada una de esas cosas. Y de repente reparó en la fragilidad de lo que estaba defendiendo. No había nada que defender.

"Y si eso es así —se dijo— y voy a abandonar la vida con la conciencia de haber destruido todo lo que me ha sido dado, sin haber sido capaz de poner remedio a nada, ¿qué será de mí". Se echó de espaldas y se puso a repasar toda su vida de modo completamente distinto. Esa mañana, cuando vio al criado, y después a su mujer y a su hija, y más tarde al médico, cada uno de los gestos y palabras de esas personas le habían confirmado la terrible verdad que se le había revelado en el transcurso de la noche. En ellos se veía a sí mismo, veía todo aquello por lo que había vivido, y se daba perfecta cuenta de que nada había sido como habría debido ser, de que todo había sido un engaño gigantesco y espantoso que le había ocultado tanto la vida como la muerte. Esa conciencia aumentaba, decuplicaba sus sufrimientos físicos. Gemía, se debatía, se arrancaba la ropa. Tenía la impresión de que algo le sofocaba y le oprimía. Y también por eso los odiaba a todos.

Le administraron una fuerte dosis de opio y se quedó dormido; pero a la hora de la comida todo volvió a empezar. Echaba de la habitación a cuantos iban a verle, no paraba de dar vueltas en el sofá.

En un determinado momento entró su mujer y le dijo:

—Jean, querido, hazlo por mí (¿por mí?). No puede perjudicarte y a menudo ayuda. No es nada. Y a veces la salud…

Él puso los ojos como platos.

—¿Qué? ¿Los sacramentos? ¿Para qué? ¡No es necesario! Sin embargo… Ella se echó a llorar.

—¿Sí, amigo mío? Llamaré a nuestro sacerdote, que es muy amable.

—Muy bien, estupendo —profirió él.

Cuando llegó el religioso y lo confesó, Iván Ilich se sosegó, tuvo la impresión de que sus dudas perdían parte de su pujanza y, en consecuencia, también sus sufrimientos, y por un instante albergó ciertas esperanzas. De nuevo se puso a pensar en el intestino ciego, en la posibilidad de que volviera a funcionar con normalidad. Comulgó con lágrimas en los ojos.

Cuando volvieron a tumbarlo después de comulgar, por un momento se sintió mejor, y de nuevo recobró la esperanza de vivir. Se puso a pensar en la operación que le habían propuesto. « Vivir, quiero vivir» , se decía. Su mujer vino a saludarle. Pronunció las mismas frases de siempre y a continuación añadió:

—¿No es verdad que te encuentras mejor? Sin mirarla, Iván Ilich respondió que sí.

La ropa de Praskovia Fiódorovna, su constitución física, la expresión de su rostro, el tono de su voz, todo le decía lo mismo: "Nada es como debería ser. Todo aquello por lo que has vivido y sigues viviendo es una mentira y un engaño que te están ocultando la vida y la muerte". Y en cuanto esas palabras le vinieron a la cabeza, sintió una oleada de odio, acompañada de un lacerante dolor físico y de la clara conciencia de que el fin era inminente e inevitable. Se produjo una novedad en su estado: ahora las punzadas eran tan fuertes que se retorcía como si le estuvieran traspasando con un hierro, se le cortaba la respiración.

La expresión de su rostro cuando pronunció aquel "sí" había sido terrible. Después de articular esa palabra, mirándola directamente a la cara, se puso boca abajo con una rapidez inesperada, dada su debilidad, y empezó a gritar:

—¡Marchaos, marchaos, dejadme en paz!

XII

Fue entonces cuando comenzó ese grito, que duró tres días seguidos sin interrupción, tan terrible que no era posible escucharlo a dos puertas de distancia sin quedar horrorizado. En el instante en que había respondido a su mujer, había comprendido que estaba perdido, que no había punto de retorno, que había llegado el final, el final de los finales, y que las dudas no se habían resuelto y quedarían sin resolver.

—¡Oh, oh, oh! —gritaba con distintas entonaciones—. Había empezado a gritar: "No quiero", y había seguido solo con la última letra.

A lo largo de esos tres días, en cuyo transcurso no existió el tiempo para él, Iván Ilich se debatió en ese saco negro en el que lo había metido aquella fuerza invisible e irresistible. Se agitaba como lo hace el condenado a muerte en manos del verdugo, sabiendo que no hay escapatoria posible. Y a cada instante sentía que, a pesar de los esfuerzos que hacía por oponerse, se acercaba más y más a ese desenlace que tanto le aterrorizaba. Comprendía que su tormento consistía no solo en que lo hubieran arrojado a ese agujero oscuro, sino, aún más, en que no acababa de entrar del todo en él. Se lo impedía el convencimiento de que su vida había sido ejemplar. Esa justificación de su vida era lo que le mantenía encadenado, le impedía avanzar y le atormentaba más que ninguna otra cosa.

De pronto una fuerza le golpeó en el pecho y en el costado, su respiración se hizo aún más afanosa, se hundió en el agujero, y una vez allí, en lo más hondo, brilló una lucecita. Era la misma sensación que había tenido a veces viajando en tren: creía ir hacia delante cuando en verdad iba hacia atrás, y de repente se daba cuenta de la verdadera dirección.

"Sí, nada ha sido como debería haber sido —se dijo—, pero no importa. De todos modos, se puede hacer lo que se debe. No obstante ¿en qué consistirá eso?", se preguntó, y de improviso dejó de gritar.

Tal novedad se produjo al final del tercer día, una hora antes de morir. En ese mismo momento el hijo se deslizó sin hacer ruido en la habitación de su padre y se acercó al lecho. El moribundo seguía gritando desesperado y agitaba los brazos. Una de las manos fue a caer sobre la cabeza del muchacho. Y este se la cogió, la apretó contra sus labios y se echó a llorar.

En ese preciso instante Iván Ilich se precipitó en el fondo del agujero, vio la luz y descubrió que su vida no había sido como habría debido ser, pero que aún estaba a tiempo de remediarlo. Se preguntó cómo debería haber sido, y a continuación guardó silencio y se quedó escuchando. Entonces se dio cuenta de que alguien le estaba besando la mano. Abrió los ojos y vio a su hijo. Y sintió pena de él. También se acercó su mujer. Iván Ilich la miró. Con la boca abierta y las lágrimas cayéndole por la nariz y las mejillas, lo contemplaba con expresión desesperada. Iván Ilich sintió pena también de ella.

"Sí, los estoy atormentando —pensó—. Les da pena, pero estarán mejor cuando haya muerto". Hizo intención de pronunciar esas palabras, pero no tuvo fuerzas para articularlas. "Además, ¿para qué hablar? Lo que hay que hacer es actuar", pensó. Señaló al hijo con la mirada y le dijo a su mujer:

—Llévatelo… Me da pena… También de ti…

Quiso añadir la palabra "disculpa", pero en lugar de eso dijo alcanzó a decir "culpa" , y, como ya no tenía fuerzas para corregirse, hizo un gesto con la mano, sabiendo que quien debía entenderlo lo entendería.

De pronto le quedó claro que aquello que le atormentaba y de lo que no conseguía desembarazarse salía de una vez por todas, y lo hacía por dos lados, por diez lados, por todos los lados. Le daba pena de ellos, tenía que intentar que no sufrieran. Liberarlos y liberarse a sí mismo de esos sufrimientos. "Qué bien y qué sencillo —pensó—. ¿Y el dolor? —se preguntó—. ¿Adónde se ha ido? Eh, dolor, ¿dónde estás?".

Se quedó a la escucha.

"Sí, allí está. Bueno, que venga".

"¿Y la muerte? ¿Dónde está?".

Buscó ese temor a la muerte que le había acompañado a lo largo de toda su vida y no lo encontró. ¿Dónde estaba? ¿Qué muerte era esa? Ya no albergaba ningún temor porque la muerte no existía.

En su lugar había surgido una luz.

—¡Entonces es así! —exclamó de pronto en voz alta—. ¡Qué alegría!

Todo sucedió en un instante, pero el significado de ese instante ya no cambió más. No obstante, para los presentes su agonía se prolongó aún dos horas. Su pecho emitía una especie de gorgoteo; su cuerpo demacrado se estremecía. Después los gorgoteos y los estertores se fueron espaciando.

—¡Ha terminado! —dijo alguien a su lado.

Él oyó esas palabras y las repitió en su alma. "La muerte ha terminado —se dijo—. Ya no existe".

Tomó una bocanada de aire, se detuvo en mitad de la aspiración, extendió los miembros y se murió.

EL DIABLO

I

Una espléndida carrera era lo que esperaba a Evgueni Irténev. Tenía todo para que así fuese: una excelente educación recibida en su casa, los brillantes estudios en la Facultad de Derecho de la Universidad de Petesburgo, las amistades que su padre —recientemente fallecido— había tenido en las esferas más altas de la sociedad, y hasta el comienzo de su servicio en el ministerio bajo la protección del ministro. También disponía de bienes de fortuna, incluso de una gran fortuna, aunque esto resultaba dudoso.

El padre (que había vivido en el extranjero y en Petesburgo), anualmente entregaba seis mil rubros a cada uno de los hijos, a Evgueni y a Andrei, el primogénito, oficial de caballería de la guardia; mientras que la madre y él derrochaban el dinero a manos llenas. Apenas en el verano, por dos meses, iba a la finca, pero se dedicaba a los asuntos de la hacienda, dejándolo todo en manos de un administrador circunstancial que tampoco se ocupaba de estos asuntos, pero en el que depositaba su absoluta confianza.

Luego de la muerte del patriarca, cuando los hermanos quisieron repartir la herencia, descubrieron que había tantas deudas, que el apoderado llegó a aconsejarles que lo mejor era que se quedasen con la finca de la abuela —valorada en cien mil rublos—, y renunciasen al resto. Mas un terrateniente vecino, que había tenido tratos con el viejo Irténev, es decir, que poseía un pagaré con la firma de éste y había acudido Petesburgo para hacerlo efectivo, dijo que a pesar de las deudas, la cosa podía arreglarse y conservar una parte considerable de los bienes.

Bastaba vender el bosque y algunos terrenos baldíos, y conservar lo principal, Semiónovskoe, con sus cuatro mil desiatinas[39] de tierras negras, la fábrica de azúcar y las doscientas desiatinas de prados; eso sí, sería preciso consagrarse por entero a esta obra, irse a vivir al campo y administrar la hacienda con sensatez e inteligencia.

Y Evgueni, que aquella primavera (su padre había muerto en la cuaresma) había ido a la finca y pudo verlo todo, decidió presentar la

---

[39] Unidades de medida obsoletas de Rusia. Cada desiatina equivalía a 100 metros cuadrados.

dimisión, irse a vivir al campo con su madre y dedicarse a este trabajo, al objeto de conservar lo principal.

Aunque no se llevaba bien con su hermano, acordó entregarle cuatro mil rublos al año —o una suma de ochenta mil—, a cambio de lo cual él renunciaba a la parte de la herencia que le correspondía.

Y así lo hizo. Una vez que Evgueni y su madre se trasladaron a aquel caserón, se entregó con calor —y al mismo tiempo con cautela—, a los asuntos de la finca.

Comúnmente existe la creencia que los conservadores más vulgares son los viejos y que los jóvenes son los innovadores. Este razonamiento no es muy justo, pues los conservadores más vulgares son los jóvenes. Los jóvenes solo quieren vivir, pero que no piensan, ni tienen tiempo, para pensar en cómo hay que vivir, y por eso toman como modelo lo que han encontrado.

Eso fue lo que sucedió con Evgueni. Cuando ya se encontró en el campo, sus sueños y sus ideales se cifraban en resucitar la forma de vida que había conocido con su abuelo, y no con su padre, que era un mal administrador. Y ahora intentó hacer resurgir, tanto en la casa como en el jardín y en la hacienda, con los cambios propios del tiempo, se entiende, el espíritu general de la vida del abuelo: todo a lo grande, abundancia, orden y buena organización.

Para alcanzar esta vida, sin embargo, hacía falta trabajar de firme: estaba en la obligación de satisfacer las demandas de los acreedores y de los bancos, y para vender parte de la tierra y conseguir una demora en los pagos era necesario obtener dinero, a fin de seguir la explotación, parte en arriendo y parte con braceros, de la enorme hacienda de Semiónovskoe, con sus cuatro mil desiatinas de tierra de labor y la fábrica de azúcar; además, tenía que mantener en buen estado, sin señales de abandono y decadencia, la casa y el jardín.

A Evgueni no le faltaban las energías, tanto físicas como espirituales, a pesar de que el trabajo era mucho. Apenas tenía veintiséis años, era de estatura mediana, de complexión vigorosa, de músculos desarrollados por la gimnasia, sanguíneo, de mejillas muy coloradas, con fuertes dientes y labios y un cabello poco espeso, suave y rizado. La miopía era su único defecto; algo que él mismo se había producido con el empeño de usar gafas, y ahora ya no podía prescindir de los lentes, que empezaban a marcar su huella en el puente de la nariz. Así era físicamente. Ya en el plano moral, entre más se le conocía, más cariño se le tomaba. Siempre había sido el preferido de la madre y ésta, con la muerte de su esposa, había concentrado en él no solamente sus afectos, sino que la vida entera. Y no era sólo su madre; sus compañeros del gimnasio, y la universidad siempre le tuvieron singular afecto y respeto. Idéntica impresión producía en todos. Era imposible no creerle lo que decía. Era imposible vislumbrar el engaño, la mentira en aquella cara abierta y honrada y, principalmente, en aquellos ojos.

Su personalidad, en general, le ayudaba muchísimo en los negocios. El acreedor que se hubiese negado a las peticiones de otro, creía en sus palabras. El empleado de la oficina o el mujik que a otro habrían jugado una mala pasada o le habrían engañado, no lo hacían bajo la agradable impresión de aquel hombre bueno, sencillo, en especial, franco.

Mal que bien, Evgueni arregló en la ciudad el tema de la exención de los impuestos de los baldíos, a fin de iniciar a venderlos a un mercader y tomar de este mismo un préstamo para renovar el ganado de labor y los aperos. Y en primer término, para comenzar la necesaria construcción de la alquería. La empresa, aparentemente, empezaba a ponerse en marcha. Traían madera, los carpinteros estaban trabajando y al campo habían sido llevadas ochenta cargas de estiércol, pero de momento todo pendía de un hilo. Eran los últimos días de mayo.

II

En medio de los trabajos ocurrió algo que, aunque no era grave, no cesaba de atormentar a Evgueni. Hasta ese momento, había vivido como todos los hombres jóvenes, sanos y solteros; es decir, había tenido relación con distintas mujeres. No era un libertino, pero tampoco era, como él mismo se decía, un fraile. Y se entregaba a ello sólo en la medida en que resultaba imprescindible para su salud y su libertad intelectual, según él afirmaba. Todo había iniciado a los dieciséis años. Y desde entonces todo había marchado felizmente, en el sentido de que no se había entregado a la depravación, no se había apasionado ni una sola vez y nunca había estado enfermo. En un principio, en Petesburgo, había tenido a una costurera; pero luego ésta perdió sus encantos y él se las arregló de otro modo. Esta cuestión estaba tan asegurada, que no le producía inquietudes.

Pero llevaba en el campo más de un mes y no sabía en absoluto qué hacer. La abstinencia forzosa empezaba a repercutir en él desfavorablemente. ¿Debía viajar hasta la ciudad para esto? ¿Y adónde? ¿Cómo? A Evgueni Irténev, eso era lo único que le preocupaba, y como estaba convencido en era algo necesario, se le hizo realmente necesario, y sentía que no se veía libre de ello y que, contra su voluntad, los ojos se le iban tras cualquier mujer joven.

Sentía algo indigno entenderse en su misma aldea con una casada o una moza. Había oído contar que lo mismo su padre que su abuelo se habían portado en este sentido de manera muy diferente a como la generalidad de los propietarios de aquel tiempo, y nunca se permitieron libertad alguna con sus siervas; decidió, pues, que no lo haría. Pero luego, a medida que se sentía cada vez más atado, e imaginando con terror lo que podía ocurrirle en una ciudad de mala muerte, considerando además que ya no se trataba de siervas, llegó a la conclusión de que también en su aldea era posible.

Únicamente debía procurar que no lo supiera nadie. Su argumento era que lo haría no por espíritu de libertinaje, sino para conservar la salud. Y cuando lo hubo decidido se sintió aún más inquieto; al hablar con los mujiks o con el carpintero, sacaba. Sin darse cuenta, la conversación sobre mujeres, y si la conversación versaba sobre mujeres, la mantenía a buen grado. Cada vez se le iban más los ojos sobre ellas.

III

Decidir el asunto en su fuero interno era una cosa y ejecutarlo, sin embargo, era otra. Acercarse él mismo a una mujer resultaba imposible. ¿A cuál? Dónde? Lo mejor era buscar un intermediario, ¿pero a quién recurrir?

En una ocasión se llegó a beber agua en la casa de su guarda forestal. Éste era un antiguo ojeador de su padre. Cuando Evgueni Irténev trabó conversación con él, el guarda le relató viejas historias de juergas corridas en las cacerías. Entonces, a Evgueni Irténev se le ocurrió que resultaría bien organizar el asunto allí, en la casa del guarda o en el bosque. Lo único que no sabía era cómo hacerlo y si el viejo Danila lo aceptaría.

"Se puede escandalizar, y yo quedaría cubierto de vergüenza, pero es muy posible que acepte". Así pensaba, escuchando lo que Danila le contaba. Éste le habló de cómo se encontraban en un campo alejado, de la mujer del diácono, y de cómo la había llevado a Priánichnikov.

"Se lo puedo decir", pensó Evgueni.

—Su padre, que en gloria esté, no hacía estas estupideces.

"No, no es posible", pensó Evgueni, aunque para tantear el terreno, dijo:

—¿Y tú cómo te ocupadas de unos asuntos tan feos?

—¿Qué tiene eso de malo? Ella quedó contenta y mi Fiódor Zajárich satisfechísimo. Me dio un rublo. ¿Qué iba a hacer él? También era persona. Le gustaba el vino.

"Sí, se lo puedo decir", pensó Evgueni, y de inmediato se puso manos a la obra.

—¿Sabes, Danila? —preguntó, sintiendo que se ponía colorado—. Yo no puedo más.

Danila sonrió.

—Después de todo, no soy fraile; estoy acostumbrado.

Advirtió que todo cuanto decía era estúpido, pero se alegró porque Danila se manifestó conforme.

—Me lo pudo decir antes; eso se puede arreglar —asintió—. Lo único que tiene que decirme es cual prefiere.

—Eso me es lo mismo. Claro, como se comprende, que no sea fea, ni esté enferma.

—Entendido —picó Danila, al tiempo que quedaba pensativa—. Hay una buena —empezó; y Evgueni enrojeció de nuevo—. Muy buena. Verá, este otoño la vieron —y Danila fue bajando la voz hasta convertirla en un susurro—, y él no puede hacer nada. A un ojeador es algo que le cuesta muy poco.

Evgueni incluso arrugó la frente de vergüenza.

—No, no —dijo— no es lo que busco. Al contario —¿qué podía ser al contrario?—, al contrario, lo único que yo necesito es que no padezca enfermedades; no quiero líos; la mujer de un soldado o algo por el estilo...

—¡Entiendo! Quiere decirse que la que le conviene es la Stepanida. Su marido está en la ciudad, lo mismo que și fuese un soldado. Y la mujer está bien, es limpia. Quedará contento. La buscaré para hablarle...

—¿Cuándo podrá ser?

—Mañana mismo. Tengo que ir a comprar tabaco y me acercaré a verla. Usted venga a la hora de la comida, o vaya la baño, al otro lado del huerto. No habrá nadie. Además, a la hora de la comida todos se quedan en casa a dormir la siesta.

—Está bien.

Durante el camino de regresó, Evgueni sintió que una extraña agitación se apoderaba de su ser. "¿Como resultara? ¿Cómo resultará la tal campesina? Puede ser una mujer fea, espantosa. Pero no, suelen ser bonitas —se decía, recordando a las que había mirado de reojo—. ¿Qué le voy a decir, que haré?

Estuvo inquieto la jornada entera: al día siguiente, a las doce, se acercó a la casa del guarda. Danila le esperaba en la puerta y con un gesto significativo le señaló hacia el bosque.

Evgueni sintió que la sangre le agitaba el corazón y se dirigió al huerto. No había nadie. Se llegó al baño, tampoco; echó un vistazo dentro, salió y en esto oyó el ruido de una rama que se partía. Miró alrededor: ella se encontraba entre los árboles, al lado del barranco. En esa dirección se encaminó. En el barranco había muchas ortigas, de las que él no se había dado cuenta. Procurando evitarlas, perdiendo los lentes, que se le escaparon de la nariz, subió a la parte opuesta del barranco. Con una blusa blanca, bordada, una falda de color rojo oscuro y un pañuelo de un rojo vivo, descalza, lozana, firme y hermosa, le sonreía tímidamente.

—Hay un sendero ahí; podía haber dado la vuelta —le dijo—. Hace tiempo que espero.

Evgueni se acercó a ella, la contempló, adelantó las manos.

Un cuarto de hora después se separaban. Él se puso los lentes, se acercó a la casa del guarda y, a la pregunta de Danila de si había quedado satisfecho, le dio un rublo y se dirigió a su casa.

Sí, estaba satisfecho. Había sentido vergüenza en un principio. Luego había pasado. Y todo había resultado bien. Lo mejor es que ahora se sentía tranquilo y animoso. Ni siquiera se había detenido a mirarla debidamente. Recordaba que era limpia, guapa y sencilla, sin afectación alguna. "¿Quién será? —se preguntaba—. Me ha dicho que se llama Péchnikova. ¿Qué Péchnikova? Porque los Péchnikova tienen dos casas. Debe ser la nuera del viejo Mijailo. Sí, eso es, con toda seguridad. Porque su hijo vive en Moscú. Cuando venga la ocasión se lo preguntaré a Danila".

A partir de entonces desapareció aquel punto, que tan enojoso le era, de la vida en el campo: la forzada abstinencia. No se turbaba ya la libertad de pensamiento de Evgueni, y podía dedicarse tranquilamente a sus asuntos.

Y los asuntos de que Evgueni se había hecho cargo no eran nada fáciles: a veces pensaba que no conseguiría sus propósitos y que acabaría por vender la finca, que todos sus esfuerzos resultarían vanos, y sobre todo, que habría sido incapaz de llevar a buen término la empresa. Esto era lo que más le inquietaba. Apenas lograba tapar un agujero, se abría otro por donde menos lo esperaba.

No cesaban de aparecer nuevas y nuevas deudas de su padre, de las que hasta entonces no había tenido noticia. Se podía ver que el fallecido, en los últimos tiempos, tomó dinero sin reparar en las consecuencias. En mayo, cuando se procedió al reparto, Evgueni pensaba que había acabado de ponerse al tanto de todo. Pero de pronto, mediado el verano, recibió una carta de una cierta viuda Esípova, de la que resultaba que existía otra deuda de doce mil rublos. No había pagaré: se trataba de una simple esquela que, según el apoderado, se podía impugnar.

Pero Evgueni no concebía siquiera que se pudiese negar a saldar una deuda de su padre, si la deuda era real, por la simple rezón de que se tratase de un documento impugnable. Necesitaba saber se la deuda era efectiva, segura.

—Mamá, quién es Karelia Vladimirovna Esípova? —preguntó a su madre cuando, como de ordinario, se reunieron a la hora de la comida.

—¿Esípova? Ella era ahijada del abuelo. ¿A qué vienes esa preguntas?

Evgueni habló a su madre de la carta.

—Me hago cruces de cómo no le da vergüenza. Tanto como le dio tu padre...

—¿Le debemos algo?

—¿Cómo decírtelo? No hay duda; tu padre, movido por su infinita bondad...

—¿Pero lo consideraba papá como un deuda?

—No sabría decírtelo… No lo sé. Lo que sé es que tú te ves en grandes dificultades.

Evgueni vio que la propia María Pávlovna no sabía que decir y ella misma trataba de averiguar su parecer.

—Lo que deduzco de todo esto es que hay que pagar —fue la conclusión del hijo—. Mañana iré a hablar con ella; el asunto no puede demorarse.

—¿Me da mucha pena por ti. Pero, ¿sabes?, será mejor. Dile que debe esperar —añadió María Pávlovna, al parecer satisfecha y orgullosa de la decisión de su hijo.

La situación de Evgueni se agravaba por el hecho de que su madre, que vivía con él, no se daba la menor cuenta del estado en que el hijo se encontraba. Estaba tan acostumbrada a vivir a lo grande, que no podía imaginarse la situación en que él se hallaba, es decir, que cualquier día las cosas podían ponerse de tal modo que debería venderlo todo y vivir y mantener a su madre exclusivamente con el sueldo, que, como mucho, no pasaría de dos mil rublos. Ella no podía comprender que de esta situación únicamente podían salir reduciendo al máximo los gastos, y por eso no se le alcanzaba que Evgueni escatimase tanto en los pequeños dispendios referentes a los jardineros, a los cocheros, a la servidumbre y hasta a la mesa. Además, como la mayoría de las viudas, guardaba hacia la memoria del difunto un sentimiento de veneración muy distinto del que sintió por él en vida, y eso no admitía siquiera la idea de que lo que él hizo pudiera haber estado mal hecho y debiera cambiarse.

Evgueni, a costa de grandes esfuerzos, lograba mantener el jardín, y el invernadero, con dos jardineros, y las caballerizas, con otros dos cocheros. En cuanto a María Pávlovna, pensaba ingenuamente que no quejándose de la mesa, atendida por un viejo cocinero, de que los caminos del parque estuviesen descuidados y de que en vez de varios lacayos no tuviera a su servicio más que un mozalbete, hacía cuanto estaba al alcance de una madre que se sacrificaba por su hijo.

Así, en ésta nueva deuda, en la que Evgueni veía un golpe que casi venía a desbaratar todos sus planes, María Pávlovna no veía más que una nueva ocasión de poner de manifiesto los nobles sentimientos de su hijo. Tampoco se preocupaba gran cosa de la situación económica de Evgueni, por estar convencida de que él conseguiría hacer una boda brillante que lo arreglaría todo. Podía ser la más brillante. Conocía una docena de familias que se consideraban muy felices dándole una hija suya. Y deseaba arreglar esto cuanto antes.

IV

Evgueni también soñaba con la boda, pero no como su madre: la idea de casarse para arreglar sus asuntos económicos le repugnaba. Quería casarse honradamente, por amor. Se fijaba en las muchachas que encontraba y conocía, trataba de imaginarse cómo podría resultar el matrimonio con una u otra, pero su suerte no acababa de decidirse. Mientras tanto, cosa que no hubiera podido esperar, sus relaciones con Stepanida proseguían y hasta habían adquirido cierto carácter fijo. Evgueni estaba tan lejos del libertinaje, se le hacía tan duro llevar todo en secreto, algo que (él lo sentía) estaba mal, que de ningún modo podía aceptarlo, y ya después de la primera entrevista se había hecho el propósito de no ver más a Stepanida; pero resultó que al cabo de cierto tiempo apareció en él la inquietud que atribuía a la causa antes explicada.

Y la inquietud esta vez no era ya algo impersonal. Se imaginaba precisamente aquellos ojos negros y brillantes, aquella voz profunda, aquel olor a algo lozano y fuerte, aquel pecho alto que se levantaba bajo la blusa y todo aquel bosquecillo de nogales y arces bañado por una clara luz. Por mucho reparo que le diese, volvió a recurrir a Danila. Y la entrevista quedó fijada de nuevo para el mediodía, en el bosque. Esta vez, Evgueni la miró más y todo le pareció atrayente. Trató de conversar con ella, le preguntó por su marido. En efecto, era el hijo de Mijailo, que vivía en Moscú, ganándose la vida como cochero.

—¿Y cómo es que tu...?

Evgueni quiso preguntar por qué hacía traición a su marido.

—¿A qué se refiere? —preguntó ella. Parecía inteligente y perspicaz.

—¿Cómo es que vienes conmigo?

—¡Ah! —replicó ella alegremente—. Seguramente él se divertirá... ¿Por qué no voy a hacerlo yo? El descaro que fingía agradó también a Evgueni. No obstante, no quiso entonces convenir una nueva cita. Ni siquiera lo aceptó cuando le propuso que se viesen sin recurrir a Danila, a quien parecía tener antipatía. Esperaba que esta entrevista sería la última. Le agradaba. Pensaba que esto le era necesario y que en ello no había nada malo; pero en el fondo de su alma se levantaba un juez más severo que no acababa de aprobarlo, y esperaba que ésta sería la última vez, o, al menos, no quería participar en el asunto y convenirlo por anticipado.

Así transcurrió el verano, durante el cual se vieron unas diez veces, y siempre por intermedio de Danila. Hubo una ocasión en que ella no podía acudir porque había venido su marido y Danila le propuso otra. Evgueni lo rechazó con repugnancia. Luego el marido se fue y las entrevistas se reanudaron como antes, primero a través de Danila y más tarde ya directamente: él fijaba la hora y ella acudía con la Prójorova, pues una mujer no podía salir sola. Cierta vez, precisamente a la hora que habían convenido, llegó a visitar a María Pávlova la familia de la muchachita que la madre tenía pensada para Evgueni, y a éste le fue imposible acudir a tiempo. En cuanto pudo verse libre, salió con el pretexto de acercarse a la era y, dando la vuelta por un sendero, se dirigió al bosque, al lugar de la cita.

No la encontró, pero en el lugar de costumbre todo había sido roto y pisoteado; los alisos, los nogales y hasta un arce bastante grueso. Inquieta y, enfadada, como en broma, había dejado ese recuerdo. Él esperó un rato y se acercó en busca de Danila para pedirle que la hiciera venir al día siguiente. Ella acudió y se comportó como en otras ocasiones. Así pasó el verano. Se citaban siempre en el bosque y sólo una vez, ya de cara al otoño, se vieron en el cobertizo de la era de Stepanida. A Evgueni nunca se le ocurrió que estas relaciones pudieran tener para él la menor importancia. Ni siquiera pensaba en ella. Le daba dinero y a eso se reducía todo. No sabía ni pensaba que en toda la aldea estaban ya al tanto y que la envidiaban; que sus familiares se hacían cargo del dinero y la estimulaban; que bajo la influencia del dinero y la participación de la gente de su casa, en ella había desaparecido por completo la idea de que se tratara de algo pecaminoso. Le parecía que, si la gente la envidiaba, estaba bien lo que hacía.

"Hay que hacerlo en vistas a la salud —pensaba Evgueni—. Admitamos que está mal y que, aunque nadie dice nada, lo saben todos o muchos. Lo sabe la mujer que la acompaña. Y seguramente lo ha contado a otros. Pero, ¿qué le vamos a hacer? Procedo mal —pensaba Evgueni—, pero no hay otro remedio; además, esto se acabará pronto".

Lo que más le turbaba era que estuviese casada. En un principio se imaginaba que el marido debía ser una mala persona: y esto parecía justificar su acción hasta cierto punto.

Al verlo, sin embargo, quedó asombrado. Era un buen mozo presumido y de seguro resultaba mejor que él mismo. En la siguiente entrevista con ella le dijo que lo había visto y que le había agradado mucho.

—En toda la aldea no hay otro como él —respondió ella con orgullo.

Esto produjo asombro a Evgueni. La idea del marido le atormentó todavía más a partir de entonces. En una ocasión, estando con Danila, éste le dijo abiertamente:

—Mijailo me ha preguntado si es verdad que el señor vive con la mujer de su hijo. Yo le he dicho que no lo sabía. Además, le he explicado que es preferible que viva con el señor que con un mujik.

—¿Y él?

—Nada; ha dicho que haría por enterarse y que si resultase cierto le daría una paliza.

"Si el marido volviese, la dejaría", pensó Evgueni.

Pero el marido vivía en la ciudad y de momento seguían las relaciones.

"Cuando sea necesario lo cortaré todo y no quedará nada", pensaba.

También le parecía esto indudable, porque durante el verano le habían ocupado otras muchas cosas: la organización de la nueva alquería, le recolección, las obras y, sobre todo, el pago de las deudas y la venta de los terrenos baldíos. Se trataba de cuestiones que absorbían su atención y en las que pensaba al acostarse y al levantarse. Esto constituía la auténtica vida. Las relaciones con Stepanida eran algo que no dejaba en él la menor huella. Cierto que a veces experimentaba el deseo de verla hasta tal punto, que no podía pensar en otra cosa, pero eso duraba poco; convenía una cita y de nuevo la olvidaba, sin acordarse de ella durante varias semanas, a veces hasta un mes.

Aquel otoño Evgueni acudió a menudo a la ciudad, y allí intimó con la familia de los Ánnenski. Estos tenían una hija que acababa de salir del Instituto. Y aquí, con gran dolor de María Pávlovna, según sus propias palabras, Evgueni se vendió a bajo precio, se enamoró de Lisa Annenskaia y pidió su mano.

Coincidiendo con ello cesaron las relaciones con Stepanida.

V

No es posible explicar por qué Evgueni eligió a Lisa Ánnenskaia, de la misma manera que no es posible explicar por qué el hombre elije a una mujer y no a otra. Las causas eran infinitas, lo mismo positivas que negativas. Entre otros factores, ella no era muy rica, como las que su madre le proponía, era ingenua y tímida en las relaciones con su madre y no era ni fea ni una belleza que llamase la atención. Lo principal de todo fue que la conoció en un período en que él estaba maduro para la boda. Se enamoró porque estaba seguro de que se casaría con ella.

En un principio Lisa Ánnenskaia agradaba simplemente a Evgueni, pero cuando se decidió a hacerla su esposa, un sentimiento mucho más fuerte despertó en él y sintió que se había enamorado.

Lisa era una mujer alta, fina y larga. Todo en ella era largo: la cara, la nariz, aunque no hacia delante, sino a lo largo del rostro, los dedos, los pies. Su tez era delicada, blanca, un tanto amarilla, suavemente sonrosada; sus cabellos eran largos, rubios, suaves y rizados; sus ojos eran hermosos, claros, tímidos y confiados. Estos ojos fueron lo que más atrajo a Evgueni. Y cuando pensaba en Lisa, siempre veía ante él esos ojos claros, tímidos y confiados.

Así era en el aspecto físico; espiritualmente, no sabía nada de ella, lo único que veía eran sus ojos. Y éstos ojos parecían decirle cuanto necesitaba saber. Tal era el sentido de aquellos ojos.

Desde su ingreso en el Instituto, a los quince años, Lisa había estado siempre enamorada de hombres a quienes encontraba atractivos, y sólo se sentía contenta y feliz cuando estaba enamorada. Al dejar el instituto pareció que se enamoraba de todos los jóvenes que veía; también se enamoró, como es lógico de Evgueni. Este hecho de encontrarse enamorada era lo que proporcionaba a sus ojos la particular expresión que tanto había prendado a Evgueni. Aquel invierno, simultáneamente, había estado enamorada de dos jóvenes, y se ponía colorada y agitada no sólo cuando entraban en la habitación, sino cuando pronunciaban su nombre. Pero luego, cuando su madre le hizo ver que Irténev parecía venir con intenciones serias, su amor por éste último aumentó hasta el punto de mostrar una indiferencia casi completa hacia los otros dos; y cuando Irténev empezó a frecuentar su casa sus bailes y veladas, y bailaba con ella más que con ninguna otra con el único deseo, a juzgar por todo, de saber si era correspondido, su amor se hizo algo casi morboso; soñaba con él dormida y despierta, y todos los demás desaparecieron para ella. Cuando pidió su mano y les dieron la bendición, cuando se besaron como novio y novia, no tuvo otras ideas que las de él, otros deseos que los de él; quería estar con él para amar y ser amada.

Estaba orgullosa de él, se enternecía pensando en su amor y se derretía de amor a él. En cuanto a Evgueni, no esperaba encontrar este amor, que incrementaba todavía más sus propios sentimientos.

<h2 style="text-align:center">VI</h2>

Muy cerca ya la primavera, llegó a Semiónovskoe con el propósito de dar una vuelta y tomar disposiciones en relación con la finca; quería ver, sobre todo, cómo marchaba el arreglo de la casa con vistas a la boda.

María Pávlovna no estaba contenta con la elección de su hijo, pero sólo porque no era un partido tan brillante como hubiera podido serlo y porque Varvara Alexéievna, la futra consuegra, no le agradaba. No sabía ni podía afirmar si era buena o mala, porque desde el primer momento vio que no era una mujer *comme il faut*[40], una lady, según María Pávlovna se decía, y esto le disgustaba. Estimaba este decoro por costumbre, sabía que Evgueni era muy sensible al particular y preveía que ello iba a dar lugar a muchos contratiempos. En cuanto a la muchacha, le agradaba,

---

[40] Como se debe.

principalmente porque agradaba a Evgueni. Tendría que quererla. Y María Pávlovna estaba dispuesta a quererla muy sinceramente.

Evgueni encontró a su madre alegre y contenta. Estaba haciendo grandes reformas en la casa y tenía el propósito de irse en cuanto él trajese a su joven esposa. Evgueni insistió en que se quedara y la cuestión quedó en el aire. Aquella tarde, según su costumbre, después del té, María Pávlovna se puso a hacer solitarios. Evgueni la ayudaba. Era el momento de las conversaciones más íntimas. Después de terminar un solitario y sin empezar otro, María Pávlovna miró a Evgueni y, un tanto vacilante, empezó así:

—Quería decirte una cosa, Evgueni. No sé nada, se comprende, pero en general, querría aconsejarte que antes de la boda pongas fin por completo a todos los asuntos de soltero, para que no haya nada que pueda preocuparte ni, Dios nos libre, preocupar a tu mujer. ¿Me comprendes?

En efeto, Evgueni comprendió al momento que María Pávlovna aludía a sus relaciones con Stepanida, que habían cesado aquel otoño y a las que ella, como todas las mujeres solitarias, atribuía mucha más importancia de la que en realidad tenían. Evgueni se puso colorado y no tanto de vergüenza como de disgusto de que la buena de María Pávlovna se inmiscuyera, cierto que movida por su cariño, en cosas que no comprendía, ni podría comprender. Dijo que no tenía nada que debiera ocultar y que siempre había procedido de tal modo que nada pudiera ser un obstáculo para su boda.

—Magnífico, hijo. No te enfades conmigo —dijo María Pávlovna, turbada.

Pero Evgueni, vio que no había terminado y no había dicho todo lo que quería. Así resultó, en efecto. Poco después pasó a contar que en su ausencia le habían pedido que fuese madrina de un niño de... los Péchnicov.

Ahora Evgueni enrojeció, pero no movido por el enojo o la vergüenza, sino por un extraño sentimiento de que lo que ahora le iban a decir era de gran importancia, ante la conciencia de un razonamiento que en su fuero interno se había producido al margen completo de su voluntad. Así resultó. María Pávlova, como si no tuviese otro tema de conversación, dijo que aquel año sólo nacían niños; se veía que iba a haber una guerra. Los Vasin habían tenido un hijo, y también la joven de los Péchnicov. María Pávlovna quiso decir esto como de pasada, pero ella misma se sintió abochornada al ver cómo se teñía de rojo la cara de su hijo, su nerviosismo al ponerse los lentes y sus prisas al encender el cigarrillo. Se quedó callada. El también calló, sin discutir la manera de poner fin al silencio. Los dos se daban cuenta de haberse comprendido.

—Lo principal es que en la aldea reine la justicia, que no haya favoritos, como en tiempos de tu tío.

—Mamá —dijo de pronto Evgueni—, sé a qué se refiere. No tiene motivos para inquietarse. Mi futura vida familiar es para mí un santuario que no profanaré en ningún caso. Y lo que pudiera haber en mi vida de soltero ha acabado por completo. Nunca adquirí compromiso alguno con nadie y nadie tiene sobre mí el menor derecho.

—Lo celebro —dijo la madre—. Conozco tus nobles ideas.

Evgueni tomó estas palabras de su madre como un merecido tributo a su persona y no dijo más.

A la mañana siguiente se dirigió a la ciudad con el pensamiento puesto en su prometida, en cualquier cosa que no fuese Stepanida. Pero como a propio intento, al acercarse a la iglesia, se tropezó con gente que entraba y salía del templo. Se encontró con el viejo Matvei, con Semión, con unos chiquillos, unas mozas y dos mujeres casadas, una de cierta edad y la otra joven, muy engalanada, con un pañuelo rojo vivo y que le pareció conocida. La mujer caminaba con paso ligero y animoso, llevando un niño en brazos. Al juntarse, la de más edad se detuvo y le hizo un saludo al viejo estilo; la joven, la del niño, se limitó a inclinar la cabeza, y por debajo del pañuelo brillante unos ojos familiares que sonreían alegremente.

"Sí, es ella, pero todo ha terminado y no tengo para qué mirarla. Aunque el niño puede ser mío —pasó por su imaginación—. Pero no, es absurdo. Su marido estuvo aquí, y ella iba a verle".

Ni siquiera trató de echar cuentas. Lo que hizo fue para bien de salud, siempre le había dado dinero y entre ellos dos no había, no podía ni debía haber ninguna otra relación. No es que quisiese callar la voz de la conciencia, la conciencia no le decía nada en absoluto. Y no volvió a acordarse de ella ni una sola vez después de la conversación con su madre y de aquel encuentro. Y ni una sola vez volvió a tropezarse con ella. En la semana siguiente a la pascua de Pentecostés, Evgueni contrajo matrimonio en la ciudad y seguidamente, en compañía de su joven esposa, se trasladó a la aldea. La casa había sido renovada como de ordinario se hace para los recién casados. María Pávlovna se quería ir. pero Evgueni, y sobre todo Lisa, consiguieron que se quedara. Lo único que hizo fue trasladarse al pabellón contiguo.

Así empezó para Evgueni una nueva vida.

VII

El primer año de vida familiar le resultó difícil. Lo fue así porque los asuntos, que mal que bien había ido aplazando durante el noviazgo, ahora, después de la boda, se le vinieron todos encima.

Resultaba imposible verse libre de las deudas. Las más urgentes fueron saldadas con el producto de la venta del bosque, pero quedaban otras y no había dinero. Aunque la finca había proporcionado buenos ingresos, tuvo que mandar dinero a su hermano y atender a los gastos de la boda, así que, al encontrarse sin recursos, la fábrica no podía seguir funcionando y debía ser parada. Había un modo para salir de la situación: emplear el dinero de su mujer. Lisa, comprendiendo la situación de su marido, se lo exigió ella misma. Evgueni lo aceptó, pero a condición de poner la mitad de la finca a nombre de su esposa. Así lo hizo. No por ella, se comprende, que se sintió ofendida, sino pensando en la suegra. Estas cuestiones, con sus altibajos de éxitos y reveses, fueron una de las cosas que envenenaron la vida de Evgueni durante este primer año. La otra fue la precaria salud de su mujer. A los siete meses de la boda, Lisa tuvo un accidente. Había salido en el cochecillo a esperar a su marido, que regresaba de la ciudad, y el caballo, aunque pacífico, pareció encabritarse, ella se asustó y se tiró al suelo de un salto.

Tuvo relativamente suerte, pues pudo haberse enganchado en una rueda, pero estaba embarazada, y aquella misma noche sintió dolores, abortó y tardó largo tiempo en reponerse. La pérdida de un hijo a quien tanto esperaban, la enfermedad de su mujer, los trastornos que esto significaba para su vida y, sobre todo, la presencia de la suegra, que había acudido en cuanto Lisa se puso enferma, hicieron este año todavía más penoso para Evgueni.

Pero, a pesar de tan difíciles circunstancias, al terminar el primer año Evgueni se sentía muy animoso. En primer lugar, sus íntimos deseos de restablecer la fortuna venida a menos, de reanudar la vida de su abuelo bajo nuevas formas, aunque con trabajo y lentamente, se iban viendo cumplidos. Ahora ya no se trataba de vender toda la finca para pagar las deudas. La Finca, aunque puesta a nombre de su mujer, había sido salvada, y si la cosecha de la remolacha era buena y los precios resultaban ventajosos, para el año próximo aquella situación de necesidad y eternas preocupaciones podría ser reemplazada por una verdadera abundancia. Esto era otra cosa.

La otra era que, por mucho que esperase de su mujer, no podía imaginarse que iba a encontrar en ella lo que había encontrado: no era lo que esperaba, era algo mucho mejor. Las ternuras y los entusiasmos de los enamorados, aunque él tratase de ponerles fin, no desaparecían, o se disipaban muy lentamente: pero resultaba algo completamente distinto, la vida era no sólo más alegre, y agradable, sino más fácil. No había razón, pero así era. Esto se debía a que ella, inmediatamente después de los esponsales, había decidido que en todo el mundo no había persona más inteligente, pura y noble que Evgueni Irténev, por lo que todos estaban obligados a ponerse al servicio de él y hacerle agradable la vida. Y como no era posible que todos se comportasen así, ella debía procurarlo en la medida de sus fuerzas. Así lo hacía, y por eso todas sus energías espirituales se hallaban siempre alerta, tratando de adivinar lo que le agradaba y hacerlo así por difícil que fuese. Pero ella poseía lo que constituye el principal encanto del trato con la mujer amada: el amor. Eso le permitía ver lo que había dentro del alma de su marido.

Intuía (a menudo, mejor que él mismo) cualquier estado de su alma, cualquier matiz de sus sentimientos, y obraba en consonancia con ello; es decir, nunca los ofendía, siempre moderaba los sentimientos desagradables y procuraba dar más fuerza a los alegres. Y no se trataba sólo de los sentimientos: también comprendía sus ideas. Comprendía al memento las cuestiones más ajenas a ella de la agricultura, de la fábrica, de la opinión sobre una u otra persona, y no sólo podía mantener conversaciones sobre esos temas, sino que a menudo, como él mismo decía, le daba útiles consejos. Las cosas, las personas y todo el mundo lo miraba sólo con los ojos de su marido. Quería a su madre, pero al ver que a Evgueni le resultaba desagradable la intervención de la suegra en su vida, desde el primer momento se puso al lado de su marido, y con tal energía, que él debió moderarla en sus ímpetus.

Además de todo esto poseía muchísimo gusto y tacto, y, sobre todo, sabía hacer las cosas en silencio. No se advertía su intervención; se veían únicamente los resultados; es decir, siempre y en todo, reinaban la limpieza, el orden, y la elegancia. Lisa, desde el primer momento, comprendió cuál era la idea de la vida de su marido y trataba de alcanzar y alcanzaba dentro de la casa aquello que él quería. No tenían hijos, pero tampoco perdían la esperanza. Aquel invierno fueron a Petesburgo, a un ginecólogo, y éste les aseguró que se encontraba perfectamente y podía tenerlos.

También este deseo se vio complido. A fin de año quedó de nuevo embarazada.

Un punto había que no envenenaba, pero sí amenazaba su felicidad, y eran los celos: unos celos que ella trataba de contener, que no demostraba, pero que la hacían sufrir a menudo. No es que Evgueni no pudiese amar a ninguna, porque en todo el mundo no había mujeres dignas de él (si ella era digna de esto, nunca se lo preguntaba), pero ni una sola mujer podía atreverse a amarlo.

VIII

Su vida era como sigue. Él se levantaba, como siempre, temprano y se dedicaba a las cuestiones de la hacienda, acudía a la fábrica, allí donde se efectuaba algún trabajo, y a veces salía al campo. Hacia las diez llegaba para tomar el café. Para esto se reunían en la terraza María Pávlovna, el tío, que vivía con ellos, y Lisa. Después de una conversación, a menudo muy animada, se separaban hasta la hora de la comida. Comían a las dos. Y luego daban un paseo a pie o en coche. Por la tarde, cuando él volvía de la oficina, tomaban té, y a veces, él leía en voz alta mientras ella se dedicaba a sus labores, o hacían música, o, cuando había invitados, charlaban simplemente.

Cuando Evgueni se ausentaba para resolver algún asunto, escribía y recibía cartas de ella a diario. A veces ella le acompañaba, y esto resultaba particularmente agradable. Para el santo de él acudían muchos invitados y el agasajado veía con gran placer cómo ella sabía disponer las cosas de modo de que todo saliese a pedir de boca. Lo veía y escuchaba los comentarios; todos se mostraban entusiasmados con la joven y simpática dueña de la casa, y esto venía a incrementar su amor hacia ella. Las cosas no podían marchar mejor.

El embarazo se desarrollaba normalmente y ambos, aunque con timidez, empezaban a pensar en cómo criarían al niño. Todas estas cuestiones de la educación y la crianza las decidía Evgueni; lo único que ella deseaba era cumplir mansamente la voluntad de su marido. Evgueni leyó muchos libros de Medicina con el propósito de que el niño fuese cuidado según las reglas de la ciencia Ella, se comprende, lo aceptaba todo y preparaba la canastilla y la cuna. Así llegó el segundo año de su matrimonio y la segunda primavera.

Era en vísperas de la Santísima Trinidad. Lisa se encontraba en el quinto mes, y, aunque trataba de cuidarse, se mostraba alegre y ágil. Ambas madres, la de ella y la de él, vivían en la casa bajo pretexto de que debían vigilar y proteger a la embarazada, aunque lo único que hacían era inquietarla con sus eternos dimes y diretes. Evgueni estaba entregado en cuerpo y alma a la hacienda, al cultivo en gran escala de la remolacha.

Lisa decidió hacer limpieza general de la casa, cosa que no habían hecho desde Semana Santa, y para ayudar a la servidumbre llamó a dos mujeres de la aldea; debían fregar los suelos y las ventanas, limpiar el polvo de muebles y alfombras y colocar las fundas. Las mujeres llegaron por la mañana temprano, pusieron agua a calentar y empezaron su trabajo. Una de de estas dos mujeres era Stepanida, que acababa de destetar a su hijo y, a través de un empleado de la oficina con el que ahora andaba liada, había conseguido que la llamase. Sentía deseos de ver de cerca de la nueva señora. Stepanida vivía como antes, su marido seguía ausente y ella hacía travesuras como antes las había hecho con Danila, cuando éste la sorprendió cogiendo leña, y luego con el señor; ahora se trataba del joven oficinista.

En el señor no pensaba en absoluto. "Ahora tiene a su mujer —se decía—. Pero me agradaría ver a la señora; dicen que ha arreglado muy bien la casa".

Evgueni no la había visto desde que se tropezó con ella y el niño. Como jornalera no se contrataba por estar ocupada con la criatura, y él pasaba en muy raras ocasiones por la aldea. Aquel día, en vísperas de la Trinidad, Evgueni se levantó temprano, a las cinco de la mañana, y se dirigió a unos barbechos que debían comenzar a fosfatar. Cuando salió de la casa, las dos mujeres no habían entrado aún en las habitaciones de los señores; estaban poniendo a calentar el agua.

Alegre, satisfecho y hambriento, Evgueni volvió a la hora del desayuno. Descabalgó junto al portillo, entregó las bridas de su montura a un jardinero que se había acercado a él, y, descargando fustazos contra la alta hierba y repitiendo, como a menudo sucede, una misma frase, se dirigió hacia la casa. La frase en cuestión era: "Los fosfatos se justifican", aunque no sabía ni qué era lo que justificaban, ni ante quién.

En la pradera estaban sacudiendo las alfombras. Los muebles habían sido sacados fuera. "Madre mía! ¡Lo que ha organizado Lisa! Los fosfatos se justifican. ¡Qué ama de casa es, qué amita! ¡Sí que amita! —se dijo con el rostro resplandeciente que casi siempre mostraba cuando la miraba—. Sí, tengo que cambiarme de botas; porque, sino, los fosfatos se justifican, es decir, huele a estiércol, y la amita en el estado en que se encuentra... ¿Por qué se encuentra en ese estado? Sí, ahí, en ella crece un pequeño y nuevo Irténev —pensó—. Sí, los fosfatos se justifican". Y sonriendo, entregado a sus pensamientos, empujó la puerta de su cuarto.

Apenas la había tocado cuando la puerta se abrió por sí misma y él se dio de bruces con una mujer que salía con un cubo, la saya recogida, descalza y las mangas arremangadas. Él se apartó para darle paso; ella se apartó también, arreglándose el pañuelo torcido, con su mano mojada.

—Pasa, pasa; no entraré.... —había empezado Evgueni y se detuvo reconociéndola.

Ella le miró con ojos sonrientes. Recogiéndose la saya, atravesó el umbral.

"¡Que absurdo es esto!... ¿Qué pasa?... No puede ser", se dijo Evgueni, ceñudo y como si se tratase de sacudirse una mosca, descontento con el hecho de haberla visto. Se sentía descontento y, a la vez, no podía apartar los ojos de su cuerpo, que se balanceaba con aquel andar suave y vigoroso, de sus brazos, de sus hombros, de los bonitos pliegues de la chambra y de la roja saya, recogida sobre sus blancas pantorrillas.

"¿Qué estoy mirando? —se dijo, bajando los ojos para no verla—. Sí, tengo que entrar a coger otras botas". Y dio la vuelta hacia su cuarto. Pero no había recorrido cinco pasos cuando, sin él mismo saber que órdenes obedecía, se volvió para mirarla una vez más. Ella daba la vuelta al pasillo y, en aquel momento, también le miró a él.

"¡Qué hago! —exclamó en su fuero interno—. Puede pensar algo. Ya lo habrá pensado". El cuarto estaba mojado, pero entró en él. Otra mujer, vieja y flaca, fregaba el suelo. Evgueni se acercó de puntillas, a través de los sucios charcos, a la pared, en busca de las botas, y quiso salir cuando la mujer se adelantó en sus propósitos.

"Ésta se ha ido y la otra Stepanida, va a volver —empezó a razonar alguien dentro de él mismo—. ¡Dios mío! ¡Qué hago, qué pienso".

Agarró las botas y salió corriendo a la antesala; allí se las puso, se cepilló y se dirigió a la terraza, donde ya estaban ambas mamás, tomando el café. Lisa, que parecía esperarle, salió al mismo tiempo que él por la otra puerta.

"¡Dios mío! ¡Si lo supiera ella, que me considera tan honesto, tan puro e inocente!", pensó.

Lisa lo acogió con la cara resplandeciente de siempre. Pero ahora le pareció más pálida, amarilla y larga que de costumbre.

X

A aquella hora, como con frecuencia ocurría, transcurría una particular conversación femenina en la que no había lógica alguna, pero que debía tenerla, porque no cesaba ni un momento.

Las dos señoras, insistían en sus alfileretazos y Lisa maniobraba hábilmente entre ellas.

—Me sabe mal que no hayan terminado la limpieza de tu cuarto antes de que volvieras —dijo a su marido—. Quiero darle la vuelta a todo.

—¿Has dormido después de que me fui?

—Sí, me siento bien.

—¿Cómo puede sentirse bien en su estado y con esta calor insoportable, cuando sus ventanas dan al sol? —dijo Varvara Alexéievna, su madre—. Y sin celosías ni toldos. Yo siempre tuve toldos.

—Pero a la sombra estamos a 10 grados— dijo María Pávlovna.

—Y de ahí vienen las calenturas: de la humedad —replicó Varvara Alexéievna, sin advertir que decía algo diametralmente opuesto a lo que antes sostenía—. Mi marido decía siempre que nunca se puede diagnosticar una enfermedad si no se conoce el carácter de la enferma. Y él lo sabe, porque es el número uno; le pagamos cien rublos. Mi difunto marido no quería saber nada de médicos, pero para mí nunca escatimaba nada.

—Cómo es posible que el marido escatime nada a su mujer, cuando la vida de ella y la del niño pueden depender?...

—¿Sí, cuando hay recursos la mujer puede ser independiente del marido. La buena esposa siempre somete al marido —dijo Varvara Alexéievna—, pero Lisa está aún muy débil después

—No, mamá, me siento perfectamente. ¿Cómo no le han servido crema hervida?

—Me da lo mismo. Puedo tomarla fresca.

—Le he preguntado a Varvara Alexéievna y no ha querido —explicó María Pávlovna—, como justificándose.

—No, ahora no la quiero.

Y como para poner fin a la desagradable conversación y cediendo generosamente, Varvara Alexéievna, se volvió hacia Evgueni:

—Qué, han echado el fosfato?

Lisa corrió en busca de la crema.

—Pero si no quiero, no quiero.

—¡Lisa! ¡Lisa! ¡Cuidado! —gritó María Pávlovna—. Esos movimientos tan bruscos la pueden perjudicar.

—No hay nada perjudicial cuando el alma se siente tranquila —replicó Varvara Alexéievna, como aludiendo a algo, aunque ella misma no sabía a qué podían referirse sus palabras.

Lisa volvió con la crema, Evgueni tomaba el café y escuchaba taciturno. Estaba acostumbrado a éstas conversaciones, pero la de ahora le irritaba por su falta de sentido.

Quería reflexionar sobre lo que le había sucedido y este parloteo le molestaba. Después de tomar el café, Varvara Alexéievna se retiró de mal humor. Se quedaron solos Lisa, Evgueni y María Pávlovna. Y la conversación se deslizó por causes sencillos y agradables.

Pero Lisa, a quien el amor hacía muy sensible, advirtió al momento que algo atormentaba a Evgueni y le preguntó si le había ocurrido algo desagradable. Él no se había preparado para ésta pregunta, vaciló ligeramente y contestó que no. Y la respuesta dejó aún más preocupada a Lisa. Algo le atormentaba, y le atormentaba mucho, eso se veía claro, como una mosca que ha caído en la leche, pero no decía de qué se trataba.

XI

Después del desayuno se separaron. Evgueni, fiel a su costumbre, se dirigió al despacho. No se dedicó a leer ni a despachar la correspondencia; se sentó y empezó a fumar un cigarrillo tras otro, sumido en sus pensamientos. Le asombraba y contrariaba terriblemente aquel mal sentimiento que, cuando menos lo esperaba, había aparecido en él y del que se consideraba libre desde que se casó. Desde entonces no había vuelto a experimentarlo ni hacia ella, a quien conocía, ni hacia ninguna otra mujer que no fuera la suya. En el fondo de su alma había celebrado en muchas ocasiones esta liberación, y de pronto el azar, una casualidad al parecer sin importancia, le revelaba que no era libre. No le atormentaba verse de nuevo subordinado a ese sentimiento, el que quisiera poseerla (esto no deseaba ni pensarlo siquiera), sino que el sentimiento permanecía vivo en él y le obligaba a mantenerse alerta.

En cuanto a que conseguiría reprimirlo, no le cabía la menor duda. Tenía una carta pendiente y debía redactar cierto documento. Se sentó ante el escritorio y puso manos a la obra. Al terminar, sin acordarse para nada de lo que le inquietaba, salió a dar una vuelta por la caballeriza. Y de nuevo, como a propósito, por casualidad y deliberadamente, acababa de salir al portal cuando de detrás de la esquina aparecieron la saya roja y el pañuelo rojo, y moviendo los brazos y contoneándose, pasó junto a él.

Y no se limitó a pasar, sino que echó a correr, como si jugase, hasta alcanzar a su compañera. De nuevo, la brillante luz del mediodía, las ortigas, la parte trasera de la casa del guarda, su cara sonriente a la sombra de los arces, la boca que mordisqueaba las hojas, surgieron en su imaginación.

"No, esto no se puede dejar así", se dijo, y, en cuanto las mujeres hubieron desaparecido, entró en la oficina.

Era la hora de la comida y esperaba encontrar al intendente. Así fue. Acababa de despertarse. Se estiraba y bostezaba, mirando al mozo del establo, que le decía algo.

—Vasili Nikoláievich

—¿Deseaba algo?

—Quería hablar con usted

—Estoy a sus órdenes.

—Termine antes.

—¿No serás capaz de traerla?

—Pesa mucho, Vasili Nikoláievich

—¿De qué se trata? —preguntó Evgueni.

—Una vaca que ha parido en el campo.

—Está bien, ahora mandaré que enganchen un carro. Díselo tú mismo a Nikolai Lisuj, que se prepare para salir.

El mozo se fue.

—Verá—empezó Evgueni, ruborizándose y sintiendo que se ruborizaba—. Verá Vasili Nikoláievich. Aquí, cuando era soltero, tuve algunos pecados... Es posible que lo haya oído...

Vasili Nikoláievich sonrió con la mirada y, con el evidente propósito de facilitar las explicaciones del señor, dijo:

—¿Se refiere a lo de Stepanida?

—Sí, a eso. Verá. Procure no tomarla para trabajos en casa. Comprenderá que me resulta muy desagradable...

—Seguramente ha sido cosa de Vania, el oficinista.

—Haga el favor... ¿Qué? ¿Acabarán con la faena? —añadió Evgueni para disimular su turbación.

—Ahora mismo voy.

Así terminó esto. Evgueni quedó tranquilo en la confianza de que, lo mismo que había pasado un año sin verla, así sucedería ahora. "Además Vasili Nikoláievich se lo dirá a Iván, el de la oficina, Iván se lo dirá a ella y ella comprenderá que no la quiero", se dijo Evgueni contento de habérselo dicho así a Vasili Nikoléievich, por difícil que le hubiese sido.

"Todo es preferible, todo es mejor que esta duda, que este bochorno". Se estremeció al sólo recuerdo de aquel delito cometido con el pensamiento.

XII

El esfuerzo moral que había hecho para superar la vergüenza y hablar a Vasili Nikoláievich tranquilizó a Evgueni. Le pereció que ahora todo había terminado. Lisa advirtió al instante que se hallaba totalmente tranquilo y hasta más alegre que de ordinario.

"De seguro que le habían molestado los dimes y diretes de las mamás. Realmente, es desagradable, sobre todo para él, con su sensibilidad y nobleza, escuchar sus eternas reticencias", pensó Lisa.

El día siguiente era la Trinidad. Hacía un tiempo hermoso y las mujeres de la aldea que, según la costumbre, habían ido al bosque a trenzar coronas de flores, a la vuelta pasaron por la casa señorial y se pusieron a cantar y a bailar. María Pávlovna y Varvara Alexéievna, con sus vestidos de fiesta y sombrillas, salieron al portal y se acercaron al corro. A ellas se unió, de levita, el tío, que pasaba el verano con Evgueni, un viejo tripudo, lascivo y borrachín. Como siempre, las casadas jóvenes y las mozas formaban un coro de vivos colores, y a su alrededor, a un lado, y otro, como planetas y satélites que se hubiesen desprendido, giraban las chicas, dándose la mano y presumiendo con sus vestiditos de percal, los pequeños reían y corrían atrás y adelante, los chicos mayores, con sus chalecos azules y negros, sus gorras y sus camisas rojas, que no cesaban de escupir cáscaras de semilla de girasol, los criados de la casa y la gente de fuera, que contemplaba de lejos las evoluciones del corro.

Las dos señoras se acercaron seguidas de Lisa, ataviada con un vestido azul celeste, con cintas del mismo color en el pelo y anchas mangas, por las que asomaban sus brazos largos y blancos de angulosos codos.

Evgueni no sentía deseos de salir, pero resultaba ridículo ocultarse. Salió también al portal con el cigarrillo en los labios, saludó a los chicos y a los hombres y se puso a hablar con ellos.

Las mujeres, entre tanto, se desgañitaban cantando, batían palmas y bailaban al compás de su propio cántico

—Le llama la señora —dijo un chico acercándose a Evgueni, quien no escuchaba las voces de su mujer. Lisa le llamaba para que viese las danzas y sobre todo a una de las bailarinas, que le había agradado particularmente. Se trataba de Stepanida. Lucía blusa amarilla, chaleco plisado, y falda de seda; ancha, enérgica, arrebolada y alegre. Debía bailar bien. Él no vio nada.

—Sí, sí—decía, quitándose y volviéndose a poner los lentes—. Sí, sí repetía. "Parece que no voy a poder librarme de ella", pensaba mientras tanto.

No miraba porque temía verse atraído y precisamente porque la había visto de refilón le pareció más atractiva. Además, por su brillante mirada había advertido que ella le veía y que se complacía en mirarlo. Se quedó lo indispensable para guardar las apariencias y, al advertir que Varvara Alexándrovna la llamaba y de manera torpe y falsa le decía "querida", hablando con ella, dio la vuelta y se retiró. Se retiró y volvió a la casa. Se había ido para no verla, pero al llegar al piso alto, sin saber él mismo para qué, se acercó a la ventana y no se apartó de ella mientras las mujeres estuvieron ante el portal, mirándola y comiéndosela con los ojos.

Escapó antes de que nadie pudiera verle, llegó con paso silencioso a la puerta lateral y, después de encender un cigarrillo, como con el propósito de dar un paseo, salió al jardín, en la dirección que ella había tomado. No había dado dos pasos hacia la avenida cuando, por entre los árboles, apareció el chaleco plisado sobre la blusa amarilla y el pañuelo rojo. Iba con otra mujer. "Van a algún sitio".

Y de pronto un apasionado y lúbrico deseo le abrasó, oprimiéndole el corazón. Evgueni, como obedeciendo a una voluntad ajena, miró alrededor y siguió tras ella.

—¡Evgueni Ivánich, Evgueni Ivanich! Aquí estoy para lo que guste mandar —dijo una voz a sus espaldas, y Evgueni, al ver al viejo Samojín, a quien había contratado para abrir un pozo, recobró la serenidad, dio rápidamente la vuelta y se acercó a él.

Mientras charlaba con Samojín, se volvió de lado y pudo ver que las dos mujeres habían bajado hasta el pozo, o con la excusa del pozo, y después de permanecer allí unos instantes habían escapado ligeras hacia el corro.

XIII

Después de conversar con Samojín, Evgueni volvió a casa deprimido igual que si hubiese cometido un crimen. En primer lugar, ella le había entendido: pensaba que quería verla y también lo deseaba. En segundo lugar, la otra mujer, Anna Prójorvna, debía saberlo. Lo peor de todo era que se sentía vencido, que carecía de voluntad propia, que había otra fuerza que le impulsaba; que en esta ocasión se había salvado de milagro, pero que cualquier día, mañana, pasado mañana, sería hombre perdido.

"Sí, seré un hombre perdido—no comprendía la cuestión de otro modo—; traicionaré a mi joven y amante esposa con una mujer de la aldea, a la vista de todos. ¿No es esto una perdición, una espantosa perdición después de la cual será imposible seguir viviendo? —se decía—. ¿Es que no se pueden tomar medidas? Debo hacer algo. No debes pensar en ella —se ordenaba a sí mismo—. ¡No debes pensar!", y a renglón seguido empezaba a pensar, la veía ante él y veía la sombra de los arces.

Recordó haber leído de un ermitaño que, obligado a imponer su mano sobre una mujer para curarla, a fin de huir de la tentación, acercó la otra mano a un brasero y se quemó los dedos. Lo recordó. "Sí, prefiero quemarme los dedos antes que la perdición". Y, comprobando que en el cuarto no había nadie, encendió una cerilla y se rio de sí mismo.

—¡Qué estupidez! No debí hacerlo. Pero hay que tomar medidas para que no vuelva a verla: alejarme o hacer que se vaya. ¡Sí, hacer que se vaya! Ofreceré dinero al marido para que se la lleve de la ciudad o se trasladen a otra aldea. Se enterarán, habrá comentarios. Pero no importa: cualquier cosa es preferible a este peligro. Si, hay que hacerlo", se decía, y no cesaba de mirarla, sin apartar los ojos.

"¿A dónde ha ido?", se preguntó de pronto. Le pareció que ella le había visto en la ventana y ahora, después de volverse hacia él, del brazo de otra mujer, iba hacia el jardín, braceando garbosamente. Sin comprender él mismo la razón, contento de sus pensamientos, se dirigió a la oficina.

Vasisli Niloláievich, con su levita de los días de fiesta y el pelo reluciente de brillantina, estaba tomando el té con su mujer y unos invitados.

—Deseaba hablar con usted, Vasili Nikoláievch.

—No faltaba más. Ya hemos acabado.

—Será mejor que venga conmigo.

—Ahora mismo, en cuanto coja la gorra. Tú, Tania, apaga el samovar[41]—dijo Vasili Niloláievich, saliendo alegremente.

Se le figuró a Evgueni que estaba algo bebido, pero ya no había remedio; acaso fuese preferible, se haría mejor cargo de la situación.

—Vengo a hablarle de lo de ayer, Vasili Nikoláievich —comenzó Evgueni—; de esa mujer.

—Comprendo. Ya he dado órdenes para que no la tomen de ningún modo.

—No se trata de eso; me gustaría escuchar su opinión. ¿No se podría hacer que se marchara, que se fuera con toda su familia?.

—¿A dónde los vamos a mandar? —preguntó Vasili Niloláievich, en un tono que a Evgueni se le figuró descontento y burlón.

—Yo pensaba que le les podría dar dinero o incluso tierra, en Kotkóvkoe. Lo que quiero es que ella no esté aquí.

—¿Y cómo vamos a obligarlos? ¿Cómo van a apartarse de su aldea? ¿Qué le pasa? Es que le molesta?

---

41 Cafetera alta metálica.

—Comprenda, Vasili Nikiláievich, el disgusto que mi mujer se llevará cuando se entere.

—¿Y quién se lo va a decir?

—Pero, ¿cómo voy a vivir con semejante peligro? Y, en general, me es muy penoso.

—¿Por qué se preocupa así? A quien recuerda lo viejo hay que sacarle los ojos. Y quien no ha pecado ante Dios, no es culpable ante el zar.

—De todos modos, sería mejor que se fuera. ¿Podría usted hablar con el marido?

—No hay nada que hablar. ¿Por qué se pone así, Evgueni Ivánovich? Todo pasó y ha sido olvidado. Son cosas que le ocurren a cualquiera. ¿Quién puede decir ahora nada malo de usted? No hay nada oculto en su vida, todos lo ven.

—No obstante, hable con él.

—Está bien, hablaré.

Aunque de antemano sabía que no resultaría nada, esta conversación tranquilizó algo a Evgueni. Sobre todo, tenía la sensación de que la propia inquietud le había hecho exagerar el peligro.

¿Es que había acudido a una cita con ella? Esto era imposible. Simplemente, había salido a dar un paseo por el jardín y por casualidad se había tropezado con ella.

XIV

Aquel mismo día de la Trinidad, después de comer, Lisa, que había salido a dar un paseo por el jardín, al pasar a la pradera, adonde su marido la llevaba para mostrarle la alfalfa, tuvo que saltar una pequeña zanja, dio un traspié y se cayó. La caída no fue violenta, de costado; pero lanzó un grito y él vio en su cara no sólo el susto, sino también dolor. Quiso ayudarla a levantarse, pero ella le apartó la mano.

—No, espera un poco Evgueni—dijo sonriendo débilmente y, según a él se le figuró, confusa—. Es que me—he torcido el tobillo, nada más.

—No me canso de decirlo —terció Varvara Alexándrovna—. ¿Es que en tu estado se puede saltar una zanja?

—Pero si no es nada, mamá. Ahora mismo me levanto. Se puso de pie con ayuda del marido, pero en aquel mismo instante palideció y en su cara apareció una expresión de susto.

—No me siento bien —y murmuró algo a su madre.

—¡Ay, Dios mío! ¡Lo que habéis hecho! Ya decía yo que no debías salir —gritó Varvara Alexéievna—. Esperad, haré que venga alguien. No debe caminar. Hay que llevarla.

—No tengas miedo Lisa. Yo te —llevaré —dijo Evgueni, cogiéndola con el brazo izquierdo—.

Abrázate a mi cuello. Así. Inclinándose, pasó el brazo derecho por debajo de su pierna y la levantó. Nunca pudo olvidar más tarde la expresión de sufrimiento y, a la vez, de felicidad que su cara reflejaba.

—Es mucho peso para ti, querido—dijo sonriendo—. ¡Mamá, corre a avisar!

Se inclinó sobre él y le dio un beso. Eran patentes sus deseos de que la madre viese cómo la llevaba.

Evgueni gritó a Várvara Alexéievna que no se diese prisa, que él la llevaría. Várvara Alexéievna se detuvo y empezó a gritar más todavía.

—Se te va a caer, es seguro que la vas a dejar caer. Quieres matarla. No tienes conciencia.

—Pero si la llevo perfectamente.

—No quiero, no quiero ver cómo atormentas a mi hija —y corrió a ocultarse tras una vuelta de la avenida.

—No es nada, se me pasará —dijo Lisa, sonriendo.

—Lo que hace falta es que no haya consecuencias, como la otra vez.

—No me refería a eso. Esto no es nada; pensaba en mamá. Estás cansado, descansa.

Aunque la carga se le hacía pesada, Evgueni la transportó con orgullosa alegría hasta la casa y no la entregó a la doncella y el cocinero, a quienes Varvara Alexéievna había encontrado y enviado a su encuentro. La llevó a su dormitorio y la depositó sobre la cama.

—Tú, vete —dijo ella, atrayéndolo hacia sí y dándole un beso—. Annushka y yo nos arreglaremos.

María Pávlovna, que se encontraba en su pabellón, acudió también. Desnudaron y acostaron a Lisa. Evgueni esperaba en la sala, con un libro en la mano. Varvara Alexéievna pasó junto a él con tan sombrío aspecto de desaprobación, que al infeliz le dio miedo.

—¿Qué hay? —preguntó.

—¿Qué hay? ¿Aún lo pregunta? Lo que probablemente quería cuando obligó a saltar a su mujer la zanja.

—¡Varvara Alexéievna! —gritó él—. Esto es insoportable. Si quiere martirizarme y hacerme la vida imposible...

Quería decir: "váyase a otra parte", pero se contuvo.

— ¿Es que no le duele?

—Ahora es tarde.

Y, sacudiendo triunfalmente la cofia, se dirigió a la puerta.

Lisa había caído, en efecto, en mala posición. Se había torcido el pie y existía el peligro de un nuevo aborto. Todos sabían que era imposible hacer nada; lo único que debía era guardar reposo; sin embargo, decidieron llamar al médico.

"Muy estimado Nikolai Semiónich —escribió Evgueni—: Ha sido usted siempre tan bondadoso con nosotros, que espero no se negará a acudir en ayuda de mi esposa. Se halla...", etc.

Preparada la carta, se dirigió a la cuadra para dar órdenes en lo referente a los caballos y al coche. Había que preparar un tiro para traer al médico y otro para llevarlo. Donde la hacienda no está montada a lo grande, todo esto no se puede disponer de buenas a primeras, hay que pensarlo. Una vez hubo dispuesto las cosas él mismo y cuando el coche hubo salido, pasadas las nueve, volvió a casa. Su mujer seguía en la cama y decía que se sentía perfectamente; no le dolía nada. Pero Varvara Alexéievna, a la luz de la lámpara, que para que no molestase a Lisa había tapado con un cuaderno de música, estaba tejiendo una manta roja con un aspecto que decía claramente que, después de lo sucedido, la paz era imposible. Y, por mucho que los demás hicieran, parecía decir: "Yo, al menos, he cumplido con mi deber".

Evgueni lo vio, pero hizo como si no lo advirtiera; trató de parecer alegre y despreocupado; contó cómo había reunido los caballos y cómo la yegua "Kavunska" había ido perfectamente de encuarte izquierdo.

—Sí, se comprende; es el momento más oportuno para hacer salir los caballos, cuando hace falta ayuda. Seguramente también tirarán al médico a una zanja —dijo Varvara Alexéievna, mirando por debajo de sus lentes su labor, que había acercado a la lámpara.

—Era necesario hacerlo. He arreglado las cosas como mejor creía.

—Recuerdo muy bien la manera como sus caballos me arrastraron a la entrada.

Se trataba de una vieja invención de la suegra, y ahora Evgueni cometió la imprudencia de decir que las cosas no habían sido así.

—Por algo digo siempre, y se lo he repetido muchas veces al príncipe, que lo peor de todo es vivir con gente embustera y falsa; todo lo aguanto, menos eso.

—Pues me parece que es a mí a quien más afecta—dijo Evgueni.

—Ya se ve.

—¿Qué?

—Nada, estoy contando los puntos.

Evgueni se encontraba en aquel momento junto a la cama. Lisa le miró, y con una mano húmeda, que descansaba sobre la colcha, cogió la suya y la apretó. "Aguántate, hazlo por mí. Ella no constituye un obstáculo para que nosotros nos queramos", le dijo su mirada.

—No lo haré. Así es —murmuró él, y besó su mano húmeda y larga, y luego sus ojos que se cerraron al recibir el beso.

—¿Es que se va a repetir? —dijo luego—. Cómo te encuentras?

—Me da miedo decirlo, pero tengo la sensación de que vive y vivirá —contestó Lisa, mirando su vientre.

—Es terrible, es terrible pensarlo siquiera.

Aunque Lisa insistió mucho en que se retirara, Evgueni se quedó con ella, con un ojo abierto y dispuesto a atenderla.

Pero pasó bien la noche y, si no hubiesen llamado al médico, acaso se habría levantado. El médico llegó a la hora de la comida y, como se comprende, dijo que, aunque reiterados fenómenos podían provocar ciertos temores, hablando en propiedad, no había indicaciones en este sentido, aunque tampoco los había en sentido contrario, por lo que, por una parte, se podía suponer y, por otra, también se podía suponer. Por ello había que guardar cama, y, aunque no era muy aficionado a recetar, debía tomar esto y guardar absoluto reposo. Además, el médico dio a Varvara Alexéievna una conferencia sobre anatomía de la mujer, a todo lo largo de la cual ella no cesó de menear significativamente la cabeza. Una vez hubo recibido sus honorarios, como de ordinario, en la parte posterior de la palma de la mano, el médico se fue, previa indicación de que la enferma debía guardar una semana de cama.

XV

Evgueni pasó la mayor parte del tiempo junto a la cama de su mujer; la atendía, hablaba con ella, le leía, y, lo que resultaba más difícil de todo, lo hacía soportando las acometidas de Varvara Alexéievna, que hasta sabía convertir en objeto de bromas.

Pero no podía quedarse siempre en casa. En primer lugar, Lisa le hacía salir, diciendo que se pondría enfermo si no se movía de su lado, y en segundo, las cuestiones de la hacienda marchaban de tal modo, que a cada paso se requería su presencia. No podía recluirse en su casa, y estando en el campo, en el bosque, en el huerto; en la era, en todos los sitios, no ya el pensamiento de Stepanida, sino su imagen viva le perseguía de tal modo, que en muy raras ocasiones podía olvidarla. Esto no habría sido nada, acaso habría podido superar ese sentimiento; lo peor de todo era que antes pasaban meses enteros sin verla y ahora la veía y se tropezaba con ella a cada paso.

Stepanida parecía comprender que él quería reanudar las relaciones y trataba de hacerse visible.

Entre ellos no se había hablado nada, y por eso ni él ni ella acudían directamente a la cita, tratando solamente de encontrarse.

El sitio donde esto podía suceder era el bosque, al que las mujeres acudían con sacos a buscar hierba para las vacas. Evgueni lo sabía, y por eso pasaba a diario por allí. Todos los días se decía que no lo haría y todos los días terminaba dirigiéndose al bosque y, al escuchar voces, deteniéndose tras un arbusto, miraba con el corazón palpitante si era ella. ¿Para qué necesitaba saberlo? No hubiera podido contestarlo. Si hubiese sido ella y hubiese estado sola, no se habría acercado (así lo pensaba), sino que habría huido; pero necesitaba verla. En una ocasión la encontró: cuando él entraba en el bosque, ella salía con otras dos mujeres, con un pesado saco de hierba a la espalda. De ocurrir un poco antes, hubiera podido hacerse el encontradizo en el bosque. Ahora era imposible, en presencia de las otras dos mujeres, hacerla volver. Mas, a pesar de que lo comprendía así, durante largo rato, con el riesgo de llamar la atención de las otras mujeres, permaneció espiando tras los arbustos de avellano.

Ella no volvió, se entiende, pero él estuvo aguardando un buen rato. ¡Que hechizo se imaginaba, Dios mío! Y esto no ocurrió una vez, fueron cinco, seis. Y conforme el tiempo pasaba, más fuerte era en él ese sentimiento. Jamás le había parecido tan atractiva. Y no era sólo que fuese atractiva, jamás le había subyugado de ésta manera. Sabía que iba perdiendo el dominio sobre sí mismo; era algo que lindaba con la locura. La severidad para con su persona no se había debilitado en absoluto; al contrario, veía toda la infamia de sus deseos y hasta de sus actos, porque de ir al bosque era ya un acto. Sabía que, en cuanto la tuviese cerca, en la oscuridad si era posible, se dejaría arrastrar por su sentimiento. Sabía que lo único que lo frenaba era la vergüenza ante la gente, ante ella, y ante sí mismo.

Y sabía que buscaba las circunstancias en que esta vergüenza no se advirtiese: la oscuridad o un contacto en que la vergüenza quedase ahogada por la pasión animal. Y por eso sabía que era un infame criminal, y se despreciaba y aborrecía con todas las potencias de su alma. Se aborrecía porque no acababa de rendirse; todos los días pedía a Dios que le diese fuerzas, que lo salvase de la perdición, todos los días se hacía a la idea de que no daría un solo paso más, no la miraría y trataría de olvidarla. Cada día imaginaba recursos para verse libre de aquel tormento y los ponía en práctica.

Pero todo era en vano.

Uno de los recursos era estar siempre ocupado en algo; otro era el intenso trabajo físico y el ayuno; estaba también la clara noción del bochorno que caería sobre su cabeza cuando todos se enterasen: su mujer, su suegra, la gente. Lo probaba todo y le parecía que salía vencedor, pero llegaba la hora, el mediodía, la hora de las citas de antes, la hora en que la había visto ir a buscar hierba... y se dirigía al bosque.

Así transcurrieron cinco penosos días. La vio de lejos, pero ni una sola vez llegaron a acercarse.

XVI

Lisa se iba reponiendo poco a poco, empezaba a caminar y se sentía inquieta por el cambio producido en su marido, que ella era incapaz de comprender.

Varvara Alexéievna se hallaba fuera por algún tiempo y el único extraño que quedaba era el tío. María Pávlovna, como siempre estaba en casa.

Evgueni se hallaba en aquel estado, colindante con la locura, cuando, como con frecuencia ocurre después de las tormentas de junio, vinieron unas lluvias torrenciales que se prolongaron durante dos días. Hubieron de ser interrumpidos todos los trabajos. Cesó hasta el acarreo del estiércol. La gente se había quedado en casa. Los pastores, que no podían con la dula, acabaron por llevarla al pueblo. Las vacas y las ovejas se fueron separando, cada una en busca de su casa. Las mujeres descalzas y cubiertas con pañuelos, chapoteando en el barro, salieron a buscar las vacas extraviadas. Numerosos regatos corrían por los caminos, las hojas y la hierba estaban llenas de gotas y de los canalones caían sin cesar chorros que formaban espumeantes charcos. Evgueni se encontraba en casa con su mujer, que ahora le resultaba particularmente tediosa, Preguntó varias veces por la causa de su descontento y él, de mal humor, contestó que no le ocurría nada. Ella cesó en sus preguntas, pero quedó disgustada.

Habían desayunado y se encontraban en la sala. El tío contaba por centésima vez sus invenciones relacionadas con amigos suyos de la alta sociedad. Lisa hacía punto y suspiraba, quejándose del tiempo y de dolor de riñones. El tío le aconsejó que se acostara y, por su parte, pidió que le sirvieran vino. Dentro de casa, Evgueni se sentía aburridísimo. Todo le parecía lánguido y tedioso. Fumaba, con un libro entre las manos, pero no entendía nada de lo que leía.

—Tengo que ir a ver los ralladores que trajeron ayer —dijo. Se puso en pie y se dirigió a la salida.

—Llévate el paraguas.

—No hace falta me llevaré el chaquetón de cuero. Además no voy lejos.

Se puso las botas altas y el chaquetón y se encaminó a la fábrica; pero no había recorrido veinte pasos cuando le salió al encuentro ella, con la falda recogida y dejando ver las blancas pantorrillas. Caminaba sujetando con ambas manos la toquilla en que se había envuelto la cabeza y los hombros.

—¿Qué haces? —preguntó él, que en el primer momento no la había reconocido. Ella se detuvo y, sonriendo, se le quedó mirando.

—Estoy buscando el ternero. ¿Para dónde va con este tiempo? —dijo, como si se estuviesen viendo todos los días.

—Ve a la choza —dijo él de pronto, sin saber él mismo cómo. Era como si otro hubiese dicho estas palabras.

Ella mordisqueó el pañuelo, asintió con los ojos y corrió hacia donde antes iba, a la choza del jardín, mientras que él siguió camino con el propósito de dar la vuelta en cuanto hubiese pasado el macizo de lilas, para reunirse con ella.

—Señor —oyó a su espalda—, le llama la señora; dice que vaya un momento. Era Misha, su criado.

"Dios mío, es la segunda vez que me salvas", pensó Evgueni, y al instante volvió a casa. Ella le recordó que había prometido llevar a la hora de la comida cierta medicina a una mujer enferma y le pedía que lo hiciera.

Mientras buscaba la medicina pasaron cinco minutos. Luego, al salir, no se decidió a ir a la choza para que no le viesen desde la casa. Pero, en cuanto se perdió de vista, dio la vuelta y se dirigió a la cita. En su imaginación, la veía ya en medio de la choza, sonriendo alegremente; pero no estaba allí y no había nada que recordase su presencia. Pensó que no había acudido, que no había oído ni entendido sus palabras. Gruñó para sus adentros, como temeroso de que pudiera oírle.

"¿Y si no ha querido acudir? ¿Por qué me había imaginado que iba a echarse en mis brazos? Tiene a su marido. Yo sí que soy un miserable; tengo a mi mujer, que es buena, y voy tras otra". Así pensaba, sentado en la choza, cuya techumbre de paja dejaba pasar el agua. "¡Que felicidad que hubiera venido!". Aquí, los dos solos, bajo esta lluvia. Abrazarla siquiera una vez más, y luego venga lo que venga.

"¡Ah, sí! —recordó—. Si ha estado, encontraré algún rastro". Miró el suelo de la choza y el sendero, no invadido por la hierba, y descubrió huellas recientes de sus pies descalzos. "Sí, ha estado. Ahora se acabó. Donde quiera que la vea, me acercaré a ella. Iré de noche a verla". Permaneció un largo rato en la choza y salió de allí extenuado y abatido. Llevó la medicina, volvió a casa y se tumbó en su cuarto, en espera de la comida.

XVII

Poco antes de la comida, llegó Lisa y, en sus intentos de imaginar la causa del descontento que en él veía, le dijo que tenía miedo; que no quería que la llevasen a Moscú para dar a luz y había decidido quedarse. No iría a Moscú por nada del mundo. Él sabía lo mucho que temía el momento del parto y que el niño naciese con algún defecto, y por eso no pudo menos de enternecerse al ver la facilidad con que lo sacrificaba todo movida por el amor que le profesaba. Dentro de casa todo era bueno, alegre y limpio; pero en su alma sentía algo sucio, infame, horrible. La tarde entera la pasó Evgueni atormentado ante la conciencia de que, a pesar de la sincera repugnancia que sentía por su debilidad, a pesar de su firme propósito de poner fin a aquel estado de cosas, a la mañana siguiente ocurriría lo mismo.

"No, esto es imposible —se decía, yendo y viniendo por el cuarto— Tiene que haber un remedio contra esto. ¿Qué hacer, Dios mío?

Alguien llamó a la puerta a la manera de los extranjeros. Era, lo sabía, el tío.

—Adelante —dijo.

El tío llegaba como embajador espontáneo de su mujer.

La realidad es que observo en ti un cambio —le dijo—, y me doy cuenta de lo que Lisa sufre. Comprendo que se te haga duro dejar todo esto, ahora que habías empezado tan bien, pero *¿que veux tu?*[42] Yo te aconsejaría un cambio de ambiente. Se sentirán más tranquilos los dos. Mi opinión es que vayan a Crimea. El clima es excelente, allí hay un buen tocólogo y llegarán en plena vendimia.

—Tío—empezó de pronto Evgueni—, ¿puede guardar un secreto, un secreto horrible? Es un secreto vergonzoso.

—No faltaba más, ¿es que dudas de mí?

—Tío, usted puede ayudarme. No sólo ayudarme, sino salvarme —dijo Evgueni.

Y la idea de que iba a revelar su secreto a un tío a quien no estimaba, la idea de que iba a aparecer ante él en una posición tan desfavorable, humillante, pareció agradarle. Se sentía ruin y culpable, y experimentó el deseo de castigarse.

—Habla, amigo mío, ya sabes cuánto te quiero —dijo el tío, al parecer muy contento de que hubiera un secreto, de que se tratase de un secreto vergonzoso, de que este secreto le iba a ser revelado y de que él podía ser útil.

---

[42] ¿Qué es lo que quieres?

—Ante todo, he de decir que soy un miserable y un canalla; un canalla, precisamente un canalla.

—No digas eso —empezó el tío, ahuecando la voz.

—Claro que lo soy. ¡Cuando soy el marido de Lisa, de Lisa! Porque hay que reconocer su pureza y su amor. Y yo, su marido, quiero hacerle traición con una mujer cualquiera.

—¿Qué significa eso de que quires? ¿No la has traicionado?

—No, pero da igual, es lo mismo que si la hubiese traicionado, porque no ha dependido de mí. Yo estaba dispuesto. Me lo impidieron, porque de lo contrario ahora... ahora... No sé lo que haría.

—Espera, explícate...

—Verá. De soltero cometí la estupidez de entenderme con una mujer de aquí, de nuestra aldea. Es decir, me veía con ella en el bosque, en el campo...

—¿Es bonita? —preguntó el tío.

Evgueni arrugó el ceño al oír esto, pero tan necesitado estaba de ayuda, que pasó por alto la pregunta y prosiguió:

—Pensé que era algo sin importancia, que lo cortaría y ahí acabaría todo. Lo corté antes de la boda y casi durante un año ni la vi ni pensé en ella —a Evgueni se le hacía raro escucharse oír la descripción del estado en que se encontraba—; luego, de pronto, no sé por qué (la verdad es que a veces cree uno en los hechizos), volví a verla, se me metió un gusano en el corazón y no cesa de roerme. Me increpo a mí mismo, comprendiendo todo el horror de la acción, es decir, de lo que a cada momento podría hacer, y yo mismo voy a buscarlo, y si no lo he hecho ha sido sólo porque Dios me salvó. Ayer, cuando Lisa me llamó iba a buscarla.

—¿En plena lluvia?

—No puedo más, tío, y he decidido abrirle mi corazón y pedirle ayuda.

—Sí, se comprende; dentro de tu propia hacienda no está bien. Se sabría. Comprendo que Lisa está delicada y que hay que cuidarla, pero, ¿por qué en tu propia hacienda?

Evgueni no quiso tampoco escuchar lo que el tío le decía y se apresuró a exponer la esencia de su problema.

—Sálveme de mí mismo. Es lo que le pido. Hoy, por casualidad, me han impedido consumar el hecho, pero mañana, otra vez, no me lo impedirán. Y ahora ella lo sabe. No me deja nunca solo.

—Sí, admitámoslo—dijo el tío—. Pero, ¿tan enamorado estás?

—No se trata de eso. No es eso, es una fuerza que se apodera de mí y no me suelta. No sé qué partido tomar. Puede que llegue a hacerse fuerte, y entonces...

—Resulta lo que yo pensaba —dijo el tío—. Hay que ir a Crimea.

—Sí, sí iremos; mientras tanto, estaré con usted, hablaré con usted.

XVIII

El hecho de haber confiado al tío su secreto y, sobre todo, los suplicios y la vergüenza que había sufrido después del día de la lluvia, devolvieron la calma a Evgueni. Quedó decidido que irían a Yalta. Mientras tanto, hizo un viaje a la ciudad con el objeto de juntar dinero para el viaje, tomó disposiciones en lo relativo a la casa y a la hacienda, recobró la alegría, se sintió atraído de nuevo por su mujer y empezó a revivir moralmente. Así, sin haber visto ni una sola vez a Stepanida después del día de la lluvia, salió con su mujer hacia Crimea. Allí pasaron dos excelentes meses. Eran tantas las nuevas impresiones, que todo lo anterior pareció haberse borrado para Evgueni. En Crimea encontraron amigos conocidos, con los que intimaron, e hicieron nuevas amistades. La vida allí era para Evgueni una continua fiesta, además de que le resultaba instructiva y útil. Intimaron con el antiguo mariscal de la nobleza de su propia provincia, hombre inteligente y liberal, que tomó cariño a Evgueni, le expuso sus puntos de vista y le ganó para su partido.

A fines de agosto, Lisa dio a luz una hermosa niña; contra todo lo que se esperaba, el parto fue muy fácil.

Cuando los Irténev volvieron a casa, en septiembre, eran ya cuatro, contando a la niña y a la nodriza, puesto que Lisa no la podía criar. Completamente libre de los horrores de antes, cuando Evgueni volvió era un hombre nuevo y feliz. Las inquietudes propias del parto, comunes a todos los maridos, hicieron todavía más fuerte el amor que sentía por su mujer. Cuando tomó a la niña en brazos, notó algo que movía a risa; era un sentimiento nuevo, muy agradable, como un cosquilleo. Otro factor nuevo en su vida era ahora que, además de las ocupaciones en la hacienda, en su alma, gracias a la amistad con Dumchin (el antiguo mariscal de la nobleza), había surgido otro interés, es de los asuntos políticos, en parte por ambición y en parte por la conciencia del deber.

En Octubre debía celebrarse una asamblea extraordinaria en la que sería presentada su candidatura. Ya en su casa, fue una vez a la ciudad y otra a visitar a Dumchin. Ni siquiera pensaba en los tormentos de la seducción y la lucha, y le costaba trabajo imaginárselos. Se le figuraba como un acceso de locura que hubiera sufrido.

Hasta tal punto se sentía libre de todo esto, que en la primera ocasión, cuando quedó a solas con el intendente, no vaciló en preguntarle. Como no era la primera vez que hablaban de esto, no sintió reparo en hacerlo:

— ¿Y Sídor Péchnikov? ¿Sigue fuera?

—Sí, está en la ciudad.

—¿Y su mujer?

—¡Es un caso perdido! Ahora se ha liado con Zinovi. Está imposible.

"Magnífico—pensó Evgueni—. ¡Cómo he cambiado! Es asombrosa la indiferencia hacia todo eso".

XIX

Todo salió tal y como Evgueni deseaba. Había conseguido conservar la finca, la fábrica estaba en marcha, la cosecha de remolacha había sido espléndida y esperaba de ella grandes beneficios; su esposa había dado a luz felizmente una niña y la suegra se había ido. Por si esto fuera poco, fue elegido por unanimidad.

Después de las elecciones en la ciudad, Evgueni debía regresar a casa. Llovieron las felicitaciones, tuvo que celebrarlo. En la comida se tomó cinco copas de champaña. En su mente forjaba planes de vida completamente nuevos. Volvió a casa pensando en ellos. El camino era excelente y brillaba el sol. Al acercarse a casa, Evgueni pensaba que ahora, después de la elección, ocuparía la posición a que siempre había aspirado, es decir, que estaría en condiciones de servir al pueblo no ya con el trabajo que podía proporcionar, sino con su influencia directa. Se imaginaba como al cabo de tres años juzgarían de él otros campesinos. "Este por ejemplo", se dijo al pasar por la aldea, mirando a un mujik y una mujer que cruzaban el camino transportando una tina. Detuvo el cochecillo para dejarlos pasar.

El mujik era el viejo Pécnikov y la mujer era Stepanida. Evgfueni la miró y al reconocerla sintió con alegría que había quedado completamente tranquilo. Parecía tan atractiva como siempre, pero eso no le afectó en absoluto. Llegó a casa. Su mujer salió a recibirle al portal. La tarde era maravillosa.

—¿Qué? ¿Podemos felicitarte?

—Sí, he sido elegido.

—Excelente. Hay que celebrarlo.

Al día siguiente, Evgueni hizo un recorrido por la hacienda, que tenía abandonada. En la alquería estaba en marcha la nueva trilladora. Iba entre las mujeres tratando de no fijarse en ellas, pero por mucho que se esforzase, un par de veces reparó en los negros ojos y el pañuelo rojo de Stepanida, que retiraba la paja. Dos veces la miró de reojo y de nuevo sintió algo, aunque sin llegar a darse cuenta clara de lo que ocurría. Sólo al otro día, al volver a la era de la alquería, donde estuvo dos horas sin que tuviera necesidad alguna, sin cesar de acariciar con la mirada la hermosa y conocida figura de Stepanida, sintió que era hombre perdido, que estaba perdido por completo, irremisiblemente. De nuevo los tormentos de nuevo los mismos horrores v miedos. Y no había salvación

***

Ocurrió lo que esperaba. Al día siguiente, a la caída de la tarde, sin él mismo darse cuenta, se vio en la parte trasera de la casa de ella, frente al henil, donde el otoño pasado habían tenido una cita. Como si fuera paseando, se detuvo para encender un cigarrillo. La vecina lo vio y él, al dar la vuelta, oyó que decía a alguien:

—Anda, te está esperando; se ve que no puede más. ¡Anda, tonta!

Vio cómo una mujer, ella, corría al henil, pero ya no puedo volver, porque un mujik le había salido al encuentro, y se fue a casa.

XX

Al entrar en la sala todo le pareció, absurdo y falto de naturalidad. Se había levantado animoso, con la decisión de dejarlo, de olvidar, de no permitirse pensar en ello. Pero, sin él mismo advertirlo, durante la mañana no sólo no se había interesado por los asuntos, sino que había procurado eludirlos. Lo que antes le parecía importante y le alegraba, ahora era fútil. Sin conciencia de lo que hacía, trataba de apartarse de los asuntos de la hacienda. Le parecía que debía hacerlo para reflexionar y meditar. Prescindió de todo, buscando soledad. Pero en cuanto se vio solo, se fue a pasear por el jardín y el bosque. Y todos estos lugares estaban ensuciados con unos recuerdos que lo dominaban por completo. Sentía que iba al jardín y se decía que pensaba algo, pero no pensaba nada, sino que, como un insensato, sin darse cuenta cabal de nada, la esperaba; esperaba que ella, por un milagro, comprendiera cómo la deseaba; acudiría a él, a un sitio donde nadie los viese, o de noche, cuando no hubiese luna, y nadie, ni siquiera ella misma, pudiese ver nada; en una noche así acudiría y él podría tocar su cuerpo...

"Sí, corté las relaciones cuando quise —se decía—. ¡Para cuidar mi salud me junté con una mujer limpia y sana! No, se ve que no es posible jugar así con ella. Pensé que la había tomado, pero fue ella la que me tomó a mí, y ya no me suelta. Pensé que yo era libre, pero no lo era. Me engañé a mí mismo al casarme. Todo ha sido un absurdo, un engaño. Cuando me junté con ella experimenté un sentimiento nuevo, el auténtico sentimiento de marido. Sí, debí seguir viviendo con ella".

Sí, dos vidas son posibles para mí. Una, la que empecé con Lisa; el cargo, la hacienda, la niña, la estimación de la gente. Si opto por esta vida, hace falta que Stepanida desaparezca. Hay que mandarla fuera, como yo decía, o suprimirla. Y la otra vida... ya se sabe.

Quitársela al marido, darle a él dinero, olvidar la vergüenza y el bochorno y vivir con ella. Pero entonces hace falta que desaparezcan Lisa y Mimi (la niña). No, la niña no molestaría, pero hace falta que Lisa no esté aquí, que se vaya. Que se entere de todo, me maldiga y se vaya. Que sepa que la he cambiado por una mujer de la aldea, que soy un embustero, un miserable. ¡No, esto es demasiado horrible! Esto no puede ser. También podría ocurrir de otro modo—seguía pensando—; que Lisa se pusiera enferma y muriera. Que se muriera, y entonces todo resultaría perfecto.

¡Perfecto! ¡Oh, eres un infame! No, si alguien tiene que morir, es ella. Si muriera ella, Stepanida, todo resultaría bien.

Sí, así es como envenenan o pegan un tiro a las esposas o a las amantes. Basta tomar un revólver, llamarla y, en vez de un abrazo, dispararle en el pecho. Y se acabó.

'Porque ella es el diablo, el mismo diablo. Porque se ha apoderado de mi voluntad.

¡Matar! Sí. Sólo hay dos salidas: matar a mi mujer o a ella. Porque la vida así es imposible", se dijo, y acercándose a la mesa, sacó de ella un revólver y, después de examinarlo (faltaba un cartucho), se lo guardó en el bolsillo del pantalón.

¿Qué hago, Dios mío? —exclamó de pronto, juntando las manos, y empezó a rezar—. Ayúdame, Señor, líbrame del mal. Tú sabes que no quiero nada malo, pero yo solo no puedo. Ayúdame —decía, sin cesar de hacer la señal de la cruz ante la imagen.

Aún puedo dominarme; daré una vuelta para pensarlo".

Se dirigió al recibimiento, se puso la pelliza y los chanclos y salió al portal. Sin él mismo darse cuenta, bordeando el jardín, sus pasos se dirigieron, por el camino del campo, hacia la alquería. Allí seguía zumbando la trilladora y se oían los gritos de los chicos que acercaban la mies. Entró en el cobertizo. Estaba allí. La vio inmediatamente. Estaba recogiendo la paja, y, al verle, riendo con los ojos, ágil y alegre, echó a correr al trote por la paja, separándola hábilmente. Evgueni no quería, pero no podía por menos de mirarla. Se dio cuenta de las cosas sólo cuando ella desapareció de su vista. El administrador le informó de que estaban trillando la mies encamada, por lo que el trabajo era mayor y menor el rendimiento. Evgueni se acercó al tambor, que dejaba oír, acompasados, sus golpes al pasar la mies, mal extendida, y preguntó si quedaban muchos de estos fajos.

—Unas cinco carretadas.

—Pues bien... —empezó Evgueni, mas no terminó la frase. Ella se había acercado al tambor, que seguía tragando espigas y le abrazó con su sonriente mirada.

Esta mirada le habló de la alegre despreocupación del amor entre los dos, de que ella sabía que él la deseaba y había acudido a su cobertizo; que, como siempre, estaba dispuesta a vivir y divertirse con él, sin pensar en las condiciones y consecuencias. Evgueni se sintió dominado por ella, pero no quería rendirse.

Recordó su oración y trató de repetirla. Empezó a recitarla para sus adentros, pero al instante advirtió que era inútil. Una idea le absorbía por completo; cómo, sin que nadie lo advirtiese, convenir la cita.

—¿Empezamos otra hacina si terminamos hoy, o lo dejamos para mañana? —preguntó el administrador.

—Sí, sí —contestó Evgueni, dirigiéndose mecánicamente a la paja que ella y otra mujer estaban amontonando.

"¿Es que no puedo dominarme? —se dijo—. ¿Es que soy un hombre perdido? ¡Dios mío! Pero no hay Dios. Solo existe el diablo. Y el diablo es ella. Se ha apoderado de mí, y yo no lo quiero, no lo quiero. El diablo, sí el diablo".

Se acercó hasta Stepanida, sacó el revólver del bolsillo y le disparó a la espalda una, dos, tres veces. Ella dio unos pasos y cayó sobre la paja.

—¿Qué es esto, Dios mío?—gritaron las mujeres.

—No, no ha sido sin querer. La he matado deliberadamente—gritó Evgueni—. Vayan a buscar al comisario.

Llegó a casa y, sin decir nada a su mujer, se encerró en el despacho.

—¡No entres! —gritó a Lisa desde el otro lado de la puerta—. Ya te enterarás de todo.

Una hora más tarde llamó a un criado y le mandó a preguntar si Stepanida había quedado con vida.

El criado estaba ya al tanto y le dijo que había muerto hacía un rato.

—Perfectamente. Ahora déjame. Avísame cuando venga el comisario o el juez de instrucción.

El comisario y el juez llegaron a la mañana siguiente, y Evgueni, después de despedirse de su mujer y su hija, fue conducido a la cárcel. Lo juzgaron. Eran los primeros tiempos del tribunal de jurados. Considerando su enajenación temporal, sólo lo condenaron a penitencia eclesiástica.

Estuvo nueve meses en la cárcel y uno en un monasterio.

Comenzó a beber en la cárcel, y siguió haciéndolo en el monasterio Regresó a casa convertido en un alcohólico sin voluntad e irresponsable.

Varvara Alexéievna aseguraba que siempre lo había predicho. Se veía lo que iba a suceder cuando discutía. Lisa y María Pávlovna no podían comprender en absoluto la causa, aunque tampoco daban crédito a las afirmaciones de los médicos de que era un enfermo mental, un psicópata. No podían aceptarlo porque sabían que era más sensato que los cientos de personas a quienes habían conocido.

Efectivamente, si Evgueni Irténev era un enfermo mental cuando cometió el crimen, todos serían enfermos mentales, y los más enfermos serían, sin duda, aquellos que veían en los otros síntomas de locura y no los veían en sí mismos.

Fin